L'HÉRITAGE DES WHITEOAK

« JALNA » EN POCKET

JEUNESSE DE RENNY
(feuilleton TV n° 1)

L'HÉRITAGE DES WHITEOAK
(feuilleton TV n° 2)

LES FRÈRES WHITEOAK
(feuilleton TV n° 3)

JALNA
(feuilleton TV n° 4)

LES WHITEOAK DE JALNA
(feuilleton TV n° 5)

NOTE DE L'ÉDITEUR

Tout le monde a lu ou lira un jour tout ou partie de *Jalna*, cette fresque familiale canadienne dont le succès fulgurant, dès 1927, fut un phénomène mondial, à la surprise de son auteur même, une jeune femme timide et sensible de Toronto qui transposait, dans un vaste domaine forestier des bords de l'Ontario bien des traits et des personnages de sa propre jeunesse. Mazo de la Roche reçut par milliers des lettres du monde entier réclamant la suite des aventures de la famille Whiteoak. Ainsi naquit un immense édifice romanesque de seize volumes, une chronique sentimentale se déployant au long d'un siècle de disputes, d'intrigues et d'émotions...

A l'occasion de la diffusion estivale d'une nouvelle adaptation de *Jalna* sur France 2, Pocket a voulu inviter le public à retrouver cette œuvre mythique. L'adaptation télévisuelle prenant des libertés importantes avec l'œuvre de Mazo de la Roche, Pocket s'est limité à strictement éditer les cinq livres correspondant aux cinq premiers épisodes du feuilleton, les plus fidèles au roman.

Ainsi à travers *Jeunesse de Renny, L'héritage des Whiteoak, Les frères Whiteoak, Jalna,* et *Les Whiteoak de Jalna,* chacun pourra faire connaissance avec les inoubliables personnages de cette grande saga et revivre avec délices un magnifique épisode de l'authentique aventure de Jalna.

Nota bene : La saga *Jalna* est disponible en son intégralité dans la collection Omnibus des Editions Presses de la Cité.

MAZO DE LA ROCHE

L'HÉRITAGE DES WHITEOAK

PLON

Cet ouvrage a été publié en langue anglaise
sous le titre :
WHITEOAK HERITAGE

Traduit de l'anglais
par Gilberte Audouin-Dubreuil

ISBN 2-266-01045-X

A LA MEMOIRE
DE H. E.

en hommage d'éternelle amitié.

Windrush Hill.
Juin 1940.

1

RÉUNION

Le train approchait de sa destination. Les trois hommes allumèrent des cigarettes tout en guettant l'apparition de la ville, les yeux fixés sur la campagne qui passait rapidement. Leurs visages aux expressions remarquablement dissemblables, leurs attitudes mêmes, révélaient la différence de leurs sentiments. Pour deux d'entre eux, c'était le retour, tandis que leur compagnon allait connaître un pays nouveau. Tous trois étaient en kaki : l'un portait l'uniforme de capitaine, le second, de sergent, le troisième, de simple soldat. Ce dernier, assis à l'écart quoiqu'il fût occupé à regarder par la fenêtre, ne perdait rien de ce que disaient les autres. Son aspect était net et soigné malgré la coupe maladroite de sa tunique. Il avait des cheveux cendrés, des yeux pâles entourés de rides fines, un nez inquisiteur, la bouche impertinente, un menton proéminent et têtu. Il s'appelait John Wragge.

Le sergent Maurice Vaughan, âgé de trente-quatre ans, était déjà alourdi. Ses sourcils se rapprochaient par une ride accusée au-dessus de ses profonds yeux gris. Sa bouche trahissait une mélancolie tenace, mais elle s'éclairait de grâce juvénile lorsqu'il souriait, comme en cet instant. Ayant suivi un cours d'instruction pour élèves-officiers avant de quitter le Canada, il s'était engagé en Angleterre pour aller sur le front où il avait atteint le grade de sergent. Deux fois blessé, il ramenait un souvenir de la guerre : une main qui portait un bandage de cuir et dont il commençait seulement à se servir maladroitement et non sans souffrance.

Le troisième, Renny Whiteoak, vieil ami de Vaughan et plus jeune que lui de deux ans, avait fait ses études dans un collège militaire. Dès la déclaration de guerre, il rejoignit les « Buffs », régiment dont avaient fait partie plusieurs membres de sa famille. La D. O. S. lui fut décernée pour un acte de bravoure particulièrement distingué. L'uniforme d'officier seyait à son corps élancé dont la chair semblait plutôt un revêtement à ses muscles actifs qu'elle n'était la preuve d'une existence particulièrement confortable. Son vigoureux profil aquilin, ses cheveux roux foncé coupés ras, ses vifs yeux bruns contribuaient à donner cette impression de vitalité nerveuse qui se dégageait de tout son être. Il disait justement :

« Je parie que la première personne qui viendra à ma rencontre à la maison ce sera Gran ! Lorsque les portes s'ouvriront, je la verrai, les bras tendus pour m'embrasser ! »

Maurice Vaughan sourit :

« Je crois la voir. Quelle femme superbe pour son âge ! D'ailleurs pour quelque âge que ce soit. Je me demande si elle a beaucoup changé depuis ton absence. Quatre ans, c'est long pour une personne de quatre-vingt-dix ans : elle a bien ça, n'est-ce pas ?

— Elle aura quatre-vingt-quatorze ans en septembre, mais je ne pense pas qu'elle ait baissé. La dernière lettre que j'ai reçue d'elle était pleine de nouvelles de la famille et très lisible, sauf vers la fin. Elle me disait combien elle était heureuse de l'arrivée du printemps, car elle ne met jamais un pied dehors avant la disparition de la neige.

— Ce doit être charmant pour toi, dit Maurice, de savoir qu'un tel accueil t'attend... des parents de tous âges... jusqu'au bébé que tu ne connais pas encore. »

Instantanément il regretta ce qu'il venait de dire. Ses paroles rappeleraient à Renny la mort de son père et celle de sa belle-mère tandis qu'il était au loin. Sa belle-mère n'avait survécu que quelques semaines à la naissance de son dernier enfant. Cependant Renny Whiteoak répondait d'un ton grave :

« Oui, c'est charmant. » Son expression s'adoucit et il ajouta : « Je suis impatient de connaître le petit dernier. Ils l'ont appelé Wakefield, du nom de jeune fille de sa mère.

— Pour ce qui est de moi-même, j'aurais aussi bien fait de me laisser tuer quant à la joie que mon retour occasionnera ! »

Son ami, abaissant ses sourcils mobiles, se mordit les lèvres avec embarras. Pendant un moment, il ne sut que dire, puis il jeta :

« Je suis ravi que tu sois là ! »

Puis l'air toujours embarrassé, il se tourna vers Wragge :

« Que pensez-vous de ce pays ? »

Wragge avait été sommelier, avant la guerre, chez un marchand de vin en gros. Il répondit dans une grimace :

« Voyez-vous, monsieur, j'ai passé mon temps dans les caves avant d'aller en France. Puis, j'ai vécu dans les tranchées, je ne suis pas très bon juge pour ce qui est des paysages mais ces clôtures en fil de fer ont l'air étrange après les murs de béton...

— Elles me plaisent.

— Je l'imagine, monsieur, vous y êtes habitué. Voilà un beau morceau de forêt, ça a belle couleur.

— Ce sont de jeunes érables qui vont prendre leurs feuilles, les bourgeons sont rouges. Regarde donc, Maurice.

— Oui, j'étais en train de les admirer ainsi que le bleu du ciel. »

Après un silence, Renny reprit :

« La petite Pheasant sera heureuse de te revoir !

— Je ne pense pas. Pourquoi le serait-elle ? Nous avons été séparés quatre ans et elle n'a que douze ans.

— Mais tu lui as écrit ?

— Je lui ai envoyé quelques cartes postales.

— Et des cadeaux à Noël ?

— Je n'étais pas dans des régions où je pouvais trouver rien qui eût pu lui convenir : vraiment je n'y ai pas pensé.

— Permets-moi de te dire que tu es le père le plus déplorable qui soit ! Si j'avais un enfant... »

Mais il s'aperçut que Wragge s'efforçait d'écouter ce qu'ils se disaient et il s'interrompit avec un froncement de sourcils.

« Je sais, je sais », dit Maurice en maniant nerveusement le bandage de cuir qui enserrait sa main blessée et sa pensée retourna en arrière dans le passé. Sans indulgence pour lui-même, il se remémora l'époque où, tout jeune homme, il était fiancé à Meg, la sœur de Renny. Meg et lui étaient faits pour s'entendre parfaitement, il en était convaincu. Les deux familles se montraient enchantées de ce mariage, mais il avait tout détruit en se laissant aller à une passion passagère pour la sœur de la couturière du village.

Il avait pensé garder sécrète cette aventure quoiqu'elle l'eût mûri, mais un enfant était né de ces quelques rencontres dans un bois certains soirs d'été. La fille avait déposé le bébé devant la maison de ses parents et Maurice avait avoué sa paternité. Les fiançailles furent alors rompues par Meg qui depuis lors était demeurée aussi inaccessible pour lui que si elle eût vécu à l'étranger et eût ignoré ou voulu ignorer le langage qu'il parlait.

Que Maurice pût encore aimer Meg après douze ans d'une telle situation semblait à Renny une sorte de miracle, peu édifiant d'ailleurs. Maurice, estimait-il, eût dû savoir briser sa résistance par une constance plus ostentatoire ou bien simplement chercher quelqu'un d'autre à aimer qui eût su être une mère pour l'enfant. Cependant, Renny considérait la fidélité de Maurice comme un fait unique, une preuve du charme exceptionnel qu'exerçait Meg, comme une sorte de tribut dû à la famille Whiteoak.

Il se pencha vers son ami et lui dit à mi-voix

« Peut-être qu'entre toi et Meg ce sera différent à présent... la guerre et tout... ta blessure... enfin, je pense que tu devrais arranger ça.

— Dieux ! je le voudrais ! dit Maurice, mais je n'ai aucun espoir. »

Il y eut un remous parmi les voyageurs qui ébauchèrent des gestes vers leurs bagages, des regards brefs vers les champs plus exigus dans l'attente de la première vision hargneuse des faubourgs.

Quelques minutes encore et ils arrivaient. Les trois hommes en uniforme se levèrent pour mettre leurs casquettes avec des gestes caractéristiques. Wragge, le cockney, en lui donnant des tapes cordiales comme si une fois qu'il l'aurait plantée d'un côté de sa tête, il serait prêt à affronter n'importe quoi ; Maurice Vaughan, d'un geste délibéré, comme si, en la mettant, il prenait la décision d'assumer la responsabilité de tout ce qui l'attendait ; Renny Whiteoak, avec une décision à laquelle ses cheveux roux semblaient prendre part, serrant les bords de sa casquette comme pour la maintenir plus près de son crâne aux contours précis.

Il fut le premier des trois à parcourir la gare,

impatient de voir qui était venu à sa rencontre. Comme il atteignait le contrôle, il fut arrêté par un groupe mouvant composé d'un homme en uniforme de sous-officier, d'une femme et de cinq enfants alignés par rang d'âge de trois à dix ans. L'homme semblait visiblement intimidé par les six paires d'yeux qui le fixaient. Sa famille l'entourait telle un troupeau de moutons, mais ils étaient devenus des étrangers et l'homme ne savait comment frayer avec eux. Il les regardait l'air découragé. Quant à son épouse, elle arborait un sourire d'excuse comme si elle se sentait coupable qu'ils fussent devenus trop grands pour qu'il pût les reconnaître.

Mais alors Renny découvrit ceux qui l'attendaient. Il se fraya un passage à travers la grouillante famille et avança vivement vers sa sœur et ses trois frères. Il s'était attendu à ce qu'Eden et Piers fussent là, peut-être même un de ses oncles, mais il ne pensait pas voir le jeune Finch. La présence de Meg était une joyeuse surprise — toujours la même malgré ce qu'elle avait traversé ! Sa carnation était aussi fraîche, ses cheveux du même châtain clair, la courbe de sa bouche aussi pleine et affectueuse. Ses lèvres eurent un sourire tremblant lorsqu'elle le vit et elle leva les bras prête à l'embrasser. A présent, il l'avait prise dans les siens et l'étreignait. Il eut l'impression que Meg avait peut-être un peu plus de corps que jadis, d'ailleurs il se souvint qu'elle avait gagné six ou huit livres en son absence.

« Oh ! Renny, comme je suis reconnaissante ! »

Elle s'accrochait à lui nullement décidée à le céder aux autres. Il était son frère, son frère à elle ! Ils avaient la même mère. Tandis que Meg le serrait dans ses bras, les cruelles imaginations qu'elle avait eues de ce qui pouvait lui arriver sur le front s'évanouirent, elle n'avait plus qu'une seule pensée : « Je l'ai, il est sauvé, il n'a pas changé ! »

Mais, quoiqu'elle goûtât cette première joie du revoir, Meg aperçut par-dessus l'épaule de Renny le visage de Maurice et plongea son regard au fond de ses yeux. Elle n'avait pas su qu'il revenait avec son frère et ne s'attendait pas à le voir.

Renny la sentit se raidir dans ses bras. Puis, elle fondit en larmes :

« Voyons, voyons, dit-il d'une voix enrouée, me voici revenu et tu ne pourras jamais plus te débarrasser de moi !

— Ça n'est pas ça, sanglota-t-elle, c'est à cause de Maurice : je ne peux pas le voir. Je t'en prie, ne me pose pas de questions ! »

Renny tourna la tête et jeta vers son ami un regard distrait, puis il se dégagea des bras de Meg, revint vivement vers Maurice et lui dit :

« Vois-tu, je ne puis te demander de venir avec moi. Meggie est trop émue de me revoir et tout le reste... »

Maurice, très pâle, répondit :

« De me revoir, moi, et puis tout le reste, veux-tu dire ! Ne t'inquiète pas pour moi, je vais prendre un petit train local. C'est parfait. Dis à Meg que je regrette d'être apparu en un moment aussi peu opportun. »

Sa sympathie tiraillée entre l'un et l'autre, Renny s'écria presque exaspéré :

« Fais ce que tu crois le mieux, mais ne parle pas comme un idiot !

— Pourtant, c'est ma pensée et tu le sais bien. Enfin, nous nous verrons plus tard. Bon Dieu, ce que ces garçons ont grandi !

— N'est-ce pas ? L'auto va être bondée. Veux-tu prendre Wragge avec toi ? J'enverrai le chercher lorsque nous serons à la maison.

— D'accord. »

Maurice se détourna, la légèreté du ton de sa voix contrastait avec son expression douloureuse. Wragge, le cockney, le suivit ; ses yeux aigus n'avaient rien perdu de l'étrangeté de cette rencontre. Il mit tout l'attachement qu'il put dans le regard qu'il jeta en partant à Renny Whiteoak. Il avait été son ordonnance pendant la guerre et à présent son regard semblait dire : quoi qu'il arrive, vous pouvez compter sur moi.

Renny rejoignit la famille. Meg, qui avait dominé son émotion, le prit par le bras et le poussa vers leurs trois jeunes frères impatients de l'accueillir. Renny les embrassa l'un après l'autre.

Ils s'étaient tellement développés depuis la dernière fois qu'il les avait vus, qu'il lui fallait faire un effort de volonté pour les replacer dans la niche que chacun occupait dans son souvenir. Il eût été difficile de dire lequel avait le plus changé. L'aîné eut une grimace presque embarrassée tandis qu'il considérait leurs visages.

Si l'on se demandait lequel avait le plus grandi, Piers l'emportait sur les autres. De petit garçon studieux de moins de onze ans, il était devenu un adolescent osseux de quinze ans environ aux larges épaules, ayant une tête bien posée sur un cou solide. Ses vastes yeux bleus étaient hardis et le pli de sa bouche révélait qu'il ne serait pas trop pressé de faire ce qu'on lui ordonnerait. Et ses mains... oui, elles semblaient prêtes à tout faire, musclées, brunes, vigoureuses.

Mais comment décerner la palme à Piers tandis qu'Eden se tenait tout près, presque aussi grand que lui ? Il avait vu Eden pour la dernière fois sous l'aspect d'un garçon blond et élancé et voici qu'il était devenu un homme presque trop beau, car il ressemblait à sa pauvre mère qui eût été une beauté si elle n'avait été de santé si délicate. Des trois jeunes frères, ce fut Eden qui fit à Renny l'accueil le plus chaleureux, s'emparant de sa main, le regardant au fond des yeux d'un regard vif, pénétrant.

C'était Finch qui avait le moins changé, quoique lui aussi eût tellement grandi qu'on ne pouvait plus le reconnaître. Renny serrait dans la sienne une main étroite et fine. Ses dents paraissaient énormes entre des lèvres rieuses.

« Hello ! jeta-t-il dans un souffle. Hello ! je me suis dit que j'irais t'accueillir !

— Brave type ! »

Renny le tenait toujours par la main tandis qu'ils sortaient de la gare.

La famille qui l'avait empêché d'avancer au moment de la descente du train lui apparut à nouveau. Le père avait posé un pied lourdement chaussé sur un banc et, un coude appuyé sur son genou, il regardait fixement par-dessus les têtes de sa famille tout en sifflotant tandis que femme et enfants, pleins d'une muette résignation, attendaient ce qu'il ferait ensuite. Renny les désigna à Meg d'un mouvement de tête :

« Pauvres gens ! s'écria-t-elle, qu'ils sont heureux ! » Puis elle sourit aux enfants et jeta un regard inquiet par-dessus son épaule, mais ses sourcils se détendirent lorsqu'elle eut constaté que la foule formait un rempart entre leur groupe et la silhouette de Maurice Vaughan.

Des porteurs venaient de déposer les bagages de Renny. Eden et Piers arrimaient la malle à l'arrière de l'auto qu'on avait lavée pour cette occasion et quoique la chose déplût habituellement à Renny, il eut cependant un regard d'approbation. Meg, lui et le plus jeune des garçons s'installèrent dans le fond. Eden conduisait parfaitement. Ils glissèrent à vive allure sur la route contournant le lac ; c'était au milieu de l'après-midi et il y eut peu de circulation jusqu'au moment où ils atteignirent les faubourgs. Puis ce furent, devant les maisons, des arbres parés de bourgeons déjà feuillus et, entre elles, l'étincellement du lac hérissé de petites vagues luisantes.

Ce moment auquel Renny avait rêvé si souvent, en proie au mal du pays, lui semblait irréel à présent. Cette image : les dos des deux adolescents assis à l'avant, le corps menu de l'enfant assis contre lui, la main de Meg tenant la sienne sur les genoux du petit, tout cela pouvait s'évanouir comme les vapeurs d'un rêve et il se retrouverait une fois de plus en France, au cœur de la guerre, cette seule réalité. Son profil hâlé par les intempéries semblait si distant que Meg se pencha vers lui :

« N'es-tu pas heureux d'être revenu ? »

Il lui serra le bout des doigts et fit signe que oui. Elle devinait qu'il songeait à son père qui ne serait pas là pour le recevoir. Elle-même s'était habituée à cette perte, mais, pour Renny, elle était encore nouvelle. Alors Meg dit de ce ton réconfortant qui lui était particulier :

« Nous avons fait tant de préparatifs pour toi ! Gran et les oncles et tante Augusta ont dû compter les heures depuis que tu es arrivé. On a été jusqu'à laver les chiens !

— C'est magnifique de se retrouver chez soi ! »

Une fois encore, il serra la main de Meg dans la sienne et grimaça un sourire à l'adresse du petit Finch :

« Hein, Finch, comment me trouves-tu ? »

Le front de Finch rougit, il ne put articuler un seul mot. Meg parla pour lui :

« Tu es un héros pour Finch ; d'ailleurs, tu l'es pour chacun de nous, mais tu sais comment sont les petits garçons. A qui trouves-tu qu'il ressemble, Renny ? »

Les vifs yeux bruns de Renny scrutèrent le visage expressif et allongé de l'enfant.

« Le diable si je m'y retrouve ! Oui, il a pris le nez

des Court. Ses yeux sont gris-bleu ; qui a les yeux de cette teinte dans la famille ?

— Personne. Les yeux de son père et de sa mère étaient également bleus. N'est-ce pas qu'Eden ressemble à sa mère ? Mais si différent de nature ! Il est plein de caractère. Je puis te dire, Renny, que ces deux gars-là, devant nous, donnent du fil à retordre ! Je serais heureuse que tu m'aides à les mater : ils ont une volonté de fer ! »

Les yeux du frère aîné se tournèrent vers les deux paires de solides épaules, surmontées de cous vigoureux et de luisantes chevelures.

« Ils feront bien de ne pas essayer sur moi leur volonté de fer », dit-il.

Comme s'ils avaient conscience que l'on parlait d'eux, Eden et Piers se regardèrent, le premier avec un sourire moqueur, le second avec une expression demi-malicieuse demi-hardie. Eden augmenta la vitesse de la voiture, car ils roulaient en ce moment entre le lac et des champs de terre sombre fraîchement labourés. L'air était frais et chargé des senteurs de mai. Le soleil donnait des espoirs de chaleur estivale. Un attelage de chevaux qui approchait soulevait la poussière à hauteur de leurs sabots velus. Finch retrouva sa voix pour s'écrier :

« Renny, voici un de nos fourgons ! »

A nouveau, Eden appuya sur l'accélérateur.

Lui ayant donné un coup entre les épaules, Renny s'exclama : « Arrête la voiture ! »

Ils étaient à présent à la hauteur des chevaux. Il eut un regard admiratif pour les flancs lisses des bêtes et remarqua que la charge qu'ils traînaient était constituée par une douzaine de porcs gras qui se bousculaient avec un mélange d'impertinence et d'angoisse. Le conducteur lui était inconnu. Son regard ne lui plut pas.

« Par saint George, voilà de beaux porcs ! dit-il.

— J'ai aidé à les nourrir, jeta Finch, et je leur ai souvent donné de la nourriture en plus !

— Est-ce qu'on continue ? » demanda Eden.

Renny s'adressa au conducteur :

« Où menez-vous ces porcs ? »

Eden répondit pour lui :

« Au marché. Il n'en retirera pas grand-chose. Nous ferions mieux de continuer, à la maison ils doivent nous attendre pour le déjeuner.

— Oui, continue ! »

Un sentiment brusque de réalité envahit Renny. La vue des chevaux de ferme, leurs yeux bleus sous les touffes blondes de leurs crinières, l'odeur de leurs harnais, de leur cuir humide, les porcs se bousculant évoquaient l'avenir, le submergeant, telle une vague vivifiante. La guerre avait pris fin. C'était à nouveau la vie dans son pays, sa sœur, ses jeunes frères l'entourant. Il comprit pour la première fois qu'il devait prendre auprès de ces garçons la place de leur père disparu. Il aurait à découvrir ce que valait chacun et à faire pour lui tout ce qui serait en son pouvoir. Le lien qui existait déjà entre eux et lui se renforça dans son cœur. Il aspira l'air profondément et prit la main de Finch dans la sienne. Il sentit ses os flexibles s'immobiliser comme rassurés. Il considérait les genoux nus et enfantins rapprochés comme deux châtaignes jumelles, lisses et brunes.

Piers passa son bras par-dessus le dossier de son siège et se retourna pour désigner les changements qui avaient eu lieu depuis le départ de Renny. A chaque nouvelle vision, Renny grimaçait un sourire préférant ne point y songer pour le moment. Il se sentit heureux lorsque l'auto tourna dans la paisible route campagnarde toujours ombragée par d'immenses arbres aux branches étendues dont l'aspect faisait ralentir les conducteurs d'autos.

« Je les protégerai toujours, pensa-t-il, il y aura au moins une route qui ne sera pas saccagée ! »

Tandis que la voiture franchissait les grilles, cette sorte d'*état de grâce* qui s'était emparé de lui à la vue du camion de la ferme s'intensifia encore. Il eut le sentiment de n'avoir jamais quitté Jalna. Hé oui ! c'était bien là le tilleul argenté avec son banc laqué circulaire entourant le tronc et son feuillage dentelé et frais doucement agité par la brise ! C'était la maison elle-même en briques roses sur laquelle ressortaient à ravir les rosiers grimpants de Virginie qui se massaient autour des fenêtres, mais gardaient leurs plus délicates guirlandes pour draper le porche. C'étaient les chiens étendus sur les marches au soleil se dressant pour saluer l'auto d'un concert d'aboiements. Il y avait deux nouveaux venus qui tournèrent furieux autour de ses talons jusqu'à ce qu'il eût approché sa main de leurs narines : alors ils furent heureux de l'accueillir ayant constaté qu'il avait la véritable odeur de la famille.

Il y avait aussi Fanny, l'épagneule Clumber qui avait appartenu à son père ; elle restait tranquillement à l'écart à l'ombre du porche, sa queue frangée baissée, les yeux levés vers lui avec un regard interrogateur.

« Cette vieille Fan, dit Piers, elle t'a oublié !

— Elle m'a oublié ! Non, elle ne le pourrait pas ! Hello, Fan, ma vieille ! Hello, mon trésor, c'est moi Renny ! »

Il se pencha et sa main élégante glissa sur son pelage soyeux.

Elle se dressa alors en appuyant ses pattes contre les jambes de Renny. Ses yeux pensifs d'épagneul le regardaient dans l'encadrement de ses longues oreilles. Ils étaient remplis de douloureuse compréhension. Ce n'était pas assez de la caresser, il l'éleva dans ses bras et la tint serrée contre sa poitrine. Et son père était mort ! Il sentit les larmes monter dans sa gorge et, serrant l'épagneul contre lui, il cacha son visage contre une de ses longues oreilles. La voix de Meg disait :

« N'est-ce pas que c'est une chérie ? Ce que papa a pu lui manquer ! Personne ne peut le remplacer pour elle. Je pense que nous devrions sonner pour les avertir que nous sommes ici.

— Les chiens se sont chargés de nous annoncer, dit Eden. J'entends la voix de Gran. »

Meg sonna cependant. Au bout d'un instant, la porte s'ouvrit, une femme de chambre d'âge mûr qui était au service de la famille depuis près de trente ans parut avec un sourire mouillé de larmes à l'adresse de Renny.

« Elisa ! » s'écria-t-il.

L'épagneul toujours dans les bras, il avança vers la servante le visage rayonnant.

« Conserve ce sourire pour moi ! » dit une voix rude.

Sa grand-mère, poussant la femme de chambre de côté à l'aide de sa canne d'ébène, avançait vers lui avec une vigueur qui défiait ses quatre-vingt-treize ans.

Le visage, invariablement beau grâce à son admirable structure osseuse, était creusé d'un lacis de rides par un large sourire qui découvrait une double rangée de solides fausses dents. Ses sourcils, quoique touffus, gardaient cependant la ligne pure de leur arc au-dessus de ses yeux sombres telles les arches gothiques d'une cathédrale en ruine malgré leur revêtement de lierre. Elle portait un bonnet très orné, un châle de cachemire et de grosses pantoufles de laine.

Avant que sa canne eût frappé trois fois le parquet, elle la jeta, indifférente au fracas de sa chute, puis elle ouvrit tout grands les bras et Renny, ayant déposé l'épagneul, se jeta dans son étreinte. Il avait l'impression que les portes du passé se rouvraient, ce passé où régnaient son père, son grand-père qui avaient vécu, aimé et engendré des enfants sous ce toit afin de pouvoir un jour exiger d'eux qu'ils transmettent leurs traditions à la postérité. Le souvenir de ce qu'il avait pu voir en Europe en fait de désespérance et de désagrégation, il s'en débarrasserait en ôtant son uniforme et il reviendrait avec tout son cœur à la stabilité qui caractérisait cette chère vieille demeure.

Il oubliait dans son enthousiasme la fragilité du symbole de cette vie qu'il étreignait en la personne de sa grand-mère. Le châle de celle-ci glissait, son bonnet était de travers, elle ouvrait la bouche toute grande ne pouvant retrouver le souffle.

« Dieu, quels bras solides tu as ! » dit-elle enfin, puis elle ajouta vivement : « Mais j'aime ça ! Ne crains jamais de me comprimer les côtes ! Je ne suis pas d'une étoffe aussi délicate que ma fille et ma petite-fille, si je l'avais été je n'aurais pas eu trois fils aussi grands ! »

Elle continuait à parler comme si, par le flot de ses paroles, elle voulait exclure le reste de la famille de leur réunion. Mais sa fille, Lady Buckley, et ses fils Nicolas et Ernest, étaient à côté d'elle et demandaient à présent leur part de l'attention de Renny. C'étaient de grands beaux hommes dans la soixantaine. Nicolas avait une masse de cheveux gris cuivré, un solide profil aquilin, des yeux bruns enfoncés profondément. Ernest, les yeux bleus, le teint blond aux cheveux gris lissés soigneusement sur sa tête étroite, mit les bras autour des épaules de son neveu, sa bouche au dessin sensible tremblait.

« Sois le bienvenu, mon cher gars, dit-il. Oui, sois le bienvenu... dire que nous te retrouvons enfin ! »

Nicolas ajouta d'une voix profonde :

« Bon Dieu, Renny, c'est bon de te revoir ! Et toujours le même !

— Plus que jamais un Court ! » déclara leur mère qui avait été une Court.

Renny, s'étant libéré des mains de ses oncles, étreignit sa tante en déposant de fervents baisers sur ses joues pâles. Elle était en deuil de son mari mort il n'y avait pas deux ans. Elle tint Renny serré contre elle tandis que sa poitrine soutenue par un haut corset rigide se soulevait et s'abaissait d'émotion.

« Mon cher enfant », dit-elle d'une voix de contralto.

Ce fut tout ce qu'elle put dire et elle répéta ces mots à plusieurs reprises :

« Mon cher, cher enfant ! »

Cela eut le pouvoir d'irriter sa mère qui s'exclama brusquement :

« On dirait que tu l'as mis au monde, Augusta ! Laisse donc ce garçon, tu l'écrases ! Tu ne dis rien à la pauvre Elisa, Renny ? »

Il se dégagea des bras de sa tante qui s'écarta en jetant à sa mère un regard offensé. Renny s'adressa alors à la femme de chambre :

« Toujours la même, vieille Elisa ! s'écria-t-il en lui donnant de petites tapes amicales sur l'épaule.

— C'est bien, jeta la grand-mère. Dis-lui qu'elle n'est pas du tout changée : voilà qu'elle s'imagine s'être éreintée à travailler pour nous et qu'il lui faut songer à se retirer ! C'est stupide ! »

Elisa eut un sourire pâle et tendit sa canne à la vieille dame. Tout le groupe familial s'en fut vers la salle à manger où le repas d'une heure attendait. Les chiens se bousculaient autour d'eux. Un chat au pelage fauve appartenant à Ernest glissa le long des marches de l'escalier jusqu'à la hauteur convenable et de là sauta sur l'épaule de son maître où il ronronna en faisant le dos arqué en prévision du repas.

La vieille Adeline, au centre du groupe, déclara :

« Je suis affamée, ce n'est pas bon pour une femme de mon âge d'attendre son déjeuner si longtemps !

— C'est très mauvais pour vous, maman, dit Ernest, mais surtout parce que lorsque vous pourrez vous rassasier vous mangerez trop : cela risque de vous donner des gaz, ce qui est dangereux. »

Elle le fixait avec une expression d'impatience, puis elle clama :

« J'ai eu de l'air dans l'estomac pendant vingt ans. Ça ne me gêne pas, car je ressemble aux vieux bâtiments à voiles : le vent me fait marcher ! »

Puis, gloussante, elle s'en fut, traînant ses pieds chaussés de pantoufles de laine vers l'agréable fumet de poulet rôti qui s'échappait de la salle à manger.

« Permettez, dit Renny, je vais me laver les mains, un instant seulement !

— Tu trouveras de l'eau chaude qui t'attend, lui jeta Meg tandis qu'il s'éloignait.

— Et dépêche-toi, ajouta son oncle Ernest, ma mère va avoir une faiblesse tant elle a faim !

— Je serai revenu en un clin d'œil, répliqua Renny.

— Que c'est donc merveilleux de le revoir monter les escaliers en courant ! dit Meg. Oh ! je vais être si heureuse de l'avoir ici ! Ah ! pouvoir enfin s'appuyer sur quelqu'un !

— Plutôt quelqu'un pour te donner des ordres, dit Eden.

— Je l'ai entendu dire qu'il n'avait eu qu'un petit pain et du café dans le train, il doit avoir faim.

— Des petits pains et du café ! s'exclama la vieille dame. Voilà un petit déjeuner bien français ! Mais tant mieux s'il a faim, nous avons de quoi le rassasier !

— Je pense que nous ferions bien de nous mettre à table, fit remarquer Lady Buckley, cela gagnera du temps. »

Mais lorsqu'ils pénétrèrent dans la salle à manger où

le soleil printanier se glissant entre les rideaux de velours jaune illuminait la table tout étincelante d'argenterie posée sur du linge damassé glacé, une surprise les fit s'arrêter, presque consternés. Elisa, en mettant la table, avait donné à Renny la place du maître de maison.

A la mort de Philippe Whiteoak, au début de la guerre, Nicolas et Ernest étaient revenus d'Angleterre habiter Jalna. Pour cette maisonnée de femmes solitaires et de petits garçons, leur présence fut comme un rempart contre le monde et leur avait apporté l'impression de la solidarité familiale. Ils trouvèrent leur vieille mère qui, privée du plus jeune de ses fils, désirait ardemment sentir à ses côtés ses frères plus âgés. Il y avait Meg qui, ayant perdu un père tendre et indulgent et dont le frère préféré était constamment en danger en France, était prête à jeter ses bras autour de leur cou et à goûter la sécurité de leur présence. Il y avait Mary, la veuve de Philippe, qui devait bientôt sacrifier sa vie à son enfant, qui accueillait toute tremblante leur rassurante présence masculine. Leur retour avait marqué un succès pour tous deux tant au point de vue familial que financier. Ces dernières années, les revenus des deux frères avaient été cruellement diminués autant par leurs extravagances passées que par leur mauvaise administration. La vie à Jalna ne leur coûtait à peu près rien.

Nicolas s'était tellement habitué à présider la table en face de Meg tandis que sa mère était placée à sa droite, que la pensée de céder cette place à Renny devenu le possesseur de la maison à la mort de son père, n'avait point effleuré son cerveau pas plus qu'elle n'avait pénétré dans celui de sa vieille mère qui louchait en ce moment vers le plat de volailles rôties qu'il découpait habituellement avec tant d'art. Les morceaux tendres lui revenaient de droit ainsi qu'à

Ernest et à Meg tandis que les plus coriaces, noyés de sauce, étaient distribués aux trois garçons dotés de dents solides. Ernest, placé à la gauche d'Adeline, estimait cet arrangement admirable, d'autant plus qu'il occupait la place de Nicolas lorsqu'une attaque de goutte retenait celui-ci dans ses appartements.

« Mes enfants, mettez les chiens dehors ! »

Il y eut un moment de désordre tandis que Piers et Finch traînaient par leurs colliers plusieurs terriers et l'épagneul pour les sortir de la pièce.

« Ne fermez pas la porte, dit Lady Buckley, et veillez à ce que les chiens ne reviennent pas : ce sera plus poli envers Renny. »

Ce fut pendant ce moment de confusion que les plus âgés remarquèrent l'ordre nouveau apporté dans l'agencement de la table. Nicolas fut le premier à s'en apercevoir. Il vit que son massif rond de serviette en argent qui représentait une femme drapée à l'antique enroulée autour d'un cylindre couvert de ciselures compliquées, avait été changé de sa place primitive pour être mis à la droite du maître de maison.

Il porta la main à sa moustache grise et il lui donna un petit coup qui trahissait son dépit. Sa voix profonde exprima ses sentiments par un « ha ! » sonore. Quant à son frère, on devinait en lui un mélange d'ennui que Nicolas eût été ainsi déplacé et de plaisir malin d'assister à sa déconfiture. Meg se tenait devant sa chaise, imperturbable.

Lady Buckley, la regardant alors droit dans les yeux, lui demanda :

« Est-ce toi, Margaret, qui as donné l'ordre de déplacer le rond de serviette de mon frère ? »

Ce ton grandiloquent fit pouffer Eden. Lady Buckley se tourna vers lui d'un air sévère :

« Il n'y a pas de quoi rire, dit-elle, votre oncle a pris la place de votre père et l'a remplie dignement pendant près de quatre ans. Je ne vois pas la raison pour laquelle on le déplacerait parce que Renny est revenu ! »

La vieille Adeline commençait à avoir conscience qu'il s'était passé quelque chose de fâcheux. Elle considérait tour à tour chaque visage, l'air intrigué.

« Qui t'a déplacé et d'où ? demanda-t-elle en se tenant à la table prête à se laisser tomber sur son siège.

— Ça n'a aucune importance, déclara Nicolas. Eh bien, allons-y, mère ! » Il lui prit le bras : « Il s'agit de changer de place, vous vous trouverez désormais entre Ernest et moi. »

Mais elle ne bougeait pas.

« Qui est-ce qu'on déplace ? répéta-t-elle. Pas moi, j'espère, je ne veux pas !

— Il est vrai que Renny est le maître de maison », dit Ernest.

La vieille dame faisait de courageux efforts pour conserver son ancienne place à table, mais Nicolas l'entraîna vers la chaise voisine. Elisa, quittant la desserte, s'avança alors vers eux et dit, s'adressant à Adeline :

« C'est moi qui ai mis M. Renny à cette place, madame. J'ai pensé qu'étant le maître de maison, il serait naturel qu'il désire découper.

— Bien ! bien ! » dit Ernest, et il loucha vers le couple de chapons rôtis et juteux d'un air presque accusateur comme s'ils s'étaient montrés déloyaux en quelque sorte à l'ordre des choses précédemment établi. Quoique lui-même et Nicolas eussent eu leur bonne part de la fortune paternelle, ils ne pouvaient se défendre de ressentir un pincement intérieur de mortification à la pensée que leur plus jeune frère avait hérité de Jalna. Quoiqu'il fût mort depuis près de quatre ans, ce sentiment subsistait dans toute son acuité. Le retour de Renny, héritier de son père, et ce rappel pénible les mettaient en face de cette évidence désagréable.

« Vous n'auriez pas dû vous permettre cela sans en avoir reçu l'ordre exprès, dit Lady Buckley.

— Certainement, certainement, approuva Ernest.

— Ça n'a pas d'importance, grommela Nicolas.

— Oui, sans mon ordre ! clama la vieille Adeline, rien ne doit être changé sans ma permission. Mais il est juste que Renny préside cette table. Il est l'aîné des fils de son père, Jalna est à lui... Bien, alors où veux-tu te placer ? Je commence à me sentir affaiblie, j'ai besoin de nourriture ! » Et elle lança un regard avide vers les volailles aux poitrails rebondis.

Nicolas la fit asseoir dans son fauteuil, elle déplia sa serviette et se la bourra vivement sous le menton.

« Ne laissez pas les chiens entrer, mes enfants ! » commanda-t-elle.

Elisa se tenait rigide, les lèvres serrées, sur la défensive contre toute critique de son acte. Tous, les yeux pleins d'une expression d'attente, regardaient vers l'escalier que l'on pouvait apercevoir par la porte ouverte. Ernest continuait à répéter à mi-voix : « Bien ! bien ! » Nicolas tambourinait sur la table, Eden regardait Meg d'un air malicieux dans l'intention de la faire rire, mais elle garda bonne contenance. Les chiens firent un essai concerté pour revenir dans la salle, mais ils furent repoussés par les garçons ; les ombres de leurs queues mobiles se projetaient sur les boiseries claires de l'escalier.

Les sentiments de Renny, tandis qu'il montait à son ancienne chambre, étaient un étrange amalgame d'impressions familières et de rêves. Il se l'était si souvent rappelée pendant ces années d'absence qu'à présent elle lui paraissait comme réduite, ratatinée. Sa propre image dans la glace le considérait les yeux fixes comme un étranger. Les brillantes lithographies de chevaux célèbres qui ornaient les murs semblaient prêtes à hennir de surprise en apprenant qu'il prétendait être fait de chair et de sang.

Mais il ne fallait pas faire attendre la famille. Il s'en fut vers la table de toilette et versa l'eau chaude du broc dans la cuvette. Il eut un brusque sentiment revenu du fond de son enfance d'avoir été renvoyé de table pour aller se laver les mains. Mais les mains qu'il savonnait en ce moment étaient celles durcies et hâlées d'un soldat. Il leur faudrait maintenant saisir fermement les rênes d'une vie nouvelle. Tandis qu'il frottait ses paumes inutilement, les yeux fixés sur les champs qui se déployaient derrière les vitres de sa fenêtre, il eut soudain le sentiment qu'on l'observait. Se retournant, il découvrit une mince silhouette debout sur le seuil. C'était un petit garçon de quatre ans, habillé d'un costume de tricot blanc. Son épaisse chevelure brune bouclée et ses grands yeux sombres contrastaient par leur vitalité avec la fragilité de son corps, un petit visage pâle et des pieds minuscules... Pendant un instant, il ne sut pas qui était cet enfant, puis il comprit brusquement que c'était le frère qu'il ne connaissait pas encore, l'enfant posthume de son père.

« Hello ! lança-t-il. Comment t'appelles-tu ? »

Le marmot le fixait avec des yeux de plus en plus grands tandis que sa bouche rapetissait et s'arrondissait de surprise.

« Hello ! répéta Renny en arborant ce qu'il croyait être une grimace amicale. Je vais te prendre ! »

Il avança vers lui et l'ayant saisi, le lança en l'air et le rattrapa dans ses bras. Oui, c'était le jeu qu'il avait coutume de jouer avec les petits garçons ! Mais, évidemment, ce petit garçon-là était d'une autre espèce. Au lieu de piailler de joie et de supplier : Encore ! Encore ! il jeta un cri d'effroi et fondit en larmes. Renny ne savait s'il convenait de le déposer à terre et le laisser là ou bien s'il devait le descendre en bas. Il se décida pour la seconde solution. L'ayant pris sous le bras, il descendit rapidement l'escalier. Wakefield semblait ne plus plcurer, mais il retenait seulement sa respiration. Ils atteignirent la salle à manger.

« Désolé de vous faire attendre », commença Renny. Alors, les cris d'effroi reprirent de plus belle. Le petit garçon s'étranglait. Les chiens pénétrèrent à leur suit dans la salle à manger. L'épagneul, craignant qu Wakefield ne fût puni, se mit sur ses pattes postérieures et se dressa contre l'intrus, les pattes en avant. Ses ongles éraflèrent la jambe nue de Wakefield ; celui-ci rua et cria de plus belle ; les chiens aboyaient.

Meg se leva pour s'élancer au secours de son protégé.

« Viens avec Meggie, le chéri de Meggie ! »

Elle le serra contre sa poitrine.

« Pourquoi sa jambe saigne-t-elle ? s'exclama Ernest. Qu'as-tu bien pu lui faire ?

— Bon Dieu ! s'écria Nicolas, ça suffirait à lui donner une crise de nerfs ! »

Elisa examinait l'éraflure.

« Je vais chercher de la vaseline et un bandage, dit-elle, viens avec Elisa, mon chéri.

— Non ! non ! piaula le bébé, je n'irai pas, renvoie ce méchant homme !

— Donnez-le-moi, ordonna Lady Buckley. Je puis le calmer alors que personne n'y parvient. »

C'était vrai. Installé dans son vaste giron, un mouchoir blanc noué autour de sa jambe, il se calma et se mit à considérer les visages qui l'entouraient. Sa grand-mère ne sympathisait qu'à demi, n'étant pas satisfaite de ce retard, il lui fallait dîner. Elle considérait Renny d'un air réprobateur tandis qu'il s'apprêtait à gagner sa place. Lui-même était désolé de ce premier contact avec le dernier-né de la famille. Il se laissa tomber sur sa chaise avec une expression qui disait son regret.

« Sortez les chiens ! dit Ernest. Ils irritent Sasha. »

En effet, perché sur son épaule, le chat faisait le gros dos en remuant la queue.

« Faut-il vraiment les faire sortir ? demanda Renny. Ils entraient ici habituellement. Te souviens-tu que Dad avait coutume de leur ôter les bourres qu'ils avaient dans les poils et de les cacher sous sa chaise ? »

Ce rappel inattendu d'un geste habituel à Philippe tomba brutalement sur tous ceux qui l'entouraient. Le rire qui frémissait au fond de sa gorge choqua les plus âgés et fit grimacer un sourire aux trois garçons. En vérité, Renny n'était pas encore parvenu à croire à la mort de son père. Jalna pour lui était tellement lié à Philippe dans ses pensées que, retourner vers l'un, c'était évoquer la vivante présence de l'autre.

Mais, à présent, il sentait qu'il avait parlé inconsidérément. Son visage, déjà haut en couleur, prit une teinte plus foncée. Il saisit le couteau à découper et dit avec nervosité :

« Ainsi, c'est à moi de m'acquitter de cette tâche ! Bien, mais je crains de faire un vrai hachis de tout cela ! »

Puis, il fit le récit de son voyage tout en découpant.

Ses oncles, sa tante et Elisa qui l'entouraient pensaient qu'il ne se montrait pas assez sensible à l'honneur qui lui était fait. Ils ne furent point consolés par le fait qu'il montrait peu de discernement dans la manière dont il répartissait les morceaux de volatiles. Il était déconcertant de voir Finch, âgé de onze ans, bourrant sa jeune bouche gourmande du blanc de poulet le plus savoureux. Il était déplaisant de considérer l'indifférent Piers dévorant ces médaillons de chair juteuse, extraits du dos des volatiles juste au-dessus du croupion, à la pointe du couteau.

Mais sa sœur et sa grand-mère étaient satisfaites. Pour Meg, la vision de Renny assis en face d'elle, sa tête cuivrée inclinée vers son ouvrage, ses yeux lui jetant parfois des regards affectueux de sous leurs sombres sourcils la comblaient de félicité. Elle n'arrivait pas à manger.

« Tu ne manges rien, Meggie ! s'exclama-t-il.

— Je suis trop heureuse ! D'ailleurs, je n'ai jamais mangé beaucoup et puis il faut nourrir bébé. »

Elle offrait des bouchées au petit garçon qui les refusait le visage tourné contre la poitrine de sa grand-tante.

« J'espère que tu ne le gâtes pas ? » dit Renny.

Le rire de Piers fusa :

« Le gâter ! s'écria-t-il. C'est l'enfant le plus gâté de l'univers !

— Non, non, dit Lady Buckley, sa délicatesse réclame certains ménagements.

— Il ne serait pas bon de le buter, poursuivit Ernest. Il a besoin d'être encouragé. J'ai été un enfant fragile et je sais ce qu'on peut souffrir confié à des mains par trop rudes !

— Je voudrais savoir la cause de tes souffrances, grogna Nicolas. Je crois me souvenir pourtant que tu avais toujours le meilleur de chaque chose, grâce à ton tempérament maladif. »

Leur mère parla d'un ton singulièrement énergique :

« J'avais grand soin de mes enfants. Je les couvrais contre le froid, je les tenais à l'abri de la chaleur et du soleil. Je leur administrais du soufre au printemps et du séné à l'automne. Je n'ai pas perdu d'enfant alors que ma mère en perdit cinq sur seize... Hum ! je ne sais ce que tu m'as donné là, mais il m'est impossible de le manger : vraiment, tu ne découpes pas comme ton oncle !

— Je le regrette, dit Renny, je suis diablement maladroit mais j'apprendrai.

— Voilà un joli morceau de blanc, dit Nicolas en le désignant avec sa fourchette, donne-lui donc ça. »

Renny s'exécuta.

« Renny, dit Finch, quand pourrai-je voir tes blessures ? »

Meg tourna vers Finch des yeux horrifiés.

« Comment peux-tu dire de telles choses ! C'est déjà assez terrible de savoir que Renny a été blessé, pourquoi en parler dès son arrivée ?

— Je prétends toujours, dit Lady Buckley, que la délicatesse de sentiments ne saurait être inculquée trop tôt ! Mais je n'en vois guère chez ces garçons.

— Ce que nous désirons, dit Piers, c'est entendre Renny parler de la guerre. Nous voudrions savoir comment il taillait les Allemands en pièces. Raconte-nous la fois où tu as gagné la D.O.S., Renny !

— Nous en trouverons le temps plus tard, répondit Renny brusquement.

— Il faudra que tu viennes dans ma chambre pour me raconter tout ! » dit Eden.

Meg l'interrompit :

« N'est-ce pas que Wakefield est joli, Renny ?

— Comme un ange ! Serons-nous amis, jeune vaurien ?

— A qui trouves-tu qu'il ressemble ? »

Renny considéra le visage enfantin.

« Je ne sais pas... à moi ?

— Un peu... il a pris le nez Court.

— Son nez ressemble au mien, dit Eden.

— Il a des yeux superbes.

— Il ressemble à mon frère Thaddée, dit la grand-mère en le considérant les yeux crispés des deux côtés de son nez d'aigle.

— A qui ressembles-tu, vaurien ? » roucoula Meg.

Finch considérait son petit frère d'un air irrité. Pourquoi tout ce tapage ? Pourquoi avait-il pris tant de place dès sa naissance alors que lui on le traitait avec une telle désinvolture ? Il poussa d'un coup de coude la chaise de bébé de Wakefield qui le gênait, puis il se servit largement de chow-chow.

« Renny, dit-il la bouche pleine, je voudrais voir tes blessures !

— C'en est assez ! Sors de table ! Tu es un vilain garçon ! » dit Meg.

Il rougit et se mit à regret en devoir de quitter son siège.

« Je t'en prie, ne le renvoie pas, s'exclama Renny, pas aujourd'hui que j'ai mon premier repas avec vous !

— Mais il me met dans un tel état que je me sens sur le point de m'évanouir !

— Bêtises, Meggie, tu es plus solide que ça !

— Alors, reste, puisque Renny le désire. Mais prends garde de bien te tenir ! »

La voix aiguë de Wakefield se fit entendre : « Bébé veut trouver oncle Ernest ! » Il descendit des genoux de Lady Buckley.

Ernest était flatté. Il prit l'enfant et lui présenta sa fourchette chargée de pommes de terre écrasées.

« Encore de la sauce ! » demanda le bébé.

Ernest mit de la sauce sur les pommes de terre. La petite bouche s'ouvrit toute grande, la fourchette s'y engouffra. Bébé adressait de petits saluts de satisfaction à chacun.

« Bon Dieu ! jeta Nicolas. J'allais oublier le champagne ! »

Il se leva et s'en fut en clochant vers une petite desserte où des bouteilles rafraîchissaient sur de la glace.

« Ceci est ma contribution à la fête ! Renny, mon garçon, nous allons boire à ta santé ! »

Ils vinrent à lui avec des souhaits de prospérité et de longue vie. Il se sentit ému. Ses yeux brillaient, humides, sa bouche s'adoucit d'une expression de tendresse protectrice. Ils étaient là tous de son sang, l'entourant étroitement de leur cercle familier, de la vieille, vieille grand-mère au bébé Wakefield ! Les années de séparation et de désordre étaient passées. Maintenant, ce serait la paix pour le reste de leurs jours. Le plafond se tendait au-dessus de leurs têtes, les murs les enfermaient. Il avait pris sa place à la tête de la famille et serait un père pour ces garçons. Tandis que Renny portait la coupe à ses lèvres, il éprouva comme la sensation physique des liens qui se resserraient entre lui et chacun de ceux qui entouraient la table, comme si les fibres de sa propre chair étaient reliées à ces liens invisibles.

La vieille Adeline quitta sa place et vint à lui entourée de vastes draperies. Elle le prit dans ses bras.

« Ah ! s'exclama-t-elle en l'embrassant sur la bouche presque avec exaltation, j'ai perdu mon fils... Philippe n'est plus... mais je t'ai, toi ! » Elle l'étreignit. « Dieu que tu es solide ! Tu me donnes des forces !... Mon vieux corps n'a donc pas vécu en vain ! Vous tous... vous n'existeriez point... sans moi ! »

Toujours cramponnée à Renny, elle regarda autour d'elle d'un air triomphant.

« Augusta, Nicolas, Ernest... pas un seul enfant né de ceux-là. Oui, je ne suis qu'une vieille souche pourrie, mais toi tu es jeune et résistant, Renny, Dieu te protège !

— Le champagne monte toujours à la tête de maman », murmura Ernest à Meg.

2

PÈRE ET FILLE

PHEASANT réfléchissait au rythme de ses jambes qui se balançaient de chaque côté du gros tronc humide d'un vieux pommier.

« Quelle année extraordinaire ! Dans trois semaines, j'aurai treize ans et dans une heure je verrai Maurice : je ne sais vraiment ce qui me surprend le plus ! »

Son expression habituellement craintive devint volontairement étonnée. Remontant ses sourcils, elle ouvrit la bouche et respira à petits coups rapides. Comme si sa surprise se transmettait par son contact au vieil arbre, il fut pris d'un frémissement et ses quelques fleurs d'un blanc rosé emplirent l'atmosphère d'un parfum timide. Les jambes minces, gaînées de bas de fil bruns se balançaient dans une sorte de cadence syncopée comme si elle ne pouvait les en empêcher. Elle pensait : « Dans quelques minutes, il faudra rentrer, brosser mes cheveux, nettoyer mes ongles et mettre une quantité de parfum sur mon mouchoir. »

Le pommier se dressait seul dans un petit champ de forme irrégulière. Elle le considérait comme *son* arbre. Les pommes qu'il produisait, petites et âpres, avaient une peau rugueuse, mais leur saveur était délicieuse. Si Pheasant fermait les yeux pour les goûter avec plus d'attention, il lui semblait qu'elles avaient un parfum de poire, mais en bien meilleur encore. Cependant, le malheur voulait que le vieux poney qui pâturait dans le champ fût aussi friand de pommes qu'elle. Il se postait près de l'arbre attendant qu'un fruit vienne à tomber ou bien il tendait son col à la rude crinière pour les happer sur la branche même. En ce moment, il avançait vers l'arbre en roulant de gros yeux bleu-noir vers Pheasant, de l'air d'un conspirateur, comme s'ils étaient tous deux des voleurs. Cependant les pommes n'étaient encore que des espoirs dans les calices des fleurs !

« Hello ! vieux sacripant ! dit Pheasant, tu ne sais pas qui revient à la maison aujourd'hui ? »

Le poney gonflant les lèvres hennit doucement. De petites gouttes de sueur restaient accrochées aux poils entourant sa bouche. Elle tendit un pied et lui gratta le dos.

« C'est Maurice qui revient, dit-elle. J'imagine que tu en sais plus que moi sur son compte. Je voudrais que tu puisses parler, Sandy : tu me renseignerais sur un tas de choses ! »

Le poney était âgé de vingt-huit ans. Il avait appartenu à Maurice lorsqu'il était petit garçon, puis Pheasant, à son tour, avait parcouru la campagne sur son dos, mais il était devenu gros et paresseux et ne consentait point à se départir d'un trot sautillant.

En ce moment, Pheasant se l'imaginait jeune, émoustillé par l'avoine et monté par le petit Maurice galopant sur la route du pays où il ne passait aucune auto. Maurice était gai et rieur.

Sandy s'éloigna de sous son pied et se mit à brouter l'herbe jeune et clairsemée. Il lui jeta un regard oblique lorsqu'elle le saisit par la frange de crins pour lui dire :

« Ton maître revient ! Entends-tu, ton maître, qui est aussi mon père ! »

Pheasant était pleine d'un étrange sentiment fait de crainte et de joie. Elle avait vécu tellement solitaire que la pensée de vivre sous le même toit que ce personnage presque inconnu changeait pour elle jusqu'à la coloration de ce jour de printemps dont les teintes lui semblaient plus soutenues, plus intenses ; il y avait du mystère dans le murmure du ruisseau : père... père... père... répétait-il inlassablement. Cependant elle ne l'avait jamais appelé que Maurice. Mrs. Clinch, la gouvernante, se faisait vieille ; elle était dure d'oreille et souffrait de lumbagos. Elle avait vécu quarante ans dans la maison des Vaughan et semblait aussi permanente à la petite fille que les murs mêmes de la maison. Mrs. Clinch considérait Pheasant comme un déshonneur pour le nom des Vaughan et tandis qu'aux yeux du monde extérieur elle se comportait fièrement, elle ne voyait jamais l'enfant sans ressentir un choc interne accompagné de cette pensée : « Voici le cadavre que recèle notre maison et c'est mon devoir d'y veiller... » Si seulement elle avait pu s'occuper d'un enfant légitime et accueilli dans la joie !

Mrs. Clinch se montrait douce pour Pheasant mais sans tendresse. Elle estimait qu'un enfant ayant un bon naturel devait rester tranquille. Aussi le moyen découvert par Pheasant pour complaire à Mrs. Clinch était-il de s'arrêter instantanément quoi qu'elle fût en train de faire dès que Mrs. Clinch apparaissait. La gouvernante la considérait alors d'un œil scrutateur, paraissait satisfaite et retournait à son petit réduit personnel, voisin de la cuisine où se trouvait un fauteuil à bascule qui jetait un grincement sonore chaque fois qu'elle se balançait en arrière. Lorsqu'elle l'entendait, Pheasant savait qu'elle ne serait pas surveillée pendant une bonne heure au moins.

Jusqu'à ce qu'elle eût atteint ses huit ans. Pheasant avait passé une grande partie de son temps à éviter

Mrs. Clinch et à observer Maurice sans qu'il le sût. Elle le suivait à travers champs en se cachant derrière les mûriers sauvages ou dans les blés hauts. A la maison, elle était toujours dans la pièce qu'il venait de quitter. Tour ce qu'il faisait la passionnait. Elle l'épiait par la fente de la porte de la salle de bains tandis qu'il se rasait, intéressée par le rapide savonnage de son visage, le passage en vitesse du rasoir, le visage à la peau lisse qui apparaissait peu à peu. Elle l'épiait lorsqu'il nettoyait ses fusils, lisait ses journaux ou se préparait une boisson alcoolisée, essayant toujours de s'imaginer ce que ce serait s'il l'aimait et qu'il la voulût près de lui. Pheasant savait qu'elle avait gâché la vie de Maurice pour une raison mystérieuse. Elle en était fâchée et eût voulu découvrir un moyen de compenser le mal qu'elle lui avait fait.

Ce matin-là, la petite fille avait pénétré dans la salle à manger fascinée par l'éclat inaccoutumé de cette pièce. Pendant l'absence de Maurice, les volets étaient restés clos sauf lorsque Mrs. Clinch les avait ouverts pour l'aérer ou la nettoyer. La desserte était nue, la table recouverte d'un drap. Ç'avait été un des jeux de Pheasant que d'oser en venir à lever un des coins du drap pour regarder en dessous. Une fois, raide d'effroi, elle s'y était aventurée. Il n'y avait que quelques coussins là-dessous ; c'était ce qui pouvait faire croire à un corps étendu là. Mais elle s'enfuit terrifiée. Que pouvait-il bien y avoir sous les coussins ? Ce matin, le clair soleil qui entrait à flots dans la salle à manger, faisait étinceler l'argenterie sur la desserte et transformait en un bouclier luisant le dessus de noyer de la table. L'argenterie et les bois cirés témoignaient du travail fourni par les mains de Mrs. Clinch. Celle-ci pénétra dans la pièce au moment même où Pheasant faisait glisser sa paume sur le dessus poli de la table.

« Il ne faut pas y toucher ! » s'exclama la gouvernante comme si elle s'adressait à un enfant de trois ans.

Pheasant recula et s'immobilisa, les bras le long du corps.

Elle remarqua que la gouvernante était aussi astiquée et soignée que la pièce : ses cheveux ternes lissés, un tablier blanc empesé posé sur sa robe grise. Ses mains croisées sur son ventre formaient la seule tache de couleur qu'il y eût sur toute sa personne. Elles étaient d'un rose-gris dû à la poudre à astiquer l'argenterie.

« Tous ça est superbe ! déclara Pheasant en forçant sa voix, car Mrs. Clinch était sourde.

— Ce n'est pas étonnant, répondit Mrs. Clinch, j'ai fourbi et frotté pendant trois jours. Vous allez déjeuner ici avec lui.

— Moi ? » Pheasant devint pâle de surexcitation : « Je ne pourrais pas manger, j'aurais trop peur !

— Bêtises ! Vous ne prendrez plus vos repas avec moi. Votre place est ici à partir d'aujourd'hui. Vous feriez mieux de vous habiller, il n'y a pas de temps à perdre !

— Dois-je mettre ma robe blanche ?

— Dieu, non ! La robe écossaise. Puis, venez me trouver, je donnerai un bon coup de brosse à vos cheveux. »

Pheasant vola au premier. Son pouls battait. Elle avait le sentiment de peser moins assurément que de coutume, comme si elle était soufflée du bas de l'escalier jusque dans sa chambre.

Elle mit la robe écossaise et essaya de trouver une paire de bas qui ne fût point trouée mais ne put y parvenir. Elle finit par mettre des bas appartenant à deux paires différentes. Ils n'avaient pas exactement la même teinte, mais elle pensa que cette différence ne se remarquerait pas. Elle se considéra dans la glace et y aperçut un visage aux yeux brillants entouré d'une masse de cheveux bruns. Il lui semblait qu'elle était faite de plus d'étoffe écossaise que de chair, mais elle ne fut pas mécontente de son aspect. Enfin, saisissant vivement sa brosse à cheveux, elle courut à la cuisine.

Il y flottait d'agréables parfums. Du café bouillait dans un pot. Mrs. Clinch qui semblait ne pas voir Pheasant et sa brosse à cheveux paraissait prendre plaisir à tourner en tous sens, suivie par l'enfant qui traînassait à sa suite. Puis, brusquement, elle se détourna et dit :

« Allons-y ! »

La brosse passa rudement sur les boucles lisses comme sur celles qui étaient emmêlées. Pheasant serrait les dents et ses yeux se mouillèrent lorsqu'une brindille du pommier fut détachée d'une mèche emmêlée.

« Ce n'est pas étonnant si les oiseaux bâtissent des nids dans vos cheveux », déclara Mrs. Clinch.

Elle avait à peine donné une douzaine de coups de brosse qu'on entendit bourdonner un moteur, puis des voix résonnèrent devant la porte d'entrée. Mrs. Clinch s'écria :

« Le voilà ! Pauvre jeune monsieur ! »

Mrs. Clinch avait coutume d'ajouter ce qualificatif à chaque remarque qu'elle faisait au sujet de Maurice et, pour une raison obscure, ces paroles rendaient chaque fois Pheasant toute honteuse. En ce moment, elle était hésitante, ne sachant ce qu'elle devait faire. La gouvernante s'en fut d'un pas rapide.

Pheasant pénétra lentement dans le hall.

La porte d'entrée avait été ouverte toute grande. L'air frais du printemps chargé de senteurs de terre chaude, de boutons éclos, de feuilles mouillées en décomposition, s'y engouffrait, comme si cette maison triste avait été fermée trop longtemps. On eût dit que l'intérieur de la maison venait d'être retourné à l'extérieur et que tous les secrets, toutes les tristesses avaient été soufflés par le vent.

Maurice parut, solide, sanglé dans son uniforme. Il était suivi d'un petit homme d'aspect chétif portant des bagages. Maurice serra la main de la gouvernante puis il paya le chauffeur du taxi. La porte fut refermée et Pheasant se sentit soudain trop intimidée pour oser regarder Maurice. Mais il l'aperçut et traversa le hall.

« Hello ! dit-il, comme tu as grandi ! »

Il lui prit la main de sa main gauche. Elle remarqua que son poignet portait un bracelet de cuir et que sa main pendait sans force.

« J'ai eu la main estropiée par un éclat d'obus. »

Pheasant se sentait faible de tout l'amour qui sourdait en elle. Elle eût désiré embrasser cette pauvre main, ou attirer à elle la tête de son père et la tenir serrée longtemps. Mais il s'éloigna et se mit à parler de John Wragge à la gouvernante. Celle-ci emmena le soldat à la cuisine. Maurice monta l'escalier. Leur rencontre qui n'avait duré que quelques minutes était déjà passée ! Pheasant restait immobile, indécise.

Elle eut envie de suivre Maurice jusque dans sa chambre, mais ne l'osa pas. Alors, croisant les mains autour du pilier central de l'escalier à vis, elle se mit à se balancer de droite et de gauche. Tantôt elle apercevait tout l'escalier, tantôt elle voyait à l'intérieur de la salle à manger. Une vie nouvelle, inconnue, avait pénétré dans la maison. Elle renifla. L'odeur même de l'atmosphère était changée. Puis elle aperçut les bagages amoncelés dans le hall. Il s'en dégageait un parfum de cuir et d'aventures. Dans la salle à manger, Mrs. Clinch plaçait un plat de viande froide et un saladier de verre empli de choux rouges marinés. Une bonne odeur venait d'un plat d'escalopes chaudes. Tout était si propre, reluisant et soigné en prévision de cette vie nouvelle. Que serait-ce que d'avoir un homme dans la maison ?

Elle entendait ses pas en haut. Puis, ils se déplacèrent lentement vers l'escalier. Elle lâcha le pilier et s'enfuit dans le passage qui débouchait dans la cuisine. Au même instant, la porte de la cuisine s'ouvrit et Mrs. Clinch la considéra fixement comme avec surprise.

« Que faites-vous là ? demanda-t-elle.

— Rien. Pourquoi ?

— Votre place est à la salle à manger, maintenant. »

Le ton de la gouvernante était tellement définitif que Pheasant crut entendre se refermer une porte. Cependant, elle ignorait quelle serait sa place dans cette existence nouvelle.

« Le déjeuner est servi », dit Mrs. Clinch en s'adressant à Maurice qui était arrivé en bas de l'escalier.

Il jeta un regard incertain vers Pheasant.

« J'ai mis un couvert pour elle, dit la gouvernante, est-ce bien ?

— Certainement.

— Je sers dans la cuisine l'homme que vous avez amené.

— Bien. »

Mrs. Clinch poussa légèrement Pheasant vers la salle à manger. Maurice tira une chaise pour elle ; il était embarrassé, ne sachant pas parler aux enfants.

« Que veux-tu ? demanda-t-il lorsqu'ils furent à table. Du jambon ? De la langue ? Je ne sais pas ce que contient l'autre plat. Aimerais-tu un mélange ?

— L'autre plat contient du porc, dit Pheasant faiblement. Je désire seulement du jambon, s'il te plaît. »

Ils mangèrent en silence.

Pheasant ne pouvait détacher son regard de la main estropiée de Maurice. Elle remarqua qu'il avait peine à se servir de son couteau et de sa fourchette. Par sympathie, il lui semblait que sa main droite aussi n'avait plus de force. Elle eût voulu lui couper sa viande. La fourchette de Pheasant lui échappa et tomba bruyamment sur le parquet. Une vague brûlante lui monta aux joues ; elle se pencha pour la rattraper. Maurice remarqua sèchement :

« Je fais tout de même mieux ! »

Elle se sentit en disgrâce.

Le souvenir de ses parents qui avaient vécu sous ce toit oppressait Maurice. Ils étaient morts bien des années avant la guerre, mais aujourd'hui, au retour de cette longue absence, il retrouvait soudain, dans la maison familiale, leur souvenir singulièrement vivant. Ils lui étaient bien plus proches que Pheasant. Maurice se demandait ce qu'éprouvait en ce moment Renny Whiteoak, dont le père et la belle-mère étaient morts tandis qu'il se trouvait en France. Puis, le souvenir du visage bouleversé de Meg lorsqu'elle l'avait aperçu à la gare le transperça d'une douleur si aiguë qu'il jeta une exclamation involontaire et repoussa sa chaise. Ce retour était affreux et cette maison mortelle. Il se leva et se dirigea vers le buffet. Il éprouva une sensation de soulagement en constatant qu'on avait rempli le carafon de whisky. Ayant trouvé un verre, il l'emplit à moitié. Pheasant suivait chacun de ses gestes. Maurice s'en fut enfin vers la porte de l'office, l'entrouvrit et appela à haute voix :

« Mrs. Clinch ! »

Elle vint en courant comme s'il avait crié au feu.

« Y a-t-il de l'eau gazeuse ? » demanda-t-il.

Elle le regarda d'un air effaré.

« Je n'ai pas pensé à l'eau gazeuse, je suis bien fâchée...

— Ça n'a pas d'importance. »

Il retourna à table, ajouta de l'eau dans son verre, se

sentit ragaillardi et essaya de trouver quelque chose à dire à son enfant... Dieux ! il aurait dû lui apporter un cadeau. Les enfants attendent toujours un cadeau.

« Tu as grandi incroyablement ! » dit-il en manière d'avance.

Elle se redressa.

« Oui, je suis grande pour mon âge. »

Il la considéra d'un œil critique :

« Mais tu ne seras pas une grande femme. »

Comprenant qu'il venait de commettre une maladresse, il ajouta :

« Mais je n'aime pas les grandes femmes. »

Mrs. Clinch apporta le pudding.

Lorsqu'ils furent à nouveau seuls, Pheasant demanda d'une voix mal assurée :

« Es-tu heureux que la guerre soit finie ? »

Elle était satisfaite de cette question qui lui semblait vraiment une question de grande personne.

Il réfléchit, les sourcils rapprochés.

« Non, dit-il enfin, je ne crois pas que je le sois. »

Pheasant gardait les yeux baissés sur son assiette. Il n'était donc pas heureux de la revoir ! Ainsi, il préférait être à des milliers de lieues de chez lui à se battre plutôt que d'être avec elle ! Les larmes sourdaient de ses yeux lentement, douloureusement. Son petit visage pointu rougit intensément.

« La guerre n'était pas si terrible, dit-il. Mais lorsque je serais installé, je crois que je serai content. Où en sont tes études ? »

Pheasant prenait des leçons de Miss Pink qui était organiste à l'église.

« Tu veux dire les leçons de musique ou bien les autres ? demanda-t-elle après un silence pendant lequel Maurice oublia presque la question qu'il venait de lui poser.

— Toutes.

— Je suis assez bonne en littérature et histoire et médiocre en musique. »

Elle ne put davantage retenir ses larmes qui coulaient rapidement le long de ses joues et tombaient sur la tranche de pudding aqueuse et épicée.

Maurice la considéra avec ennui et embarras. Cette enfant le prenait-elle pour une brute ?

« Ça ne fait rien, dit-il, tu peux cesser les leçons de musique si tu veux. »

Pheasant prit une grosse bouchée de pudding et dans l'effort qu'elle fit pour l'avaler, elle retrouva le contrôle d'elle-même. Maurice laissa la sienne dans son assiette et alluma une cigarette. Il se demandait s'il trouverait un moyen pour éviter de subir la présence de cette enfant pendant les repas. Pheasant s'efforça de continuer la conversation.

« Finch Whiteoak aime la musique, dit-elle. Il reste assis près de l'orgue, à l'église, pendant que Miss Pink joue ; mais elle peut à peine jouer tant elle a envie de le regarder : toute son âme est dans ses yeux !

— Hum... Il était à la gare pour l'arrivée de Renny... Vois-tu beaucoup les Whiteoaks ?

— Pas beaucoup. Wakefield est le plus gentil petit garçon qui soit. Un jour, s'étant sauvé, il est venu ici tout seul. Quand il n'obtient pas ce qu'il désire, il se couche par terre et se roule de tous côtés jusqu'à ce qu'on le lui ait accordé.

— Vois-tu parfois Miss Whiteoak... Meg ?

— Non. Je ne la vois jamais. Mais, une fois, j'ai rencontré un de ses oncles, celui qui s'appelle Nicolas, et il a été très gentil : deux jours après, j'ai reçu un paquet à mon adresse et quand je l'ai ouvert, j'ai vu une magnifique poupée !

— C'était très aimable.

— Puis-je la chercher pour te la montrer ?

— Si tu veux. »

Elle repoussa sa chaise et quitta la pièce. En haut, elle resta un instant immobile, haletante, essayant de retenir ses larmes. Elle ne savait pas la cause de cette envie de pleurer. Pheasant ouvrit le tiroir dans lequel dormait la poupée, car elle ne jouait plus avec. La poupée était couchée, les yeux clos « comme quelqu'un de mort », pensa-t-elle, éprouvant soudain un vif chagrin, puis saisissant la poupée elle ensevelit son visage dans ses dentelles et n'essaya plus de se contenir.

Pheasant ne retourna pas à la salle à manger. Un instant plus tard, elle aperçut Maurice se promenant lentement dans l'allée qui menait au bois.

Le soleil se voila ; quelques gouttes de pluie tombèrent. Un silence profond s'établit, troublé seulement par le gazouillement d'un petit oiseau. La pluie se mit à tomber, rapide, légère comme si elle craignait de blesser les délicates floraisons de mai. Pheasant se demanda si Maurice serait mouillé. Mais soudain il lui semblait ne pas appartenir à la réalité. Était-il vraiment revenu ? Est-ce que cette première rencontre avec lui qu'elle avait attendue si longtemps, avait déjà eu lieu ? Un rire semblable à un gloussement monta de la cuisine. Wragge avait trouvé le chemin des bonnes grâces de Mrs. Clinch !

3

NOUVEAUX VENUS

Si jadis Pheasant avait épié Maurice avec ténacité, elle l'évitait maintenant. Le bruit de ses pas la faisait fuir, le cœur battant. Elle avait bu son thé seule et s'était déjà couchée lorsqu'il vint dîner. Le lendemain matin, elle était déjà partie pour prendre sa leçon avec Miss Pink lorsqu'il parut pour le déjeuner. Tout en absorbant ses œufs au bacon, il fit la réflexion qu'après tout la petite ne serait pas tellement encombrante. Si elle avait eu la moindre ressemblance avec sa famille, il n'eût pas autant redouté sa présence, mais elle ne ressemblait à personne excepté à la fille qui, pendant une saison brève, lui avait fait oublier sa loyauté envers Meg. Cependant, il y avait dans cette enfant quelque chose d'indéfinissable qui lui était particulier : ce regard de jeune bête sauvage qui vous observait sans comprendre quoiqu'elle parût vous percer du regard. Elle le mettait vraiment mal à l'aise.

L'après-midi du lendemain était déjà avancé lorsqu'ils se rencontrèrent.

Pheasant, qui venait de boire son thé, écrivait dans un cahier lorsqu'il entra. La lumière du jour déclinait. Penchée sur son devoir, sa lourde chevelure châtaine tombant le long de ses joues faisait paraître son visage extrêmement pâle et étroit comme s'il se fût trouvé entre les barreaux d'une grille. Sur la muraille lui faisant face, le soleil déclinant jetait un reflet pâle. Une assiette de tartines beurrées, une coupe de confiture de fraises, un pot au lait étaient posés sur la table. Un biscuit dans lequel elle avait déjà mordu se trouvait près du cahier et, au moment même où il entra, elle le prit, les yeux toujours attachés au cahier, et mordit dedans.

Son pas la fit tressaillir ; elle le fixa, la bouchée de gâteau distendant sa joue. Pheasant était si peu habituée à entendre le moindre son dans cette maison silencieuse qu'il lui fallait peu de chose pour l'effaroucher.

« Qu'as-tu à bondir ainsi ? demanda Maurice irrité. Je ne suis pas un cambrioleur !

— Non, je le sais bien, bégaya-t-elle, justement... je t'attendais.

— Je ne vais tout de même pas annoncer ma venue chaque fois que j'entrerai dans une pièce, tu sais !

— Oui... non... ce n'est pas possible. »

Elle parlait avec difficulté, la bouchée de gâteau bourrant encore une de ses joues. Elle l'avala enfin et le regarda comme pour lui demander si elle devait s'en aller ou rester. Il se laissa tomber dans un fauteuil et sortit de sa poche un carnet de notes qu'il feuilleta.

Ils n'entendirent ni l'un ni l'autre des pas résonner dans le hall. Brusquement, la porte s'ouvrit : Renny Whiteoak était devant eux.

« Hello ! dit-il, je n'ai pas sonné, car je vous ai vus à travers la fenêtre. Enfin installé, hein ? Hello, Pheasant ! »

Elle se leva et avança vers lui, la main timidement tendue.

Le visage de Maurice s'éclaira à la vue de son ami : « Il était temps que tu te montres », dit-il.

Renny serra la main de la petite fille.

« Si tu avais traversé ce que j'ai dû traverser !... dit-il.

— J'imagine qu'ils t'auront presque dévoré !

— Je me sentais comme un croûton de pain dans une mare aux canards. Parmi eux, de Gran au bébé, je n'ai pas eu un moment à moi. Je suis enroué à force d'avoir parlé. J'ai même dû me dévêtir pour exhiber les cicatrices laissées par la bataille ! C'était pour obéir à notre vieille dame ; elle n'a pas été impressionnée le moins du monde : tout en passant ses doigts le long de mes cicatrices, elle disait : « Ah ! « nous avons toujours été des guerriers ! » J'étais dans les étables ce matin à sept heures et j'ai passé en revue toute la ferme.

— On croirait entendre raconter mon retour... Assieds-toi, tu vas boire quelque chose. »

Il s'en fut vers le buffet et emplit deux verres.

« A d'heureux jours ! dit-il.

— A d'heureux jours ! »

Ils s'assirent.

« Pheasant, dit Renny, viens sur mes genoux, si tu ne te crois pas trop grande.

— Je ne me sentirai jamais trop grande pour cela ! dit-elle sérieusement.

— C'est penser raisonnablement. »

Elle vint à lui et s'assit tranquillement sur ses genoux. Ils se regardèrent les yeux dans les yeux. Renny s'était assis contre la tache de soleil qui éclairait le mur, sa tête, ses épaules étaient illuminées comme par un réflecteur. Pheasant pensa : « Il a vraiment l'air d'un *véritable Peau Rouge,* ainsi éclairé ! »

« Je voudrais avoir une petite fille, dit Renny, tous mes garçons... »

Maurice pensait : « C'est bien là ce vieux Renny, il les appelle *ses* garçons ! Il irait jusqu'à être paternel envers sa vieille grand-mère si elle le lui permettait ! »

« Vous êtes trop jeune pour être mon père, dit Pheasant.

— J'ai seulement deux ans de moins que Maurice.

— Vous avez l'air beaucoup plus jeune.

— Vraiment ?

— Oui. Je pense que c'est parce que… je ne sais pas…

— Dis-moi ça.

— Je ne peux pas.

— Si, tu peux… dis-le-moi tout bas ! »

Elle pencha vers son oreille un visage souriant.

« Faites comme si je n'étais pas là », dit Maurice, mais il éprouva un instant de jalousie perverse. Comme Renny avait aisément su mettre l'enfant en confiance !

Pheasant murmura :

« Parce que je pense que vous sentez les choses un peu comme moi. »

Renny l'entoura d'un bras et la serra contre son épaule, puis il répondit à voix basse :

« Je parie que oui. Je pense que Mrs. Clinch est un rabat-joie et que Maurice est un brigand ; j'estime que je suis un gars supérieur et que tu es l'enfant la plus intéressante qui soit ! »

Pheasant eut un petit rire joyeux. Ils riaient en se regardant. C'était étrange, pensait-elle, que Maurice lui donnât le sentiment d'être presque une grande personne alors qu'avec Renny, au contraire elle se sentait très jeune et presque insouciante.

Maurice tirait des bouffées de sa pipe en les couvrant d'un regard plutôt sombre. Il voulait son ami pour lui seul, mais ne savait comment se débarrasser de la petite.

« As-tu fini ton thé ? demanda-t-il.

— Oh ! oui.

— Où en sont tes devoirs ?

— Ils sont terminés. »

Elle le devina au ton de sa voix et se laissa glisser des genoux de Renny.

Renny demanda en désignant Maurice :

« Est-ce que ce père a pensé à t'apporter un cadeau ? »

Elle secoua la tête.

« Pas même un casque allemand ou un objet sculpté dans une douille d'obus ?

— Non, je ne pense pas.

— Tu sais, je n'aurais jamais osé me montrer à Jalna sans avoir un cadeau pour chacun, de la grand-mère au bébé.

— Ont-ils été satisfaits de leurs cadeaux ?

— Oui, et je t'ai aussi apporté quelque chose.

— Ne la taquine pas, dit Maurice.

— Je n'y songe nullement. Regarde ! »

Il plongea une main dans sa poche et en tira un petit couteau à fruit en argent dans un étui de peau de chamois. Il le tendit à Pheasant.

« Ouvre !

— Oh ! qu'il est joli ! L'avez-vous vraiment rapporté de France pour moi ?

— Oui.

— Je n'ai jamais rien eu d'aussi joli ! » Elle l'entoura de ses bras pour l'embrasser sur la joue : « Merci… merci… regarde, Maurice ! »

Lorsqu'elle s'en fut allée avec ses livres, Maurice dit :

« Tu es un bon type.

— Tu sais, dit Renny, ce couteau était un petit cadeau de plus destiné à Meg, mais j'ai pensé qu'elle pouvait fort bien s'en passer.

— C'est heureux qu'elle ne le sache pas… J'ai vu sa figure lorsqu'elle m'a aperçu à la gare…

— Oui, ça a été un peu un choc pour elle. Mais, vois-tu, Meg était nerveuse à ce moment-là. Je ne serais pas étonné qu'elle te pardonne et oublie... après toutes ces années pendant lesquelles tu as été au loin...

— Moi, je le serais. »

Renny considéra son ami avec une expression d'irritation très vive.

« Alors, au nom du Ciel, oublie-la ! Il y a d'autres femmes en ce monde ! lança-t-il.

— Non, pas pour moi. Les autres femmes ne comptent même pas — simplement... elle se réconcilierait peut-être avec moi s'il n'y avait pas Pheasant.

— Mets-la en pension.

— Je n'en ai pas les moyens et puis voici les vacances. Non, il n'y a rien à faire, je n'ai qu'à m'installer ici et à tirer de cette existence le meilleur parti possible. »

Il se leva lourdement pour verser une boisson fraîche dans chacun de leurs verres. Après une pause, il demanda :

« Comment ont-ils mené les affaires à Jalna ?

— Assez mal, autant que j'aie pu en juger. Mes oncles ont toujours été enclins aux extravagances. Ma grand-mère fourre son nez partout et ses idées sont vieilles de cinquante ans. Meg et Eden se sont chargés de la surveillance des terres. Dieu me pardonne, ils ont bourré le fruitier de centaines de boisseaux de pommes qui sont en train de se gâter dans l'attente de prix élevés ! Ils ont vendu de bons chevaux pour un prix trop bas. Ils ont vendu l'hiver dernier le grand étalon de mon père... chacun d'eux a sa version à lui au sujet de cette opération... Oui, on ne peut pas se montrer trop sévère au moment même où l'on reprend les choses en main, mais un changement de direction s'impose. J'achèterai un nouvel étalon, un ou deux poulains d'avenir et je verrai ce que je peux faire en fait d'élevage de chevaux de chasse. Piers sera une aide pour moi. Je puis déjà m'en rendre compte.

— J'ai reçu ce matin la visite d'un individu qui pourrait t'être de quelque utilité. Il désire travailler et semble s'y connaître en chevaux et en travaux agricoles ; il a une sœur qui se dit aussi capable que lui.

— Où habitent-ils ?

— Dans la maison blanche derrière l'église ; celle qui est restée inoccupée pendant des années, tu sais ? Puis une Mrs. Stroud l'a achetée et l'a divisée en deux habitations afin de pouvoir en louer une.

— Oh ! oui, Meg m'a raconté ça dans une lettre.

— Ce garçon — il s'appelle Dayborn — est donc locataire de cette maison et a sa sœur avec lui, une veuve, et l'enfant de celle-ci. Ils sont Anglais, jeunes ; il a l'air d'avoir à peu près trente-six ans. On dit qu'ils sont fort gênés et que Mrs. Stroud est très bonne pour eux.

— Est-elle également veuve ?

— Oui.

— Je voudrais les voir. Pourrions-nous y aller tout de suite ?

— Certainement.

— Si tu ne trouves pas que c'est dangereux pour nous : deux veuves ! Dieu sait ce qui peut nous arriver !

— Je me charge de veiller sur toi », dit Maurice.

Il aurait préféré rester à bavarder devant leur whisky et soda, mais il connaissait Renny. S'il avait une idée en tête... Ils vidèrent leurs verres et s'en furent à travers champs, Maurice accordant son pas plus nonchalant à celui plus rapide de Renny.

Renny avait beaucoup de qualités en commun avec sa grand-mère irlandaise. L'une d'elles était de ne jamais laisser le moindre de ses projets traîner par manque de flamme dans l'intérêt qu'il lui portait. A présent, dans sa pensée, il voyait déjà ce jeune Dayborn sous l'aspect de l'homme qu'il lui fallait pour l'aider à remettre ses affaires en ordre et puis, il y avait la sœur ! Une fille de cette sorte pouvait rendre les plus grands services en dressant les montures de dames. Il se sentait plein de bonne volonté envers ces inconnus. Cette rencontre serait heureuse.

Ils suivaient un sentier qui longeait un champ où les délicates pousses du froment d'automne luisaient couleur d'émeraude sur la terre teintée de violet chaud par le flamboiement du couchant. Le sentier montait doucement vers une légère éminence. En l'atteignant, ils se retournèrent pour regarder la maison à demi enfouie dans les frondaisons. Le grand-père de Maurice l'avait construite il y avait de cela quatre-vingt-dix ans et s'était plu à l'entourer de vigoureux jeunes conifères comme si elle n'était pas assez confortablement installée dans sa combe étroite. Les arbres, au cours des décennies, avaient grandi tels des pics énormes, enlaçant leurs rameaux, leurs racines jusqu'à former un mur compact hérissé d'aiguilles qui, non seulement protégeait des vents d'hiver, mais encore avançait la venue du soir qui s'établissait en ces lieux bien avant le coucher du soleil.

« Tu devrais te donner un bon exercice en éclaircissant ces sapins, dit Renny.

— Oui, reconnut Maurice sans enthousiasme, ils sont bien trop touffus.

— Maintenant, regarde Jalna », dit Renny. Il se tourna encore pour faire face à son propre domaine : « Là, il y a de la clarté ; nous ne perdons pas un rayon de soleil quoique nous ayons une quantité d'arbres ! »

La demeure apparaissait en effet d'une gaieté presque flamboyante dans la clarté du couchant. La double rangée de grandes balsamines et d'ombellifères qui bordaient l'avenue s'arrêtait net contre le gravier. La pelouse s'étendait, offerte au soleil, et un groupe de bouleaux argentés arboraient des troncs presque aussi blancs que des pétales de narcisses tandis que leurs feuilles pointues papillotaient du vert le plus pâle. Les vigoureux rosiers grimpants de Virginie qui ornaient les murs de la maison avaient placé leur jeune feuillage scintillant avec un tel art sur le fond de vieilles briques, qu'on eût dit une parure imaginée d'avance. Certainement, la peinture fraîche des volets et du porche avait été faite en l'honneur du retour de Renny ainsi que l'astiquage de chaque vitre. Derrière la demeure, le verger des cerisiers étendait le voile blanc de ses floraisons et dans le ravin qui séparait les deux domaines, il y avait les tiges rouges des osiers, le pourpre et l'or des glaïeuls qui croissaient au bord de la rivière, et puis la floraison de mai particulière au cours d'eau lui-même, cette légère fleur d'écume. L'énergique martèlement d'un pic était l'unique son perceptible.

« Il me semble étrange de me voir le maître de ces lieux. Lorsque je suis parti, mon père était plein de vigueur. Je pensais qu'il vivrait aussi vieux que grand-mère. J'étais heureux d'être l'aîné de ses fils et de jouer mon rôle dans sa maison !

— J'ai toujours admiré ton père, dit Maurice. Il avait un physique élégant et ce regard rayonnant qui, de nos jours, éclaire peu de visages.

— Oui. » Renny répondit presque avec brusquerie : « Mais il n'est plus... il s'agit de m'y habituer... Viens, Maurice. Allons voir ce garçon. Comment s'appelle-t-il ?

— Jim Dayborn. J'ai oublié le nom de sa sœur. C'était un petit nom bref. Ah ! oui : Chris, a-t-il dit.

— Je suis content que cette maison soit habitée. Je me rappelle son aspect désolé.

— Mrs. Stroud l'a arrangée d'une façon charmante,

prétend ma gouvernante. Elle y a donné une sorte de réception pour l'Institut féminin. »

Ils marchèrent en silence.

Débouchant sur la grand-route paisible, ils la traversèrent et Maurice fut sur le point de proposer une brève incursion dans le cimetière lorsqu'il se souvînt des nouvelles tombes qui s'y trouvaient. Aussi tourna-t-il brusquement vers un sentier étroit qui traversait un champ. Renny hésita un moment, les yeux fixés sur l'église entourée de pierres tombales blanches rosies par le soleil couchant. Puis il suivit Maurice. Un instant après, ils se trouvèrent devant la maison blanche actuellement habitée. Ç'avait été jadis la demeure de Miss Pink, l'organiste, mais lorsque ses parents moururent, ses moyens ne lui permirent plus d'y rester, car le loyer représentait son seul revenu ; elle avait souffert de privations pendant le temps où elle ne fut point louée et le fait qu'elle était vendue enfin représentait pour elle comme un nouveau bail avec la vie.

Les deux hommes immobiles considéraient la maison remise à neuf en remarquant, avec l'intérêt qu'éprouvent seuls ceux dont les racines sont depuis longtemps enfoncées dans le sol d'une contrée, les changements apportés dans la maison, grâce à quoi elle était devenue la demeure de deux familles. Elle était aussi fraîchement repeinte et arborait deux portes vertes dans la blancheur de ses murs recrépits.

« Je parie que Mrs. Stroud habite l'appartement de droite.

— Ce n'est pas difficile à trouver : on la voit aller et venir chez elle.

— Non, je l'ai deviné à cause des rideaux : une femme ayant un bébé n'aurait pas eu le temps de froncer tous ces volants ! »

Ils franchirent la grille et sonnèrent. La porte fut

ouverte presque aussitôt par un jeune homme extrêmement mince portant de larges pantalons de flanelle grise et un pull-over de grosse laine rêche. Il avait un aspect assez terne mais ses gestes étaient si empreints de grâce et la structure osseuse de son visage était si fine, qu'il donnait une impression d'élégance. Sa face mélancolique prit une expression d'attente lorsqu'il vit Maurice Vaughan.

Maurice présenta Renny.

Jim Dayborn les invita à entrer sans paraître le moins du monde embarrassé de montrer son mobilier rudimentaire dans une pièce mal tenue où un repas frugal semblait avoir été lancé sur la table tandis que des langes de bébé séchaient devant le foyer. La première pensée de Renny en pénétrant dans cet intérieur fut : pourquoi diable, ne les fait-elle pas sécher dehors au soleil ?

Puis il dit, lorsqu'ils furent assis :

« J'ai appris que vous connaissiez les chevaux et que vous cherchiez une occupation.

— Oui, répondit Dayborn. Je suis extrêmement désireux de trouver du travail ; vous voyez, j'ai ma sœur et son bébé à faire vivre, non pas qu'elle veuille qu'on l'entretienne, elle est prête à faire n'importe quoi et elle est tout à fait en confiance avec les chevaux.

— Qui pourrait s'occuper du bébé ?

— Oh ! il n'est pas gênant. Mettez-le par terre dans un coin, il s'y amusera tout seul !

— Dans une écurie ?

— S'il le faut, répondit Dayborn, laconique.

— Où vous êtes-vous formés au métier ? demanda Renny.

— Nous avons été élevés dans un rectorat du Suffolk. Nos voisins avaient de grandes écuries et nous y passions le plus clair de notre temps. Nous avons rencontré un Américain qui élevait des étalons et nous

nous sommes engagés à travailler avec lui mais cela ne dura pas...

— Pourquoi cela ?

— Le patron courtisait ma sœur mais il ne lui était pas sympathique. Elle aimait un gars appelé Cummins ; elle l'épousa, puis Cummins mourut et ma sœur ne put conserver la place sans lui. Le bébé n'avait que quelques mois. Nous connaissions un éleveur de chevaux de Montréal et nous nous sommes placés chez lui. Ma sœur s'entend à dresser n'importe quel poulain ; elle est extraordinaire. Mais l'éleveur perdit beaucoup d'argent et dut vendre son écurie. Nous avons eu de la malchance depuis. Si vous cherchez deux individus qui ne craignent pas le travail et qui connaissent les chevaux, j'espère que vous nous donnerez l'occasion de montrer nos capacités.

— Je désirerais connaître votre sœur, dit Renny.

— Bien. »

Dayborn sortit avec une grâce nonchalante qui déplut à Renny quoique sa simplicité l'attirât. « Il a je ne sais quoi de bizarre », pensa-t-il.

Le regard de Maurice parcourut la pièce en désordre puis s'arrêta sur Renny avec une expression significative : « Si ceci est un échantillon de leur travail... », souffla-t-il.

« Chut... les voici. »

Mais la jeune femme qui parut avec Dayborn était tout le contraire du laisser-aller. Ses culottes et sa chemise kaki au col entrouvert étaient nets et bien coupés. Ses cheveux d'un blond pâle pendaient plats et lisses autour de sa petite tête. Elle était grande comme son frère, mais leur seule ressemblance consistait en la même extrême minceur. Comparé à eux, le bébé de quinze mois qu'elle portait dans ses bras paraissait presque agressivement dodu et rose. Il était vêtu d'un pyjama de flanelle blanche et ses cheveux dorés frisaient, humides du bain qu'il venait de prendre.

Dayborn présenta les deux hommes à sa sœur. Lorsque Renny plongea son regard dans les longs yeux ambrés de la jeune femme, il remarqua aussi la ligne délicate de ses narines et l'étreinte ferme de sa petite main calleuse. Quand elle souriait, elle montrait des dents saines dont l'une avait un petit coin cassé.

« Quel bel enfant ! s'écria Renny. Comment s'appelle-t-il ?

— Tod.

— Hello ! Tod. »

Le bébé se pencha en avant, saisit le nez de Renny et y enfonça ses ongles en piaillant de plaisir.

« Non, non, Tod ! dit la mère en desserrant les petits doigts.

— Viens ! » dit Renny et il prit dans ses bras le marmot qui rit et sauta comme s'il se trouvait enfin là où il désirait se trouver plus que toute autre part.

Renny eut une grimace heureuse :

« Il s'est fait à moi sur-le-champ : je voudrais que mon petit frère se montre moitié aussi confiant avec moi !

— Tod est ainsi avec tout le monde : il en a déjà tant vu ! »

Renny lui jeta un regard rapide, mais pénétrant :

« Je constate avec regret que vous avez connu des temps difficiles. »

Elle eut un rire bref, un peu de rose monta à ses joues minces :

« Ça n'a pas été gai, mais je ne devrais pas me plaindre devant quelqu'un qui revient du front !

— C'est autre chose. Vous êtes une femme, et même une femme très féminine malgré votre costume. Je me demande si les gens d'ici vous approuvent ? Ils ont des idées très démodées.

— Mrs. Stroud, notre voisine, ne paraît nullement s'en scandaliser et vraiment c'est bien elle qui compte le plus pour nous, étant la propriétaire de la maison.

— J'aimerais la connaître. »

Dayborn, qui était debout devant la fenêtre auprès de Maurice, s'écria :

« La voici ! Je pense qu'elle va entrer.

— Elle a vu que nous avions du monde, dit Chris Cummins ; elle est dévorée de curiosité, personne ne passe cette porte sans qu'elle fasse sa connaissance !

— Je ne veux pas que tu parles contre elle si peu que ce soit, jeta Dayborn, songe aux œufs et aux fruits qu'elle nous a donnés !

— Oui, elle est bonne, mais derrière son bon naturel, je parie qu'elle cache un sacré caractère ! »

La jeune femme avait des manières singulièrement libres : jurer ainsi ! Renny se demandait comment elle s'arrangerait de l'atmosphère victorienne de cette région. Passe encore pour sa grand-mère de lancer à l'occasion quelque juron, mais elle avait une position unique dans le pays.

Elle poursuivit :

« J'ai peur des gens violents, pas vous ?

— Dans ce cas je serais bien mal loti.

— Vous voulez dire que votre famille est composée de caractères violents ?

— Oui. »

Elle le considéra d'un œil critique :

« Je parie que le vôtre l'est aussi. »

Il rit.

« Je suis terrifiant quand je me mets en colère.

— Je voudrais voir ça.

— Peut-être en aurez-vous l'occasion si vous dressez des chevaux pour moi. »

Mrs. Stroud était déjà entrée. Son visage court et plat avait une expression avide. Dayborn avançait à son côté, l'air anxieux comme s'il était prêt à tout faire pour conserver ses bonnes grâces ; la manière dont il fit les présentations était caractéristique :

« Voici Mr. Whiteoak qui nous propose une situation. Je vous en prie, débarrassez-vous de cet enfant ! C'est notre bienfaitrice, Mrs. Stroud.

— Je ne vois pas pourquoi vous m'appelez votre bienfaitrice : serait-ce parce que vous vous êtes installés dans une maison que j'avais le plus grand désir de louer ? »

Sa voix était grave et musicale. Elle avait de beaux yeux gris aux cils noirs surmontés de sourcils épais. Sa lourde chevelure brune était étayée avec soin. Certainement, elle devait y passer des heures chaque jour. Il y avait une partie de sa personne qui était remarquable : c'était ses oreilles. Ses cheveux les découvraient totalement, révélant leur pâleur de cire et le fait qu'elles étaient parfaitement plaquées à sa tête et point ourlées. Elle était vêtue d'une jupe noire, d'un corsage de soie rayé noir et blanc au jabot de dentelle d'une blancheur immaculée retenu par une broche qui formait le nom : Aimée, en or ciselé. Mrs. Stroud serra fermement la main de Renny. Elle avait trente-huit ans.

« Vous connaissez bien la maison, j'imagine, dit-elle.

— Je l'ai connue alors qu'elle n'était pas divisée en deux.

— Ne trouvez-vous pas que c'était une bonne idée de la diviser ainsi ?

— Cela vaut mieux, je pense, que de la voir inhabitée. J'aime que les choses restent ce qu'elles ont été à l'origine. »

Il y avait une note dominatrice dans sa voix qui suscita dans celle de son interlocutrice un ton vaguement hostile.

« Oui, tout le monde trouve que le changement est

heureux et puis cela m'a permis d'avoir de charmants voisins. »

Elle sourit tendrement au bébé.

Renny l'avait déposé à terre ; il marchait en chancelant entre les jambes des grandes personnes comme autour des arbres d'une forêt, les frappant d'une baguette de saule qu'il avait en main comme s'il s'attendait à les abattre. Il avait l'air angélique avec ses boucles argentées, sa peau satinée, mais il jetait de petits cris d'animal. Mrs. Stroud s'agenouilla devant lui, les yeux clos, le visage tendu vers le sien. Il le considéra d'un regard critique, se demandant s'il le frapperait ou non.

Renny se tourna vers Dayborn.

« Il faut que j'aie un entretien avec vous et votre sœur. Voulez-vous venir me voir demain matin, je vous montrerai les écuries et les chevaux et nous parlerons de mes projets d'élevage. J'ai télégraphié au sujet d'un cheval de chasse irlandais que j'ai vu en rendant visite à des amis sur le chemin du retour.

— Nous serons chez vous tout de suite après le breakfast. J'espère que vous nous engagerez. »

Le visage de Dayborn trahissait une pénible anxiété.

« Je voudrais vous voir monter tous deux avant de promettre quoi que ce soit.

— Vous verrez que nous savons monter. »

La voix profonde de Maurice s'éleva :

« Mrs. Stroud désire nous faire visiter sa demeure, Renny.

— Oui, dit-elle, c'est un tel événement que d'avoir des étrangers ici ! »

Si elle avait cru se rendre sympathique à Renny par cette réflexion, elle s'était trompée. Le mot « étranger » le frappa comme une insulte. Il le retourna dans sa bouche comme pour en goûter la saveur déplaisante, puis il le répéta à haute voix en ajoutant :

« Maurice et moi sommes nés ici et nos pères avant nous.

— Oui, oui, reconnut-elle vivement, mais je suis moi-même si enterrée ici que je me sens comme appartenant au passé ; c'est si merveilleux d'éprouver un sentiment de propriété envers une région après avoir erré pendant des années : pardonnez-moi ! »

Renny n'avait point désiré qu'elle exprimât si franchement ses sentiments, mais les coins de sa bouche se relevèrent en un sourire qu'il s'imaginait amical et il répondit :

« J'aimerais voir votre intérieur ; à en juger de l'extérieur, vous en avez tiré un excellent parti.

— Il faut que Tod vienne aussi », s'écria Mrs. Stroud, mais la mère de l'enfant le prit dans ses bras.

« Il est temps d'aller au lit, dit-elle.

— Je reviendrai le border, dit Mrs. Stroud. Venez-vous, Jim ?

— Je pense que je vais rester pour faire ma toilette.

— Je vous verrai tous deux demain », dit Renny.

Mrs. Stroud et Maurice sortirent les premiers. Renny et Chris Cummins échangèrent un regard. Celui de Renny exprimait un vif intérêt pour ses dons possibles de dresseuse de poneys, celui de la jeune femme trahissait l'effort qu'elle faisait pour paraître solide et capable, mais il était adouci par le sentiment féminin que c'était là un homme sur lequel on pouvait s'appuyer.

Renny suivit Mrs. Stroud et Maurice qu'il entendit dire :

« Je suis venu ici étant enfant et le vieux Mr. Pink avait l'habitude de confectionner pour moi de petits paniers dans les noyaux de pêches. Il était organiste.

— Comme sa fille. C'est une femme si charmante,

mais tellement timide ! Elle est le professeur de votre petite fille, n'est-ce pas ?

— Oui.

— Comme cette enfant doit être heureuse de vous avoir retrouvé ! Quelle touchante réunion !

— Oui, c'est charmant ! »

« Bon Dieu, pensa Renny, cette femme n'ignore rien de la vie de chacun ! »

Ils pénétrèrent tous trois dans ses appartements. Un petit hall carré précédait le salon meublé où régnaient le bleu et le brun selon une intention précise. C'était une pièce avenante, féminine, après le chaos de l'intérieur voisin. Elle étincelait d'ordre et de propreté. La seule note désordonnée était offerte par un vaste et profond canapé couvert de coussins de damas bleus et bruns sur lesquels se prélassait le jeune Eden Whiteoak. Il se redressa, les cheveux en désordre, incapable de dissimuler sa surprise.

« Hullo ! dit-il en fixant son frère aîné.

— Hullo ! »

Renny n'en croyait pas ses yeux. Eden, soudain, lui paraissait un homme. Mais que faisait-il dans cette pièce ? Il fumait, car il avait une cigarette à la main. Ses lèvres demeuraient figées dans un sourire défensif, nerveux. Il se leva et s'adressant à Mrs. Stroud :

« Je vous ai rapporté le livre, dit-il, je suis entré tout droit, je vous croyais de retour...

— Oh !... vous a-t-il plu ? demanda Mrs. Stroud, le regard attaché au seul livre qui ne se trouvait point sur un des rayons.

— Beaucoup. »

Eden saisit le volume. Son titre se lisait avec netteté ; c'était un ouvrage populaire sur la construction des petites villas. Il rougit et le reposa.

« Ce n'est pas ça, dit-il en regardant vaguement autour de lui. Je ne sais plus où je l'ai mis ! »

Mrs. Stroud regarda Renny au fond des yeux.

« Peut-être ne savez-vous pas qu'Eden et moi sommes une paire d'amis ? Ce sont les livres qui nous ont rapprochés ! »

Il y eut un reflet ironique dans les yeux de Renny. Leurs regards se croisèrent comme des lances.

« Il est si rare de rencontrer un jeune homme qui aime la poésie, dit-elle. Nous avons lu les poèmes de Rupert Brooke et de Flecker. Ne les aimez-vous pas ?

— Je n'aime aucune sorte de poésie, répliqua-t-il, mais... » Et son regard ajouta : « Je comprends les femmes comme vous. »

Maurice dit alors :

« Vous avez fait un bon travail en réinstallant cette maison... »

L'incident du livre était clos. Mrs. Stroud les conduisit dans toutes les pièces. Eden suivait, le dernier, les yeux fixés sur le dos de son aîné.

Lorsqu'il se trouva seul avec Mrs. Stroud, il se passa la main dans les cheveux en lui jetant un regard troublé.

« Je crains fort d'être en train de devenir un fameux menteur, dit-il.

— Mais pourquoi ne pourriez-vous pas venir vous asseoir sur mon canapé ? Pourquoi étiez-vous embarrassé ?

— Pourquoi l'étiez-vous vous-même ?

— Je ne l'étais pas.

— Si, vous l'étiez.

— Eh bien, c'était seulement parce que je voyais votre confusion et lui aussi. »

Ils s'assirent côte à côte sur le canapé.

« Parlez-moi de lui. Il n'est pas du tout comme je me l'imaginais. »

Eden s'empara de la main de son amie et la pressa contre sa joue.

« Dieu me préserve de ces militaires ! s'exclama-t-il.

— Cher, dit Mrs. Stroud, le seul être dont il serait souhaitable que vous fussiez préservé, c'est vous-même. »

4

LES RÊNES

LE fauteuil de la grand-mère avait été placé dehors au soleil pour la première fois de l'année. Mais elle s'y trouvait trop emmitouflée, ayant un tabouret sous les pieds et sa couverture sur les genoux, tandis qu'une cape doublée de fourrure l'enveloppait et qu'un « fascinator » au crochet lui entourait la tête. Elle avait trop chaud pour le moment mais, d'autre part, elle craignait de prendre froid. L'hiver avait été long et rigoureux et elle était devenue délicate à force de rester au coin du feu. Ses fils et sa fille avaient exigé qu'elle fût bien couverte et elle avait retenu ces objections, car il lui fallait vivre pour continuer son rôle de hardi pionnier. A présent, le soleil la frappait avec une affectueuse vigueur : n'avait-elle pas été l'objet de sa sollicitude pendant plus de quatre-vingt-dix ans ? Elle sentait cette chaleur bienveillante et tout son vieux corps s'épanouissait, dilatant ses pores. Elle avait survécu à l'hiver. Et maintenant, le long été suivi de l'automne l'attendait.

La clarté du soleil était trop forte pour ses vieux yeux qu'elle gardait fixés sur le vert doux de la pelouse tout en l'examinant sévèrement. Comme elle la connaissait depuis son début jusqu'à son déclin ! C'était d'abord sa croissance vivace au printemps, la manière dont elle roussissait pendant les fortes chaleurs, son second verdissement en septembre et puis la gelée la transformait en fourrure blanche en automne, enfin elle se fanait, se recroquevillait et mourait en décembre.

La pelouse était bien jolie en ce moment avec ses petites pousses aiguës se dressant touffues et vertes, mêlées à de petites feuilles de trèfle, tandis que la vie des vers et des insectes redevenait active. Ce devait être un plaisir pour les vers de terre lorsqu'ils sortaient pour la première fois leur tête au soleil, se remettaient à manger la terre qui passait à travers leurs corps pour faire de gentils petits monticules ! Mais ils gâtaient l'aspect de la pelouse. Il y en avait un justement à côté de son tabouret ! Elle fit glisser légèrement son pied du tabouret et le planta sur le petit monticule pour l'aplatir. C'était mieux. La sensation de la terre sous ses pieds lui parut bienfaisante. Elle regarda longuement son pied avant de le remettre sur le tabouret. Elle le tourna en tous sens, admirant sa cheville et son pied qui avaient conservé leur galbe comme s'ils étaient toujours prêts à courir ou à danser. C'était le même pied qui s'était hâté, souple et rapide, à travers l'herbe semée de pâquerettes du comté de Meath.

Elle se pencha pour le considérer en crispant les orteils. Ils étaient raides, un peu rhumatisants dans la chaussure souple. Tandis qu'elle s'absorbait dans sa contemplation, une petite tête bouclée sortit de dessous sa chaise et s'avança dans un mouvement inquisiteur pour voir ce qu'elle regardait. C'était la tête du plus jeune de ses petits-fils et elle se souvint avec un pincement d'angoisse avoir promis à Meg d'avoir l'œil sur lui. Et il aurait pu faire n'importe quel méfait tandis qu'elle étudiait le contour de son pied ! Elle se pencha pour le voir. Il tourna la tête sur son col souple et la regarda bien en face. Sa bouche était ouverte et elle pouvait voir à l'intérieur de cette caverne rosée et humide. Elle remarqua l'éclat jeune et animal des yeux, l'ombre délicate qui s'estompait en dessous des narines palpitantes.

« Reste bien où tu es, commanda-t-elle, je vais te donner quelque chose ! »

Elle entrouvrit un petit réticule de velours, en sortit un bonbon à la menthe et le lui glissa dans la bouche. Les yeux de l'enfant rayonnaient de reconnaissance.

Mais elle ne s'attendait pas à ce qui suivit. Le rayonnement du regard de Wakefield se transforma en un strabisme fixe, puis il fut pris de suffocations, le bonbon à la menthe était resté collé à son gosier. Elle le saisit aux épaules et se mit à lui taper dans le dos. Le petit visage devint violet. Ses yeux roulaient dans leurs orbites avec une expression désespérée. Elle essaya en vain de lui mettre la tête en bas. Son fauteuil se renversa ; elle tomba sur l'enfant.

« Au secours ! clama-t-elle d'une voix vigoureuse. Au secours ! »

Meg l'entendit et vint en courant à travers la pelouse.

« Le petit étouffe ! Mets-le la tête en bas ! »

Instantanément, Meg l'eut retourné. Le bonbon tomba sur l'herbe. Wakefield hurlait contre l'épaule de Meg.

« Voyons, voyons ! dit Meg pour le calmer. Oh ! Gran, comme c'était dangereux de lui donner un petit bonbon dur ! Je ne le fais jamais ! Si je ne vous avais pas entendue... je préfère ne pas y penser !

— Dieu me préserve, j'étais sens dessus dessous ! Tu ne me parles pas de ce qui aurait pu m'arriver !

— Chaque fois que je le perds de vue un instant... il est en danger... Pauvre chéri !

— Ze veux mon bonbon ! dit Wakefield en le

considérant à travers ses larmes avec un clignotement. Ze veux le bonbon !

— Non, chéri ! Meggie va te donner quelque chose de bon et de bien doux ! »

La vieille Adeline ne goûtait guère cette façon d'ignorer son pauvre petit accident. « Presque sur ma tête, marmonnait-elle, et personne ne s'en soucie ! »

« Mais, Granny, vous auriez dû appeler avant, non pas après ! »

La vieille dame lança un regard farouche de dessous son « fascinator ».

« Avant quoi ?

— Avant d'essayer de lui mettre en tête en bas.

— Il serait mort étouffé si j'avais hésité ; je lui ai sauvé la vie.

— Mais le bonbon n'est sorti que lorsque je suis intervenue.

— C'est possible, mais c'est moi qui l'ai fait sortir.

— Comment, Granny, lorsque je l'ai ramassé il suffoquait !

— Pas le moins du monde ! Le bonbon était sur l'herbe avant que tu arrives !

— Il n'y était pas.

— Il y était. »

Elles échangeaient des regards enflammés. Ce n'était pas la première fois qu'elles échangeaient des paroles vives à propos de Wakefield.

Adeline resta silencieuse un moment, puis elle dit :

« Je sens que je vais avoir une sorte de malaise. »

Instantanément, Meg s'alarma pour elle ; remettant l'enfant sur ses pieds elle se pencha vers sa grand-mère.

« Vous sentez-vous malade ? Dois-je chercher l'oncle Ernest ?

— Non, non, reste. Dis à cet homme... Wragge... est-ce là son nom ? Dis-lui de m'apporter un verre de sherry. »

Elle se renversa en arrière en respirant bruyamment, les poils rudes de son menton tremblaient.

« Voulez-vous, s'il vous plaît, apporter tout de suite un verre de sherry », dit Meg à l'homme qui se détourna comme s'il avait attendu cet ordre et s'en alla en courant vers la maison. Il portait une vieille veste du matin qui avait appartenu à Ernest ; les basques lui battaient les mollets.

« Et quelques biscuits aussi, lui cria encore Adeline. Je me sens défaillir ! »

Elle considéra la silhouette de Wragge qui se hâtait comme si elle était en train de se noyer et qu'il fût parti à la recherche d'une ceinture de sauvetage. Cependant Wakefield ramassait le bonbon à la menthe et le mettait dans sa bouche.

Tous trois attendirent le retour de Wragge. Il rapporta deux verres de sherry sur un petit plateau d'argent ainsi qu'une assiette de biscuits d'arrow-root. Il n'avait que trente-cinq ans, mais son visage était à la fois avisé et cynique. Il y arborait une expression innocente et bénigne, comme si c'était là une autre sorte de biscuit. Il était décidé à se rendre indispensable dans cette maison.

La vieille Adeline tendit vers le sherry une belle main ridée, elle prit également un biscuit.

Wragge s'adressa à Meg :

« J'ai pensé que vous aimeriez prendre un peu quelque chose, Miss, je m'aperçois que vous déjeunez à peine le matin ! »

Meg fut satisfaite que son appétit capricieux n'ait point passé inaperçu, mais elle fut embarrassée. Wragge s'expliqua :

« J'ai aidé Elisa à laver la vaisselle du breakfast et je me suis tourmenté en voyant vot'assiette pleine ! »

Adeline tendit la main pour saisir un autre biscuit.

« Je réfléchissais justement à quelque chose, dit-elle,

mais c'est passé. » Elle se pencha vers Wragge : « Vous êtes arrivé à temps, je suis peut-être vieille et faible, mais je viens de sauver la vie de cet enfant ! Ce fut un effort terrible ! »

Elle porta le sherry à ses lèvres.

« Ça m'a quasiment coupé le souffle, m'ame. C'était magnifique ! »

Puis il rencontra le regard irrité de Meg et il se hâta de lui lancer un clin d'œil d'entente.

« Bébé, prends un biscuit, dit Meg qui tendit un gâteau à l'enfant.

— Non, bébé manze le bonbon !

— Sortez-le-lui ! s'écria la grand-mère. Il va étouffer encore une fois ! Mettez-le la tête en bas ! »

Meg, trépidante, le saisit. Son verre fut renversé. « Crache tout de suite ! » commanda-t-elle.

Wakefield s'étranglait.

« Que t'avais-je dit ?

— Crache, chéri !

— J'peux p'têt' vous aider », dit Wragge.

Meg abandonna l'enfant et ferma les yeux pour échapper à la vision de Wragge balançant l'enfant par les chevilles.

« Arrêtez ! cria Adeline. Ça y est ! »

Assis sur le bras de Wragge, Wakefield criait de joie :

« Encore ! recommence !

— Asseyez-le là, dit Adeline en aplatissant ses jupes sur ses genoux, je vais lui donner des biscuits trempés de sherry. »

Dans la cuisine, Wragge dit à Maggie, la cuisinière :

« Si jamais il y a eu un gosse pourri, c'est bien le petit par sa grand-mère !

— Ils le gâtent tous, répondit-elle, et comme c'est un enfant capricieux et malin comme un singe…

— Bien des cuisinières ne resteraient pas dans une

maison où il y a des enfants gâtés et des vieilles gens à servir, ou encore là où la cuisine est en sous-sol. »

Elle épluchait les légumes et ayant creusé profondément une pomme de terre pour en extirper un œil, elle répliqua :

« Non. D'autres ne resteraient pas non plus là où il y a un gars bon à rien qui lui traîne dans les jambes. »

Il grimaça un sourire. Son menton en galoche lui donnait un air impudent qui ne lui déplaisait pas. Il considéra les grosses mains rouges de la cuisinière qui avaient l'air si propres tandis qu'elles pataugeaient dans l'eau trouble.

« Je vais vous donner un fameux coup de main ! » dit-il.

Elle le foudroya du regard.

« On verra ça, attendons.

— Je parie que je saurai attendre longtemps.

— Moi, je parie que non. »

D'un geste de maître, il lui ôta le couteau des mains et se mit à peler les pommes de terre.

« J'peux pas vous voir faire ce sale travail », dit-il.

Elle s'essuya les mains à son tablier et le regarda d'un œil sceptique :

« Si vous opérez ainsi, vous n'aurez que des épluchures !

— Elles ne sont pas plus épaisses que les vôtres ! »

Ils comparèrent les épluchures brunes et humides.

Elisa, venant d'en haut, descendait l'escalier avec un plateau. Elle leur lança un regard de haine. Maggie était dans la maison depuis un an et Elisa l'aimait moins de jour en jour quoiqu'elle dût admettre ses capacités d'excellente cuisinière. A présent, l'adjonction d'un cockney joufflu au personnel de la cuisine lui faisait sentir qu'elle se trouvait en minorité en ce lieu. Elle était décidée à partir de toute manière, pourtant elle continuait à diriger toute question ménagère dans l'intérieur de la maison. Elle enseignait à Wragge le service de table, essayant de lui faire comprendre que ses ongles ne devaient point être cassés et sales, brossant les pellicules qu'il avait sur les épaules avant qu'il aille porter le plateau chargé à l'heure du thé. Du haut de ses nombreuses années de service irréprochable, elle considérait ce ver qui s'introduisait dans la maison en la poussant dehors du même coup. Mais elle s'en irait de toute façon, « épuisée d'avoir servi cette famille », se répétait-elle ; cependant, elle détestait la vue de Wragge.

Sa politesse même lui paraissait une insulte. En ce moment, il s'élançait vers elle pour lui prendre le plateau des mains.

« Permettez, dit-il tout en faisant un petit geste à l'adresse de Maggie, je ne puis souffrir de vous voir porter ce poids ! Vous n'avez pas la force qu'il faudrait ! »

Elisa le laissa faire sans le remercier et s'en fut vers une fenêtre précédée d'une marche et qui donnait extérieurement sur une bande de gazon. Elle appuya ses coudes sur la table qui se trouvait en dessous de la fenêtre et regarda fixement l'espace ensoleillé de la cour. Il y avait là des cordes tendues pour faire sécher le linge. Ernest Whiteoak y avait suspendu son manteau de printemps et s'activait à le brosser énergiquement en prévision de la belle saison. « Qu'avait-il à brosser lui-même son manteau ? pensait Elisa, ç'avait toujours été son travail à elle ! Probablement qu'il la croyait devenue trop faible pour s'en acquitter. Probablement qu'il s'imaginait qu'elle tomberait de fatigue si elle s'avisait de se servir d'une brosse ? » Une rage froide monta en elle. Ses coudes appuyés sur la table pâlirent.

« Vous feriez bien d'aller aider Mr. Ernest à brosser son manteau, dit-elle à Wragge.

— D'acc-ord ! » chanta Wragge qui franchit d'un bond le seuil de la cuisine et les trois marches menant à la cour. Puis il alla incliner sa tête solliciteuse devant Ernest.

« Puis-je vous aider, monsieur ? » dit-il en s'emparant de la brosse.

Ernest en fut ravi, car il se sentait mal placé et la bise lui soufflait de petites parcelles de laine dans les yeux.

« Si vous vouliez bien mettre le manteau, monsieur », suggéra Wragge.

Ernest enfila le manteau avec son aide.

« Y a pas beaucoup d'hommes..., dit Wragge en brossant furieusement, qui pourraient se vanter d'avoir votre tournure à cinquante ans, monsieur ! »

Ernest sourit, enchanté.

« Cinquante ans ! J'en ai soixante-cinq !

— Noon... noon, m'sieur, j'peux pas y croire ! »

Elisa ne pouvait entendre ce qu'ils disaient mais elle l'imaginait sans peine. « Vas-y ! grinça-t-elle les dents serrées. Flatte-le ! Creuse ton chemin, sale ver ! »

Ernest garda son manteau et rejoignit sa mère sur la pelouse. Il venait de faire cadeau à Wragge d'un mouchoir de soie retrouvé dans une des poches du manteau. La veille, il avait surpris Nicolas donnant quelque chose au domestique ; il ne fallait pas lui laisser prendre un avantage. Il s'éloigna, devinant qu'il avait bon air avec ce manteau. Son ombre avançait sur l'herbe, répétant les courbes de sa taille élégante.

La vieille dame était assise, paisible, Wakefield enseveli dans les délicieuses profondeurs de son giron. Elle trempait des parcelles de biscuit dans du sherry et les lui introduisait dans la bouche. Il restait, les yeux attachés à son visage, avec le plaisir insouciant et muet d'un petit animal. Meg, assise dans un fauteuil d'osier, lisait un roman de Jane Austen, non point parce qu'elle essayait d'être moderne ou qu'elle estimait cet ouvrage délicieux ou amusant, mais parce que Jane Austen avait toujours été son auteur préféré.

Ernest se mit à parader devant elle.

« Comment le trouves-tu ? Le garçon amené par Renny lui a donné un bon coup de brosse !

— Pourquoi n'en achètes-tu pas un autre ? demanda sa mère. Ton père en achetait un neuf tous les ans !

— Vous devriez savoir, maman, que ma situation financière n'est point comparable à celle dont jouissait mon père !

— A quoi sert d'être bien fait si l'on ne s'habille pas convenablement ?

— Penses-tu que je devrais m'offrir un manteau neuf, ma chère ? »

Meg fronça les lèvres.

« Celui-là est très élégant mais au soleil...

— Cela tranche la question, conclut Ernest. J'irai voir mon tailleur aujourd'hui même pour lui commander un manteau neuf. »

Il se tourna soudain vers sa mère :

« Croyez-vous que Renny soit un peu serré ? »

Elle regarda autour d'elle :

« Serré... comment ?

— Je veux dire : serré, la main serrée, maman », soupira Ernest.

Les sourcils de l'aïeule remontèrent :

« Ça oui, il est comme mon père, j'ai le regret de le reconnaître ! Mon père, le vieux Dennis Court, aurait écorché une mouche pour en avoir la peau : il était capable de tout dans ce domaine !

— Mais vous parlez toujours, Granny, de tous les domestiques qu'il avait ? dit Meg.

— Il les gardait parce qu'ils ne pouvaient le quitter : il leur devait trop de gages !

— Mais je ne crois pas que Renny soit « serré ». Il a

seulement posé des questions, comme, par exemple, au sujet des porcs.

— Il a revu les comptes, les factures du vétérinaire, celles de la nourriture des animaux, s'étonnant qu'on n'ait pas produit ici même de quoi entretenir les chevaux et le bétail.

— Et il est revenu depuis une semaine seulement ! s'écria Adeline. Et médaillé ! ça devrait bien suffire. »

Meg était malheureuse d'entendre critiquer son frère préféré. Elle rougit en prenant sa défense.

« Mais il faut qu'il soit au courant ! Après tout, la propriété est à lui, et puis il a ces trois garçons à élever et bébé qui les suit !

— Bébé veut encore du biscuit trempé ! déclara Wakefield.

— Oui, mon chéri, dit Adeline, cet enfant ne vivrait pas si je n'avais constamment l'œil sur lui. »

Elle bourra la petite bouche.

« C'est bien vrai, poursuivit Meg, que les costumes des garçons ont coûté beaucoup d'argent ainsi que leurs raquettes de tennis, leurs patins et leurs campings, tout cela réuni. Renny demande pourquoi nous ne leur donnerions pas plus de viande bouillie et moins de côtelettes ?

— S'est-il déjà mêlé de tout ça ! s'écria Ernest.

— Parvenu à l'âge mûr, il sera un vrai grippe-sou ! conclut Adeline.

— Le voici », dit Meg.

Adeline regarda s'avancer la haute silhouette du maître de Jalna, non sans éprouver un certain malaise. Elle espérait qu'il n'exigerait pas qu'elle contribuât aux dépenses familiales. Elle n'avait pas la moindre intention de le faire, ayant sa propre fortune et voulant en jouir. Son mari lui avait légué le tiers de son argent et partagé les deux autres tiers entre ses trois fils. Il avait attribué la maison et les terres au plus jeune qui était aussi le moins extravagant. Nicolas et Ernest avaient joui de leurs parts vingt ans au plus et ils estimaient en avoir tiré le meilleur parti possible si l'on considérait qu'ils avaient vécu en Angleterre parmi des gens aux habitudes dispendieuses. Ils s'étaient lancés dans différentes aventures avec l'espoir d'augmenter leurs revenus mais ils n'avaient pas réussi. A l'époque de la mort de leur plus jeune frère, ils étaient revenus s'installer avec joie à Jalna. Ils avaient senti que leur présence y était plus ou moins nécessaire. A présent que Renny était de retour, tous deux éprouvaient, en même temps qu'un sentiment de soulagement de le savoir hors de danger, une sorte de révolte devant son désir évident de s'emparer des rênes de la famille.

« Renny est trop monté à cheval, il a les jambes un peu arquées, remarqua Ernest.

— Quelle erreur, oncle ! s'écria Meggie. Renny a de superbes jambes !

— Il a la démarche des cavaliers, le dos un peu rond... les jambes légèrement fléchies, avec cela coriace et filiforme...

— Il aura à faire par-dessus la tête s'il se met à vouloir régenter tout ! »

Elle avançait la lèvre inférieure en regardant l'aîné de ses petits-fils qui venait vers eux, puis, se penchant, elle murmura à l'oreille de Wakefield : « Il ne faut pas que ce chéri devienne soldat ! »

« Qu'est-ce qui font ? murmura Wakefield.

— Ils tuent les gens ! » Son long bras entoura le petit corps d'une pression protectrice : « Reste avec Granny ! »

Renny s'approcha en frappant ses mains l'une contre l'autre :

« Hello ! Wake, viens faire un tour de galop sur mon dos ! »

Wakefield enfouit sa tête frisée dans le bras de sa

grand-mère qui avala son sherry d'un trait dans la crainte qu'il ne soit renversé.

« Va, chéri, pria Meg tout en le redressant. Va trouver Renny.

— Non, non. »

Il se crispait, se pelotonnait sur lui-même. Le regard de Renny durcit. Il ne dissimulait pas sa peine. Il prit Wake sur les genoux d'Adeline et le tint à bout de bras. Personne ne pouvait s'attendre aux cris qui s'échappèrent alors de la bouche ouverte en carré de l'enfant, comme si ces rugissements étaient indépendants de sa volonté. Son visage blêmit. Renny le déposa à terre ; il se calma instantanément.

« Qu'a-t-il, bon Dieu ?

— Il est timide, dit Meg.

— Timide ! Il est gâté à l'extrême !

— Il s'imagine que tu vas lui faire mal.

— C'est bien ce que je ferai s'il ne se conduit pas plus raisonnablement. »

Il n'était revenu que depuis quinze jours et déjà il parlait d'un ton aussi péremptoire !

Meg rougit.

« Je suis éreintée, dit Adeline, j'ai envie de rentrer. Donne-moi le bras, Ernest. »

Mais, en réalité, elle était amusée et ravie.

« Voilà qui n'était pas bien reposant pour vous, maman », remarqua Ernest en l'aidant à se lever.

Piers parut tournant le coin de la maison. Il conduisait sa bicyclette d'une main. Une petite valise était attachée au porte-bagages.

« Je suis prêt, dit-il en embrassant Meg.

— Où vas-tu ? » demanda Renny.

Piers lui répondit d'un ton nonchalant :

« Avec Tom Fennel, faire du camping pendant le week-end.

— Qui te l'a permis ?

— J'ai dit à Meg que je m'en allais. »

Une pointe d'effronterie perçait dans l'intonation de sa voix de quatorze ans. Il était temps de lui donner une leçon.

« Tu as dit simplement à Meg que tu t'en allais ?

— Oui.

— Fort bien, range-moi cette bicyclette et la prochaine fois que tu désireras t'en aller pour le week-end, demande-le-moi. »

Leurs yeux d'un bleu intense et d'un brun vif continrent la violence de leurs regards hostiles l'espace d'un bref instant, puis Piers se détourna et reconduisit sa bicyclette vers la maison en dissimulant à grand-peine la fureur qui bouillonnait en lui. Soudain, il jeta violemment la bicyclette par terre. La valise tomba, il lui donna un coup de pied. Elle s'ouvrit et il continua à lui envoyer des coups de pied jusqu'à ce que son contenu fût dispersé sur l'herbe. Dans sa fureur aveugle, il donna un coup de pied à l'une des pédales et se fit mal à l'orteil. Il se mit alors à ruer dans les rayons de la bicyclette. Tandis qu'il était occupé de la sorte, Renny tournait le coin de la maison. Ils se regardèrent fixement ; ni l'un ni l'autre n'eût souhaité que la situation fût différente. Chacun eut une expression de triomphe.

« C'est donc ainsi que tu te conduis quand on te contrarie ? dit Renny.

— Oui », répondit Piers et il donna encore un coup de pied à la bicyclette.

Renny ramassa la courroie qui avait maintenu la valise sur le porte-bagages.

Piers recula, les narines dilatées.

Au même instant, il était plié en deux par une main de fer qui s'abattait sur sa nuque. Les coups de courroie plurent sur son échine. Il se tordit et essaya d'attraper les jambes de Renny. Celui-ci pensait qu'il n'avait jamais encore senti un corps aussi souple. Il grimaça un sourire tout en lui administrant une correction avec la courroie.

« Recommenceras-tu ? demanda-t-il.

— Oui ! » rugit Piers.

Eden, qui sortait de l'enclos des cerisiers d'une démarche nonchalante, un livre à la main, s'arrêta pétrifié par la scène, puis son visage rêveur s'éclaira d'une expression d'étonnement amusé.

« Vas-tu te conduire raisonnablement ? demanda Renny.

— Oui. »

Piers haletait ; il se redressa, les yeux voilés de larmes.

« Ramasse tes affaires et emporte-les ! »

Piers ramassa un sweater, un pyjama, une brosse à dents en jetant un regard sombre à Eden.

Mais déjà Eden était peiné pour lui. Il trouva le savon et le tendit à Piers qui fit mine de ne pas le voir.

« Laisse-le se débrouiller seul », dit Renny.

Piers poussa la bicyclette tordue vers un hangar.

Eden porta le savon à ses narines et le flaira.

« Ça a dû être merveilleux.

— Quoi ? Recevoir une raclée ?

— Non, de la donner ! Si on est celui qui tient la courroie ! »

Une heure plus tard, Ernest rencontra Piers dans le couloir du premier étage.

— Comment ! je te croyais parti pour le week-end ? dit-il en simulant la surprise.

— Renny n'a pas voulu me laisser y aller, vous y étiez lorsqu'il me l'a dit, bredouilla Piers. Je croyais que vous aviez compris.

— Sans doute, mais je ne pouvais croire que ce fût sérieux.

— Je vous promets que ça l'était !

— Mon garçon, je suis désolé !

— Moi aussi, c'est un sale coup : je crois qu'il s'imagine régner sur le monde entier !

— Je crains que la vie ne devienne guère plaisante pour vous, les garçons. Je pense aussi que votre oncle Nicolas, Meggie et moi, nous vous avons trop gâtés. »

Piers le regarda affectueusement.

« Eh bien, il ne prendra pas votre suite, c'est évident ! »

Piers faillit fondre en larmes.

Ernest plongea une main dans sa poche :

« Prends ça, mon vieux, va voir un film ou ce que tu voudras. » Et il mit un demi-dollar d'argent dans la main de Piers.

Resté seul, Ernest se sentit à la fois satisfait et amusé à son propre sujet : « J'ai fait deux cadeaux ce matin, pensa-t-il, deux bonnes actions, comme un absurde vieux boy-scout. »

5

PROJETS INUTILES

RENNY trouva Meg fouillant la longue plate-bande fleurie afin de découvrir si un certain delphinium bleu foncé offert par Miss Pink avait fleuri. Il s'arrêta pour suivre ses gestes nonchalants tandis qu'elle ne le voyait pas. Ainsi accroupie avec ses cheveux châtain clair légèrement ondés, sa peau blanche au soleil, elle semblait n'avoir passé son existence qu'à s'occuper de questions aussi paisibles. Cependant sa vie n'avait pas été aussi sereine. Ayant perdu sa mère dès l'enfance, elle ne s'était jamais entendue avec sa belle-mère, puis elle avait eu de la malchance dans son unique roman d'amour. Elle avait été confinée dans la compagnie de vieilles gens, s'occupant à maintenir la paix parmi eux. Elle adorait son père. Deux morts et une naissance avaient perturbé sa vie tandis que Renny était en France. Un flot de tendresse monta en lui pour cette sœur qu'il regardait en ce moment passer doucement ses mains parmi les fleurs.

« Hello, Meggie ! » dit-il.

Elle leva les yeux et son visage s'assombrit.

« Oh ! Renny, je pense que tu as été dur pour Piers

en ne le laissant pas aller avec Tom Fennel ; il doit être terriblement déçu !

— C'est une jeune brute.

— L'as-tu vu depuis ?

— Quelques instants. »

Elle se releva en secouant la terre restée sur sa jupe.

« Je suis contente que tu le prennes en main, la vérité c'est que je n'en viens pas à bout ! »

Il l'entoura d'un bras :

« Ne t'inquiète pas, il comprendra bientôt qu'il ne saurait jouer ici au coq de combat !

— Si j'essaie de le surveiller, Gran s'en mêle : elle dit qu'il ressemble à grand-père...

— Je lui sortirai ça de la peau.

— Quant à Eden, il ne fait que ce qui lui plaît. Oncle Ernest et tante Augusta prétendent que c'est un artiste et l'encouragent.

— Bon Dieu, un artiste !

— Je ne sais que penser de son amitié pour Mrs. Stroud ; il passe une bonne partie de son temps chez elle.

— Hum !

— Finch est un bon petit garçon, mais il est fort éprouvant à sa façon. Si tu lui dis une chose, ça entre par l'une de ses oreilles pour en ressortir par l'autre : il ne peut ou ne veut se souvenir de quoi que ce soit ! Hier, il a mis ses chaussures neuves pour courir dans la sablonnière, il les a presque anéanties. Oncle Nick n'a fait qu'en rire.

— Hum !

— C'est si bon de t'avoir ici : j'ai été longtemps sans personne de mon âge !

— Meg, il est une chose dont je désire te parler. »

Elle le considéra avec un peu d'appréhension, craignant qu'il ne lui fît des remontrances sur la manière dont elle menait la maison. Elle détestait les mots économie et réforme.

« Oui ?

— C'est au sujet de Maurice. »

Une lueur de plaisir passa sur le visage de Meg. Après quatre années d'absence, il ne lui était point désagréable de le savoir à nouveau dans la maison au-delà du ravin, toujours désespérément épris d'elle. Ce ne serait pas la première fois que Renny plaiderait sa cause ; elle prit l'air d'une enfant taquine.

« Ne va pas t'imaginer que j'aime à entendre parler de lui : tu as pu voir quels étaient mes sentiments l'autre jour à la gare !

— Tu étais désemparée, mais écoute-moi, à présent : Maurice t'aime et je pense que tu devrais oublier le passé et l'épouser ; il a servi son pays pendant quatre ans et il mérite une récompense !

— Je serais donc comme une décoration sur sa poitrine ? Il pourrait donc bomber le torse en disant : « Eh bien, voyez, c'est ma décoration ! »

— Ne fais pas la sotte, Meg ! »

Renny la prit dans ses bras.

« Songe comme ce serait gentil d'avoir un mariage dans cette maison : voici vingt ans qu'il n'y en a pas eu !

— Ne me rappelle pas ce dernier mariage ! Si tu crois que son souvenir m'incitera à en souhaiter un autre, tu te trompes !

— Oui, mais après tout, père était très épris. Ils ont été heureux et ce mariage a donné ces jeunes frères que tu aimes tant. »

Elle passa une main sur son front lisse.

« Oh ! comme j'étais malheureuse ! Le voir épouser notre gouvernante ! Tu te souviens, Gran rendait visite alors à ses parents irlandais : elle revint d'une traite à la maison pour empêcher le mariage, mais ne put y réussir. Lorsque l'heure de la cérémonie sonna, mes cheveux étaient toujours tressés comme pour la nuit et je suis partie pour l'église avec cette coiffure nouée d'un ruban bleu fané. Dans la sacristie, père fut si ennuyé de me voir ainsi qu'il me l'ôta et le cacha sous un siège. Puis il défit mes cheveux et les éparpilla d'une main si rude qu'il me fit mal. Je pleurais en entrant dans l'église. »

Il sourit :

« Oui, je me souviens, mais ça n'a rien à faire avec ce dont je te parle : je pense que tu devrais te marier et avoir des enfants nés de toi.

— Je ne sais déjà où donner de la tête et ne désire pas d'autres enfants !

— Mais, Meggie, même si tu ne désires pas d'enfants, tu devrais te marier. Voici la saison des appariements : écoute ces oiseaux ! »

Un délicieux concert de tendres gazouillements montait du ravin jusqu'à eux. Baryton et ténor, soprano et alto, chacun dilatait sa poitrine pour moduler le solo de ce concert. Les branches vibraient de la passion de leurs chants.

« Qu'ils chantent ! dit Meg. Je ne suis pas de la même humeur qu'eux ! »

Il ouvrit le petit portillon et l'entraîna vers le sentier moussu descendant à la rivière. A leur approche,les voix des oiseaux se taisaient, mais la voix fraîche et impersonnelle du cours d'eau s'entendait toujours ; on le voyait luire entre les branches d'arbres et des buissons en pleine floraison printanière.

Avec un geste un peu théâtral, Meg désigna la rivière :

« Je suis comme elle : je n'ai pas besoin de compagnon.

— Ne dis pas de bêtises ! s'écria-t-il. Suis plutôt

cette rivière jusqu'au lac en temps de crue, tu verras là un mariage à faire honte au règne animal !

— Si tu es si passionné pour le mariage, pourquoi ne pas te marier toi-même ? »

C'était la dernière chose au monde qu'elle eût désiré lui voir faire. Sa réponse l'étonna :

« Je le voudrais bien si je n'avais pas tous ces garçons à éduquer et si je pouvais trouver une femme qui me convienne.

— Amener une autre femme dans la maison ! s'écria-t-elle. Ce serait la fin de tout !

— Tu n'aurais pas à subir sa présence puisque tu vivrais mariée et heureuse à Vaughanlands.

— Ainsi tu veux te débarrasser de moi ?

— Meg, je désire seulement te savoir heureuse.

— Si tu crois que je serais heureuse de vivre sous le même toit que cette enfant qu'il a !

— J'ai déjà pensé à tout cela.

— Et quel arrangement as-tu prévu ?

— Ne me regarde donc pas d'un air aussi hautain ! J'ai pensé que si tu épousais Maurice, j'adopterais Pheasant.

— Vraiment, c'est charmant ! Il faudra donc que j'aille là-bas et qu'elle vienne à Jalna pour prendre ma place comme fille de la maison ! Oh ! Renny, je n'aurais jamais cru que tu pouvais concevoir quelque chose d'aussi affreux ! J'aimerais mieux mourir que d'y consentir !

— Très bien, très bien, au nom du Ciel, oublie ça... Si tu désires vivre le reste de tes jours comme à présent...

— J'estime que je mène une existence utile.

— Utile, oui.

— Je ne manque pas d'affection : les garçons...

— Maurice éprouve pour toi un amour *d'homme.*

— Il ne m'est rien. »

Renny posa sur elle un regard intense :

« Rien ? »

Elle rougit, mais répéta plus véhémentement encore :

« Rien.

— Fort bien, je ne te crois pas, mais voici la dernière fois que je te parle de cette question.

— Je t'en remercie. »

Elle se détourna et se mit à remonter le sentier. Il remarqua qu'elle avait sensiblement engraissé durant son absence. Le sentier lui semblait raide et elle n'avait que trente-quatre ans !

« Je voudrais que tu voies une photo de toi prise de dos ! » lui jeta-t-il moqueur.

Elle s'arrêta sans un mot, mais ne se détourna point.

Ils restèrent ainsi sans proférer une seule parole jusqu'au moment où il redescendit d'un trait le sentier pour traverser la rivière, remonter le sentier encore plus raide situé sur l'autre berge et traverser un bois de chênes suivi d'un champ. Ce champ avait été semé de froment d'automne, la moisson généreuse qu'il promettait était en partie compromise par l'abondance des moutardes aux fleurs jaunes qui l'encombraient. Au-delà, il apercevait la silhouette mince de Pheasant. Elle le vit et vint à lui en longeant le champ, ses cheveux bruns flottant sur ses épaules. Comme on était samedi, elle portait une vieille robe trop courte de jupe et de manches. Elle le fixait d'un œil avide. Il s'en voulait de lui avoir demandé si elle aimerait à être sa petite fille et à venir habiter Jalna. Renny s'efforça de crisper les lèvres en une sorte de joyeux sourire.

« Hullo ! cria-t-elle.

— Hullo ! tu fais une belle promenade ? »

Elle le considéra gravement.

« Non, je vous attendais.

— Je crains de t'avoir fait attendre longtemps. Je ne me rappelais pas avoir fixé l'heure exacte.

— Non, en effet. Vous avez seulement dit que vers la fin de la semaine, il pourrait arriver un événement décisif qui changerait ma vie... Nous sommes samedi aujourd'hui.

— Oui... et c'est arrivé. »

Elle lui jeta un regard pénétrant :

« Est-ce que ça aurait... mal tourné ?

— Pheasant... Je ne pense pas que tu désires sincèrement quitter ta maison... Maurice... pour venir à Jalna.

— Alors... vous croyez donc que je mentais lorsque j'ai dit que j'étais prête ?

— Non. Mais nous formons une si nombreuse famille... tous ces garçons...

— Mais lorsque vous me parliez de ma venue, vous avez dit combien ce serait gai...

— Je sais, mais il y a Maurice : après tout, il est ton père.

— Il serait enchanté de se débarrasser de moi.

— Oh ! non, il n'est pas ainsi ! »

Elle baissa les yeux ; ses cils battirent. Son visage d'enfant se creusait tandis qu'elle se livrait à de profondes réflexions.

« Tu as été seule trop longtemps ! » jeta-t-il.

Il l'entoura d'un bras et la serra contre lui, mais elle se dégagea et le regarda au fond des yeux comme pour y déceler la vérité. Puis elle dit :

« Je ne comprends pas les grandes personnes, elles ne pensent jamais ce qu'elles disent ! »

Il lui répondit presque gravement :

« Je pense ce que je dis, mais j'ai attaqué cette affaire du mauvais côté... j'aurais dû m'assurer d'abord que ce que je désirais serait possible, avant de t'en parler. »

Elle fronça le front d'un air perplexe :

« Mais qu'est-ce qu'il en est ? Qu'est-ce que vous n'avez pas su faire réussir ? Maurice le sait-il ?

— Oui.

— C'est donc ça qu'il ne pouvait pas manger son breakfast ? Mrs. Clinch dit qu'il se ronge pour quelque chose...

— Ce sera plus grave pour lui que pour toi, Pheasant.

— Mais qu'est-ce que c'est ? Est-ce que ça finira par arriver ?

— Je l'espère... Écoute, je vais te le dire. Tu n'es pas comme les autres enfants. Viens, asseyons-nous. »

Ils s'assirent sur l'herbe naissante qui était plus humide et fraîche que le sol sablonneux dans lequel elle croissait. Ils se trouvaient dans le coin d'une clôture où des convolvulus sauvages s'évertuaient depuis le lever du soleil à montrer à quelle allure ils étaient capables de grimper. Leurs premières floraisons fragiles penchaient déjà leurs corolles frappées par la chaleur. Pheasant les effleura de la joue, puis elle tourna vers Renny ses yeux sombres avec une étrange expression où la confiance se mêlait à la défiance.

« Tu sais, dit-il, que Maurice et ma sœur Meg ont jadis été fiancés ?

— Oui, et je sais ce qui rompit leurs fiançailles. »

Un sourire presque cynique remonta ses lèvres. « Elle s'est montrée sotte !

— Oui, elle s'est montrée sotte et elle l'est toujours. »

Il alluma une cigarette et souffla une ou deux bouffées en silence. Elle lui avait facilité ce qu'il avait à lui dire.

« Je pensais que Maurice ayant été éloigné si longtemps, Meg aurait peut-être changé d'avis et se déciderait à l'épouser maintenant si... »

Il hésita.

« Si j'allais à Jalna ?

— Exactement. J'aurais perdu une grande sœur pour en regagner une petite.

— Non, non ! » Son visage était crispé. « Ce n'est pas ça ! C'est simplement qu'elle ne veut pas venir ici si j'y suis et qu'elle ne veut pas non plus que j'aille chez vous. Je comprends et ça m'est égal ça... ça m'est égal. » Son visage était laid tant elle faisait d'efforts pour se dominer. « Je ne désire être l'enfant de personne ! J'ai douze ans et je serai bientôt une femme. »

Il lui prit une main qui resta enfermée dans la sienne comme un petit poisson glacé.

« Je mériterais des coups », dit-il.

Ils demeurèrent assis, immobiles pendant un moment durant lequel la volonté de Pheasant se raffermit ; alors elle retira sa main d'un geste résolu.

« Au revoir, dit-elle. Je m'en vais.

— As-tu toujours le petit couteau que je t'ai apporté ? demanda-t-il.

— Oui. Il ne m'était pas destiné, n'est-ce pas ? Je puis le rendre si vous voulez.

— Bon Dieu, non ! Je ne veux pas, mais je pensais que les enfants perdaient tout ! »

Elle lui adressa un sourire tremblant, puis se détourna vivement et passa la clôture en fil de fer par une ouverture qui lui parut extrêmement étroite ; ensuite il remarqua que la clôture bâillait un peu, sans doute les fils de fer étaient-ils détendus par ses fréquents passages.

Pheasant courut tout droit vers la maison et referma la porte d'entrée avec précaution. Elle avait retenu péniblement un sanglot au fond de sa gorge. A présent, loin de tout regard, elle le libéra avec un son déchirant, qui lui fit mal. Son cœur s'arrêta un instant de battre tant elle eut peur : que se passerait-il si Maurice, assis dans le salon, l'avait entendue ? Mais un silence de mort régnait. Après les grands astiquages du retour de Maurice, Mrs. Clinch avait laissé à nouveau la maison croupir dans son habituelle atmosphère de moisissure. L'air était chargé de l'odeur des vieux capitonnages, des tentures humides et d'on ne savait quel indéfinissable relent qui rappelait Mrs. Clinch elle-même.

Soudain, la porte qui se trouvait derrière Pheasant s'ouvrit et Maurice se trouva presque contre elle. Il s'arrêta et fut intrigué par son expression.

« S'est-il passé quelque chose ? » demanda-t-il.

Elle secoua la tête avec le désir de s'évader par l'escalier, mais elle resta, le visage levé vers le sien.

« Ne pourrait-on laisser cette porte ouverte ? demanda-t-il.

— Mrs. Clinch ne veut pas.

— Au diable Mrs. Clinch !

— Ça fane les tentures et lui occasionne des névralgies. C'est terrible quand elle en souffre : ça va de sa mauvaise dent jusque dans son oreille...

— Le diable emporte ses oreilles ! Il faudra que je trouve quelqu'un d'autre pour tenir la maison.

— Tu ne peux pas, elle ne voudra pas s'en aller

— Il le faudra bien si... »

Il s'arrêta.

« Ce n'est pas possible.

— Quoi ? »

Il la regardait sans comprendre.

« Renny Whiteoak me l'a dit. »

Ils restaient là, soudain rapprochés par une intimité étrange, inaccoutumée. La porte au bout du couloir menant à la cuisine s'ouvrit et Mrs. Clinch parut. Elle les aperçut tous deux, vit leur air de culpabilité devant la porte ouverte. Tout son visage se recroquevilla comme si elle avait tiré un cordon autour, puis elle posa une main usée par les travaux contre son visage et, ayant jeté un autre regard interrogateur vers la porte, elle monta lourdement l'escalier.

Maurice poussa précipitamment le battant. On entendit en haut la porte de la chambre à coucher de Mrs. Clinch se refermer.

« C'est étrange de la part de Renny Whiteoak d'aller parler d'une telle question à une enfant. Comment en est-il arrivé là ?

— Il m'avait promis quelque chose si cela arrivait. »

Maurice la considérait, l'air sombre.

« Et alors, il t'a dit que ça ne serait pas possible ?

— Oui.

— Bien. Tu n'aurais pas dû être mêlée à cela. »

Il se détourna et passa au salon.

Pheasant gravit l'escalier d'un seul élan. De la chambre de Mrs. Clinch lui parvenait l'odeur du liniment de Minard.

A l'abri dans sa retraite personnelle, elle libéra un gros soupir. Il régnait une clarté verdâtre dans la pièce, due à l'ombre épaisse des cèdres. Elle vit toute sa silhouette reflétée dans un vieux trumeau, tel le fantôme d'une petite fille venue dans l'intention de lui rendre visite. Mais cette glace n'était pas d'aplomb dans son cadre et la seule vibration occasionnée par ses pas déplaça la glace et l'image un instant réfléchie disparut.

Pheasant mit une main dans sa poche pour tâter le petit couteau offert par Renny. Elle le sortit et le contempla posé sur la paume ouverte de sa main.

« J'ai toujours pensé, dit-elle à haute voix, que ce petit couteau avait quelque chose de triste. »

C'était comme si elle cherchait à expliquer les larmes qui coulaient le long de ses joues.

6

EDEN ET MRS. STROUD

TOUJOURS avec un exemplaire de Dante dans une main et le pain de savon de Windsor appartenant à Piers dans l'autre, Eden suivait pensivement le chemin menant à la route en bordure de laquelle se trouvait la maison de Mrs. Stroud. Il récapitulait en pensée les changements que le retour de son frère avait amenés et en arrivait à la conclusion qu'il préférait Jalna tel qu'il était pendant la guerre. Les lettres écrites du front par Renny l'avaient souvent amusé. Il était bon qu'un membre de sa famille servît dans les Buffs. Si la guerre avait duré un an de plus, Eden lui-même aurait rejoint ce régiment. Son père s'était toujours montré indulgent à son égard parce qu'il ressemblait singulièrement à l'épouse qu'il aimait si tendrement. Sa mère avait été de celles qui gâtent leurs enfants. Lorsqu'à quatorze ans la mort lui prit l'un et l'autre, sa grand-mère, sa tante, ses oncles et Meg s'étaient entendus pour égayer ce joli garçon têtu à la chevelure dorée. A présent, avec ce vétéran de la guerre à la main rude revenu en maître dans la maison et décidé apparemment à imposer sa volonté, les choses iraient autrement.

D'abord, il posait trop de questions. Non pas qu'il eût encore porté atteinte à sa liberté. Chaque matin, Piers, Finch et lui-même prenaient le train pour la ville voisine, les deux plus jeunes pour suivre les classes d'un grand collège de garçons et Eden les cours de l'Université. Eden et Piers étaient sportifs et très populaires. Eden passait pour être le coureur le plus rapide en même temps qu'un bon sauteur. On considérait Piers comme le meilleur de son âge sur le terrain de football.

Pendant les voyages à la ville, ils avaient des conversations qui avaient créé entre eux un lien solide.

Piers était né fermier. Déjà, il parlait du jour où il quitterait le collège pour se consacrer à la terre. Les autres pouvaient élever des chevaux. Il ensemencerait les champs, élèverait des vaches et des porcs ; déjà il savait une quantité de choses à ce sujet. Ses yeux bleus brillaient de plaisir à la vue d'une truie allaitant sa progéniture pataude, nonchalamment allongée parmi les chaumes roussis.

Ce serait une bonne chose pour Piers et Eden, prétendaient leurs oncles, que d'apprendre à manier l'argent avec circonspection. Eden, ces dernières années, avait lui-même acheté ses costumes et fait preuve du meilleur goût. Piers avait fait l'acquisition de clubs, de balles, de raquettes, de patins, de tous les accessoires innombrables qui semblaient lui être nécessaires. Ils avaient tous deux ramené à la maison des coupes en argent dues à leurs prouesses athlétiques et les avaient ajoutées à la collection existant déjà à Jalna.

Eden, en ce moment, portait un costume gris extrêmement seyant, l'un des trois qu'il avait commandés ce printemps. Il s'était depuis peu de temps rendu compte de son physique heureux et ce n'était pas étonnant car, depuis ses relations avec Mrs. Stroud, il s'était entendu comparer à un morceau de sculpture grecque, non sans déplorer qu'il fût un danger pour les femmes. Cependant il n'en tirait pas vanité. Il s'amusait plutôt des extravagances de langage de

Mrs. Stroud. Aujourd'hui il avait hâte de la revoir, car il ne lui avait pas rendu visite depuis plusieurs jours déjà.

Il sauta la grille ouvrant sur la route menant à sa maison, après avoir mis le livre et le savon dans sa poche. Déjà la route devenait poussiéreuse ; il suivit le sentier qui la bordait en sifflant aussi clairement que le loriot qui venait à peine d'entrecroiser les premiers brins de paille de son nid tout en haut du plus élevé des ormeaux.

Mrs. Stroud vint elle-même ouvrir la porte ; ses yeux brillèrent d'une heureuse surprise.

« Me permettrez-vous d'entrer ? demanda-t-il.

— Demandez-vous cela parce que vous avez été si longtemps sans venir ? »

Sa voix profonde et émouvante lui faisait chaque fois pressentir un mystère en elle.

« Non. C'est parce que je reviens si vite ; vous devez vous sentir lasse de moi.

— Qu'ai-je fait pour mériter cette réflexion ?

— Mais... je ne veux pas venir trop souvent !

— Pourquoi ?

— Vous avez d'autres amis.

— Qui donc ?

— Eh bien... »

Il hésita et eut un petit rire. Elle le prit par le bras et l'entraîna vers le salon.

« Vous savez que vous êtes le seul être qui compte pour moi... dans cette région. »

Il ignorait pourquoi elle était venue vivre ici. Il y avait toujours cette sorte de mystère qui émanait d'elle.

Se laissant tomber sur le sofa bleu, il dit en prenant une cigarette qu'elle lui offrait :

« Je préfère être ici que partout ailleurs... la vérité, c'est que nous avons eu quelques cours supplémentaires. »

La vérité, c'était qu'il avait rencontré à un match de tennis une jeune fille qui l'avait intéressé au point d'éclipser Mrs. Stroud à ses yeux. Mais combien rapidement cette jeunesse l'avait ennuyé !

« N'est-ce pas curieux, dit-il après avoir aspiré à plusieurs reprises la fumée de sa cigarette russe dont Mrs. Stroud lui avait donné le goût, n'est-ce pas curieux de constater comme il y a peu de chose à trouver dans les jeunes filles que vous rencontrez ?

— C'est vraiment étrange ! » Elle le considérait les yeux mi-clos. « Cela ne devrait pas être, vous devriez les trouver séduisantes au possible à votre âge !

— Il n'en est rien. Elles sont ou trop naïves ou trop désireuses de paraître averties ; elles n'ont rien de commun avec vous. »

Elle fit entendre son rire musical.

« Heureusement ! »

Mais son visage se détendit et elle s'imagina, avec une précision qui l'eût étonné, ce qui s'était passé ces derniers jours. Puis elle eut un large sourire qui découvrit ses belles dents et demanda :

« Comment est-il ce frère militaire que vous avez ? Est-ce gentil de l'avoir à nouveau auprès de vous ?

— Comme c'est étrange que vous me posiez cette question ! répondit Eden. Je pensais justement, tandis que j'étais en chemin pour venir ici, que ce n'était pas aussi agréable que je m'y attendais.

— Cela ne me surprend pas.

— Pourquoi ?

— Il me semble assez lunatique.

— Je ne le croyais pas.

— Sans doute avez-vous changé l'un comme l'autre. Il a traversé une guerre et vous avez grandi au point…

— Oh ! Mrs. Stroud, cette dernière remarque n'est pas gentille ! »

Elle lui lança un regard malicieux.

« Est-ce que vous vous sentez tout à fait parvenu à l'âge adulte ?

— Excepté lorsque je suis avec vous.

— Je me demande comment je dois comprendre ces paroles, dit-elle taquine.

— Eh bien, je désirais vous faire un compliment… d'une certaine manière.

— Quoi d'autre en plus du compliment ? »

Il lui adressa ce sourire étrange auquel ses yeux ne prenaient point part, car ils demeuraient scrutateurs et même ironiques. Un frémissement nerveux agitait sa joue droite. Il reprit :

« Je voulais vous fâcher un peu.

— Est-ce que cela vous fait plaisir ? Je veux dire de me fâcher ?

— Cela nous donnera l'air d'être un peu plus… intimes. »

Il vit qu'elle réfléchissait à ses paroles et pensa : « Je voudrais n'avoir pas dit ça ! Oui, je le voudrais ! Elle va s'attendre… Dieu, je me sentirais idiot ! »

Mais elle posa seulement une main sur ses genoux en disant gentiment :

« Vous avez un nerf de votre joue qui se crispe. C'est de la fatigue, vous travaillez trop.

— Je ne sens rien, dit-il. Où est-ce ?

Elle effleura sa joue du bout de son index.

« Là. »

Il s'empara de cette main et la porta à ses lèvres. « Alors, pensa-t-il, que va-t-elle dire ? »

Elle laissa un moment sa main immobile dans la sienne, puis la retira en disant :

« Parlez-moi de ce frère.

— Oui. Eh bien, c'est notre aîné et il a été le préféré de mon père. Maintenant, il est le maître à la maison et nous n'arrivons pas à nous y habituer.

— Qui est-ce « nous » ?

— Nous tous, à commencer par ma grand-mère. Nous avions organisé un plan d'existence qui nous convenait parfaitement et nous ne pouvons nous habituer à ce qu'il se mêle de tout, ce qu'il ne cesse de faire !

— Avec une telle majorité contre lui, je ne vois pas comment il peut avoir le dessus !

— Jusqu'à présent, il ne nous a attaqués que séparément. »

Mrs. Stroud eut un sourire malicieux :

« Pourquoi ne l'attaquez-vous pas en nombre ?

— Je le voudrais bien !

— En tous les cas, j'imagine que vos résistances combinées auront raison de lui !

— Ne croyez pas que nous ayons des scènes à Jalna ! Non pas... encore. Mais je me demande comment nous pourrions continuer ainsi. Voyez seulement : il est de retour depuis un mois et déjà il a eu des mots avec grand-mère au sujet de Wakefield et avec ma tante à cause de cet homme, Wragge, qu'il a ramené du front. Tante Augusta prétend qu'il est scandaleux de voir un tel individu tenir le rôle de maître d'hôtel dans la maison de son père ! Elle dit que celui-ci se retournerait dans sa tombe s'il le voyait servir le potage. D'un autre côté, Gran apprécie Wragge, elle est toujours contre Augusta. Elle lui a donné une vieille livrée trois fois trop grande et l'encourage dans la cour qu'il fait à la cuisinière. Elisa est partie. »

Eden s'arrêta et se mit à rire doucement comme s'il suivait une pensée.

« Vous savez, dit-il, j'aime parler de nous tous, j'estime que nous sommes affolants, mais je nous trouve sympathiques : ne pensez-vous pas que nous méritons d'être aimés ? »

Il la regardait, timide :

« Ou bien est-ce que vous ne voyez que notre côté affolant ?

— Je voudrais être invisible et me glisser dans votre maison pendant tout un jour. Et vos oncles ? Consentent-ils à se laisser dominer ?

— Pas eux ! Chacun eut une explication avec lui. Celle d'oncle Nick était au sujet d'un étalon que mon père avait acheté. Oncle Nick le vendit l'an passé pour un prix trop bas. Renny ne fut pas avisé de la chose, à présent il est furieux. Lui et oncle Nick se sont dit des paroles violentes. Grand-mère en fut à ce point hors d'elle qu'elle renversa son lait de poule qui tacha tout le devant de sa robe.

— En ce cas, ma sympathie va à votre frère.

— Pas la mienne. Oncle Nick n'a pas manœuvré adroitement, mais nous avions besoin d'argent : on dirait qu'il devient plus rare chaque année !

— Et l'autre oncle ?

— Oh ! l'oncle Ernest ! C'est un bon vieux type ! Il n'a jamais eu de querelle avec personne, mais il a eu une explication avec Renny à cause d'un fauteuil que mon père affectionnait. L'oncle Ernest l'avait monté dans sa chambre ; Renny prétendit qu'il manquait à sa place devant le feu, disant qu'il croyait y voir père assis dedans avec un de ses épagneuls entre les jambes et père débarrassant les oreilles du chien des bourres qui s'y étaient accrochées pour les cacher ensuite sous le fauteuil où ma mère ne les voyait pas. L'oncle a redescendu le fauteuil et, à présent, c'est Renny qui s'y assied. En vérité, l'auréole de guerrier héroïque qui nimbait son chef est en train de se hérisser d'épines ! Il ne me laisse pas non plus en repos à cause de la note de mon tailleur, prétendant que je suis trop jeune pour commander ce qui me plaît. Mais je l'ai déjà fait l'an passé ! Il trouve que Piers a plus de raquettes de tennis, de patins, de bottes de hockey qu'il n'en a besoin et c'est vrai ! Il dit que Meg nous a gâtés. Il a déclaré aux deux plus jeunes qu'ils devaient demander sa permission avant de faire quoi que ce soit. Je viens justement de le voir administrer à Piers une bonne correction.

— Qu'avait fait Piers ?

— Il avait donné des coups de pied dans sa bicyclette.

— Th, th... Et le petit ? Le bébé ?

— Oh ! Renny l'a tellement terrifié le jour de son arrivée à la maison que Wakefield se met à bégayer dès qu'il l'aperçoit. Il dit : « Ze, ze voous en prie b-b-b bébé v-veut que le s-soldat s'en aille ! » Et tante Augusta de s'écrier : « Pauvre enfant ! voici qui peut marquer toute son existence ! » Quant à Gran, elle lui donne bien vite une miette de son cake aux fruits. »

Les grands yeux gris de Mrs. Stroud le fixaient avec une expression de commisération :

« Voici un entourage bien peu paisible pour un jeune poète ! »

Eden rougit puis rit gaiement :

« Je ne suis pas encore un poète ! » Sa rougeur s'accentua et il ajouta : « Mais j'ai écrit quelque chose la nuit dernière et je l'ai apporté pour vous le montrer si cela ne vous ennuie pas.

— Vous savez quel plaisir vous me faites.

— J'espère que cela vous plaira... »

Elle se leva pour déplacer un vase de fleurs puis elle se rassit sur une chaise en face de lui comme pour une cérémonie en le regardant d'un air attentif et grave.

Eden sortit de sa poche un petit cahier dont il tourna nerveusement les pages.

Un coup net fut frappé contre la porte.

« Quelle malchance ! s'écria Mrs. Stroud à voix basse. Mais je n'ouvrirai pas. »

Ils demeurèrent assis au sein d'un coupable silence

tandis qu'on frappait à nouveau avec insistance, puis la voix de Jim Dayborn se fit entendre :

« Mrs. Stroud ! Êtes-vous chez vous ? Pouvons-nous emprunter votre bouilloire pour le thé ? La nôtre est fendue ! »

Il quitta la porte et gagna la fenêtre. Mrs. Stroud, suivie d'Eden, s'élança vers le coin de la pièce où ils ne pourraient être vus. Son corsage était tendu sur sa poitrine, sa respiration devint plus rapide. Il mit un bras autour de ses épaules. Partagé entre l'irritation qu'il éprouvait à avoir été interrompu et l'amusement que lui donnait le ridicule de leur situation, il fut pris de fou rire. Mrs. Stroud posa sur sa bouche une main autoritaire ; ils s'accroupirent l'un à côté de l'autre tandis qu'on recommençait à frapper. Puis la porte d'entrée fut ouverte, des pas légers se dirigèrent vers la cuisine.

« Il va chercher la bouilloire, murmura-t-elle, lorsqu'ils désirent quelque chose, rien ne les arrête !

— J'espère que la bouilloire est pleine d'eau en ébullition et qu'elle se renversera sur lui », souffla-t-il les lèvres contre la paume de sa main.

Les pas s'éloignèrent ; la bouilloire heurta rudement la poignée de la porte.

« Le voici parti ! » soupira Mrs. Stroud.

Les lèvres d'Eden remuaient toujours, mais, à présent, il baisait la main qu'il avait saisie. Elle la dégagea, mais en lui lançant un regard qui donnait plus que ce qu'elle avait refusé. Ils se levèrent en même temps et allèrent se rasseoir. Elle avait l'air un peu étourdie et passa ses doigts dans ses cheveux en parlant avec une certaine surexcitation.

« Vraiment ces gens deviennent impossibles ! Je n'ai plus de vie privée : ils vont et viennent chez moi comme si nous vivions ensemble ! »

Eden était maussade soudain. Il fixait ses mains

pendantes entre ses genoux. Mrs. Stroud dit gaiement :

« Comment ces deux-là se débrouillent-ils pour le dressage ? demanda-t-elle.

— Le dressage ? répéta-t-il comme s'il n'avait jamais entendu ce mot.

— Oui, avec les chevaux de votre frère : ce sont de fameux cavaliers, n'est-ce pas ?

— Oui, surtout la jeune femme. Ils entraînent un cheval pour le « Grand National ». Ne vous l'ont-ils pas dit ?

— Je crois qu'ils ont fait allusion à quelque chose de ce genre... Mais laissons cela, je désire entendre votre poème.

— Qui a parlé d'eux le premier ? Pas moi !

— Je n'ai parlé d'eux que pour dire quelque chose ; je ne pouvais vous prier de lire vos vers à peine était-il parti.

— Nous aurions pu nous taire.

— J'ai été stupide !

— Ça ne fait rien.

— Si !

— Je crois que je vais m'en aller et vous laisser la chose que vous pourrez lire plus tard quand vous vous sentirez d'humeur...

— Mais je suis parfaitement d'humeur à vous écouter, dit-elle d'un ton autoritaire. Eden, ne me regardez pas ainsi ! Vous me faites mal. Venez... »

Elle ramassa le cahier et le lui mit dans la main, mais lui, se levant d'un bond, lança le cahier vers les rayons de la bibliothèque.

« Voilà ! Voyez comme j'ai envie de le lire ! Au revoir, je regrette, si vous me trouvez désagréable. »

Mrs. Stroud se leva calmement, prit une chaise, monta dessus et ayant saisi le cahier, elle le mit dans la main d'Eden avec un sourire amical et suppliant. Il le prit avec une soudaine douceur et en tourna les pages. Puis il se mit à lire à voix basse :

Mon ombre et moi-même
Nous nous sommes rencontrés
Après la longue nuit
Nous...

Sa voix mourut sur ses lèvres.

« Je ne peux pas », dit-il en la regardant avec désespoir.

Il se leva.

« Je n'aurais pas dû insister.

— Ça ne fait rien... au revoir.

— Quand reviendrez-vous ?

— Bientôt. Demain si je puis.

— Je penserai à vous, Eden. »

Un martèlement tenace ébranlait la porte d'entrée. Ce fut avec cet accompagnement qu'ils se séparèrent. Il sortit par une porte donnant sur le jardin afin de n'être pas vu du voisinage. On entendait le bébé pleurer. Elle regarda s'éloigner la silhouette d'Eden jusqu'à ce qu'elle eût disparu, puis elle retourna dans le salon, tapota les coussins, vida les cendriers. Elle ramassa le cahier d'Eden et le porta à ses lèvres. Le martèlement continuait. Elle jeta un regard vindicatif au mur mitoyen.

« J'ai bien envie de vous jeter dehors, vous et le bébé ! » dit-elle en s'adressant à ses voisins invisibles.

Mais lorsque le jeune Dayborn rapporta la bouilloire, il n'y eut pas le moindre fléchissement dans l'attitude gracieuse qu'elle avait adoptée envers eux.

« Vous ne sauriez imaginer, dit-elle, ce que c'est

pour moi que d'avoir des voisins amis. Par moments, j'ai des crises de dépression, alors je me souviens que vous êtes là de l'autre côté de ce mur et tout me semble plus gai. »

7

FINCH ET LE RAT BLANC

FINCH possédait quatre-vingts *cents*. En économisant avec une volonté de fer son argent de poche (quatre *cents* par semaine), il était parvenu à accumuler quarante *cents*, Piers lui avait remis dix *cents* pour qu'il se chargeât de mener sa bicyclette à la boutique de réparations ; l'oncle Nicolas lui avait donné dix *cents* pour avoir retrouvé ses lunettes, Meg lui en avait donné cinq pour avoir pris sagement son huile de ricin ; enfin, il en avait gagné quinze à aider au tri des pommes saines de celles qui étaient gâtées. Maintenant, il se trouvait à la tête d'une somme suffisante pour acheter le rat blanc à la possession duquel son cœur aspirait. Les rats blancs étaient mis en vente chez un cordonnier de Steed, village situé à sept milles de Jalna. Chaque rat avait sa cage, avec une roue pour prendre de l'exercice. Mais sans doute son rat n'aurait pas passé beaucoup de temps dans sa cage, car il jouerait avec lui, apprendrait à faire des tours merveilleux et courrait sur toute sa personne avec ses adorables petites pattes blanches.

Il se sentait léger comme l'air avec ses quatre-vingts *cents* dans un petit porte-monnaie de cuir au fond de sa poche. Il ne pouvait garder les pieds attachés au sol, il lui fallait bondir et folâtrer comme un agneau. Il y aurait soixante-quinze *cents* pour le rat blanc et cinq pour acheter des caramels. Quel jour ! Quelle vie, quel pouvoir, quelle joie !

C'était un samedi matin, un jour de liberté. Le cœur plein de reconnaissance il prit la résolution de se laver les dents comme si c'était là un geste de gratitude envers Dieu qui dirigeait le cours de son existence. Il se proposait d'être sage ce jour-là comme jamais encore. Comment s'appellerait le rat ? Car il lui fallait un nom. Quelque chose de marquant et en même temps d'harmonieux. Il demanderait à Meg. Non point qu'elle montrât beaucoup de sympathie pour la question du rat, mais elle était bonne et s'y connaissait en surnoms. C'était elle qui généralement nommait les chiens et les chevaux.

Il était debout devant sa table de toilette dans son petit pyjama au fond rapiécé, ses orteils retroussés à cause du carré de linoléum glacé qui se trouvait devant sa table, ses cheveux hérissés. Sa pâte dentifrice étant épuisée, il pensa à prendre un peu de celle de Piers. Il trouva le tube soigneusement enroulé à sa base et bien gonflé, prêt à être pressé.Il colla une noisette de pâte sur la brosse à dents et se mit à frotter énergiquement sa nouvelle palette neuve. Il était plus prudent envers les molaires à cause de l'une d'elles qui branlait et lui faisait mal. Cette dent avait empoisonné son existence pendant des semaines, elle le faisait souffrir, branlait, puis recommençait à faire mal. La nouvelle dent qui poussait en dessous l'avait presque entièrement délogée de son alvéole, mais elle tenait encore. Sa langue était irritée par la couronne tranchante. Il ne pouvait jouir de ses repas, mais il gardait ces misères secrètes par crainte qu'on ne lui arrachât sa dent.

Précisément, au moment où il s'efforçait d'agir envers elle avec prudence, la porte de la chambre s'ouvrit derrière lui et Piers entra. Finch sursauta et la brosse vint heurter la dent douloureuse. Il se crispa dans sa souffrance et abaissa la brosse à dents.

« Ooo-oo-oa, gémit Finch.

— Que se passe-t-il ? demanda Piers.

— C'est ma dent ! Je l'ai cognée ! »

Piers s'approcha. Qu'allait-il arriver si Piers venait à sentir l'odeur de wintergreen de sa pâte dentifrice !

« Montre ! »

Finch se raidit et serra les lèvres. La dent lui semblait pleine de pulsations.

« Ça va très bien ! » souffla-t-il.

Piers lui prit le menton.

« Ouvre la bouche, je ne te ferai pas mal, dit-il doucement.

— Tu promets de ne pas y toucher ?

— Sûrement, ne fais pas la petite bourrique. »

Finch ouvrit la bouche. L'odeur de wintergreen s'en échappa, il montra du doigt : « Là ! »

« Tu te sers de ma pâte dentifrice !

— Cette fois-ci, seulement ! »

Piers ne semblait pas fâché ; il regardait seulement dans la bouche de son cadet.

« On ne devrait pas l'arracher tant qu'elle fait mal, dit-il.

— Tu crois ? Pourquoi ? »

La crainte de Finch commençait à se calmer ; il regardait Piers avec confiance.

Piers hésita.

« Est-ce que ça ferait plus mal ?

— Non. Mais elle résisterait. Elles tiennent toujours lorsqu'elles font mal. Je ne pense pas qu'elle branle beaucoup.

— Mais si, elle branle ! » Quelque chose le poussa à ajouter : « Tâte donc ! »

Les doigts de Piers s'approchèrent de la dent pour la tâter : .

« Je ferais mieux de ne pas y toucher, ça pourrait te faire mal.

— Fais-la seulement branler »

Piers saisit doucement la dent entre le pouce et l'index, puis il y eut comme une secousse électrique.

« Aou ! cria Finch, espèce de brute, tu m'as fait mal quand même ! Tu trouves ça drôle sans doute ? »

Il dardait sur Piers un regard flamboyant et chercha à frôler sa dent avec le bout de sa langue.

Piers eut un rire enchanté.

« Elle est arrachée, petit imbécile ! »

Il montra la dent sur sa large paume ouverte.

« Arrachée ! haleta Finch. Arrachée ! Bon Dieu que je suis content ! Oh ! merci, Piers !

— Rince-toi la bouche à l'eau salée. » Piers posa la petite dent sur la toilette. « Et la prochaine fois que tu auras mal aux dents, viens me trouver ! »

Quelle joie de manger son breakfast sans cette dent qui faisait mal ! Il mâchait son toast en se moquant de tout ! De temps à autre, du bout de sa langue, il tâtait le petit cône dur de la nouvelle dent.

Il n'y avait que lui, Wakefield, Meg et Renny à table. Grand-mère déjeunait dans sa chambre. Les oncles et Eden étaient encore au lit. Piers et tante Augusta déjeunaient plus tôt. Le soleil inondait la pièce. Les fenêtres étaient ouvertes, il y avait des lilas blancs sur la table : autant de grappes que possible, telles des plumes floconneuses dans un grand vase élancé. Les yeux bleus de Meg les observaient avec une expression approbatrice.

« Les lilas sont merveilleux cette année », dit-elle.

Renny leva les yeux d'un compte rendu de match de polo auquel il avait pris part la veille. Il était si intéressé par sa lecture qu'il en oubliait de mâcher et que l'une de ses joues restait distendue par une bouchée de toast :

« Oui, dit-il, ils sont merveilleux.

— Quoi donc ? insista Meg.

— Tes yeux. »

Il sourit et mordit dans son toast.

« Bébé, mange ton porridge, tu ne fais que jouer avec !

— Bébé veut plus de sucre dessus ! »

Meg saupoudra légèrement le porridge de sucre.

« Encore.

— Non, c'est assez.

— Bébé dit *encore !* »

Il se laissa aller en arrière.

« Tiens-toi droit, dit Renny sévèrement.

— N-n-n-on, j-j-je...

— S'il te plaît, ne le fais pas bégayer dès le matin, cela durera toute la journée ! »

Fébrilement, Meg ajouta du sucre. Wakefield eut à son adresse un sourire séraphique puis il se mit à manger en donnant de petits coups de pied à sa chaise.

Renny posa son journal et attaqua son bacon et ses saucisses.

« J'aurais voulu voir ce match de polo, dit Finch.

— Je t'emmènerai la prochaine fois. »

Le visage de Finch devint ponceau :

« Oh ! merci, Renny ! »

C'était le moment de demander s'il pouvait aller à Steed. Il fit une profonde aspiration. Mieux valait ne poser la question ni à Renny ni à Meg, mais à la cantonade. Il se décida, les yeux fixant le vide :

« Puis-je aller à Steed acheter mon rat blanc ? J'ai l'argent. S'il vous plaît, puis-je y aller ?

— Bébé v-v-veut un r-r-rat blanc !

— Tais-toi ! dit Finch farouchement.

— Finch, ne sois pas brutal : je n'aime pas les rats, mais je pense que tu peux y aller.

— Il ira avec moi, dit Renny. Je m'en vais voir un

homme qui désire acheter le poney que je montais hier, je pars avec l'auto.

— Quand ?

— Dans dix minutes. Encore une tasse de thé, Meg. »

C'était une sensation céleste que de se trouver dans l'auto avec Renny volant vers le lieu où l'attendait son cher rat blanc qui ignorait encore sa venue prochaine ! Il était assis, petit, tendu auprès de son aîné, ses mains entre ses genoux nus serraient un porte-monnaie. La vue des champs avec leurs récoltes en plein essor, les petits jardins et leurs fleurs fraîches, les cantonniers avec leurs pics qu'ils maniaient de leurs bras musclés, des jeunes filles les mains pleines de soucis de mars, contribuaient à l'emplir d'un bonheur singulier. Il tâtait avec sa langue l'endroit où il y avait eu la dent qui faisait mal. Il savait ce qu'il allait faire : il achèterait des caramels pour Piers avec les cinq *cents* qui lui resteraient. Piers méritait un cadeau.

Renny le laissa devant la boutique du cordonnier.

« Je reviendrai te chercher dans une demi-heure », dit-il.

Finch pénétra dans la boutique.

Il y avait une douzaine de souris et de rats dans des cages, mais il ne désirait qu'un seul de ces animaux. C'était le plus petit des rats, à peine plus gros qu'une souris, son petit corps blanc et soyeux était marqué de noir ; il avait des yeux brillants et des pattes roses et délicates. Il était si intelligent, prétendait le cordonnier, qu'on pouvait lui apprendre n'importe quoi.

Finch l'avait enfin bien enfermé dans sa cage qu'il tenait fermement de ses deux mains. Il marchait avec précaution pour qu'il ne prît point peur. Cinq *cents* restaient dans son porte-monnaie. Il suivit la rue du village pour se rendre chez le confiseur.

Finch crut entendre une musique avant d'atteindre

la boutique ; mais il n'en était pas tout à fait sûr car il se sentait lui-même tout vibrant d'une sorte d'harmonie, son cœur en battait la mesure. Puis, tout juste devant lui, il vit un individu avec un orgue de Barbarie. Un singe, sanglé dans une jaquette cramoisie, était perché sur l'instrument. Ses doux yeux attentifs fixèrent d'abord Finch, puis le rat dans sa cage. Un frisson courut le long de sa queue flexible ; il rayonna soudain de plaisir. Ses yeux inspirèrent confiance au rat. Celui-ci, serrant de ses pattes fines les barreaux de sa cage, se mit sans crainte à regarder le singe. L'ouverture de *Guillaume Tell* sortait en tempête de l'orgue.

Le singe ôta son képi brodé et s'inclina devant Finch. Finch ne put se retenir : il sortit son porte-monnaie et donna sa dernière pièce de cinq *cents* au singe qui grimaça de plaisir. Le musicien ambulant effleura du doigt le bord de sa casquette. La musique se mua en une valse de Strauss. Finch, hypnotisé, se mit à suivre l'orgue de rue en rue.

Soudain, la haute stature de Renny émergea devant lui.

« Petit sot, dit-il, j'ai couru à ta recherche par tout le village ! »

Il souleva Finch à demi et le poussa dans la voiture qui partit avec un soubresaut, car c'était un conducteur déplorable. Uune roue arrière érafla le bord du tournant. Le rat regardait, effaré, à travers ses barreaux.

« Ça va, ça va, mon petit », murmura Finch en entourant la cage de ses mains.

Ayant atteint la route, Renny laissa tomber une barre de chocolat sur les genoux de Finch.

« Donne-m'en aussi une bouchée », dit-il.

« Nous sortons ensemble, pensait Finch, nous sommes des copains, il est magnifique et si gentil ! » Il offrit à Renny un carré de chocolat. Renny baissa la tête et le prit entre ses dents de la main de Finch.

Finch pensa : « Il a l'air d'être prêt à donner un bon coup de dent ! » Puis il demanda :

« Est-ce que l'homme a acheté le poney de polo ?

— Oui.

— Je suis content ! Puis-je le dire aux autres ?

— Non, je désire le leur dire moi-même.

— Crois-tu que le rat en mangerait un peu ?

— Certainement, ils mangent tout. »

Renny regarda le rat prendre le morceau de chocolat avec ses pattes minuscules et le porter à son museau dont les moustaches argentées frémissaient. L'auto faillit entrer en collision avec une charge de foin conduite par un de ses domestiques.

« Ça n'aurait pas été un mal si j'étais entré dedans ! dit-il à Finch tandis qu'il appuyait sur l'accélérateur. Imagine-toi que nous sommes obligés d'acheter du foin avec la quantité de terres que nous possédons !

— C'est une sacrée honte ! » répondit Finch d'un ton solennel.

Leur irritation s'enfla, puis se fondit en ardente camaraderie. Finch demanda :

« Combien de temps vivent les rats, Renny ?

— Ça dépend comment on les soigne.

— Est-ce que les rats apprivoisés vivent plus longtemps que les rats sauvages ?

— Sans doute, ils n'ont pas à se garder du poison et des pièges comme ceux-là.

— Tu en as vu beaucoup de sauvages dans les tranchées, n'est-ce pas ?

— Ils n'étaient pas si sauvages que cela.

— J'imagine qu'ils ne faisaient pas de vieux os ?

— Non, certainement, lorsque je pouvais m'y opposer.

— Mais tu aimes celui-là, n'est-ce pas ?

— C'est un gentil petit bougre. »

Finch avait mis de côté un carré de chocolat à

l'intention de Piers. Piers ouvrit la porte de la cage et laissa le rat se promener sur la paume de sa main. La petite bête avait le souffle coupé à la fois par la crainte et la joie. Le cœur de Finch se gonfla de jalousie à la vue du rat sur la paume de Piers.

« Sois prudent, implora-t-il, il va se sauver ; je t'en prie, donne-le-moi, Piers. Je t'en prie ! »

La bouche de Piers se retroussait aux coins, tant était délicieux le chatouillement des petites pattes roses. Puis penchant vers la cage la main il remit le rat en captivité.

« C'est un gentil petit animal, dit-il, ne va pas le bourrer de nourriture ! »

Le rat tétait déjà le pain trempé de lait que la cuisinière avait préparé.

« Il a faim et puis il aime ça : je sais ce qu'il aime. »

Finch emmenait le rat blanc partout, il ne pouvait se séparer de lui. C'est à peine s'il arrivait à déjeuner tant il pensait à son protégé. Il demandait à chacun comment il convenait de l'appeler. Mais aucun nom ne lui semblait convenable. Il décida donc de lui donner un nom secret qu'il serait seul à connaître avec son élève.

Wakefield supplia qu'on lui confiât le rat pour une minute seulement et grand-mère se joignit à lui pour qu'il pût goûter ce plaisir.

« Il le laissera tomber, dit Finch, je suis sûr qu'il le laissera tomber !

— Non, bébé ne le laissera pas tomber ! »

Il le tenait serré dans sa petite main pâle.

« Tu vas l'étouffer ! » jeta Finch.

Bébé laissa tomber le rat.

Il y eut des recherches affolées. Le rat se trouvait quelque part dans les plis de la vaste mante de grand-mère qui était plus effrayée qu'elle ne voulait en convenir.

« Il va me mordre ! déclarait-elle, mais je ne pense pas que j'en mourrai. Le diable emporte cet enfant, j'aurais préféré qu'il m'épargne le contact de son favori ! »

Elle scrutait, inquiète, les plis de ses vêtements.

« Le voici ! » rugit l'oncle Nicolas.

Prompt comme la pensée, le rat traversa la pièce.

« Boney ! cria Meg. Il le poursuit ! »

Toutes ailes éployées et serres ouvertes, le perroquet s'était élancé de son perchoir et voletait tel un nuage électrique au-dessus du rat pris de panique. Finch se jeta entre eux et sentit son rat bien-aimé se glisser sous sa veste pour y chercher refuge. Son cœur et celui du rat palpitaient à l'unisson sous sa veste. Il rugit :

« Je savais qu'il le ferait tomber ! Il ne le touchera pius ! Personne n'y touchera, il est à moi ! »

Lui ayant administré négligemment une tape sur le derrière, Eden le fit sortir de la pièce. Finch s'en alla vers le verger et s'y étendit sur l'herbe tiède en compagnie du rat.

Celui-ci devenait de plus en plus familier. Il ne frémissait plus sous les caresses, mais les recherchait, au contraire. Finch restait étendu tout de son long tandis que le rat courait sur lui, entrait et sortait de ses manches, pénétrait dans ses jolis cheveux plats ou bien le regardait entre les brins de l'herbe haute et verte du verger.

Comme on était un samedi, il savait que Miss Pink devait étudier aux orgues. Il pensait qu'il aimerait emmener le rat à l'église pour le montrer à Miss Pink. Aussi, lorsqu'il en eut assez du verger, il prit le sentier herbu menant à la route. De temps à autre, il s'arrêtait pour présenter au rat quelque friandise, une fleur de trèfle que celui-ci rejeta, un morceau de pain qu'un oiseau avait laissé tomber, un biscuit trouvé dans sa poche. Obligeamment le petit rat rongeait chaque morceau présenté jusqu'à devenir au bout d'un moment aussi large qu'il était long. Il levait son doux museau vers Finch d'un air confiant.

L'église était traversée d'un rayon de soleil qui passait par le vitrail de l'ouest. Miss Pink jouait *Envoie ta clarté bienfaisante,* avec des variations. Il monta furtivement les marches de la tribune et s'assit sur un siège bas près de l'orgue. La musique l'enveloppa comme un nuage. Ses yeux extasiés se fixèrent sur le profil de Miss Pink. Le rat resta enroulé dans sa main.

Miss Pink devina sa présence. Elle continua à jouer indéfiniment pour lui faire plaisir. Elle avait toujours le sentiment de jouer mieux lorsque Finch Whiteoak l'écoutait.

Mais elle ne s'attendait pas à voir le rat courir sur les touches. Finch l'avait oublié et il était parti en exploration. Miss Pink jeta un cri ; elle était terrifiée et ne se laisserait sans doute pas fléchir. Finch, à regret, prit le rat et sortit dans le cimetière.

L'herbe verte comme l'océan ondulait par-dessus les tombes. Les vieilles stèles se penchaient de-ci de-là, telles des voiles inclinées dans la tempête. Mais tous les navigateurs sommeillaient. La voix de l'orgue venait de l'église, tel le rythme d'un ressac lointain. Le monument placé au centre du terrain des Whiteoaks s'élevait semblable à un phare au-dessus des tombes serrées les unes contre les autres. Ainsi le voyait Finch, appuyé contre la chaîne de fer qui encerclait le terrain. Il mit le rat par terre et celui-ci se mit à gambader parmi les tombes, puis il se percha sur la stèle d'un enfant Whiteoak et se mit à ronger quelque chose entre ses pattes. Finch et le rat passèrent en ce lieu une heure aimable.

Comme Piers pénétrait ce même soir dans son lit placé près de celui de Finch, il remarqua :

« Tu as amené le rat ici : je sens son odeur !

— Je t'en prie, laisse-le-moi, Piers ! Autrement, il se trouverait affreusement abandonné et, après tout, il sent à peine ! Renifle un bon coup, tu verras ! »

Piers renifla et grogna.

« Où est-il ?

— Sous mon lit. »

Il y avait un brillant clair de lune. Piers se pencha et regarda sous le lit.

« N'a-t-il pas l'air bien installé ?

— Il est horriblement gros. »

Finch gloussa :

« Tu peux le dire, il mange toutes sortes de bonnes choses.

— Tu le tripotes trop.

— Il aime ça. Il me connaît mieux que personne. »

Ils se regardaient, la tête en bas, considérant le rat dans sa cage. Les cheveux de Finch touchaient le parquet. Il y avait un halo pâle autour de la lune.

« J'ai eu aussi des souris blanches. T'en souviens-tu ?

— Oui, l'un des chiens les a tuées, en as-tu été peiné ?

— Oui, sur le moment, et je n'en ai jamais plus désiré d'autres. »

Piers s'étendit sur le dos et bâilla, puis il murmura :

« Je t'assure que le rat pue.

— Je trouve que c'est une odeur musquée assez agréable.

— C'est la dernière nuit qu'il passera ici.

— Je trouverai où le mettre demain.

— Tout ce qui lui faudra c'est une tombe, si tu continues à le bourrer et à le tripoter comme tu le fais.

— Ne t'inquiète pas pour lui », répliqua Finch.

Longtemps après que Piers se fut endormi, Finch regardait encore vers le rai de lune qui touchait le lit. Il tendait l'oreille pour savoir si son protégé remuait.

Lorsqu'il entendait un léger bruit, il se penchait sur le rebord de son lit pour voir le minuscule animal se disposer une fois de plus à s'endormir.

C'était l'aube grise accompagnée d'un grésillement de gouttes de pluie frappant le toit lorsque Finch s'éveilla. Il se glissa hors de ses draps et éleva la cage en l'air. Le rat était enroulé sur lui-même, le poil lisse. Il dormait profondément. Finch ouvrit la porte de la cage et saisit l'animal. Celui-ci resta enroulé dans sa main... glacé. Comment... mort ! Il était là sur sa main, privé de vie.

Au bout d'un moment, Finch put réfléchir. Il décida de dire que le rat s'était enfui. Il laisserait la porte de la cage entrebâillée et cacherait le rat jusqu'à ce qu'il puisse l'enterrer en secret. Il se glissa vers l'armoire aux vêtements et cacha le petit corps dans un vieux soulier ; il y serait en sûreté : il était encore enroulé dans le soulier comme s'il dormait.

Finch se glissa dans le lit et tira les couvertures par-dessus sa tête. Dans son esprit, il répétait ce qu'il dirait :

« Imagine que mon petit rat s'est sauvé, Piers ! Je parie que je n'ai pas bien fermé la porte, c'est idiot, n'est-ce pas ?... Mais je suis comme toi, Piers, je n'en veux plus d'autre... Ce qui me fait bien plaisir, c'est que tu aies arraché ma dent ! »

8

DRESSAGE POUR HOMMES ET CHEVAUX

JIM Dayborn et Chris Cummins s'en allaient vers les écuries où les attendait leur tâche matinale. Jim portait Tod, Chris un balluchon contenant un second sweater, une couverture pour le repos du bébé, un paquet de sandwiches, quelques biscuits et une bouteille de thé tiède. Tous trois arboraient un air affairé de lève-tôt qui ne révélait rien du désordre qu'ils avaient laissé derrière eux dans leur intérieur. Le bébé était installé sur le bras de Dayborn avec une expression déterminée sur son visage joufflu. Il semblait comprendre que leur gagne-pain dépendait de son bon comportement. Dayborn le portait avec tant de nonchalance qu'en trébuchant dans une rigole, il faillit le déloger de son perchoir, mais l'enfant ne se permit qu'un moment le désarroi, puis il s'agrippa plus solidement au col de Dayborn.

« J'espère, bon Dieu, dit Dayborn, que le vieux groom n'aura pas donné au poulain de quatre ans seize livres d'avoine comme il l'a fait hier : il était aussi facile à manier qu'une tornade !

— Whiteoak lui-même les nourrit trop ; aussi que peux-tu attendre des grooms ? »

Ils continuèrent à marcher en silence pendant un

moment, laissant l'empreinte de leurs pas marquée en sombre dans l'herbe grise de rosée.

Puis Dayborn dit, tandis que son visage se colorait :

« Il te court après, n'est-ce pas ? »

Elle rit :

« Le groom ?

— Tu sais de qui je parle.

— Si c'est de Renny Whiteoak, tu es un sot. »

Il la considéra d'un œil aigu :

« Tu n'es qu'une menteuse, dit-il.

— Et toi, tu es un bien mauvais juge des caractères : il ne s'intéresse pas aux femmes. »

Dayborn jeta un éclat de rire moqueur :

« Si tu savais ce qu'ils disent de lui au village !

— Eh bien, lorsque nous sommes ensemble, il ne me parle que de chevaux.

— Et que disent ses yeux ?

— Tu m'ennuies, Jim... je suis capable de me garder moi-même. »

Tod les contempla attentivement d'un air incertain, comme s'il craignait une querelle. Ils approchaient des écuries. Dans le paddock, un groom menait à la main un poulain bai de deux ans qui pouvait à peine contenir ses plongeons et ruades folles. C'était une acquisition récente : on le dressait pour la chasse.

« Regarde-le ! s'écria Dayborn avec amertume. Le voilà prêt à bondir hors de sa peau tandis que sa panse est sur le point d'éclater ! »

Il déposa le bébé. Celui-ci s'en fut vacillant et, d'un air entendu, se mit à considérer le cheval bondissant entre les barres du paddock. Dayborn se dirigea vers la porte du paddock et y pénétra.

Chris Cummins suspendit son balluchon à l'un des poteaux, se débarrassa de son cardigan et se dirigea vers les écuries. Il y avait là une douzaine de chevaux dans différents boxes et stalles ; la plupart étaient entraînés en vue de l'exposition chevaline de novembre. Beaucoup avaient été achetés par Renny au prix fort depuis son retour, deux mois plus tôt. Chris avança lentement vers l'une de ces bêtes, s'arrêtant parfois pour jeter un regard critique vers l'un ou l'autre des occupants des stalles devant lesquelles elle passait. Elle se demandait si Renny était déjà arrivé aux écuries et tendit l'oreille pour entendre sa voix. Elle dépassa Scotchmere, le plus âgé des grooms, accroupi auprès d'une jument alezane, son sabot entre les genoux ; il recouvrait d'un liniment son boulet enflé. Le visage avisé du palefrenier grimaça un sourire à l'intention de Chris. Il supportait la présence d'une femme montant bien.

« Il fait bon frais ce matin, remarqua-t-il.

— Oui, c'est agréable. Comment va cette cheville ?

— Mieux, mais elle fait des manières comme toutes les femelles.

— Voici qui n'est pas juste, Scotchmere, elle ne fait pas moitié autant de manières que vous... ou son maître. Est-il déjà arrivé ?

— Oui. Il est dans la petite pièce à côté de la sellerie, en train de s'y installer un bureau. Je pense qu'il désire un coin où il sera à l'écart de sa famille ! »

Tandis qu'ils parlaient, Renny parut au bout du couloir. La jument hennit et fit mine d'arracher son sabot d'entre les genoux de Scotchmere.

« Whoa ! » cria-t-il.

Partagée entre la joie de voir Renny dont elle était la monture préférée et le déplaisir de renifler l'odeur du liniment, la jument découvrit ses grandes dents en une monstrueuse grimace.

« Whoa ! » cria encore une fois Scotchmere en la frappant sur sa panse qui résonna comme un tambour.

Renny fit un signe à l'adresse de Chris et alla s'accroupir à côté du groom. Leurs têtes grise et rousse se rapprochèrent, les naseaux de la jument effleurèrent la tête rousse d'une rude caresse.

« Bien, il faut me mettre au travail... »

Chris s'en fut vers le dernier box et considéra Launceton, objet de leurs soins les plus attentifs.

« Il est temps, grommela Scotchmere, elle a déjà perdu une demi-heure. Son frère a juré comme un païen parce que Jerry a pris un peu d'avoine. Il lui faut un agneau à monter. Que pensez-vous de ce bouiet ? »

Renny le tâta avec tendresse :

« Il a bon air ! »

Tandis qu'il tenait le paturon de la jument, il prêtait l'oreille aux sympathiques harmonies de l'écurie. Il se sentait de singulièrement belle humeur. Il comprenait ce matin comme jamais encore que la guerre était vraiment finie ! La paix régnerait maintenant, pensait-il, jusqu'à la fin de ses jours. Les choses allaient mieux à Jalna. Il s'installait peu à peu dans son repaire : il y avait moins de frictions entre lui et sa famille.

La rencontre soudaine de Chris Cummins avait fait passer un courant plus vif dans ses nerfs. Il se dirigea vers le box et regarda à l'intérieur. Elle était penchée en avant, étrillant Launceton. Son corps mince se mouvait devant la masse immobile de la bête, tel un roseau devant un roc. Lorsqu'elle entendit venir Renny, elle s'activa avec une énergie accrue.

Scotchmere, qui avait suivi Renny, s'écria avec humeur :

« Y vous faut donc de l'exercice, Mrs. Cummins ? Ce cheval-là a déjà été étrillé !

— Qui s'en est chargé ? demanda-t-elle sans lever les yeux.

— Moi.

— Bien, alors je vous dirai que vous avez laissé une sacrée quantité de poussière dans son poil... Voyez ! »

Un halo de poussière enveloppait le cheval et la jeune femme.

« Vous pouvez toujours tirer de la poussière du poil d'un cheval ! déclara Scotchmere furieux.

— Vous pensez si je le puis quand je passe après vous.

— Si vous étiez un gars, je vous dirais deux mots.

— Si vous étiez un homme, vous me laisseriez terminer mon travail en paix !

— Je resterai là tant que ça me conviendra !

— Parfait, si votre patron ne voit pas d'inconvénient à vous payer à ne rien faire ! »

Le palefrenier, après avoir lancé un regard furibond, s'éloigna, les jambes arquées légèrement fléchies. Chris sourit à Renny tandis qu'elle sellait et bridait le cheval. Renny remarqua :

« Il a l'air prêt.

— Il l'est. Il a les meilleures jambes que j'aie jamais vues.

— Et quelles épaules ! »

Ils détaillèrent la bête si pleine d'énergie tranquille. Ses vastes prunelles reflétaient leurs silhouettes avec une expression moins curieuse que pleine d'un noble intérêt.

« C'est une bête de premier plan.

— Un peu comme vous. »

Renny eut une grimace embarrassée ; il passait sa main sur le flanc de la bête.

« Eh bien, je perds mon temps ! » s'écria-t-elle.

Sa voix trahissait une tension nerveuse. Elle passa son bras dans la bride et se mit à avancer vers la porte. Renny la suivit.

« Pourquoi vous dépêchez-vous tant ?

— Il fera chaud plus tard. »

Dans le paddock, ils constatèrent qu'Eden montait le poulain de deux ans. Dayborn se frottait le coude :

« J'ai fait une sale chute, bredouillait-il, votre frère m'a dit qu'il s'en chargeait pour un moment. »

Les sourcils de Renny se froncèrent.

« Il ne sait pas dresser un cheval de chasse !

— Celui-là est aussi quinteux que le diable ! »

Il y avait plus désir de s'amuser qu'habileté dans la manière dont Eden maniait le poulain qui ne se montrait pas satisfait du changement de cavalier. Les oreilles couchées en arrière et la queue serrée, il s'apprêtait à donner des coups de tête et s'y décida. Les violents soubresauts de son corps puissant, ses moments d'immobilité suivis de nouvelles séries de coups de tête et de ruades, fascinaient les assistants de cette scène. Tod regardait fixement entre les poteaux du paddock, un pissenlit à la bouche.

Eden était étendu sur le dos. Le cheval galopait vers l'extrémité du paddock, un valet d'écurie à sa poursuite :

« Comment cela vous plaît-il ? cria Dayborn lorsque Eden s'étant relevé vint à eux.

— Fameux ! » Ses yeux brillaient. « Sais-tu ce qui arrive, Renny ? J'ai un poème accepté par une revue américaine ! C'est pourquoi j'avais envie de monter Pégase !

— Un poème ? Vont-ils l'imprimer ?

— *L'imprimer !* Ils m'ont envoyé vingt-cinq dollars !

— C'est parfait ! » dit Renny. Mais sa cordialité manquait de conviction. Il espérait que le gars n'allait pas être un poussin à trois pattes. « Je ne savais pas que tu envoyais des poèmes.

— Je ne voulais pas te le dire avant d'avoir remporté un succès.

— Vous feriez bien de nous lire ce poème, je parie qu'il ne rime pas ! dit Scotchmere en se mêlant à la conversation.

— Ce bébé a-t-il la permission d'absorber des pissenlits ? jeta Renny.

— Pas avant qu'il soit imprimé », répondit Eden. Il passa une main sur sa brillante chevelure en désordre dont l'or avait un reflet vert. « Bon, je m'en vais », dit-il.

Il ramassa sa veste, sauta la barrière et suivit vivement le sentier menant au verger des cerisiers.

Personne n'avait répondu à la question de Renny. Il ramassa Tod, lui mit un doigt dans la bouche et en sortit le pissenlit. Le garçon d'écurie ramenait le cheval.

« Je vais le monter », dit Chris en voyant combien Dayborn était pâle.

Chris ouvrit la porte du paddock et y pénétra.

« Tous ces changements de cavaliers sont détestables pour lui ! » remarqua Renny, puis s'adressant à Tod : « Si tu manges des pissenlits, je te jetterai par-dessus la barrière avec les chevaux !

— Gee, gee, riait Tod, tout en farfouillant la terre humide.

— Je serai tout à fait bien dans quelques minutes, dit Dayborn.

— Venez boire quelque chose dans mon bureau. »

Renny éprouvait une satisfaction enfantine à parler de son bureau, quoique celui-ci ne fût vraiment installé que depuis le matin même.

Ils attendirent cependant pour voir Chris monter le poulain. Le garçon d'écurie le tenait tandis qu'elle se mettait en selle. La bête resta tranquille un instant puis se mit à plonger en avant.

« Ah ! c'est une sale brute, remarqua Scotchmere, vous n'en retirerez jamais un prix convenable monsieur. »

Chris cravacha le poulain, il y eut une lutte, des ruades entrecoupées d'instants d'immobilité. Soudain, le poulain chargea. Elle était aussi svelte qu'une guêpe sur le dos de la bête au galop. Ils volèrent en rond indéfiniment dans le paddock. Le cheval semblait soudain de bonne humeur sous l'emprise d'un enchantement. Elle lui fit passer un obstacle, puis un autre, enfin une haute et large barrière.

« Hurrah ! s'écria Scotchmere. En voilà une qui sait monter ! Je lui tire mon chapeau ! »

Ils regardaient tous, Tod, la bouche pleine de pissenlits, Launceton attendant calmement son tour.

« Vous devriez être fier de votre sœur ! dit Renny à Dayborn tandis qu'ils se dirigeaient vers son bureau.

— Je le suis. Elle peut monter n'importe quel animal. Le poulain fera un excellent cheval de chasse. Quant à Launceton, s'il continue comme il a débuté, il sera parfaitement entraîné pour le « Grand National ».

— Dieux ! dit Renny avec dans la voix un élan venu du cœur. Si je pouvais emporter ça ! »

Dans le bureau, il sortit de l'armoire une bouteille de « Scotch » et offrit à boire à Dayborn.

« Aimez-vous mon cabinet de travail ? demanda-t-il.

— Beaucoup. Ça a l'air sérieux.

— Vous voyez ce bureau ? Je l'ai acheté d'occasion. »

Il en ouvrit et referma les nombreux tiroirs. « Ici, je rangerai des généalogies, les relevés des ventes et des achats. Que pensez-vous de mes gravures ?

Il désigna plusieurs lithographies en couleurs représentant des chevaux.

« Je les trouve belles.

— Elles ont appartenu à mon père. »

Il s'assit dans un petit fauteuil monté sur une vis qu'il faisait tourner légèrement tout en buvant son whisky allongé d'eau.

Dayborn dit brusquement :

« Mr. Whiteoak, je me demande si vous savez qu'il y

a quelque chose entre votre jeune frère et Mrs. Stroud ? »

Renny le regarda fixement.

« Je sais que cela ne me concerne pas, ajouta Dayborn.

— Vous parlez d'Eden ?

— Oui... et de Mrs. Stroud.

— Cette... femme ? C'est impossible.

— Impossible ? Ils sont homme et femme !

— Elle pourrait être sa mère ! Quelque chose entre eux ? Quoi donc ?

— Il est sans cesse chez elle. Je n'aime pas parler de cela mais on bavarde. J'ai pensé que vous deviez être mis au courant... Un jour, par exemple, j'ai été frapper à sa porte, mais personne ne m'a répondu, cependant j'entendais parler. Ensuite, je l'ai vu quitter la maison par une porte dérobée. Je lui ai parlé à elle par la suite et elle m'a demandé si j'avais vu Eden récemment. Elle a ajouté qu'il devait sans doute travailler beaucoup et n'aller nulle part. Une autre fois, éveillé par l'enfant, j'ai vu Eden quitter la maison : il était minuit passé. »

Renny se mordait le pouce d'un air ennuyé. Il lui déplaisait d'entendre des propos inquiétants au sujet d'Eden avec lequel il commençait à s'entendre mieux, comme d'ailleurs avec toute sa famille... Il redoutait les querelles, désirant avant tout se sentir heureux, savourer la paix de cette vie campagnarde tout en s'habituant à ses nouvelles responsabilités. Son père lui manquait continuellement. Cette bonne humeur toute naturelle, cette confiance dans l'avenir dont il rayonnait avaient paru un phénomène aussi permanent que l'existence de Jalna. Il avait parfois le sentiment de se montrer personnellement irritable, autoritaire, rude même, quoiqu'il fût plein d'un sentiment paternel et protecteur pour les garçons confiés à ses soins.

« Quelle sorte de femme est cette Mrs. Stroud ?

— Elle s'est montrée bonne pour nous... d'une certaine manière, mais elle vous accapare : avec elle, on finit par ne plus s'appartenir ; aussi, je pense qu'une liaison avec elle serait mauvaise pour un garçon impressionnable et poète comme Eden.

— Vous a-t-elle parlé de son passé ?

— Elle m'a dit seulement avoir eu un mari paralytique pendant des années. J'imagine qu'il lui a fait mener une vie d'enfer et j'ai l'impression qu'elle est décidée à jouir le plus possible du bon temps qui lui reste.

— Hum !... merci de m'avoir prévenu. Comment vous sentez-vous à présent ?

— Très bien, je vais me remettre au dressage. »

Ils trouvèrent Chris galopant sur Launceton. Il avait travaillé dur. Ses flancs étaient marqués de sombres taches de sueur. Le visage étroit de la jeune femme était pâle, mais rayonnait d'exaltation. Elle fit signe de la main.

« C'est une merveille ! » cria-t-elle.

Comme la chaleur du soleil devenait plus brutale, les chevaux furent menés aux écuries et bouchonnés. Les cheveux de Chris Cummins collaient à son front. Elle se dirigea vers son enfant qui s'était couché en rond à l'ombre et chassa un moustique installé sur sa joue. Puis elle ouvrit son balluchon et en sortit un biberon. Il était profondément endormi, mais la tétine glissée entre ses lèvres l'éveilla et il se mit à boire, en extase, tout en regardant sa mère avec une expression de profonde gratitude, comme si elle avait passé la matinée à le choyer.

Renny vint à elle.

« Quel enfant facile ! s'écria-t-il. Vraiment je crois qu'un peu de saine liberté les développe !

— Je ne suis pas très mère, mais je l'aime, dit-elle.

— Peut-il boire sa bouteille tout seul ? Pouvez-vous le laisser ?

— Certainement. Désirez-vous que je continue le travail ? »

Elle se leva et resserra sa ceinture.

« Pour qui me prenez-vous ? Pour un conducteur d'esclaves ? Je désire vous montrer mon cabinet de travail et puis je voudrais vous parler d'une chose que m'a confiée votre frère. »

Elle lui jeta un regard un peu surpris, mais le suivit. Ils pénétrèrent dans les écuries tandis que Tod en les regardant s'éloigner roulait des yeux où se lisait un mélange de déception de voir s'en aller sa mère et de résignation facile à la vue de son biberon de bon lait frais de Jersey produit par les vaches de Jalna, breuvage singulièrement différent de ce qu'il s'était imaginé jadis être le meilleur.

Dans le cabinet de travail, Chris resta plantée devant le bureau, les mains dans les poches. Elle finit par dire :

« Je ne puis vous imaginer assis à un bureau. »

Il s'y installa pour qu'elle puisse en juger.

« Bon ! eh bien, vous avez l'air sacrément dépaysé ! Et vous avez une machine à écrire : je vous vois lui disant zut !

— Oui, plutôt « fiche-moi le camp » ! Voyez donc. »

Il se mit à taper lentement quelques mots. Elle rit et vint près de lui.

« Qu'écrivez-vous ?

— Ne savez-vous pas lire ? »

Elle se pencha pour voir de plus près.

« Votre tapage est affreux.

— C'est parfaitement lisible ! Lisez à haute voix. »

Elle lut : « Donnez-moi un B-ai-zé. »

« Du diable, si je veux ! »

Il continua à taper laborieusement : « Vous avez une langue affreuse, mais vos lèvres sont adorables. »

Elle demanda :

« Et pourquoi est-ce que ça va en biais ? »

Il répondit d'une voix légèrement enrouée :

« Parce que j'essaie de regarder votre visage.

— N'essayez pas, il n'est pas joli ! »

Elle lui mit les mains des deux côtés du visage et le força à regarder la machine. Il demeura immobile un moment, puis ses mains se posèrent sur celles de la jeune femme et il les attira contre sa poitrine en levant son visage vers le sien. Elle se pencha en avant et posa ses lèvres sur sa bouche, demi-souriante et avide. Elle pensait :

« Je vais l'embrasser. Pourquoi pas ? Ça mettra fin à tout cela. Que ses cils sont sombres et épais et les blancs de ses yeux rappellent ceux de Tod... »

Elle se sentait prise de vertige à plonger ainsi dans le mystère de ces yeux si proches des siens qu'elle les ferma ; elle garda les paupières crispées tandis que le visage de Renny levé vers elle conservait cette expression de tête sculptée de fontaine, toute sa vitalité étant concentrée dans sa bouche passionnée.

Elle arc-bouta violemment ses mains contre sa poitrine.

« Lâchez-moi ! » haleta-t-elle.

Il la libéra et se leva d'un mouvement vif, avide.

Ils se dévisagèrent.

« Non, non, dit-elle, je ne veux plus !

— Pourquoi pas ? Cela ne vous a pas déplu ?

— Je ne peux pas.

— Vous ne pouvez pas ?

— Je déteste l'amour, j'en ai eu assez comme cela !

— Pas avec moi ! Nous ne faisons que commencer.

— Non, vous dis-je, je déteste ça ! »

Ses sourcils remontèrent en une expression d'incrédulité, puis il dit :

« Fort bien. Alors, parlons des amours des autres. »

Elle effleura sa manche d'une main brune et mince :

« N'allez pas croire que vous me déplaisez... au contraire, vous ne me plaisez que trop !

— Voilà qui est bien féminin ! s'écria-t-il.

— Comment ?

— Elles mettent une pancarte : « N'approchez pas ! » puis l'entourent de guirlandes roses !

— Écoutez donc, dit-elle, je suis venue ici pour dresser des chevaux : si vous n'êtes pas content de moi, supprimez-moi !

— Je suis parfaitement satisfait », répondit-il d'un ton bref.

Il était assis sur un coin de son bureau, il sortit un paquet de cigarettes un peu écrasé et lui en offrit une. Puis il poursuivit :

« Si vous croyez que je suis de ces hommes qui ne peuvent travailler avec une femme sans la courtiser, vous vous trompez.

— Je n'ai jamais pensé cela, répondit-elle simplement, mais Jim nous soupçonne.

— Bon Dieu ! clama-t-il, Jim m'a l'air de soupçonner tout le monde ! Il vient de me faire toute une histoire au sujet de Mrs. Stroud et d'Eden ! »

Les sourcils de Chris se rapprochèrent :

« Je regrette qu'il n'ait pas su se taire.

— Croyez-vous qu'il y a du vrai là-dedans ?

— Je pense que Mrs. Stroud est à l'affût de sensations nouvelles. Elle a eu une vie pénible et fera son possible, je pense, pour s'en dédommager. Elle adore la beauté d'Eden.

— Je déteste cette sorte de femmes ; elle en fera un imbécile.

— Elle croit qu'il a besoin de ses conseils.

— J'imagine qu'elle le traite en poète... parce qu'on a accepté un de ses poèmes ! Dieu puissant, je préférerais qu'il soit tout autre chose ! Sa mère passait son temps à lire des vers. C'est un gars bien bâti, il pourrait monter les chevaux et m'aider s'il en avait le caractère !

— Mais il ne l'a pas, du moins pas cette sorte de caractère !

— Vous connaissez Mrs. Stroud ? Dites-lui donc de laisser Eden tranquille. J'ai envie d'aller lui parler moi-même.

— Je pense que voilà une bonne idée. Je ne me trouve pas dans une situation à lui donner des conseils.

— Que pensez-vous d'elle ? Quelle sorte de femme est-ce ?

— Je crois que c'est un volcan qui couve sous la cendre. »

Il fit le tour de la pièce d'un pas rapide et dit :

« Si vous retournez chez vous maintenant, je m'en irai avec vous.

— Parfait. »

Il sortit du bureau à sa suite en arborant un air affairé.

Ils s'arrêtèrent pour admirer un poulain né l'avant-veille. Couché en rond au pied de sa mère, il était trop faible encore pour gambader. Ses yeux rayonnaient de fierté naïve et d'insouciante hardiesse. La jument flairait la frange soyeuse qui retombait sur son front.

« N'ont-ils pas fière mine ! » jeta Chris. « Je n'en ai jamais vu qui lui ressemble ! » reconnut-elle.

Ils trouvèrent Tod titubant dans la cour comme un marin ivre, sa bouteille vide sous le bras. Renny le saisit tandis que Chris rassemblait ses affaires, puis ils s'en furent à travers champs.

« Vous a-t-on jamais appelée Kit ? demanda-t-il.

— Non.

— C'est un bon diminutif pour Christine. Je vais vous appeler Kit. Vous n'y voyez pas d'inconvénient ?

— Appelez-moi comme il vous plaira, répondit-elle indifférente.

— Pourquoi donc vous montrez-vous tellement glaciale ? »

Elle serra ses lèvres au dessin délicat et précis :

« J'en ai fini avec ces choses là.

— Vous voulez dire avec les surnoms ?

— Vous savez ce que je veux dire. »

Ses yeux cherchaient son visage :

« Seriez-vous de cette sorte de femmes qui se croient seulement capable d'un unique et grand amour ?

— Je n'en ai jamais éprouvé de tel. »

Ses sourcils mobiles s'élevèrent, puis il dit :

« Pourquoi ne pas essayer ?

— Le diable, si je veux !

— Mais pourquoi pas ?

— Vous êtes trop dangereux.

— Est-ce pour cette raison que vous jurez de la sorte ?

— Je jure... parce que je n'y puis rien.

— Il ne faudrait pas que ma sœur vous entende !

— Je ne vois jamais votre sœur.

— Mais vous la verrez. Elle vous invite à venir prendre le thé avec Jim et Mrs. Stroud.

— Bien... c'est aimable de sa part.

— Viendrez-vous ?

— Peut-être. »

Ils étaient arrivés devant la maison récemment réorganisée. N'ayant pas été bâtie pour servir de demeure à deux familles, elle semblait mal s'accommoder de cet arrangement nouveau. La partie occupée par Mrs. Stroud affichait un air de supériorité avec ses rideaux immaculés bordés de volants froncés et son grand heurtoir de cuivre, tandis que l'autre logement avait un air hargneux, comme s'il éprouvait quelque humeur de ce que ses pièces jadis si bien tenues fussent laissées à ce point à l'abandon par les nouveaux venus. Lorsque Tod se vit arrivé chez lui, il battit des mains. Renny le déposa à terre devant le portillon, et le bébé, tel un joyeux automate, s'en fut de son pas balancé. Des brins de paille étaient restés piqués dans sa chevelure semblable à de l'étoupe.

« Quel gentil petit bouchon ! s'exclama Renny.

— Oui, répondit-elle d'un air absent, ses doigts jouant avec le loquet du portillon.

— Bien, il va falloir affronter l'enchanteresse ! Souhaitez-moi bonne chance ! »

Tandis qu'il attendait devant la porte de Mrs. Stroud, il se souvint que Meg allait l'inviter pour le thé. Il ne pouvait se montrer désagréable envers une future invitée. Mais il lui fallait découvrir quelle sorte de femme c'était. Non point qu'il se crût capable de comprendre vraiment une femme. Les chevaux, oui, ou encore les hommes, les garçons ; sa grand-mère aussi, il croyait la comprendre. Mais elle avait dépassé quatre-vingt-dix ans. Une femme devait acquérir un peu du caractère d'un homme avec les années... Non pas que grand-mère ressemblât à aucun homme qu'il eût connu... Il sonna une seconde fois.

Chez elle, Mrs. Stroud était occupée à accrocher une paire de boucles en grenats à ses oreilles de cire aux étranges contours dont elle se montrait vaine, et à changer les chaussures à talons plats qu'elle portait pour vaquer aux soins de son ménage contre des mules à hauts talons. Elle se hâta vers la porte.

A la vue de Renny sur le seuil, son visage exprima d'abord sa surprise, puis s'éclaira d'un sourire de bienvenue.

« Entrez donc, dit-elle, quelle belle journée ! Mais la chaleur augmente, n'est-ce pas ? »

Il entra, ils s'assirent tous deux et elle lui offrit une cigarette. Renny dit enfin :

« Je suis venu jusqu'ici avec Mrs. Cummins et le jeune Tod.

— N'est-ce pas qu'elle est merveilleuse ! s'écria Mrs. Stroud. Dire qu'elle monte si bien à cheval et qu'elle est encore capable de soigner son enfant et de mener son intérieur !

— Elle monte bien, reconnut Renny.

— Elle a une rude existence. Son frère est un jeune homme irascible, difficile à vivre. La maison est petite : mon sang bout parfois de l'entendre lui parler brutalement !

— Elle a l'air capable de se défendre et ne semble pas appartenir à la catégorie des timides.

— Mais je déteste sentir souffrir un être ! Pourquoi ne pas jouir de la beauté de la vie... de sa poésie, de sa paix ?

— Je ne sais pas, répliqua Renny, l'air grave. Mais, puisque nous parlons poésie, j'imagine que vous êtes au courant du dernier poème d'Eden ?

— De celui qui a été accepté ? Oh ! oui, il est venu tout droit ici pour me le lire. Voyez-vous, ses travaux m'intéressent tant... »

Leurs regards se rencontrèrent ; ils se dévisagèrent un moment pleins de méfiance et de défi.

Renny s'efforça de sourire avec naturel, puis il dit :

« C'est aimable à vous de vous intéresser à lui. »

Elle eut un petit sourire triste :

« L'amabilité est toute de sa part. Il est jeune, séduisant et plein de promesses ; un même amour de la poésie nous a rapprochés.

— Je ne suis pas sûr, dit-il, que toute cette poésie soit bien saine pour un garçon qui étudie les lois et qui a besoin de concentrer sa pensée. Je serais heureux qu'on ne publiât jamais d'autres poèmes de lui. »

Mrs. Stroud ne put contenir la désapprobation que ces paroles éveillaient en elle. Son visage se colora :

« Vous ne savez pas ce que vous dites ! Vous allez lui donner une profession glaciale qui demande un esprit calculateur et le privera de ce qui est l'essence même de son être... que cela vous déplaise ou non...

— Je ne lui ai pas conseillé l'étude des lois ; il a choisi lui-même ce métier, sans doute parce qu'il pensait s'assurer ainsi une existence facile.

— Je crains fort que vous ne compreniez absolument pas Eden. C'est une nature ardente qui se dépense d'une manière insouciante dans tout ce dont il s'occupe.

— Tout ce que je l'ai vu dépenser d'une manière insouciante, c'est mon argent ! » répliqua Renny.

Elle répondit avec autant de hâte :

« Mon Dieu, j'imagine qu'il a le droit de recevoir une bonne instruction : le testament de votre père ne lui assure-t-il pas certains droits ?

— Je vois qu'il vous a parlé de nos affaires.

— Son bonheur me tient au cœur », répondit-elle avec simplicité en croisant ses mains sur ses genoux, et il remarqua combien elles étaient blanches, douces, quoique énergiques.

Il écrasa sa cigarette et se leva.

« Je suis venu ce matin, Mrs. Stroud, dit-il d'un ton froid, pour vous demander de décourager Eden de vous rendre visite trop souvent. Il a passé une grande partie de son temps chez vous ce printemps alors qu'il eût dû se consacrer à l'étude. La conséquence en fut qu'il passa ses examens de justesse. Le fait d'avoir eu quelques vers acceptés par une revue ne compense pas cela. »

Elle leva ses beaux yeux gris vers lui avec une expression suppliante :

« Que désirez-vous que je fasse ?

— Rappelez-vous seulement qu'il est un enfant sans expérience et qu'il se doit à ses études.

— Désirez-vous que je lui dise de ne plus revenir ici ?

— Non, cela le découragerait sans doute et il devinerait que je m'en suis mêlé. Je vous demande seulement de l'empêcher de vous rendre visite trop souvent. Vous ne désirez pas que les voisins clabaudent sur vous et Eden, n'est-ce pas ? »

Mrs. Stroud demanda de sa voix grave :

« Jim Dayborn aurait-il parlé ?

— Je ne répondrai pas à cette question.

— Ou Miss Pink ? Je pense que c'est Miss Pink, elle s'est montrée envieuse à mon égard dès le début. Elle croit que c'est elle qui a découvert le talent d'Eden.

— Miss Pink essuyait la bave sur le menton d'Eden le jour de son baptême. Vous ne pourriez lui dire n'importe quoi à son sujet.

— Voici une remarque singulièrement révélatrice, Mr. Whiteoak. Elle prouve clairement votre attitude en face de la vie.

— Il se peut qu'elle ne soit pas aussi mystérieuse que vous le croyez. Mais étant le protecteur de mes frères, je suis décidé à me montrer aussi sévère en vue de leur avenir que je le suis pour mes chevaux. »

Mrs. Stroud eut un rire insolent :

« Vous appliquez les même méthodes aux hommes qu'aux chevaux, hein ?

— Je pourrais faire pire.

— Si vous croyez, s'écria-t-elle soudain, que ces deux-là à côté sont ce qu'ils semblent être, vous vous trompez ! » Puis elle ajouta tout aussi brusquement : « Je n'aurais pas dû vous dire ça, mais ils m'ennuient !

— Mrs. Stroud, déciderez-vous Eden à travailler avec plus d'ardeur ?

— Certainement. Je désire tout ce qui est souhaitable pour lui. »

Ils se quittèrent en bons termes et avant qu'il s'en aille, elle lui fit faire le tour de son petit jardin en lui faisant remarquer comme ses delphiniums devenaient beaux. Arrivés au portillon, elle posa une main sur sa manche et, les yeux étincelants tournés dans la direction des fenêtres de ses voisins, elle dit :

« Avez-vous vu bouger ce rideau ? Je ne puis faire un geste sans être épiée ! Cela vous fait une étrange impression ! »

9

LE THÉ

ADELINE errait lentement autour de la table à thé, examinant ce qu'on y avait disposé d'un œil tellement intéressé qu'il en était avide. Elle remerciait le Ciel dans son for intérieur de ce qu'elle jouissait encore d'une bonne digestion, n'étant pas de ces vieilles gens qui en sont réduits à se sustenter de bouillies. Elle pouvait même se permettre d'absorber le curry fortement assaisonné dont elle avait pris le goût lors de son séjour dans l'Inde. Elle absorbait aussi bien le plum-pudding anglais arrosé d'une sauce au brandy ou encore un éclair au chocolat et si, par aventure, elle en souffrait, c'était si légèrement qu'elle estimait chaque fois que le jeu en avait valu la chandelle.

Ici, justement, elle réfléchissait au genre de thé qu'elle appréciait le plus : des sandwiches au poulet, aux concombres, au beurre de poisson, des galettes chaudes beurrées et recouvertes de miel. Trois gâteaux : un feuilleté à la noix de coco, un sombre gâteau au chocolat, enfin un gâteau blanc, glacé, couronné de noix confites. Elle avança une main avide et ridée, en prit un et le glissa dans sa bouche. Le centre était bourré de frangipane et, immédiatement, il adhéra solidement à son palais. Elle ne s'en inquiéta pas et, appuyée sur sa canne, ses yeux bruns roulant un peu dans leurs orbites, elle téta la friandise.

Mais elle ne put la savourer en paix. Sa fille, élégante, en taffetas noir accompagné de lourds bracelets d'or, entra, la cherchant.

« Comment vous sentez-vous, maman ? » dit-elle en regardant Adeline bien en face.

Adeline lui rendit son regard sans un mot, mais les couleurs lui montèrent aux joues. Elle eût préféré étouffer plutôt que d'avouer son geste.

Augusta s'approcha et la prit par le bras.

« Y a-t-il quelque chose qui ne va pas, maman ?

— J'ai seulement jeté un coup d'œil à... à la table, bredouilla-t-elle à travers la frangipane.

— Maman ! Quoi... oh ! je vois ! Mais vraiment vous ne devriez pas...

— Pas quoi ? » demanda Adeline plus nettement et d'un air féroce.

Elle réussit enfin à avaler la bouchée et ne chercha plus à dissimuler son visage.

Augusta répondit avec tact :

« Vous ne devriez pas permettre qu'on vous fasse attendre votre thé si longtemps. »

Adeline pensa : « Je l'ai roulée. » Elle en fut enchantée et dit magnanime :

« Cela m'est égal d'attendre à l'occasion. »

Elles passèrent ensemble au salon.

« Ai-je bon air, au moins ? demanda Adeline. Mon bonnet est-il posé bien d'aplomb ? »

Sa fille le déplaça légèrement.

« Vous êtes très belle. »

Nicolas et Ernest étaient déjà au salon. Nicolas lisait un roman de guerre envoyé par un ami d'Angleterre. Ernest, avec un peu d'ostentation, tenait en main un volume de Shakespeare. Il se leva pour aller à la rencontre de sa mère. Nicolas gémit en accomplissant cet effort.

« Reste où tu es, lui dit sa mère. Je te tiens compte de l'intention. Où en est ta goutte ?

— C'est une vraie plaie. Pourtant je n'ai rien fait pour la provoquer cette fois-ci, car j'ai vécu comme un Spartiate. »

Son frère jeta un petit rire en fausset à la fois sceptique et très agaçant.

Nicolas le foudroya du regard.

« Mes enfants, jeta vivement leur mère, j'entends les invités dans le hall ! »

Meg entra précipitamment, puis elle s'avança avec dignité à la rencontre de Dayborn qu'accompagnaient Chris Cummins et Mrs. Stroud. Elle présenta chacun d'eux à sa grand-mère, à sa tante et aux oncles. Avant que les présentations fussent terminées, Wakefield entra, à la recherche de Meg. Il portait une chemise bleu pâle et des escarpins de la même nuance. L'enfant donna sa petite main à chacun des hôtes avec un air de vouloir les mettre à leur aise. Meg éprouvait à son égard un orgueil maternel.

« Le plus jeune de mes petits-fils, dit Adeline. Un enfant posthume. Il n'eût jamais vécu si je ne l'avais choyé sans cesse. Quoi que sa vie puisse être par la suite, il me la devra. Il le sait bien, n'est-ce pas, petit ?

— Oui, reconnut Wakefield. Ze dois la vie à Gwannie. »

Il rayonnait sous les regards du cercle admiratif qui l'entourait.

« Et comment va votre santé. Mrs. Whiteoak ? demanda Mrs. Stroud en s'asseyant à côté d'elle. Bien, je l'espère ?

— Ah ! je ne manque pas de mérite ! répondit la vieille dame. J'ai moins de maux et de misères qu'aucun de mes trois enfants ! Mon fils aîné — celui qui a une moustache — a des crises de goutte.

— Quel air distingué il a ! dit Mrs. Stroud.

— Quant à l'autre, poursuivit Adeline, il a des dispositions littéraires et pense à écrire un livre : il vous en parlera, car, il m'a bien expliqué ça hier, mais je l'ai oublié. Ma fille, Lady Buckley, est veuve. Tous trois ont passé la plus grande partie de leur existence en Angleterre : ils sont trop Anglais pour moi. Je suis un veritable vieux pionnier. » Elle se pencha pour voir Chris Cummins que lui cachait Mrs. Stroud. « Ainsi, voilà la jeune personne qui dresse les poulains ! Elle n'a pas l'air solide, mais on ne sait jamais. Où est votre bébé, ma chère ? Pourquoi ne l'avoir pas amené avec vous ?

— Le vieux Scotchmere le garde en ce moment ; il l'a juché sur un ambleur...

— Ah ! ah ! Scotchmere transformé en nourrice ! Ils prétendent que vous montez comme un jockey : il faut que j'aille jusqu'aux écuries un jour pour vous voir. »

Mrs. Stroud se mêla à la conversation :

« N'y allez pas, Mrs. Whiteoak ! Je l'ai fait une fois et j'ai eu peur en la voyant : elle est trop jolie pour courir de tels risques !

— C'est mon métier, dit Chris, et je ne désire rien d'autre.

— Ah ! voici qui s'appelle avoir du caractère ! » Le regard d'Adeline fit le tour de la pièce. « Où est Renny ? Où sont Eden et les deux autres ? Nous avons assez attendu ! »

Tandis qu'elle parlait, Renny entra, les cheveux lissés par la brosse ; ses yeux avaient une expression intéressée. Eden le suivait, un léger sourire éclairait son visage lorsque ses yeux rencontrèrent ceux de Mrs. Stroud. Meg, prenant Wakefield par la main, précéda les invités vers la salle à manger L'enfant tendit l'autre main à Mrs. Stroud.

« Qu'il est délicieux ! s'exclama-t-elle. Et si gracieux ! Les enfants reconnaissent instinctivement ceux qui les aiment ! »

Renny, en manière de jeu ou parce qu'il était d'humeur à montrer quelle amitié boiteuse régnait entre lui et son plus jeune frère, saisit l'enfant au moment où ils arrivaient devant la table servie et l'éleva à la hauteur de ses épaules. Wakefield se raidit et cria : « Laisse-moi, laisse-moi, ze-ze v-veux descendre ! » Renny le déposa plutôt rudement sur la chaise qui se trouvait à côté de celle de Meg.

« Eh bien, que dire de son instinct ? jeta Dayborn rieur, il n'a pas l'air de s'entendre avec vous !

— Malheureusement, expliqua Meg, le pauvre petit a été effrayé par Renny peu après le retour de celui-ci et il n'a pas encore surmonté ce sentiment, mais cela viendra.

— Il est nerveux, ajouta Ernest, il n'a pas l'habitude de voir beaucoup de monde. »

Nicolas poursuivit :

« Depuis la mort de ses parents, nous avons vécu très retirés. Il est temps que ça change ! »

Il était assis à côté de Mrs. Stroud. Elle regardait son visage profondément marqué à l'expression expérimentée et pensait : « Quel homme magnifique ! Et divorcé ! Comment une femme a-t-elle pu divorcer d'avec lui ! Oh ! avoir été mariée à un homme tel que celui-ci ! »

Mais les manières dont il fit montre à table lui déplurent. Il avachit ses larges épaules au-dessus de son assiette et dévora un sandwich au poisson en deux coups de dent. Puis il se mit à lui parler d'une fontaine qu'il projetait d'élever dans le jardin, du côté sud, à l'occasion de l'anniversaire de sa mère.

« La maquette représente une statue de femme en costume hindou tenant une harpe irlandaise et s'appuyant contre un lion. C'est afin de rappeler les trois contrées qui ont le plus influencé l'existence de ma mère. Mon frère a eu cette idée. Je vous montrerai quelques esquisses qu'il a faites. Mais, je vous en prie, n'en parlez pas à ma mère, cela doit rester tout à fait secret jusqu'au grand jour. L'eau sortira de la gueule du lion !

— Comme c'est intéressant ! s'écria Mrs. Stroud. Mais le Canada n'est-il représenté par rien ?

— Le Canada fournit l'eau », répondit Ernest.

Eden, de l'autre côté, lui offrait un « crumpet ». Elle éprouvait un sentiment aigu de sa présence toute proche et se mit à comparer ses jeunes mains brunes et lisses à celles de Nicolas qui, quoique bien faites, tremblaient légèrement tandis qu'il portait sa tasse à ses lèvres.

« Et maintenant, que pensez-vous de nous ?

— Je vous trouve tout à fait charmants, bien plus encore que vous ne me l'aviez fait espérer ! Comment, il y a de la poésie dans chacun de vous à une exception près...

— Je devine qui vous voulez dire, mais je dois ajouter qu'il serait charmé de se savoir une exception dans ce domaine. Cela dit, je veux être pendu si j'arrive à découvrir de la poésie dans aucun d'eux !

— Ah ! c'est que vous les connaissez trop bien. Si vous aviez vécu la même vie que moi ! Mais c'est passé. Voici un nouveau monde qui s'ouvre à moi : je suis si heureuse d'être venue ici ! Maintenant je connais votre climat familial : il est aussi différent que possible de celui qui fut le mien. Comme votre grand-mère se montre charmante envers Jim Dayborn ! »

La vieille dame parlait avec enthousiasme des chevaux de chasse irlandais. Son rire discordant fusa tandis que Jim lui contait des exploits de jeunesse. Elle lui posa des questions à mi-voix, lui demandant son opinion au sujet des chances que pouvait avoir Launceton pour le Grand National. Elle était entièrement d'accord pour qu'on risquât la chose, mais ses fils, sa fille et sa petite-fille pensaient que c'était risquer beaucoup en même temps qu'une dépense considérable.

Ernest parlait à Chris du livre qu'il méditait sur Shakespeare. Tout à fait différent de ce qui avait été écrit jusqu'alors, déclarait-il. Il se sentait parfaitement capable de composer cet ouvrage, ayant fréquenté le théâtre durant des années. Il lui demanda son opinion sur les sonnets de Shakespeare. Elle avoua ignorer qu'il en eût écrit. Cet aveu ne la diminua pas aux yeux d'Ernest, satisfait qu'il était de pouvoir parler de « ses travaux » à une séduisante jeune femme.

« Quel bon vieux type ! pensait-elle, quoiqu'il ait l'air un peu gaga au sujet de Shakespeare ! »

Mais, tandis qu'Ernest parlait, ses yeux de myosotis ne perdaient rien des regards d'intelligence échangés entre Mrs. Stroud et Eden et il remarqua la joie qu'elle éprouva quand elle eut réussi à le garder à ses côtés lorsqu'on s'en fut visiter le jardin après le thé.

La vieille Adeline s'établit sur le banc circulaire peint en blanc placé sous le bouleau argenté qui dominait la pelouse. La corbeille de géraniums rouges venait d'être garnie et elle lui jeta un regard rayonnant d'approbation. Puis elle se souvint de Piers et de Finch.

« Où sont les deux garçons ? demanda-t-elle. Je ne les ai pas vus au thé. »

Meg répliqua :

« Piers est allé à la pêche ; quant à Finch, il a trouvé moyen de se mettre du goudron dans les cheveux et il ne pouvait se montrer à table dans cet état !

— Du goudron, hein ! Le jeune vaurien ! Il faut enduire ses cheveux de beurre, ça ôtera tout. Celui-là est un gentil petit garçon, Mrs. Stroud. Mais tout bourré de musique comme sa pauvre mère !

— Un musicien et un poète, Mrs. Whiteoak ! Vous êtes gâtée dans vos petits-fils !

— Sans aucun doute ! Et dans ce grand cheval de garçon là-bas et dans le bébé aussi ! Laissez donc cela, monsieur ! Vous êtes un vilain garçon ! »

Wakefield venait de vider ses mains pleines de gravier ramassé dans l'avenue dans la jupe de piqué blanc de Mrs. Stroud. Mais elle fit mine de ne s'en point soucier et ne permit pas qu'on le grondât. Elle cherchait à se faire bien voir de tous.

C'était la première fois que Renny voyait Chris vêtue d'autre chose que d'une culotte de cheval élimée. Cela en faisait une fille toute différente. Au lieu d'une chemise à manches longues, elle portait une robe de batiste rose. Ses jambes gainées de soie et ses minces bras nus étaient gracieux. Mais la main et le poignet paraissaient si hâlés qu'on avait l'impression qu'elle portait des gants marron. Sa vivacité d'éclair qui frisait la violence s'était transformée en féminité charmante.

« Vous pouvez être deux personnes bien dissemblables », lui dit-il tandis qu'ils se trouvaient être auprès du vieux mûrier sous lequel était suspendu un hamac fort abîmé qui avait servi de récipient pour les mûres pendant plus de trois décennies. Son matelas pendait, flasque, et le bord du hamac était rouillé, mais ce coin isolé ne manquait pas d'un certain charme poétique.

« Vous me faites pitié si vous êtes pris à ce piège ! répondit-elle.

— Je ne vous vois pas jurant dans cette toilette !

— Le diable si vous n'y parvenez pas ! s'exclama-t-elle incrédule et sans affectation.

— Chris, je vous aime.

— Merci.
— Je vous aime chaque jour davantage.
— M'aimez-vous assez pour augmenter mes gages ?
— Ne mêlez pas les questions matérielles aux sentiments que j'éprouve !
— Voilà de mauvaises nouvelles !
— Mais si vous désirez être augmentée, vous le serez.
— Je ne mérite pas un penny de plus que ce que je reçois. Vous vous êtes montré chic envers moi. »
Ses yeux soudain se remplirent de larmes. Il détourna les siens et se mit à balancer doucement le hamac.
« Vous savez, dit-il, mon père et ma mère y étaient assis côte à côte lorsqu'il la demanda en mariage.
— C'était choisir un sacré endroit pour une telle démarche ! »
Il répliqua d'un ton plutôt bourru :
« Le hamac était neuf alors et on le recouvrait d'une bâche lorsqu'il ne servait pas. Mes jeunes frères s'en sont emparés pour quelqu'une de leurs bêtises tandis que j'étais au loin.
— Cela me fâche, dit-elle d'un air contrit, mais il faut que je me montre mauvaise envers vous, ne comprenez-vous pas ?
— Non, dites-moi ça. »
Elle se tourna vers lui.
« Vous comprenez parfaitement.
— Vous voulez dire que vous êtes sur le point de m'aimer et que vous avez quelque raison perverse pour ne pas le vouloir ?
— Je veux dire que : je ne le dois pas !
— Mais vous êtes toute prête à m'aimer ?
— Je vais m'en aller, voilà trop longtemps que je suis loin de Tod ! »
Il la saisit par le bras pour la retenir et dit :

« Kit, voici le premier instant où nous ayons jamais été seuls, il y avait chaque fois un cheval ou quelque chose... »

Elle leva les yeux vers les siens. Si son nez était légèrement impertinent, ses yeux corrigeaient cette impression par leur saisissante intensité.

« Renny... Renny... chéri, je vous en prie, laissez-moi m'en aller. »

Il fit glisser sa main le long de son bras et, l'ayant libérée, la suivit jusqu'à l'endroit où les autres s'étaient réunis en groupe autour de la vieille Adeline.

Celle-ci demeura à la même place lorsque les visiteurs eurent pris congé. Cela l'amusait de bavarder en les épluchant, en les comparant à d'autres relations qu'elle avait eues il y avait longtemps de cela. Elle pensa qu'elle aimerait donner un très grand dîner la semaine suivante. Ce beau temps persistant l'avait réchauffée tout en lui donnant une vitalité nouvelle. Ses fils étaient assis sur le banc à côté d'elle, Nicolas tirant placidement des bouffées de la pipe qu'il venait d'allumer, Ernest regardant Augusta qui avait repris sa tapisserie au gros point.

« Je voudrais savoir faire cela ! dit-il d'un air admiratif.

— Je te l'apprendrai si tu veux, répondit Augusta.

— Je doute que je sois capable d'apprendre.

— Quelle idée ! Il n'y a pas de raison que tu y sois le moins du monde moins apte que moi !

— J'espère que tu n'insinues pas que je suis efféminé, Augusta ?

— Pas du tout. Mais tu as une délicatesse et une précision en toi... Vois-tu, si Renny me demandait que je lui apprenne... »

Renny était étendu sur le dos dans l'herbe, un bras jeté sur ses yeux. En dessous ses lèvres avaient un pli dur. Eden était également assis dans l'herbe et jouait avec Wakefield, ce qui lui était une occasion de démontrer d'une manière quelque peu provocante la préférence du petit garçon pour lui.

« Va jouer avec le grand frère Renny, dit-il, demande-lui de faire le grand ours !

— Non, dit Wakefield d'un ton décidé, bébé ne sait pas lui p-parler comme il faut !

— Bien, si tu ne peux pas parler, va le trouver et fais-lui une vilaine grimace ! »

D'un air timoré, Wakefield s'aventura jusqu'à s'approcher du grand corps allongé, mais il se montra plus brave qu'il n'en avait l'air lorsque, soudain, Renny le prit et l'assit sur sa poitrine. Wakefield y resta sagement, satisfait de son installation et charmé d'être balancé au souffle régulier qui soulevait et abaissait son nouvel établissement.

« Ce chéri ! s'écria Meg de la plate-bande où elle cueillait des fleurs. Je savais qu'il ne tarderait pas à s'apprivoiser avec toi !

— Je n'ai jamais vraiment craint le contraire, dit Renny. Ce n'étaient que des manières pour se faire remarquer. Avant longtemps, je serai son préféré ! »

Il donna quelques tapes encourageantes dans le dos du petit garçon. Ses yeux se fixèrent sur Eden avec moins d'aménité ; il s'adressa à sa grand-mère en élevant légèrement la voix :

« Mrs. Stroud vous a donc plu, Gran ?

— En effet, je pense que c'est une femme aimable et sensible, quoique je ne mettrais pas ma main au feu qu'elle sort de la cuisse de Jupiter. »

Eden rougit et dit :

« C'est la femme la plus intéressante et la plus intellectuelle que j'aie rencontrée.

— Que diriez-vous, Gran, si on vous apprenait qu'Eden a une liaison avec elle ?

— Je ne te croirais pas.

— C'est vrai. »

Eden jeta à Renny un regard furieux.

« Au nom du Ciel, tais-toi ! »

Adeline planta solidement sa canne d'ébène dans le sol entre ses pieds et se pencha en avant afin de ne point perdre le moindre mot.

« Il a dit : « Tais-toi » ? Moi, je dis non. Déballez-moi ça, je veux tout savoir ! »

Ses yeux luisaient de curiosité.

« J'imagine, répondit Eden, que ce n'est pas la première fois dans l'histoire qu'un jeune homme s'est lié d'amitié avec une femme plus âgée que lui ?

— Je reconnais que c'est arrivé souvent, dit Ernest, et je ne vois pas pourquoi une telle amitié devrait être déconseillée à un jeune gars... Moi-même, lorsque j'avais vingt-trois ans...

— Cinq ans de plus que ce gars-là ! jeta Renny.

— Nous sommes plus précoces à présent, dit Eden.

— Plus précoces ! s'écria Nicolas d'un ton impatient. Les garçons comme toi sont des bébés comparés à ce que mes camarades et moi nous étions à ton âge ! »

La vieille Adeline frappa le sol de sa canne.

« Vous êtes tous des bébés ! déclara-t-elle. Pourquoi ne me l'a-t-on pas dit avant que cette femme vienne ici ? Je l'aurais jetée dehors !

— C'est une femme comme il y en a une sur mille, dit Eden, je préfère sa compagnie à celle de n'importe quelle autre. Et je tiens à la voir ! Si les gens se laissent aller à des suppositions inconvenantes, laissez-les dire ! »

Nicolas se tourna vers Renny :

« Que disent les gens ? »

Eden jeta avec véhémence :

« Et qui sont ceux qui parlent ? De vieilles cancanières comme Miss Pink et des chiens puants comme Jim Dayborn ! »

Renny fit lever l'enfant et s'assit. Wakefield trotta à la recherche de Meg qui était entrée dans la maison.

« Voilà des stupidités, dit Renny. Tu sais fort bien que tu ne peux passer tout ton temps libre dans la maison de Mrs. Stroud sans faire parler les gens. Puisque te voilà si échauffé, dis donc à la famille à quelle heure tu es rentré la nuit dernière et comment !

— Certainement non ! J'aime mieux être damné que d'être tracassé de la sorte ! » Il se leva d'un bond. « Parlez de moi entre vous tant qu'il vous plaira, je m'en vais.

— Quel jeune coq en colère ! » s'exclama Adeline.

Tandis qu'il s'éloignait rapidement, elle le considérait de dessous ses sourcils touffus, ses lèvres fermes avancées en une moue ironique et pensive.

« Cette réflexion d'Eden était parfaitement injuste, dit Ernest, il a eu au contraire beaucoup de marques de sympathie de la part de sa famille, particulièrement, je puis dire, de la mienne. Je l'ai encouragé à écrire des poésies.

— J'aurais préféré que vous eussiez fait autre chose en ce cas, répliqua Renny. La poésie est le fondement de toutes ces histoires. Il lit des vers assis aux genoux de Mrs. Stroud et elle lui déclame du Browning et du Shelley. Dayborn m'a raconté ça. Je n'aurais pas dû faire allusion à la chose devant vous tous, mais je lui ai parlé avant qu'il enfourche ses grands chevaux. Si vous, les plus âgés, vous estimez que ça n'a pas d'importance, je n'ai plus rien à dire. Qu'il galope vers le gouffre, si vous n'y voyez pas d'inconvénients !

— Ça n'en viendra pas là, grogna Nicolas. Quand et comment est-il rentré la nuit dernière ?

— A une heure, par la fenêtre de la bibliothèque. »

Nicolas lança un léger sifflement. Ernest expira un imperceptible grognement. La grand-mère restait silencieuse avec la même expression pensive et ironique.

Augusta était restée sans rien dire durant toute cette scène, quoique son aiguille fût demeurée immobile. Elle gardait un maintien indifférent quand elle le pouvait, car elle aimait que les choses se passent avec ordre et sérénité, mais voici qui était trop pour elle. Une telle aventure pour un garçon de dix-huit ans n'était pas tolérable. Il était son neveu favori. Elle aimait à le voir élégant, indolent, mais n'eût pas supporté la pensée de le savoir sans moralité. Elle se sentit irritée contre lui comme jamais encore. Mais le blâme fut pour Mrs. Stroud.

« Quelle effronterie ! s'exclama-t-elle. Venir à notre thé avec cela sur la conscience !

— Qui est-elle d'ailleurs ? demanda Nicolas. N'a-t-elle rien de mieux à faire qu'à courir après un adolescent ?

— Elle renouvelle ainsi sa propre jeunesse, dit Renny d'un ton sec. Je ne pense pas d'ailleurs qu'elle ait eu aucun succès jadis. On m'a dit qu'elle avait mené une dure existence pendant bon nombre d'années aux côtés d'un mari infirme. Elle rattrape le temps perdu.

— Elle ne saurait le faire avec Eden », dit Augusta.

Ernest la regarda comme s'il attendait une inspiration, puis demanda :

« Qu'allons-nous faire ? Il a l'air d'avoir pris le mors aux dents et si la différence d'âge et le physique de la personne ne suffisent pas à les éloigner l'un de l'autre...

— Il faut faire quelque chose », conclut Augusta.

Renny remarqua :

« Vous savez qu'il a passé ses examens de justesse. Vous n'ignorez pas qu'il a des dettes et je suis forcé de reconnaître que vous l'avez encouragé dans ses extravagances, oncle Ernest ! »

Ernest avait l'air décontenancé. Avant même d'avoir atteint l'âge mûr, il avait dévoré la fortune fort respectable léguée par son père. Il appela au secours l'ombre de celui-ci et s'écria :

« Mon père l'eût cravaché ! »

Renny sourit et dit :

« Je suis décidé à agir ainsi si vous estimez que je le dois.

— Oh ! non, dit Augusta, les temps des violences sont passés, excepté celles d'une sorte très modérée !

— Comme le coup de pied au derrière », suggéra Renny.

Adeline s'arracha à sa méditation qui l'avait entraînée vers de lointains recoins de sa pensée où se trouvaient les souvenirs de certains épisodes de sa propre jeunesse. Elle dit :

« Il n'y a qu'une chose à tenter avec une femme de cette sorte : il faut qu'il soit supplanté auprès d'elle par un homme ayant plus d'âge et d'expérience que lui ! »

Il fallut un moment pour que sa proposition eût été saisie par leur esprit, puis Augusta s'écria :

« Quelle bonne idée, maman ! Ernest est sans aucun doute l'homme capable de réaliser la chose parfaitement ! Il a l'expérience du monde, de la distinction et du charme ! »

Ernest rougit comme une jeune fille à l'énoncé de ses qualités, il sourit même niaisement, mais, en même temps, il était effaré à la pensée de conquérir Mrs. Stroud et il finit par dire en saisissant ses genoux pour empêcher ses mains de trembler :

« Dites donc à Nick de s'en charger ; les femmes apprécient les hommes divorcés.

— Avec cette jambe ! s'écria Nicolas sardonique, j'aurais vraiment bon air avec une guitare posée sur mon genou goutteux en train de jouer une sérénade à la veuve joyeuse...

— Je parie qu'il ne faudra pas longtemps pour que vous l'ayez assise sur l'autre ! dit Renny. Je pense que l'idée de tante est bonne. Cette femme se sent seule ; elle désire une amitié masculine, mais non point du genre cavalier. Elle aime la poésie. Oncle Ernie pourra lui parler du livre qu'il projette d'écrire. Lui en avez-vous parlé aujourd'hui ?

— J'ai peu conversé avec elle, mais j'en ai dit un mot à Mrs. Cummins.

— A Chris ? Je pense qu'elle n'a jamais entendu parler de Shakespeare.

— Si, quoiqu'elle ignore ses sonnets.

— Mrs. Stroud les connaît : je les ai vus sur son bureau.

— Il est une éventualité dont aucun de vous ne semble tenir compte : et si je tombais amoureux de la dame ?

— Épousez-la avec notre bénédiction ! »

Ernest prit un air offensé. Augusta aussi. Celle-ci finit par dire :

« Si mon frère se mariait, j'espère qu'il choisirait une personne d'extérieur et d'éducation plus convenables. J'estime que Mrs. Stroud est trapue et un peu commune. »

Adeline demanda à Ernest d'un air inquiet :

« Crois-tu qu'il y ait danger que tu t'attendrisses pour elle ?

— Pas le moins du monde, maman, elle n'est pas du tout mon type, je ne faisais que plaisanter.

— Ce n'est pas là un sujet de plaisanterie, déclara Augusta, vous pouvez voir combien Eden est déjà dans ses filets. Il n'y a pas de temps à perdre. Aujourd'hui, vous avez été présentés l'un à l'autre ; il s'agit que demain tu ailles lui rendre visite. Sois franc, dis-lui tes inquiétudes au sujet d'Eden. Éveille sa sympathie, puis commence sa conquête. Ton instinct te fera deviner ce qu'il faudra lui dire.

— Ça a l'air facile tandis que nous sommes assis ici, sous cet arbre, mais ce sera tout autre chose quand je me trouverai seul en face de Mrs. Stroud.

— Ce sera plus facile, au contraire ! affirma Augusta d'une voix encourageante.

— Car ton désir en sera avivé.

— Mon désir ! s'écria Ernest effaré.

— Ton désir de réussir, veut dire maman, expliqua Augusta.

— Elle vous mangera dans la main dès votre troisième rencontre ! affirma Renny.

— Il y a là-dedans quelque chose de clandestin..., dit Ernest en rongeant ses ongles.

— Bêtises, dit Nicolas, elle n'a pas de scrupules, elle eût éreinté ce gars sans y penser deux fois. En avant et montre-toi aussi diabolique que tu le pourras, Ernie ! »

Ernest, en s'entourant la taille des deux mains, répondit avec ferveur :

« Je le ferai.

— Tout ça a fatigué maman, dit Augusta. Elle penche la tête. »

En effet, le menton d'Adeline était appuyé sur sa poitrine, son bonnet orné de dentelles et de rubans avait chaviré sur l'un de ses yeux, mais un sourire indéfinissable relevait les coins de sa bouche.

10

ERNEST ET MRS. STROUD

IL pleuvait, le lendemain. Plusieurs semaines consécutives de beau temps avaient dégénéré en canicule. La grosse pluie de la nuit précédente venait d'apporter comme un soulagement. On aurait pu s'attendre à un matin frais et radieux, au lieu de cela, il faisait lourd et une pluie fine tombait. Il y avait quelque chose de morne dans l'atmosphère et Mrs. Stroud, tout en allant et venant dans son salon parfaitement ordonné, se sentait soudain inquiète et solitaire en ce monde. Cette impression ne lui était pas inconnue. Elle avait eu à s'en défendre pendant toute son existence. Elle avait été enfant unique. Son père mourut alors qu'elle était encore petite fille et sa jeunesse avait été ligotée par les soins que réclamait une mère à demi impotente et capricieuse qu'elle n'avait jamais beaucoup aimée. Sa mère mourut alors qu'elle atteignait vingt-six ans. A peine quelques semaines plus tard, elle fut surprise par un orage au cours duquel elle se réfugia sous un arbre. Un homme d'une cinquantaine d'années s'y était abrité avant elle. La conversation s'engagea entre eux. Il était veuf, commerçant retiré des affaires. Elle était précisément d'humeur à se confier ce jour-là : moins de six mois après ils étaient mariés.

La vie avec Robert Stroud ne lui parut guère plus

divertissante que celle qu'elle avait menée auparavant. Ses manières étaient compassées, sa volonté inflexible. Il avait gagné de l'argent plus par son extrême prudence en affaires que par la multiplicité de ses entreprises. Une fois qu'ils furent mariés, il parut se désintéresser d'elle. Elle avait fait taire en elle tout élan du cœur afin d'identifier sa vie à la sienne. Ils étaient mariés depuis trois ans seulement lorsqu'il eut une attaque qui fit de lui un malheureux infirme pour six ans encore. La vie d'Amy Stroud avait été réjouissante jusqu'alors, comparée à l'étouffement qu'elle dut subir par la suite. Lorsqu'elle ne se hâtait pas de satisfaire les caprices de son époux, elle s'ensevelissait dans les livres, les recueils de poèmes, les romans démodés qui avaient appartenu à celle dont elle avait pris la succession. La liberté était venue trois ans auparavant. Ç'avait été comme une naissance nouvelle, douloureuse dans sa douceur même. Amy s'était déployée tel un papillon au corps engourdi, tout juste délivré de sa chrysalide. Elle s'était enfin acheté les toilettes élégantes qu'elle avait toujours désirées. Elle vendit la maison avec tout son mobilier de mauvais goût. Avant toute chose, elle eût désiré voyager, voir l'Italie, la Grèce, mais la longue maladie de son mari avait dévoré une grande partie de son capital. Le vol du papillon ne l'élèverait guère au-dessus du sol ! Ce fut une aventure exaltante pour Amy que de se rendre, cet été-là, dans une petite station balnéaire au bord d'un lac où elle restait assise sous une véranda avec d'autres jeunes femmes à bavarder en attendant le retour des maris partis pour la pêche. L'hiver suivant, elle s'était rendue en Floride, répétant sur une plus vaste échelle ses expériences de l'été. Puis, les beaux jours revenus, elle s'était aventurée jusqu'à Québec, avait fait de longues promenades aux environs de la Citadelle, s'était assise sur la promenade pour lire *Le Chien d'or*.

Mais elle n'était toujours pas satisfaite, devinant en elle une source de passion et d'éloquence inépuisable et inutilisée, car elle n'avait personne pour qui dépenser cette passion ou qu'elle eût pu émouvoir par son éloquence. Ayant dépensé plus d'argent qu'elle n'aurait dû, la pensée lui était venue qu'il lui fallait acheter une maison pour s'y établir. Elle retourna dans l'Ontario où elle passa l'hiver dans une pension de famille, ses seuls divertissements étant les concerts et les films. Elle épluchait soigneusement les journaux à la recherche des annonces de maisons à vendre.

Lorsqu'elle lut celle de Miss Pink, elle fut tout de suite intéressée car, jeune fille, elle avait été une fois faire une visite dans les environs, accompagnée de sa mère et s'était toujours souvenue depuis du charme tranquille, de l'air retiré des beaux vieux arbres de ce coin paisible. Elle en parla à l'agent, qui l'emmena voir la maison. Ce fut une déception pour elle de constater que celle-ci était trop vaste pour une personne seule et que son prix représentait une somme qu'elle n'eût osé dépenser. Cependant, quelque chose dans cette maison la captivait ; elle sentait qu'il fallait qu'elle l'eût. Elle était plutôt dépensière de nature, mais les longues années de vie commune avec son époux l'avaient rendue prudente et avisée. Elle se tourmenta à en être presque malade, puis vint l'idée lumineuse de diviser la maison en deux appartements et de louer la partie qu'elle n'occuperait pas. L'accomplissement de ce projet, ses conférences avec un architecte, l'ameublement de son appartement lui avaient donné les jours les plus insouciants et les plus heureux de sa vie.

Il n'avait pas été aussi facile qu'elle l'avait cru de trouver des locataires.

Lorsque Jim Dayborn et Chris Cummins s'étaient présentés, elle avait été enchantée. Elle accepta de leur fixer un loyer assez bas parce qu'ils étaient exactement la sorte de gens avec lesquels elle désirait frayer. Ils étaient jeunes et nés de famille ayant un passé. Ils avaient eu des tribulations et n'étaient pas embarrassés par les contingences qui avaient entravé leurs existences. Elle était attirée par Tod. Amy n'avait jamais encore été en rapports suivis avec un enfant. Il lui plaisait de combler ses locataires de faveurs ; elle sentait qu'une ère nouvelle commençait.

Malheureusement, ils ne furent pas de bons locataires ; leur demeure était mal tenue, ils tardaient à payer leur terme et déjà leurs relations étaient moins cordiales qu'au début.

Mais Amy Stroud n'était pas vraiment déçue par leurs imperfections. Pour la première fois, elle goûtait la vie, la vivait ! Eden Whiteoak avait allumé en elle des désirs, des passions qu'elle savait exister mais qui, croyait-elle, ne feraient que couver sous la cendre sa vie durant. Son esprit ressemblait à un volcan qui n'aurait jamais eu d'éruptions. Autour de son cratère, l'herbe pâle et sèche avait poussé, des bâtiments prosaïques avaient été laborieusement élevés. Mais des secousses et des grondements sourds s'entendaient à présent. La nuit, il lui arrivait de se promener des heures de long en large, incapable de dormir, ne le désirant point, emportée par la marée de ses émotions extatiques.

Pourtant, tous ses rêves ne se cristallisaient pas sur Eden. Elle savait que les sentiments qu'il éprouvait pour elle n'étaient que faibles et égoïstes émotions comparées à ce qu'elle éprouvait. Tandis qu'elle parcourait sa chambre pieds nus, il lui arrivait de répéter son nom inlassablement, Eden, Eden, Eden, — s'exaltant elle-même par l'harmonie de ces syllabes. Sa silhouette courte prenait de la véhémence dans les gestes, sa voix s'enrouait et les larmes ruisselaient de ses yeux.

Cependant, lorsqu'elle était avec lui, elle se forçait à

être gaie et même affectait des manières protectrices, jouant le rôle, croyait-elle, d'une femme lasse du monde et pleine d'expérience. Elle eût donné beaucoup pour effacer ses premières confidences à Chris Cummins. Mais sachant qu'Eden voyait fort peu ses voisins, elle se risqua à lui donner des aperçus enjolivés de son passé.

Amy savait qu'Eden ne viendrait pas la voir ce jour-là. Il était parti pour jouer dans un tournoi de tennis. Il lui avait bien demandé de l'y accompagner mais elle avait refusé en donnant un prétexte quelconque. Elle ne voulait pas risquer d'entendre demander à Eden si c'était sa mère qu'il avait emmenée avec lui. En ce moment, Amy errait désœuvrée dans son salon, déplaçant les bibelots, tapotant les coussins ou lisant un passage de roman. Elle s'imaginait la réunion joyeuse dans laquelle il jouait son rôle et n'était pas fâchée de voir la brume qui tombait dehors. Elle ne pouvait supporter la pensée qu'il s'amusait en compagnie de femmes plus jeunes. Elle sentit la mélancolie l'envelopper et lutta pour s'en libérer.

Lorsqu'un coup fut frappé à la porte, elle courut presque, dans sa soif de n'importe quelle distraction. Quelle ne fut pas sa surprise de voir Ernest Whiteoak debout sous le porche ! Assez nerveusement, il lui demanda comment elle allait.

« Fort bien, répondit-elle, mais ce jour orageux m'affecte. Tout était si beau ! Mes seringas sont couverts de boue, mais cela hâtera les pivoines. Ne voulez-vous pas entrer ? »

Il entra et regarda autour de lui. Séduit par l'ordre et l'élégance féminine de la pièce, il dit :

« J'espère que ma visite ne vous dérange pas. Je passais par ici et j'ai pensé que j'aimerais vous voir dans votre intérieur. C'était une vraie innovation que de diviser ainsi cette maison en deux parties.

— Que c'est aimable à vous d'être venu ! Je n'ai guère de visites, mais j'ai beaucoup de proches voisins, peut-être même sont-ils trop proches parfois.

— Mais ce sont de gentils jeunes gens, n'est-ce pas ? »

Elle eut un petit haussement d'épaules :

« Assez gentils. J'aime mieux la femme que l'homme et le bébé plus qu'eux. Je pense qu'ils sont à Jalna. Quel dur métier pour une jeune personne !

— Oui, mais elle l'aime. Quelquefois, je trouve qu'elle prend plus de précautions avec les chevaux que pour son enfant. »

Ernest s'était assis près de la fenêtre qui donnait sur deux petits champs gaiement émaillés de boutons d'or et de trèfle rouge. Il était nerveux de sentir toute l'attention de Mrs. Stroud concentrée sur lui. Pourtant, il venait de faire une répétition mentale de tout ce qu'il devait lui dire. Il se décida à parler.

« C'est fort aimable de votre part de vous intéresser ainsi à Eden ; nous en sommes tous très touchés. »

En entendant le nom d'Eden, elle sentit qu'il lui fallait se dominer.

« Seriez-vous fâchés que je l'aie si souvent chez moi ?

— Nous ne saurions l'être, une amitié intelligente est si précieuse pour un être jeune ! De nos jours, bien peu de jeunes individus ont l'air d'avoir une seule idée en tête !

— Oh ! Eden n'est pas ainsi ! Il est tout bouillant de pensées et vivant jusqu'au bout des ongles !

— Je crois que c'est plutôt vous-même qui êtes ainsi », dit Ernest en dardant un regard chaud au fond des yeux de son interlocutrice.

Elle rougit et reconnut :

« Oui, c'est juste. »

Ernest commençait à se sentir plus à l'aise, il poursuivit :

« Eden est arrivé à ce moment de la vie où on éprouve le besoin d'être compris. Je fus ainsi jadis. Depuis lors, j'ai atteint le point où l'on se dit qu'il est sans doute préférable de dissimuler ce que l'on est aux yeux du monde.

— Mais avez-vous jamais été comme Eden ?

— Eh bien, je ne pense pas que j'aie jamais eu une nature aussi ardente, mais il y a une certaine analogie entre nous. A son âge, j'étais plus mûr. Je pensais que vous considéreriez ce manque de maturité comme un obstacle à votre amitié. Je dois dire que je suis entouré de gens qui s'intéressent fort peu à mes travaux intellectuels. »

Il hésita et ajouta avec simplicité :

« Je songe à écrire un livre.

— Vraiment ? Eden ne m'en a jamais parlé. »

Ernest eut l'air peiné.

« Je lui en ai parlé fort souvent, mais j'imagine que cela ne l'a pas vivement intéressé.

— Mais moi je le suis ! Voulez-vous m'en parler ?

— Ce sera un livre sur Shakespeare. Mon ouvrage doit être totalement différent de ceux qui ont déjà été écrits sur le même sujet qui, d'ailleurs, permet une variété infinie d'études diverses. Je me flatte d'avoir quelque chose de nouveau à dire. Alors que nous séjournions en Angleterre, nous étions, mon frère et moi, des fervents du théâtre. Nous avons vu Irving et Terry dans leurs meilleurs rôles shakespeariens et nous avions la chance de les connaître dans la vie privée.

— Que c'était merveilleux !

— Oui. Nicolas me lit les pièces à haute voix. Mes yeux sont assez délicats. Il a une belle voix et un sens dramatique aiguisé. Son interprétation est remarquable.

— Comme j'aimerais l'entendre !

— Je vous l'amènerai un de ces jours et j'essaierai de le décider à lire pour vous.

— Oh ! merci ! »

Mrs. Stroud pouvait à peine croire qu'un matin si triste s'était épanoui en un tel jour ! Elle désirait vivement dire quelque chose qui impressionnerait Ernest favorablement. Mais quoique sa cervelle fût en ébullition, elle ne trouva rien. Elle ne pouvait que le regarder éperdument en répétant :

« Merci, ce sera merveilleux ! »

Ernest cita de sa voix légère et harmonieuse :

« La poésie est la fleur et le parfum de toute connaissance humaine, de toute pensée, passion, émotion, de tout langage humain. »

Mrs. Stroud n'osait parler. Ses yeux luisaient de larmes. Ernest parla, parla ; il aimait le son de sa voix et jamais encore il n'avait eu une auditrice aussi attentive.

Elle lui demanda de rester pour le thé. Tandis qu'elle le préparait, il parcourut lentement le salon. Il le jugea plaisant, quoique assez nu, et se souvint d'une figurine en porcelaine de Dresde qu'il avait dans sa chambre. Il se proposa de la lui apporter la prochaine fois qu'il viendrait, car il était sûr maintenant qu'il y aurait *une prochaine fois !*

Un léger bruit parvint de la cuisine ; dans sa nervosité, elle avait laissé tomber la boîte à thé. Il s'aventura jusqu'à la porte et demanda :

« J'espère que ce n'est pas grave ?

— Oh ! non. Rien de cassé. Ne voulez-vous pas entrer pour voir la cuisine ? »

Elle avait soudain reprit possession d'elle-même.

Il entra, admira tout. C'était une nouveauté que de voir l'intérieur d'une cuisine et puis il n'en avait jamais vu d'aussi pimpante. Il l'aida à transporter les ustensiles pour le thé. Ils devinrent plus familiers et rirent beaucoup en croquant leurs fines rôties brunes bien beurrées et les petits gâteaux mousseline accompagnés d'un bon thé de Chine.

Sur le chemin du retour, Ernest était tout gonflé de son succès. Il attendait impatiemment le moment d'en faire part aux autres.

11

LE PLAN DE PHEASANT

L'EXISTENCE de Pheasant, de huit à douze ans, avait été tellement monotone qu'il était difficile de distinguer une de ses journées d'une autre, le changement des saisons mis à part. Ces changements, elle les avait surveillés d'un œil plus attentif que la plupart des enfants. Elle savait presque le moment exact où le vieux pommier, au bord de la rivière, entrouvrirait ses fragiles floraisons d'un blanc rosé. Elle apprit à prévoir le temps qu'il ferait, à force d'être en compagnie de Mrs. Clinch et elle pouvait prédire la pluie ou encore annoncer si l'orage qui s'amoncelait apporterait un éclaircissement de l'atmosphère, un refroidissement ou quelque autre phénomène météorologique. Elle et Mrs. Clinch avaient de longues discussions au sujet du temps. Pheasant connaissait les nombreuses misères endurées par Mrs. Clinch tout au long de son existence, misères qu'elle imputait uniquement au temps. C'était leur grand et inépuisable sujet de conversation, le seul où elles discutaient d'égale à égale. L'hiver, assises auprès d'un poêle presque incandescent, elles discutaient passionnément des hivers passés. L'été, lorsque Mrs. Clinch avait transporté son fauteuil à bascule à l'air libre et se balançait en s'éventant pour éloigner les moustiques de sa personne, Pheasant s'agenouillait à côté d'elle sur l'herbe tiède et c'étaient des conversations sans fin où il était question de sécheresse, d'inondations, d'aurores boréales et de gens frappés et brûlés par la foudre.

Pheasant n'était pas très intéressée par les leçons de Miss Pink. Celles-ci consistaient surtout dans l'étude des minéraux de pays lointains et dans l'absorption des dates de batailles du passé qu'il convenait de savoir par cœur. Pheasant devait également apprendre par cœur des poèmes comme : « Les psaumes de la vie » et « Nouvelle visite aux mille-feuilles. » Mrs. Clinch lui apprenait à faire des reprises et des ourlets, mais elle se gardait de toute application pratique de ces talents, contrairement à ce qu'elle faisait de ses connaissances météorologiques qui lui étaient d'un secours et d'un intérêt constants.

Durant ces années, la famille de Jalna avait été pour elle le sujet de mainte méditation. Ils étaient si proches d'elle, qu'ils eussent pu être tout pour elle, quoiqu'elle n'échangeât que rarement quelques paroles avec l'un d'eux. Mais rencontrer un des membres de cette famille, surprendre un lambeau de nouvelle à leur sujet, changeait pour Pheasant la couleur de la journée. Ils venaient tout de suite après les questions météorologiques en tant que sujet de conversation entre elle et Mrs. Clinch. La raison pour laquelle ils ne venaient qu'en second, c'était que Mrs. Clinch émaillait ses phrases de sous-entendus lorsqu'elle parlait d'eux, et puis c'étaient tant d'allusions à leur fierté, à leur arrogance, que souvent Pheasant se sentait triste après ces conversations. Cependant, individuellement, lorsqu'elle rencontrait un des membres de la famille, il se montrait toujours gentil à son égard, à l'exception de Meg qu'elle n'avait vue face à face qu'en deux occasions. Chaque fois, Meg lui avait jeté un regard désemparé, puis l'avait observée avec une expression froide, scrutatrice. Pheasant avait senti nettement son antipathie.

Parfois, elle et Finch se rencontraient par hasard dans les champs et jouaient ensemble. Elle le considérait comme un être lui ressemblant un peu et eût souhaité le connaître mieux. Elle l'avait rencontré dernièrement sur le petit pont enjambant la rivière. Pheasant ne s'aventurait jamais qu'en secret sur les terres de Jalna. Ce jour-là, s'étant glissée parmi les taillis pour voir si elle ne trouverait pas du cresson d'eau sur la berge de la rivière, elle était arrivée brusquement sur Finch. Celui-ci, installé sur le pont, balançait ses jambes au-dessus des eaux tandis qu'un petit rat blanc courait dans les taches de soleil jetées sur les planches du pont dans un espace qu'il entourait du cercle de ses bras. Elle était restée immobile avec de l'eau jusqu'aux genoux, les yeux levés vers lui, se demandant si elle allait ou non engager la conversation. Mais c'était Finch qui avait parlé comme s'il l'attendait.

« Hullo, Pheasant, viens voir mon rat apprivoisé ! »

Elle avait pataugé vivement jusqu'à la rive pour monter le rejoindre sur le pont.

« Regarde ! Il est aussi apprivoisé que possible ! Je suis en train de lui apprendre toutes sortes de tours. Tu vois, il n'a pas du tout peur de moi : il reste sur ma main, regarde ! »

Enchantée, elle les avait considérés, lui et le rat. La joie d'être avec un autre enfant la transportait. Elle sentait ce bonheur jusque dans le bout de ses doigts, comme une fièvre, un fourmillement. Elle eût voulu courir ou lutter avec lui.

« Oh ! Finch, puis-je le toucher ? »

Il hésita :

« Je ne crois pas que cela lui plairait, il ne connaît que moi.

— Rien qu'une petite caresse ! »

Il y consentit. Pheasant frémissait de bonheur en touchant ce pelage de velours. Mais Finch était agité. Il fallait qu'il s'en aille avec son protégé. Elle se demandait souvent comment allait le petit rat et si Finch lui avait appris des tours.

Parfois, Pheasant rencontrait Piers, mais c'était celui des garçons qu'elle aimait le moins. Il trouvait tout naturel de venir à Vaughanlands avec son fusil pour y tirer des lapins. Elle admirait sa peau rose et blanche, ses yeux bleus, mais trouvait qu'il avait un regard dur et moqueur. Quand ils se rencontraient, il se vantait de ses prouesses de chasseur. Une fois, il l'avait saisie pour lui chatouiller les côtes avec des doigts d'acier. Depuis lors, elle s'enfuyait à son approche. Elle apprit par Mrs. Clinch qu'il était indiscipliné et que sa sœur et ses oncles ne pouvaient en venir à bout. Mrs. Clinch disait qu'il jurait habituellement qu'il *ferait* ou ne *ferait point* ce qui lui était demandé.

Pendant un temps, Eden avait été son préféré.

Elle l'avait vu très souvent dans les bois et avait murmuré un timide « hullo ! » en réponse à son salut. Elle trouvait son sourire gentil, mais plutôt triste. Puis, un jour, il s'était montré soudain sociable. Il l'avait prise par la main pour la promener parmi les pins et les bouleaux. Ils s'étaient assis dans un coin où croissaient des plaques de gaulthéries et ils en avaient mangé des baies quoique en faisant force grimaces. Il s'était montré amusant et aimable comme personne ne l'avait jamais été avec elle. La seule vue de ce visage changeant était une distraction. Il lui avait posé d'innombrables questions sur elle-même. Finalement, tout en jetant en l'air et en rattrapant tour à tour une poignée de baies, il lui avait confié qu'il écrivait des poèmes. Plus tard, il serait un homme de loi mais, entre ses causes, il écrirait une quantité de vers et au bout d'un certain temps, lorsqu'il aurait gagné quelque argent, il abandonnerait ce métier pour se consacrer entièrement à la poésie. Peut-être qu'il écrirait un poème sur elle.

Ses confidences avaient changé la face des choses pour Pheasant. Elle s'imaginait qu'il serait son ami pour toujours. Souvent, depuis, elle avait erré dans les bois avec l'espoir de le rencontrer à nouveau, mais lorsque cela arriva enfin, il l'avait regardée d'un air absent en la saluant à peine d'une inclination de tête et poursuivi son chemin. L'avait-elle offensé ? Ne pouvant supporter cette pensée, elle s'était élancée à sa poursuite et, l'ayant saisi par le bras, elle avait levé vers lui son visage questionneur et anxieux. Mais il s'était dégagé d'une secousse en s'exclamant avec une vivacité presque impertinente : « Laisse-moi seul ! » Cela s'était passé il y avait un an et elle ne lui avait pas parlé depuis.

La vieille grand-mère, Lady Buckley et les oncles appartenaient pour elle à un monde majestueux et lointain. Pheasant n'avait jamais eu de commerce avec eux excepté lors de sa rencontre avec Nicolas qui lui avait caressé la tête de sa grande et belle main et envoyé ensuite une poupée en souvenir.

Elle avait souvent vu la grand-mère dans sa voiture traînée par deux chevaux bais bien étrillés alors qu'elle se rendait à l'église ou allait faire une visite. La vieille dame dirigeait chaque fois vers elle un regard perçant, mais qui ne manquait pas de bonté. Pheasant, en ces occasions, restait sur place comme pétrifiée, tant qu'elle pouvait apercevoir les longs plis majestueux du voile de veuve et entendre les claquements rythmés des sabots de l'attelage frappant la route.

Elle n'oublierait jamais ce jour où le petit Wakefield s'était sauvé par le sentier en méandres jusqu'à Vaughanlands. Il était apparu sur le seuil de la cuisine où elle était assise en compagnie de Mrs. Clinch qui tenait un écheveau de laine pour elle, mais discourait sur la sécheresse. Il était entré comme un invité attendu, puis il avait couru partout et regardé dans chaque recoin. Mrs. Clinch lui avait mis un petit gâteau dans chaque main. Il y avait mordu à petits coups de dent avides ; ses boucles lui tombaient presque sur les yeux. Oh ! avoir un petit frère comme celui-là ! Si seulement elles avaient pu le cacher... et le garder toujours !

Mais bientôt un domestique était venu le chercher et il avait été emmené en pleurant. Pheasant aussi s'était sentie sur le point de pleurer.

Elle avait deviné que la vie deviendrait différente lorsque Maurice serait revenu. Elle avait changé en effet, mais nullement comme elle l'avait espéré. Maurice était quinteux et grave et pensait peu à elle. Revenu dans sa maison, la guerre derrière lui, il éprouvait plus encore son éloignement d'avec Meg qu'au début. Il était mélancolique et avait tendance à boire trop le soir après le dîner.

Un jour, du fond de la solitude de son cœur, Pheasant dit à Mrs. Clinch :

« Croyez-vous qu'il m'aimera jamais ? »

Mrs. Clinch la regarda d'un œil froid, judicieux :

« Il le pourrait si vous étiez une autre sorte d'enfant, dit-elle.

— Une autre sorte ? Comment ?

— Je me comprends : vous êtes ce que vous êtes, je ne pense pas que vous y puissiez rien changer.

— Je voudrais bien, dit Pheasant, être un peu plus une compagnie pour lui, ainsi que c'est le devoir d'une fille. »

Mrs. Clinch prit un air pessimiste et dit :

« Je ne le vois pas trinquant avec vous, si c'est ce que vous voulez dire. Il a ses habitudes, ses pensées et moins vous vous mêlerez de ses affaires, mieux cela vaudra..., pauvre jeune homme ! »

Ces propos inévitables, *pauvre jeune homme*, mettaient toujours un point final aux questions de Pheasant. Elle se détourna en rougissant très fort tout en se demandant ce qu'elle pourrait faire pour s'améliorer et devenir une compagnie plus agréable pour Maurice, capable de partager ses pensées.

Quelles étaient ces pensées ? Elle se le demandait et essayait de pénétrer son esprit, de sentir comme lui. Elle essayait de se l'imaginer revenant dans son foyer au retour des combats, fort, puissant, et brave, avec Renny Whiteoak à ses côtés. Il essayait de ne pas se montrer envieux de la décoration de Renny alors que lui-même n'en avait point. Car il avait tout de même quelque chose : une petite fille toute tremblante du désir de le revoir. Cependant, lorsqu'il voyait enfin cette petite fille, quelle déception ! C'était une enfant timide, ordinaire, sans aucune des qualités qu'il avait espéré lui trouver. Et à Jalna, de l'autre côté du ravin, il y avait Meg Whiteoak qu'il ne pouvait épouser ! Meg avait été une ravissante jeune fille. Mrs. Clinch disait qu'elle n'avait jamais vu de plus belle carnation et, même à présent, on ne pouvait lui comparer personne. Sans doute Pheasant avait un visage intéressant. Si seulement elle était plus intelligente !

Ces tentatives pour pénétrer l'esprit de Maurice furent inutiles. Elles amenaient toujours à la même conclusion que si elle-même était différente il l'aimerait mieux ou, au moins, s'apercevrait de sa présence. Un jour, il la réprimanda pour être venue déjeuner sans s'être recoiffée. Avant le déjeuner suivant, elle brossa ses cheveux jusqu'à ce qu'ils luisent puis noua un ruban bleu autour de sa tête et fit un nœud sur une tempe. Il ne lui accorda même pas un regard. Elle essaya de lui parler de *Rob Roy* qu'elle était en train de lire. Il répondit poliment, mais sans intérêt. Elle pensa : « Ce livre est démodé, il faut que je lise ce qu'il lit ! » Lorsqu'il sortit, elle prit un récit de guerre prêté par Nicolas Whiteoak et s'absorba dans sa lecture. Elle lut quelque chose d'effrayant au sujet d'un soldat blessé pris dans un réseau de fils de fer barbelés et y restant accroché jusqu'à ce qu'un éclat d'obus vienne l'achever d'une manière affreuse ! Sa chair se contractait d'horreur. Elle se sentit prise de nausées. Si Maurice avait assisté à de telles scènes, comment désirait-il en lire encore la description ? Peut-être ne pouvait-il se libérer de ces souvenirs ? Son cœur s'emplit de pitié pour lui. Elle demanda timidement :

« Aimes-tu ce livre ?

— Pas beaucoup, répondit-il l'air indifférent, mais on y trouve des descriptions exactes.

— Des descriptions de quoi ?

— De combats.

— As-tu vu des choses aussi... aussi terribles que ça ?

— Terribles comme quoi ?

— Que ce qui est dans le livre ?

— L'as-tu lu ?

— Un peu.

— Ce n'est pas un livre pour toi.

— Je désirais seulement pouvoir en parler avec toi.

— Parler avec moi de la guerre ! Grands dieux !

— Je pensais... » Elle fit un grand effort et poursuivit. « Je pensais que ce livre nous aurait rapprochés. »

Maurice rit, sincèrement amusé, ce qui la blessa cruellement. Elle enfouit son visage dans ce livre dont elle repassait une leçon, heureuse que son épaisse chevelure tombant en avant la protégeât de son regard.

Maurice dit enfin :

« Tu as été trop longtemps seule avec cette vieille

femme. Je voudrais que tu aies un enfant de ton âge qui jouerait avec toi. »

Elle aurait voulu crier : « Ce n'est pas un autre enfant qu'il me faut, c'est toi ! » Mais elle croisa ses mains étroitement sous la table et, la vue brouillée, chercha à retrouver le tableau des exportations suédoises.

Mrs. Stroud occupait sa maison depuis un certain temps lorsqu'elle et Pheasant se rencontrèrent. Puis, un jour que Pheasant passait devant la palissade entourant son jardin, Mrs. Stroud l'arrêta en lui demandant si elle aimerait voir une nichée de jeunes hochequeues, car il y en avait une sous son porche. Pheasant, tout excitée, la suivit sur le sentier bordé d'œillets roses. L'air était lourd de leur parfum. Elle resta longtemps à admirer les oiselets. Puis, Mrs. Stroud lui demanda si elle voulait bien entrer pour boire une tasse de chocolat en sa compagnie. Pheasant accepta l'invitation d'un air digne, mais avec une exaltation intérieure qui la rendait presque ivre de joie. Mrs. Stroud était la femme la plus gracieuse qu'elle eût jamais rencontrée. Son intérieur était le plus délicieux, le plus soigné, le plus raffiné qui existât, bien plus joli encore que celui de Miss Pink qui, auparavant, lui avait semblé représenter l'idéal. Mrs. Stroud lui fit visiter toute la maison. La pièce qui plaisait le plus à Pheasant était la chambre d'amis avec ses rideaux et son dessus de lit de soie rose que Mrs. Stroud avait cousu de ses mains. Elle expliqua que personne encore n'avait dormi dans cette chambre. Peut-être Pheasant viendrait-elle passer une nuit chez elle ? Son chocolat était le meilleur qu'elle eût bu et les tasses les plus jolies qu'elle eût admirées... Pheasant était assise très droite et conversait calmement. Elle conta à Mrs. Stroud tout ce qu'elle jugea convenable de lui faire connaître de sa vie. Elle ne pensait pas à s'en aller et resta assise jusqu'à ce que Mrs. Stroud lui eût proposé de lui montrer le bébé.

Elles avaient choisi un moment opportun. Chris donnait un bain au marmot, car ils étaient tout juste revenus des écuries et Tod était aussi sale, disait-elle, qu'un palefrenier.

Pourtant, à présent, il était propre et rose ! Il se tenait là tout nu, jubilant, ses cheveux argentés hérissés. Il ne savait jamais quand on le laverait, on lui donnerait à manger et, quand quelque bienfait fondait sur lui, il l'accueillait avec une insouciante bonne humeur.

Le désordre de cet intérieur, son laisser-aller bohème était aussi exaltant pour Pheasant que l'ordre régnant chez Mrs. Stroud. Elle sentait qu'un monde nouveau s'était ouvert à elle, entrevoyait de nouvelles possibilités dans l'existence. A peine une heure plus tôt, elle s'était imaginé que Mrs. Stroud était la femme la plus belle et la plus aimable qu'elle eût jamais rencontrée. A présent, Pheasant la considérait toujours comme la plus aimable et était persuadée qu'aucune autre n'avait un tel sourire ; mais la vue de Chris Cummins en culotte et en chemise kaki et baignant Tod, l'emplissait d'admiration. Elle suivait chacun des mouvements de son petit corps alerte, les gestes des mains maigres et adroites de Chris, avec un intérêt intense. Même la façon dont ses cheveux, de la même couleur que ceux de Tod, étaient lisses derrière ses oreilles et bouclés à la hauteur de sa nuque, la fascinait.

Chris accueillit sa présence d'une manière simple et amicale. Elle sortit un sac de caramels au chocolat et 'e passa à la ronde sans oublier d'en mettre un dans la bouche de Tod, puis elle lui fit enfiler une chemise fraîche de coton blanc et alluma une cigarette. Elle avoua souffrir au moment même les tourments de l'enfer, ayant fait une mauvaise chute dans la matinée.

« Renny Whiteoak prétend qu'il y a une manière de tomber pour ne pas se faire de mal, je voudrais sacrément la connaître ! »

Mrs. Stroud désapprouvait un tel langage en présence de l'enfant. Elle secoua la tête en souriant à Chris et dit :

« Pourquoi ne pas lui demander de vous montrer comment il convient de faire ?

— Il me l'a promis... pour la prochaine fois qu'il serait jeté par terre.

— On prétend, dit Pheasant, qu'il s'est rompu les os un nombre incalculable de fois !

— Que pensez-vous de la manière de monter d'Eden ? » demanda Mrs. Stroud.

Elle ne pouvait résister au désir de faire dévier la conversation sur lui.

« Sa main est bonne, mais il est terriblement impétueux et comme on ne lui a pas appris à se dominer, vous ne pouvez vous attendre à ce qu'il domine sa monture ! »

Elle mit un vieux magazine dans les mains de Tod.

« Prends, regarde ça, dit-elle, il faut que je m'étende un instant. »

Il accepta le magazine avec intérêt, quoiqu'il fût en lambeaux à force d'avoir été livré à ses mains.

Mrs. Stroud et Pheasant se levèrent pour s'en aller.

« Vous reviendrez me voir, n'est-ce pas, chère enfant ? demanda Mrs. Stroud lorsqu'elles se séparèrent.

— Oh ! oui, je viendrai souvent ! » répondit Pheasant.

Elle courut sur le chemin du retour, avec le désir impérieux de raconter toute cette aventure à quelqu'un. Mais lorsqu'elle eut pénétré dans la maison, senti son odeur familière de moisissure, et entendu Mrs. Clinch dans la cuisine, elle ne sut plus à qui faire le récit de sa journée. Ce ne serait certainement pas à Maurice qui, justement, traversait le hall avec un signe de tête indifférent à son adresse. Il n'y avait, en vérité, personne à qui parler... Elle ressortit de la maison, mais lentement cette fois-ci.

Pheasant trouva le vieux poney dans le champ en bordure de la rivière. Alors, entourant son col de ses bras dans un élan d'amitié, elle se sentit moins seule.

Par la suite, Pheasant alla souvent voir Mrs. Stroud. Parfois elle ne recevait pas de réponse aux coups qu'elle frappait à sa porte ; alors elle se dirigeait vers le logement voisin, mais souvent aussi pour n'y trouver personne. En ce cas, elle faisait le tour de la maison en regardant à l'intérieur à travers les fenêtres avec un désir passionné de s'y trouver. Une fois, Jim Dayborn l'avait surprise en train de regarder dans le salon de Mrs. Stroud. Il rit en s'écriant :

« Ainsi, vous aussi, vous voilà tombée sur le pot aux roses ?

— Quel pot aux roses ?

— Le fait qu'elle n'ouvre pas sa porte lorsqu'elle a son hôte favori chez elle !

— Mr. Ernest Whiteoak est donc son hôte favori ?

— Mr. Ernest Whiteoak ? Pourquoi ?

— Parce que je viens de le voir assis sur le sofa à côté d'elle. »

Dayborn laissa échapper un ricanement.

« Ainsi elle a plus d'une corde à son arc ! »

Pheasant ne se sentit ni étonnée ni surprise de ce que Mrs. Stroud n'eût point ouvert lorsqu'elle avait frappé à sa porte. Sans aucun doute elle avait dû la voir venir par l'allée : évidemment elle ne désirait point la présence d'un enfant lorsqu'elle avait une conversation sérieuse avec un monsieur de la bonne société. Pheasant tenait l'expression « monsieur de la bonne société » de Mrs. Clinch et elle l'appréciait hautement.

Lorsqu'elle ne pouvait pénétrer dans aucune des deux demeures, elle retournait chez elle, mais revenait deux heures plus tard.

Pheasant ne se sentait jamais plus indifférente ou solitaire. Elle avait de nouvelles idées en tête et elle les retournait sans cesse dans son esprit comme un petit oiseau retourne ses œufs dans son nid afin qu'ils atteignent tous un degré d'incubation parfait.

Peu à peu, ses idées vagues finirent par se préciser et former un plan défini. Elle se persuada que, puisque Meg Whiteoak n'épouserait pas Maurice et qu'elle-même était incapable de le rendre heureux, il fallait lui trouver une épouse. Elle pensait qu'il y en avait deux à sa disposition : si seulement elle pouvait choisir exactement celle qui conviendrait !

Tout d'abord, sa pensée s'arrêtait avec le plus de complaisance sur la personne de Mrs. Stroud. Elle se l'imaginait debout au côté de Maurice dans le chœur de la petite église tandis que Mr. Fennel les mariait et disant « oui » de sa voix profonde, émouvante. Elle découvrit un livre de prières et trouva le service du mariage. Bien des passages la déconcertaient, mais elle fut satisfaite de constater que le véritable but du mariage était d'avoir des enfants. Mrs. Stroud et Maurice auraient beaucoup d'enfants, des petits frères et des petites sœurs pour elle. Elle transformerait Vaughanlands en un lieu différent, gai, aéré, plein de bébés ? Pheasant aimait Mrs. Stroud ; cependant, pour une raison inexplicable, elle n'avait pas parfaitement confiance en elle. Tout au fond de son cœur, elle lui en voulait de ne pas lui ouvrir quand elle frappait à sa porte si elle avait une visite plus intéressante. D'abord, elle ne lui en avait pas tenu rigueur, mais Jim Dayborn avait jeté en elle une semence de méfiance.

Elle constata que ses pensées tournaient de plus en plus souvent autour de Chris Cummins. Celle-ci était jeune et les hommes aimaient les jeunes femmes, Pheasant savait cela. Chris avait un beau visage ; elle avait Tod. Avant tout, elle avait Tod. Lorsque Pheasant songeait à la possibilité d'avoir le bébé dans la maison, elle se sentait presque prise de faiblesse, comme si ses os étaient devenus quelque chose de malléable.

Elle professait une vive admiration pour la perspicacité de Mrs. Clinch. Elle songea donc à lui dire prudemment un mot de la question. C'était un jour de grande surdité pour Mrs. Clinch et Pheasant dut finalement hurler :

« Laquelle admirez-vous le plus, Mrs. Stroud ou Mrs. Cummins ? »

Mrs. Clinch n'hésita pas un seul instant. Elle répondit en criant à son tour, presque irritée :

« Quelle question !

— Mais laquelle ?

— Que quoi ?

— Préférez-vous ? »

Mrs. Clinch renifla énergiquement :

« Aimer ce jockey qui s'en va jurant en vêtements d'homme ! Pas moi ! Mrs. Stroud, par contre, est une vraie dame. C'est une nouvelle venue qui fait honneur au voisinage. Elle s'est montrée trop bonne envers ce couple et s'ils ne se sauvent pas un jour sans payer leur terme, vous pouvez me traiter de bourrique ! »

Ces dernières paroles de Mrs. Clinch faisaient toujours une telle impression sur Pheasant que chaque fois qu'elle employait cette expression, Pheasant ne trouvait plus rien à dire. Elle se décida donc à questionner Maurice lui-même afin de savoir s'il avait quelque préférence pour l'une des deux femmes.

Lorsque Pheasant eut pris cette détermination, elle en fut si agitée qu'elle ne put tenir en place jusqu'à ce que la question eût été posée. Elle chercha Maurice qui était en train de placer un grillage sur la porte d'entrée latérale. Dès qu'il se fut arrêté de marteler son travail, elle lui demanda, la voix tremblante de gravité.

« Maurice, laquelle admires-tu le plus de Mrs. Stroud ou de Mrs. Cummins ? »

Il la regarda, surpris, puis, avec aussi peu d'hésitation que Mrs. Clinch, il répondit :

« Mrs. Cummins, bien entendu, si tu parles du physique.

— Bien. Laquelle crois-tu la meilleure ? »

Avec une égale promptitude, il répondit :

« Mrs. Cummins, je n'aime pas les oreilles de l'autre.

— Mais on ne doit pas juger d'une personne d'après ses oreilles ! Le peut-on vraiment ?

— Si, moi je le fais dans ce cas. »

Il se remit à marteler en parlant à la porte à mi-voix.

« Tu poses les vis du mauvais côté », dit-elle doucement.

Il contempla son travail avec consternation.

« Vraiment ! » Il ramassa un tournevis et se mit à ôter les vis.

« Reconnais qu'il est décourageant, Pheasant, de constater qu'on ne peut rien faire convenablement !

— Oh ! je pense que tu fais tout bien... C'est-à-dire presque tout. »

Il eut son sourire juvénile si inattendu.

« Tu crois ? Ce serait splendide !

— Mrs. Cummins — maintenant elle était embarquée — t'admire beaucoup !

— Vraiment ?

— Oui, elle pense que l'on peut avoir confiance en toi.

— Je commence à me sentir flatté. »

Il se remit à poser les vis.

« Elle désire avoir ton avis au sujet d'une question très importante.

— Je ne puis supporter la pensée de donner un conseil à quelqu'un.

— Il s'agit d'une question particulière pour laquelle tu peux, toi seul, l'aider. Veux-tu la rencontrer près du treillage des roses cette nuit lorsque la lune se lèvera ?

— Sapristi, voici qui tournera plutôt mal que bien !

— Consens-tu à la voir, Maurice ?

— Certainement. Mais c'est curieux qu'elle veuille me voir.

— Alors veux-tu l'attendre contre le treillage des roses exactement au lever de la lune ?

— Si elle y tient. »

Dans le cas où les vis ne pénétreraient pas dans le bois à l'aide du tournevis, il les y ferait entrer à coups de marteau !

Pheasant ne perdit pas de temps. Elle traversa en courant le champ qui s'étendait entre Vaughanlands et le paddock où l'on entraînait les chevaux. Elle traversa ce champ avec prudence en s'assurant qu'aucune des femmes de la famille Whiteoak n'était présente. Seuls, Scotchmere, deux garçons d'écurie et Piers se trouvaient là. Elle s'approcha lentement.

Pheasant escalada une des barrières du paddock et y resta assise. Chris Cummins montait Launceton, suivie de Renny sur la jument alezane. Ils avançaient d'un galop rythmé tout au bout du paddock. Elle les voyait s'élever l'un après l'autre comme mus par une force sereine insouciante, et franchir les barrières les unes après les autres. Ils passèrent sur la piste devant elle dans un grondement sourd. Elle se dressa toute droite, la poitrine offerte comme pour absorber les vibrations de leur passage rapide dont elle sentit le vent l'envelopper avec l'odeur des chevaux bien étrillés et des cuirs astiqués. Elle fixait les visages des cavaliers en admirant leur expression hardie et placide. Chris encourageait Lanceton qui galopait en avant, distançant sans peine l'alezan.

« A-t-il assez de feu ? dit Piers qui s'était approché derrière elle.

— Oui, mais l'alezan porte une bien plus lourde charge.

— Elle n'appartient pas à la même catégorie que lui ; il est en chemin pour gagner le Grand National, vous verrez ! »

Ils restèrent à regarder le dressage jusqu'à la fin de l'entraînement. Puis Renny appela Piers et l'envoya chercher quelque chose dans son bureau. Chris vint à Pheasant ; c'était ce que celle-ci espérait : tout lui était facilité. Elle eut une bouffée d'orgueil à la pensée qu'elle dirigeait les destinées d'autrui.

Chris, qui tamponnait son front avec un mouchoir, éprouvait encore l'exaltation de ce temps de galop. Elle mit un bras autour des épaules de Pheasant et s'écria :

« N'est-il pas merveilleux ? Je n'aurais pas peur de rencontrer le diable en personne, après un tel galop sur Launceton !

— Vous n'avez pas besoin de rencontrer le diable ! répliqua Pheasant avec gravité : c'est à Maurice seulement que vous devez parler. »

Chris parut interloquée :

« Maurice ? Ah ! oui, votre père ! Que veut-il ?

— Rien, il désire seulement vous voir pour vous entretenir d'une question extrêmement importante.

— Désire-t-il peut-être que je dresse un poulain pour lui ?

— Ma foi non, il ne s'agit que de quelque chose qui vous intéresse tous deux. Pour cela, il lui faut votre aide, comme vous aurez également besoin de la sienne...

— Ça m'a l'air passionnant : quand commençons-nous ?

— Ce soir, près du treillage des roses de notre jardin, au lever de la lune. Il vous attendra là et regrette de ne pas vous prier de venir à la maison, mais Mrs. Clinch ne tient pas aux visites, d'ailleurs c'est bien plus gentil dehors. Verriez-vous un inconvénient à mettre votre robe rose ? Mrs. Clinch n'aime pas qu'une femme porte culotte !

— Bon Dieu, elle m'a l'air d'être un vrai Tartare !

— Viendrez-vous ? répéta Pheasant. C'est terriblement important pour nous tous ; mais, je vous en prie, ne prononcez pas mon nom. Dites seulement que vous passiez et que vous avez pensé à entrer. Il comprendra ce que vous voulez dire. »

Un groom sortait un autre cheval de l'écurie. Renny lança un appel à Chris. Le cheval se cabrait ; ses sabots antérieurs battaient l'air.

« Je viens ! répondit Chris.

— Viendrez-vous cette nuit ? haleta Pheasant.

— Oui, j'irai. »

Elle courut à travers le paddock.

Pheasant resta encore un moment pour la voir monter le poulain récalcitrant.

Mais Chris avait réussi à le mater. Il parcourut le paddock en tous sens à une allure digne en goûtant cette nouvelle discipline qu'elle lui imposait. Pheasant pensait : « La voilà qui galope sans se douter de ce qui va arriver cette nuit ! »

Elle s'était comme hallucinée par sa propre imagination et, en ce moment elle était convaincue que rien ne pourrait s'opposer à ce que Chris et Maurice ne tombent amoureux l'un de l'autre « près du treillage des roses au clair de lune ». Elle se sentait capable d'exercer sur les autres une influence décisive et, tout en retournant chez elle à travers champs, elle marchait à grands pas, la tête haute. Leurs vies seraient transformées par sa seule volonté. Un jour viendrait où Mrs Clinch ne pourrait plus dire en parlant de Maurice : « Pauvre jeune homme ! » Au lieu de cela, les gens diraient : « Que Maurice Vaughan a donc l'air heureux depuis son mariage, et sa fille, comme elle a changé ! Ce n'est plus la même enfant ; on dit qu'elle s'occupe entièrement de son petit frère. »

Elle pénétra dans la partie du jardin qui, jadis, avait été l'orgueil de sa grand-mère mais qui, actuellement, était laissée à l'abandon. L'herbe avait poussé très haute, effaçant les allées, et la palissade de lattes pendait. Mais de grosses touffes de renoncules qui n'avaient pas été dédoublées durant les deux derniers lustres, étaient gonflées de fleurs. Des phlox odorants attiraient les oiseaux-mouches. Au bout du jardin s'élevait un locustier dont les fleurs formaient des guirlandes parfumées tout au long de ses branches. Cet arbre semblait joindre sa voix au bourdonnement des abeilles et ses fleurs frémissaient sans cesse de leurs pillages.

Tout contre le locustier se dressait le treillage sur lequel un rosier jamais taillé s'étalait hardiment. Cette année, certains rejets ne trouvant point à s'accrocher aux lattes déjà recouvertes d'une toison feuillue se frayaient un chemin à travers l'herbe ou s'élançaient vers quelque support imaginaire. Les roses s'ouvraient par grappes de couleur aurore ; elles répandaient un parfum sentimental et démodé.

Pheasant vola vers ce coin comme si elle avait su qu'il y eût là un bouquet disposé d'avance. Elle s'arrêta d'abord à un bout de treillage puis gagna l'autre afin de goûter les différents aspects de ce qui servirait de décor à ce rendez-vous au clair de lune. Elle savait l'heure du lever de la lune, grâce à l'almanach de Mrs. Clinch. Peu avant cet instant, elle se retira dans sa chambre plus tôt que de coutume, mais personne ne le remarqua, et s'agenouilla devant sa fenêtre d'où on avait une vue sur presque tout le jardin. Maurice passa en bas et, levant la tête, lui demanda :

« Est-ce que cette fille compte vraiment venir ici cette nuit ?

— Oh ! oui. Je l'ai vue ce matin et elle m'a dit qu'elle avait peine à attendre que l'heure soit arrivée.

— Que crois-tu qu'elle me veuille ?

— Elle a dit simplement qu'elle désirait conclure cette affaire au plus tôt, mais qu'elle tenait à ce que mon nom ne fût prononcé par aucune des parties.

— Hum ! elle m'a l'air d'avoir la tête un peu à l'envers. »

Il s'éloigna.

La lune, colorée d'un or chaud, se leva derrière les sapins. Elle venait de dépasser son premier quartier et commençait à jeter des ombres précises. Maurice, tandis qu'il attendait, remarqua l'ombre délicate d'une grappe de roses sur le chemin dallé qui longeait le treillage. Il avait allumé une cigarette et en aspirait les dernières bouffées lorsque Chris Cummins parut au bout de l'allée, mince et tout à fait en harmonie avec l'heure dans sa robe rose.

« Bonsoir, Mrs. Cummins, dit-il d'un ton plutôt froid.

— Bonsoir. »

Ils se regardaient, circonspects, ne désirant ni l'un ni l'autre engager la conversation.

Il lui tendit son étui à cigarettes.

« Une cigarette ?

— Merci. »

Elle en prit une et il l'alluma. Le visage de la jeune femme apparut charmant à la lueur de l'allumette. Il dit enfin :

« Eh bien ! me voici, comme vous voyez.

— Oui, et je suis venue comme vous le constatez. »

Ils fumèrent dans un silence lourd d'attente.

Chris se décida enfin :

« Voici un joli vieux jardin ! dit elle.

— Il a été joli du temps de ma mère, mais on l'a négligé depuis ; je le ferai remettre en état un de ces jours. »

Après une nouvelle pause, elle reprit :

« Eh bien, je pense que nous ferions bien de nous y mettre...

— Oui, il est temps.

— Je pense que vous allez commencer ! »

Maurice eut un rire bref :

« Je ne m'en sens pas capable ; c'est à vous !

— Vous voulez me demander quelque chose, n'est-ce pas ?

— Je croyais que c'était vous qui désiriez me voir. »

Elle dit avec un certain embarras :

« Je me chargerai de ce que vous voudrez sauf... »

Elle hésita.

« Sauf quoi ?

— Eh bien, je ne fais rien pour rien. »

Il la regarda d'un air soupçonneux :

« Quelle sorte d'individu me croyez-vous donc, Mrs. Cummins ?

— En ce moment, je vous considère plutôt comme un phénomène.

— Évidemment, vous avez l'habitude de frayer avec des êtres plus impulsifs !

— J'ai l'habitude d'un homme qui sait ce qu'il veut. Pourquoi donc croyez-vous que je sois venue ?

— C'est ce que j'attends de savoir par vous ; enfin, pourquoi ne me le dites-vous pas ? »

Elle jeta un petit cri d'exaspération :

« Nous avons l'air idiots tous deux. Je croyais que vous désiriez me voir, c'est pourquoi je suis venue.

— Je pensais… »

Il s'arrêta brusquement et regarda par-dessus son épaule. Renny Whiteoak venait vers eux à travers l'herbe haute.

« Hello, Maurice ! » lança-t-il, puis il eut un geste de surprise. « Excuse-moi, je pensais te trouver seul : je reviendrai.

— Non, reste ! »

Il rit :

« Eh bien, si j'étais toi, je ne désirerais pas la présence d'un tiers. Tu n'as pas idée de l'air romanesque que tu as en ce moment ! »

Son rire n'était pas franc. Il éprouvait une déception à trouver ensemble ces deux êtres, avec lesquels il était en relations constantes et auxquels il n'avait jamais parlé de l'un ni de l'autre, embarqués dans cette entrevue évidemment arrangée à l'avance et qui montraient avec simplicité l'embarras qu'ils éprouvaient à avoir été surpris.

Tous trois restèrent immobiles un moment tandis que le clair de lune se jouant sur leurs visages en accusait les traits. Il agrandissait les yeux de Maurice Vaughan et les faisait paraître plus mélancoliques dans sa face qui pâlissait par contraste. Pour Chris Cummins, c'était la bouche, la courbe de ses lèvres qu'il rendait provocante. L'arc du nez de Renny, la ligne de ses narines était précisée au point de le marquer d'un rictus vorace. Ils se regardaient en silence. Chacun éprouvait un éloignement momentané pour les deux autres, sentiment né de l'aspect étrange et tourmenté de leurs visages. Puis Renny vira sur ses talons et s'éloigna à franches enjambées entraînant à travers l'herbe son ombre étirée comme un travesti qu'il eût traîné à sa suite.

« Quelle scène ridicule ! s'écria Chris en rompant enfin le silence.

— Pourquoi était-il fâché ?
— Je me le demande.
— Moi pas.
— Vous m'avez plutôt l'air d'avoir un esprit étrange : vous m'envoyez un message pour me prier de vous rencontrer et lorsque je viens, vous me demandez ce que je veux !
— Je ne vous ai pas demandé de venir, Mrs. Cummins.
— Certainement que si !
— Non !
— Pheasant me l'a dit.
— Quoi ?
— Que vous désiriez vivement me consulter en particulier au sujet d'une certaine question. J'ai pensé qu'il s'agissait d'un cheval.
— C'est une malicieuse petite toquée. Excusez-la, je suis désolé.
— C'est bien. Ce n'est qu'une enfant.
— Je ne vois rien de drôle à cela !
— Elle si, sans doute. Elle nous a eus ! Bien, je m'en vais. Bonsoir, Mr. Vaughan, ne soyez pas fâché contre elle.
— Non, non.
— Que va penser de moi Renny Whiteoak ?
— Je lui expliquerai... »
Ils se séparèrent. Elle tourna et prit la direction opposée à celle prise par Renny. Maurice revint vers sa maison. Il s'arrêta sous les fenêtres de Pheasant.
« Es-tu éveillée ? » cria-t-il.
Aucune réponse ne lui parvint.
« J'aurai quelque chose à te dire demain matin ! »
Tremblante derrière les rideaux de sa fenêtre, elle devina la colère dans sa voix.

12

LE LAC

LORSQUE Chris Cummins eut décidé de s'en retourner par un autre chemin, elle n'avait que le seul désir d'éviter une rencontre avec Renny. Mieux valait expliquer cette ridicule affaire dans la pleine clarté du jour ! Il y avait une pointe de malice en elle qui lui faisait considérer comme pas trop déplaisante l'éventualité d'une nuit d'affliction ou de vive jalousie passée par Renny. Oui, il pouvait bien souffrir un peu. Elle pensait passer par la grille principale et longer Vaughanlands du côté le plus éloigné de Jalna. Elle retournerait chez elle par un chemin détourné. Quelle soirée merveilleuse ! Elle prendrait plaisir à cette promenade solitaire. Demain, elle et Renny riraient du tour inventé par l'enfant. Elle espérait que Maurice n'en tiendrait pas rigueur à sa fille.

Mais lorsqu'elle atteignit la route, une impulsion tenace la fit hésiter. La route qui filait blanche, entre les pins sombres, semblait l'accueillir dans sa solitude. L'air était lourd de la senteur du foin fraîchement coupé. Des bouffées d'air chaud montaient des replis secrets du sol comme si la terre en se retournant dans son premier sommeil avait exhalé une haleine chaude et parfumée. Il y avait eu un grand vent la veille et un murmure lointain disait que le lac était toujours troublé.

Chris ne l'apercevait jamais qu'en passant. A présent, elle éprouvait le brusque désir d'être seule avec lui. En Angleterre, elle avait habité au bord de la mer. Elle se sentait affamée d'eaux vives. Chaque fois qu'elle avait vu le lac, il s'étendait vitreux, impersonnel, d'un bleu aveuglant sous un ciel féroce, ou encore tel une terne plaque d'étain sous un ciel nuageux. Mais cette nuit il était vivant et se ruait mélodieux contre ses rives. Elle désira se trouver tout près et s'y livrer à la méditation. Elle n'était pas assez souvent seule ; quelque chose dans son caractère avait soif de solitude. Elle suivit vivement la route ; le lac était à deux milles de là.

Qu'éprouverait-elle si Renny marchait à ses côtés ? Comment serait-ce si rien ne s'opposait à leur amitié, à leur amour ?

La route était à elle seule. Puis elle se divisa en plusieurs embranchements et finit brusquement dans un petit champ. Chris franchit une barrière de bois branlante et prit un sentier sablonneux dont on voyait à peine les méandres parmi les buissons touffus. Tout à coup elle les eut dépassés. Le sentier finissait : elle était seule sur la plage. Elle éprouva un sentiment de plénitude en considérant son étendue qui ne portait pas une seule trace. Son pied enfonça dans la tiédeur du sable. Le lac était plus agité que tumultueux, se dépensant en vagues courtes sur le sable soumis. Le clair de lune était moins brillant. Un nuage ayant la forme d'une mouette avait accaparé le ciel ainsi que la plage. La lune se cachait derrière, quoique sa clarté illuminât le ciel, argentant les vagues et donnant un éclat chatoyant au jabot de l'oiseau fantastique.

Elle avait l'impression de s'être aventurée bien plus loin que les deux milles qu'elle avait parcourus. Jalna, avec toutes ses activités humaines et animales, se trouvait bien au-delà. Renny y vivait irrévocablement lié à ce monde.

La maison qu'elle-même habitait lui semblait lointaine. Mrs. Stroud n'était qu'une étrangère. Jim... — elle détourna la tête comme si elle éprouvait un chagrin subit à se le rappeler — était loin. Même Tod endormi dans son berceau n'était plus son enfant, mais un être qui s'était accroché à elle puis, soudain, avait relâché son étreinte, la laissant s'enfuir. Elle étendit les bras comme les ailes d'un oiseau et aspira à longs traits l'air frais de la nuit. Le parfum de trèfle et de foin s'était dissipé. L'air avait l'odeur du lac et de la végétation rabougrie qui croissait sur ses bords.

Elle ôta ses souliers et ses bas et les tint à la main afin qu'ils ne fussent pas abîmés par le sable. Ses orteils se crispaient tandis qu'elle goûtait le sentiment délicieux de son indépendance tout en suivant la rive. Elle marcha indéfiniment, ses pensées s'apaisaient et s'engourdissaient. Elle se sentait redevenue enfant, avançait un pied foulant le sable, l'autre dans l'eau, prenant plaisir à ces sensations différentes.

Finalement, elle atteignit une région où des propriétés privées venaient jusqu'à la rive. Elle revint sur ses pas mais, à présent, elle marchait les deux pieds dans l'eau en tenant des deux mains sa jupe retroussée jusqu'aux genoux. La lune et le nuage s'étaient séparés. La lune déclinait déjà vers l'horizon. Le nuage solitaire allongeait à l'infini son col d'oiseau comme pour jeter un cri de désespoir. Le regard perdu au loin, Chris oublia de se méfier des vagues et elle se retrouva tenant en main une jupe trempée.

Elle eut une exclamation d'ennui. Mais quoi ! Le plaisir de sentir l'eau battre ses mollets valait bien cette déconvenue ; le désir de nager la prit.

Elle s'élança vers les buissons au-delà du sable et se débarrassa vivement de ses vêtements. Elle se sentait insouciante et très jeune. Puis elle traversa à nouveau la bande de sable et bondit parmi les vagues. Celles-ci étaient trop fortes pour qu'on pût nager. C'étaient de rudes compagnes de jeu qui bondissaient par-dessus sa tête, qui la fouettaient, essayant de la rouler dans leur flot. Elle jouait et luttait, trouvant que c'était aussi amusant que de monter Launceton. Il y avait là une douzaine de chevaux sauvages qui se cabraient autour d'elle et qu'on n'eût pu mater. Chris se livra à eux.

Chris se mit debout avec de l'eau jusqu'aux aisselles et fit face à la vaste étendue glauque en mouvement. Puis elle bondit tandis que chaque vague l'assaillait et qu'elle s'efforçait de garder la tête hors de leur flot, les bras tendus en un geste de défense contre leurs crêtes ourlées d'écume. Elle s'abandonna à la plus forte de toutes et fut portée sur sa cime écumeuse jusqu'à la plage. C'était le jeu le plus violent auquel elle eût pris part. Elle resta étendue sur la rive, haletante, essayant de retrouver sa respiration avec le désir de recommencer.

Elle courut à nouveau vers les vagues, exultante, comme libérée des chaînes de l'existence. Encore et encore elle s'élança dans le lac pour revenir à la rive portée par le flot.

« Une dernière fois ! pensait-elle, et un peu plus loin ! » Mais le sable céda sous ses pas et elle perdit pied en jetant un cri de terreur.

Une voix lança :

« Ça va, je suis là ! »

Elle aperçut Renny courant vers elle. Son visage dans le clair de lune semblait aussi blanc que sa chemise ; il était déjà contre elle et la prenait dans ses bras.

« Ça va », répéta-t-il.

Elle s'appuya contre son épaule.

« Je n'ai pas eu vraiment peur, dit-elle.

— Quoi ? cria-t-il.

— Je ne me noyais pas vraiment », répondit-elle à son tour en forçant sa voix.

Une vague se brisa contre eux, les submergeant. Elle leva son visage vers lui en riant :

« C'est amusant ! »

Elle vit ses lèvres remuer, mais ne put entendre sa réponse. Sa chemise mouillée adhérait à son torse telle une herbe aquatique.

« Cela vous sied parfaitement, dit-elle.

— Quoi ? »

Elle mit ses bras autour de son cou et lui dit à l'oreille :

« Vous avez tout l'air d'un triton ou d'un faune ou de quelque être de ce genre ! »

A nouveau il dit quelque chose qu'elle ne put entendre.

Puis une muraille glauque les submergea ; il l'attira vers la rive ; elle s'éloigna un peu de lui. Il y avait soudain comme un apaisement dans l'agitation des vagues qui, en comparaison des rugissements des masses liquides un instant plus tôt, semblaient presque ondoyer en silence. Émergeant ainsi du lac aux eaux agitées, elle apparaissait telle une vision enchanteresse luisant comme marbre blanc dans le clair de lune.

« Pourquoi êtes-vous venu ? demanda-t-elle.

— Je vous ai suivie.

— Mais ce n'était pas votre chemin !

— Tous les chemins sont à moi dans ce pays.

— Pourquoi m'avoir suivie ?

— Je désirais que vous m'expliquiez...

— Ma rencontre avec Vaughan ?

— Oui.

— Ce n'était rien : un tour malicieux de la petite. Je n'éprouve pas le moindre intérêt pour lui ni lui pour moi.

— Est-ce vrai ?

— Oui. »

Elle frissonna :

« Je vais rentrer. »

Les bras de Renny l'étreignirent ; il demanda :

« Que voulez-vous que je fasse ?

— Laissez-moi. »

Il se pencha et regarda tout au fond de ses yeux puis il passa un doigt sur la courbe de ses lèvres, autour de l'ovale de son menton, le long de son cou.

« Vous ne désirez rien de plus que cela ? » dit-il.

Elle répondit presque irritée en saisissant ses mains qu'elle éloigna de ses lèvres :

« Vous, vous faites tout ce que vous pouvez pour que je vous aime !

— Pourquoi pas ?

— Mais je ne veux pas !

— Très bien. »

Il la libéra avec un geste de renoncement. Elle demeura à la même place, puis demanda :

« Si je n'avais crié, qu'auriez-vous fait ?

— Je serais resté où j'étais jusqu'au moment où vous seriez revenue au rivage.

— C'est gentil de votre part.

— Je vais m'en aller maintenant. Vous pourrez me suivre dès que vous serez prête, je désire vous savoir en sûreté chez vous. »

Elle se tourna vers lui dans un élan passionné :

« Renny ! »

Son visage rayonna. Il tendit les mains vers elle et elle vint tout contre lui. Les vagues s'apaisaient autour d'eux. Une poche d'air tiède mystérieusement ouverte les enveloppait. Elle leva son visage vers le sien, pleine d'une attente délicieuse. Ses bras l'attirèrent à lui. Il l'avait embrassée légèrement la première fois... pas ainsi ! D'autres hommes l'avaient embrassée... pas ainsi !

Il la précéda vers la dune et s'étendit tout de son long auprès d'une coulée de sable et, la tête appuyée sur un bras, lui tournant le dos, il attendit.

Au bout d'un moment elle le rejoignit, s'agenouilla derrière lui, se pencha, lui effleura la joue des lèvres en disant :

« Vous avez l'air d'avoir été noyé... rejeté par les vagues... »

Il se retourna sur le dos et lui sourit en l'entourant de ses bras.

Il était minuit lorsqu'ils quittèrent le rivage. La lune avait disparu depuis longtemps. Quelques étoiles dispensaient une faible clarté, mais le ciel était d'un bleu sombre lumineux. Le sentier, puis la route, s'allongèrent précis devant eux. La nuit était chaude, le lendemain serait brûlant.

« Je voudrais ne jamais plus revenir chez moi, dit-elle.

— Je me demande ce que votre frère dirait si vous ne reveniez pas. »

Il y eut un silence, puis elle dit d'une voix grave :

« Jim n'est pas mon frère.

— Alors, que vous est-il ?

— Il est mon mari et... je ne l'aime pas. »

Dans sa surprise, il s'arrêta et demeura immobile.

« Jim, votre mari ! Mais pourquoi vous cachez-vous ?

— Parce que c'est notre intérêt. Il a une amie en Angleterre qui a beaucoup fait pour lui. Elle a payé son voyage jusqu'ici et lui sert une petite rente, mais cela à condition qu'il ne se marie pas. Si elle apprenait son mariage, elle lui couperait les vivres.

— Mais vous ne pourrez toujours lui épargner cette déception !

— Il s'attend sans cesse à ce qu'elle meure, car elle n'est pas jeune et sa santé est fragile. Il est persuadé qu'elle lui léguera sa fortune.

— Quelle situation !

— Oui... mais on s'habitue à tout !

— Saviez-vous ce qu'il en était lorsque vous l'avez épousé ?

— Non, il m'avait dit qu'il se voyait obligé de garder notre mariage secret pendant quelques mois à cause de sa famille qui le désapprouverait. En réalité, sa famille s'en moquait comme d'une guigne. C'est une bande de gens sans cœur. Seule, Mrs. Gardiner pourrait être fâchée... Je n'aime pas Jim, mais je déplore cette situation pour lui. Je sens qu'à sa manière il a besoin de moi... ne serait-ce que pour avoir quelqu'un avec qui se quereller... Je n'ai jamais aimé personne que vous... Je crois que Tod comprend tout — tout à notre sujet à Jim et à moi. Il nous regarde si étrangement parfois comme si son âme claire et pure savait les nôtres tout enténébrées... »

Elle parlait sur un ton passionné, puis avança vivement sur la route.

« Voici qui m'a tout désemparé, dit Renny.

— Est-ce que vous m'en aimez moins ?

— C'est impossible. Même si je vivais aussi vieux que ma grand-mère, je n'oublierais pas cette nuit... Je vous trouve adorable, Kit. »

Elle avança sa main vers la sienne et la saisit. Il poursuivirent leur promenade la main dans la main et franchirent les grilles de Jalna. La masse sombre de la maison apparaissait derrière les arbres. Elle semblait mystérieuse, mais non point à l'écart du monde. On eût dit qu'elle s'attendait, comme bien des fois déjà au cours de son histoire, à recevoir sous son toit un Whiteoak à l'issue d'une de ses pérégrinations nocturnes.

13

DÉCLIN DES BEAUX JOURS

CETTE année, l'été s'épanouissait avec majesté. Les levers de soleil étaient éblouissants, les après-midi radieux, les couchers de soleil magnifiques. Les récoltes prospéraient, mûrissaient avec autant de régularité que se succèdent les images d'un livre. Les poulains, les veaux, les porcelets florissaient comme mauvaises herbes. Il n'y avait point de chaleur dévastatrice, aucune sécheresse meurtrière. Dans les vergers, les arbres ployaient sous leurs charges de fruits. Les cerises, surtout les Montmorency, étaient abondantes à ce point également dans d'autres régions que leur prix baissait. C'était à peine si la perte de temps que demandait leur cueillette était compensée par le profit de la vente. Les arbres luisaient piqués de vermillon. Maggie, la cuisinière, les mettait en bouteilles, en faisait de la confiture, même de l'alcool de cerise. Cependant, il y avait grande perte de fruits. Le seul qui s'en tracassait était Piers. Ça le peinait de voir le sol rougi d'une multitude de petites sphères vernies. Il en emplissait des paniers qu'il portait chez des amis. Il appela les gamins du village et les engagea à se servir, mais ils escaladaient les arbres dont ils cassaient les branches et ce fut Piers qui reçut les reproches que méritait leur conduite.

Wragge n'avait jamais si bien vécu de sa vie. Vraiment, ainsi qu'il le disait à la cuisinière, il ignorait l'existence d'une telle nourriture avant d'avoir fait connaissance de l'ordinaire de Jalna ! Lorsqu'il regardait son visage rouge et rond, ses bras cramoisis et dodus, ses mains propres et adroites, il aurait pu verser des larmes de joie à la pensée de ses capacités quant au pie aux cerises, à la crème fouettée, aux assaisonnements des salades, aux farces à la sauge et au soufflé au chocolat. Mais elle avait un caractère violent. Déjà, elle l'avait menacé de s'en aller. Que deviendrait-il si elle partait ! Il décida de l'épouser. A la vérité, elle n'avait pas toutes les qualités qu'il eût désiré trouver chez une épouse. Mais quelle était la femme qui les aurait toutes ? Certainement, dans la loterie du mariage celle-ci ne représentait pas un mauvais billet ! Wragge prit sur son second mois de gages pour lui acheter un bracelet à pendeloques, mais il éprouva une vive déception lorsqu'elle le refusa. Que voulait-elle donc ? Un Adonis ? Un millionnaire ? Le choc que lui fit éprouver sa déconvenue agit sur son foie ; il souffrit d'une crise violente. C'est alors qu'il eut les preuves évidentes de sa valeur : elle le nourrit de potages délicats et de crème à l'orange.

Peut-être fut-ce de le voir ainsi prostré, l'air plus mort que vif, qui toucha le cœur de la cuisinière ? Quoi qu'il en fût, lorsqu'il se sentit mieux, cependant qu'encore affaibli, elle l'étonna par cette remarque qu'elle laissa tomber comme par hasard :

« Allons, je ne vous veux pas de mal même si j'en ai l'air. »

Il cessa de souffler sur la théière d'argent qu'il était occupé à polir.

« L'air de quoi ?

— De vous craindre.

— Me craindre !

— Non, seulement dans le mariage !

— Maggie ! » Il déposa la théière et la prit dans ses bras, ivre de joie. « Vous faites de moi l'homme le plus heureux de la terre ! »

Ce jour-là on dîna tard.

En général, la famille se montra satisfaite du mariage projeté. Lady Buckley cependant gardait ses préventions envers Wragge. La vue de cet individu flottant dans une livrée bien trop grande pour lui qui avait appartenu jadis à un maître d'hôtel absolument parfait, l'irritait fort. Le visage insolent de l'individu ajouté à ses manières obséquieuses était, à son avis, un avilissement pour Jalna.

Wragge se souciait fort peu de l'opinion de Lady Buckley, car elle devait retourner en Angleterre au début de l'automne, mais il tenait à l'approbation de Meg. Il avait découvert qu'elle se plaisait à poser au « petit appétit » à table, mais qu'elle faisait honneur, par contre, aux plateaux apportés dans sa chambre. Mainte fille de chambre avait étouffé de rage en accomplissant cette corvée. Wragge se comportait comme si elle représentait pour lui un honneur particulier. Il arrangeait des sandwiches au blanc de poulet, présentait des framboises mûres sur un lit de feuilles fraîches, mettait quelques pensées dans un vase minuscule, s'entendant par instinct à présenter tout de manière appétissante.

D'ailleurs, il se rendait utile de mille manières. Le déranger d'un travail pour lui en faire faire un autre ne l'irritait point. Il avait appris pendant la guerre à détester la monotonie. Rapidement, il s'était rendu compte que, dans cette maison, bien des choses se passaient en « dessous de la surface ». Le moindre incident ayant quelque intérêt le faisait dégringoler l'escalier menant au sous-sol où il répétait la chose à sa promise. Elle, de flegmatique qu'elle était en dehors de ses accès de méchante humeur, devint aussi avide de ragots que lui. Leur vie était si pleine d'intérêt qu'il n'y eût vraiment pas eu de place pour d'autres soucis.

Il fut décidé que leur mariage aurait lieu après le départ de Lady Buckley. Renny devait conduire la mariée à l'autel.

Durant ces mois, Ernest se sentit partagé entre le plaisir qu'il goûtait dans la société de Mrs. Stroud et l'irritation qu'il éprouvait à la pensée de la responsabilité qui lui revenait s'il amenait ces relations au point où Eden serait vaincu, mais en sécurité. Il avait un tempérament indolent ; il lui était pénible d'être le rival d'un garçon plein de jeune énergie comme Eden. Il y avait aussi autre chose dans cette situation qui lui était désagréable. Eden avait confiance en lui : est-ce que cette confiance ne pourrait pas se transformer en colère, voire en haine ? D'un autre côté, il faisait de son mieux pour préserver son neveu d'une aventure qui eût pu lui être néfaste.

Le plaisir que Mrs. Stroud trouvait dans sa compagnie était évident. Ses visites se prolongeaient de plus en plus. Sa porte s'ouvrait pour lui presque avant qu'il eût frappé. Il lui apportait des fleurs, des fruits, des livres. Elle s'enorgueillissait de ses succès. Dans ses rêves érotiques, elle opposait ses amoureux l'un à l'autre. Mais, éveillée, se disait qu'aucun des deux n'était vraiment épris d'elle. Le plus grand compliment que son défunt époux lui eût jamais fait avait été de lui dire qu'elle « avait la tête vissée à l'endroit » ; ces paroles lui revenaient en mémoire maintenant et elle doutait de leur vérité.

Comme l'été avançait et que l'herbe envahissait de plus en plus les chemins, que l'air était plus vibrant du chant des sauterelles tandis que la lune dans son plein paraissait d'un orange plus soutenu et semblait plus proche de la terre, Ernest découvrit qu'il n'était plus capable de se débarrasser du souvenir de Mrs. Stroud lorsqu'il retournait à Jalna. Son image, intensifiée, le suivait où qu'il allât. Surtout, il était de plus en plus irrité de l'amitié qui la liait à Eden. Il s'agaçait des approbations amusées de sa famille au sujet de ses expéditions amoureuses. Plus que jamais il tremblait de colère lorsqu'il était obligé de supporter quelque remarque satisfaite de la part de son frère au sujet de la « soi-disant aventurière ». Ernest, en ces cas-là, se voyait forcé de quitter la pièce et d'aller s'appuyer contre un mur afin de retrouver son calme.

Sa vieille mère était bien trop perspicace et son frère le connaissait trop pour ne pas s'apercevoir du changement qui se faisait en lui.

« Je vous avais dit, lui répétait Nicolas, qu'Ernest s'attendrirait pour elle !

— Crois-tu qu'ils vivent dans le péché ? disait Adeline dans une grimace.

— Ma chère mère, vous êtes meilleur juge que je ne saurais l'être dans cette affaire !

— Bien, s'il en est ainsi, ça le rend plus intéressant que jamais, j'estime. Mais c'est ce qui arrive le plus souvent ! »

Eden, personnage central du drame, fut lent à comprendre ce qui se passait. Il considérait la soudaine intimité née entre son oncle et Mrs. Stroud comme un effort de la part d'Ernest pour avoir la possibilité de renseigner la famille au sujet de son amie.

Depuis que l'explosion de colère qu'il avait eue après le thé s'était dissipée, il gardait peu de rancœur envers les siens. Eden était un garçon paisible. Comme la famille se montrait aimable envers lui, il se sentit apaisé et reprit l'espoir de mener adroitement cette affaire selon ses penchants. En fait, elle avait acquis pour lui un attrait de plus. Les yeux de ses aînés suivaient ses faits et gestes avec intérêt. Ils avaient envoyé un émissaire auprès de l'enchanteresse et l'émissaire ne pouvait se défendre de subir son charme ! Mrs. Stroud lui répétait ses conversations avec Ernest. Mais lorsque Eden raillait une des réflexions d'Ernest, elle s'écriait :

« Après tout, c'est un homme charmant, je n'ai jamais vu personne d'aussi aimable ! J'espère que vous ne m'en voudrez pas d'avoir de l'amitié pour lui, cher, il m'aide à passer le temps, qui me semble si long lorsque vous n'êtes pas là ! »

Eden la regardait interloqué :

« Vient-il donc souvent ?

— Oh ! pas très souvent, mais je ne le recevrai plus si cela vous déplaît. »

Paroles délicieuses à prononcer pour elle qui la mettaient dans une position soumise et comme sous la direction de cet adolescent blond. Délicieuses aussi à entendre pour lui tandis qu'il contemplait les traits accusés et le corps viril de son interlocutrice. Les quelques rides qu'elle avait étaient dues à une lutte contre son érotisme latent et à son endurance intellectuelle. Ses cils étaient épais et son large sourire découvrait des dents remarquablement saines.

Ses petites mains douces avaient un pouvoir hypnotisant lorsqu'elles vous caressaient.

Elle avait un caractère si compliqué que la profondeur du gouffre qu'elle sentait en elle l'avait déroutée. Elle ne tarda pas à s'apercevoir de l'effet qu'elle produisait sur Ernest. Elle était grisée de constater son pouvoir. Toujours elle avait eu conscience qu'elle pourrait affoler les hommes si seulement l'occasion lui en était donnée. Elle y avaït renoncé lorsqu'elle rencontra Eden. Son amitié avec ce garçon influençable et poétique de dix-huit ans et de naissance qu'elle considérait comme « aristocratique » emplissait ses jours et ses nuits de sensuelle félicité. Ainsi, elle ne deviendrait pas vieille sans avoir exprimé d'une manière ou d'une autre ce qu'elle savait en elle. Quand il était assis à ses pieds, la tête appuyée contre ses genoux et qu'elle caressait de sa main le casque brillant de ses cheveux blonds, des vagues de joie presque trop aiguë agitaient son sang. Elle se rappelait alors combien souvent elle avait été assise ainsi, passant sa main sur le front du paralytique jusqu'à en avoir le bras épuisé, et elle se contenait pour ne pas crier de triomphe.

Si mince que fût son expérience, elle suffit cependant à la rendre consciente de son influence grandissante sur Ernest. Elle se mit à préparer chacune de leurs rencontres comme un mouvement stratégique. Elle commençait à se considérer elle-même comme une personne vivant au sein d'un réseau de complications sentimentales entre deux amoureux, l'un de dix-huit ans, l'autre plus que sexagénaire. Quoique son intimité avec Eden n'eût pas été au-delà d'un timide baiser, et celle avec Ernest n'eût point dépassé la discussion des passages amoureux de quelque roman, elle était grisée par les possibilités que comportait sa situation.

Sans cesse elle regrettait de n'avoir point un locataire autre que Dayborn ou point de locataire du tout ! Elle s'imaginait la maison telle qu'elle l'avait vue pour la première fois : vaste et ne formant qu'une seule demeure. Si seulement elle avait pu recevoir ses admirateurs dans une telle maison ! Elle se sentait irritée contre elle-même à la pensée qu'elle avait convaincu son architecte de faire toutes ces transformations. L'architecte avait proposé un mur de séparation plus épais, mais elle avait voulu des matériaux bon marché. A présent, dans les moments les plus précieux à son cœur, la voix de Dayborn pénétrait chez elle, lui apportant ses doléances au sujet de la dureté de son métier ou ses plaintes motivées par la mauvaise cuisine de Chris. Une fois même, Chris avait piaillé que les saucisses étaient brûlées, gâtant ainsi toute une heure passée avec Eden, car celui-ci avait crié en réponse : « Apportez-les-moi donc ! J'adore les saucisses brûlées ! » Il avait l'air d'avoir seize ans tandis que Mrs. Stroud éprouvait un sentiment de vexation digne d'une vieille personne. Une fois, Tod avait hurlé pendant tout le temps qu'avait duré une visite d'Ernest. Ses souffrances étaient dues à une nourriture fort peu judicieuse. Mais Mrs. Stroud n'avait jamais pu retrouver les sentiments qu'elle avait eus pour le bébé auparavant.

Tandis que l'été approchait de son apothéose, on moissonnait les céréales. La marche majestueuse des saisons dégénérait en violents désordres atmosphériques. Certainement septembre serait plus brûlant encore que juillet ! Il y eut des ouragans, des torrents de pluie, des brumes épaisses et des jours de chaleur chargés d'électricité pendant lesquels chaque geste coûtait considérablement. Eden, Piers et Finch s'en allaient tous les jours au collège et aux cours. L'effort que faisait Meg pour s'assurer qu'ils ne manquaient pas leur train l'épuisait plus, disait-elle, que tout le reste de la journée. Elle n'essayait même pas de prendre part au premier repas matinal mais, après leur départ, Wragge la servait dans sa chambre. Il était enfin définitivement admis dans la famille sous le nom de « Rags » ; sa position était établie. Meg, tout le reste de la journée, s'asseyait sur la pelouse avec un ouvrage à l'aiguille ou bien elle faisait un peu de jardinage sans suite. Elle avait engagé une solide jeune femme de chambre qui l'avait déchargée en grande partie du soin de garder Wakefield. Celui-ci s'était développé étonnamment au cours de l'été ; il était avancé pour son âge et très malicieux. Meg prétendait qu'il était impossible de venir seule à bout de ses caprices.

Lady Buckley venait de s'en aller afin de réintégrer sa demeure du Devonshire. Nicolas l'avait accompagnée jusqu'à Québec. Sa goutte le laissait en paix pour le moment et il était heureux de cette occasion de se distraire enfin. Il avouait un faible pour cette vieille ville française où il était né.

Augusta avait été fort déçue que l'intrigue entre Eden et Mrs. Stroud n'eût point été terminée avant son départ grâce à l'intervention d'Ernest. Elle avait eu une longue conversation avec son frère et puis avec son neveu, leur expliquant les dangers de leurs situations respectives, cela avec calme mais fermeté.

« Quant à toi, dit-elle à Ernest, tu as gâté honteusement cette affaire ! A en juger d'après tes propres paroles, tu as fait une profonde impression sur l'aventurière, cette lettre d'elle que tu m'as montrée en est la preuve. Pourquoi ne pas en profiter pour la persuader de mettre fin à ses relations avec Eden ? Nicolas prétend que tu n'en fais rien parce que tu es complètement sous sa domination ! Il regrette de ne s'être pas chargé de la chose !

— Ne t'inquiète pas, Augusta. J'ai la situation parfaitement en main. Avant longtemps, tu recevras une lettre qui t'apprendra que tout est fini entre Eden et Amy !

— Amy ! »

La mâchoire d'Augusta s'abaissa.

« Et pourquoi pas ? Il faut bien se laisser aller à un peu de familiarité si l'on désire exercer quelque influence !

— Il m'arrive de penser que ton influence n'est que familiarité, simplement ! Mais comme maman crut bon de mettre sa confiance en toi, je tâche de faire de même. »

A Eden, Lady Buckley avait dit :

« Je suis fâchée de m'en aller te laissant toujours épris de cette femme ! »

Eden avait ri :

« Je ne suis pas épris, chère tante : vous et toute la famille devriez être heureux que je ne sois pas engagé dans quelque intrigue avec une petite fille stupide ! Si vous saviez ce que sont certaines, vous en éprouveriez un vrai choc !

— Je ne désire pas savoir ce qu'elles sont ni rien savoir d'ailleurs sur le compte d'aucune créature féminine qui se croit une dévoreuse de cœurs masculins ! »

Il l'entoura de ses bras. Elle ne put s'empêcher de lui tapoter les épaules en lui disant un tendre adieu.

Augusta éprouva des sentiments divers lorsque le paquebot descendit le Saint-Laurent. Elle se sentait à la fois heureuse et chagrinée de s'être embarquée. Les souvenirs de mainte arrivée ou séparation dans ce port lui revenaient à la mémoire. Certainement ce fleuve avait marqué le cours de sa vie. Comme enfant, elle l'avait traversé dans les bras de sa mère alors que son aya venait de mourir en mer. Elle s'était embarquée ensuite à Québec, jeune épousée d'Edwin Buckley. Elle et lui avaient souvent depuis fait le voyage ensemble dans les deux sens. Puis, veuve, elle était revenue seule. Mais, de tous ses voyages, le dernier avait été le plus mélancolique, quand on lui avait demandé de venir lors de la mort de son frère Philippe, au début de la guerre. Elle avait loué sa maison du Devon au gouvernement comme maison de convalescence pour officiers. A présent, elle laissait derrière elle, à Jalna, des problèmes inquiétants non résolus. Elle eût aimé qu'Ernest l'eût accompagnée ainsi qu'il avait coutume de le faire. Quoiqu'elle aimât Nicolas, Ernest était son préféré et cela l'avait blessée plus qu'elle n'aurait pu le croire de constater avec quelle tranquillité il avait renoncé à ce qui avait été son privilège. Était-il possible... Mais non, elle chassa cette pensée et se tourna résolument vers l'étendue de plus en plus vaste du fleuve.

Ernest, il est vrai, regretta moins le départ d'Augusta qu'il ne l'eût cru possible quelques mois auparavant. Nicolas devait passer quinze jours à Québec. Libéré de son frère et de sa sœur, Ernest se prépara à goûter pleinement les douceurs de son amitié avec Mrs. Stroud.

La brusque chaleur tropicale de septembre que d'autres trouvaient énervante lui convenait. Les températures élevées faisaient ressortir les roses délicats de son teint tandis que ses yeux, par contraste, paraissaient d'un bleu intense. L'agréable image qu'il apercevait dans le miroir élevait son moral qui, à son tour, contribuait à lui assurer une bonne digestion, point faible de sa constitution.

Tandis qu'en cet après-midi dominical il suivait d'un pas régulier le sentier frappé par les rayons solaires rougeoyants et toujours intenses, il se sentait à peine âgé de quarante ans et certainement ne semblait guère en avoir plus de cinquante. Il portait un léger complet de flanelle grise accompagné d'un panama. Ses chaussettes, son mouchoir, sa cravate s'accordaient parfaitement à la couleur de ses yeux. Un bouton de rose blanche dressait fièrement la tête à sa boutonnière ; il se sentit singulièrement exalté tandis qu'il frappait à la porte de Mrs. Stroud.

Elle vint ouvrir et resta une seconde éblouie par la clarté du soleil. Puis, vivement, elle l'attira à l'intérieur.

« Il ne faut pas laisser entrer la chaleur, dit-elle.

— Il fait extraordinairement frais ici. Ces rideaux

bleus contribuent d'ailleurs à donner une sensation de fraîcheur... Et cette robe... l'ai-je déjà vue ?

— Non, elle est neuve. Vous l'aimez ?

— Beaucoup. »

Il toucha l'étoffe avec une expression de familiarité nouvelle.

« Je n'ai pu résister au désir de l'acheter ! dit-elle.

— Je suis heureux que vous n'ayez pas « résisté » !

— C'est gentil à vous d'affronter ce soleil pour venir me voir. Je n'espérais pas votre visite avant une heure.

— Je n'ai pas pu attendre », répondit-il avec un petit rire.

Il y avait quelque chose de nouveau dans ce rire ; il y avait aussi quelque chose de nouveau dans le climat de leurs relations. Peut-être que l'atmosphère fraîche, enclose dans la pièce et qui contrastait avec la canicule dehors, avait contribué à ce progrès. Peut-être que l'absence de Nicolas et d'Augusta avait comme rompu une ancre... Quoi qu'il en fût, tous deux se sentaient flotter en eaux libres. Afin de faire durer cet instant, Mrs. Stroud poursuivit :

« Les fleurs des champs sont jolies en ce moment, n'est-ce pas ? Avez-vous remarqué les pâquerettes de la Saint-Michel à la lisière du bois lorsque vous y êtes passé tout à l'heure ?

— Oui. J'aurais voulu vous en apporter quelques-unes, mais je craignais qu'elles ne fussent un peu poussiéreuses. Les solidages dorés commencent à fleurir également : cela fait comprendre que la saison va vers son déclin.

— Et dire qu'il y a un an seulement nous ne nous étions pas encore rencontrés ! Et nous voilà comme deux vieux amis !

— Oui, dit-il. Je ne puis m'imaginer quelqu'un autre que vous vivant dans cette maison et je ne me vois pas ne venant point vous rendre visite.

— Et j'aurais pu pour un rien choisir une autre région ! Le seul point noir, ce sont mes locataires. Écoutez-moi ça ! »

La voix de Dayborn traversait la muraille : « Mets de la paraffine sur le feu si ça ne va pas, espèce d'idiote ! »

Ernest fit une grimace de dégoût puis dit, d'un ton consolant :

« Je ne l'aurais pas entendu si vous n'aviez attiré mon attention. Mais il est regrettable que votre mur soit si mince. A quoi pensait votre architecte ?

— C'est ma faute. Je ne voulais pas y mettre aussi cher qu'il me le proposait. Comme je le regrette à présent ! alors que je désire être tranquille comme jamais encore ! »

Ernest rougit d'abord à cause de l'avarice dont elle avait témoigné en ne laissant pas agir l'architecte selon ce qu'il jugeait convenable, ensuite et plus encore à cause de l'aveu sans détour qu'elle venait de faire en disant qu'il lui fallait à présent se sentir à l'abri de toute immixtion dans sa vie privée. Il sentit son cœur battre vivement et se demanda dans quels embarras son expédition punitive ne l'amènerait pas ! Il répondit, d'accord avec elle :

« Je suis comme vous. J'ai besoin de me sentir à l'abri des indiscrets. Les murs de Jalna sont faits de telle manière que, lorsque je suis dans ma chambre, le seul être qui puisse me déranger c'est mon frère. Je dois reconnaître que cela ne lui arrive pas souvent, quoique à l'occasion il mène grand tapage avec son roquet : c'est une gentille petite bête qui ne cesse de japper ! »

Mrs. Stroud prépara le thé. C'était une des habitudes d'Ernest de porter le plateau pour elle de l'office au salon. Il jeta un regard d'approbation aux sandwiches à la tomate. Il y avait aussi un fromage à la crème fraîche qui semblait délicieux. Lorsqu'elle parut portant le plus petit des deux plateaux chargé de la théière et de ses accessoires, il lui sourit presque tendrement en s'écriant :

« Est-ce charmant ! »

Avec un air nouveau de domination, elle le fit asseoir et posa une petite serviette brodée sur ses genoux comme s'il était un enfant.

« Là ! dit-elle. Il ne s'agit pas d'endommager le moins du monde ce superbe costume de flanelle ! »

Il ne put se défendre de saisir sa main au vol et d'imprimer un baiser sur son poignet.

Elle battit en retraite vers la table à thé et se mit à verser le thé sans oser lever les yeux. Mais il s'était déclaré.

« Je ne vois pas pourquoi vous m'en tiendriez rigueur, dit-il un peu brusquement.

— Cela m'a surprise, simplement.

— Après tout, n'importe quel homme bien élevé peut se permettre de baiser la main d'une dame, n'est-ce pas ?

— Oui, mais il y a différentes manières de le faire.

— La mienne vous déplairait-elle ?

— Non, répondit-elle dans un murmure.

— Un jour, poursuivit-il plein de témérité, il se pourrait que je vous salue de manière bien différente encore ! Que direz-vous alors, je me le demande ? »

Leurs regards se rencontrèrent. Ils rirent, surexcités. Ernest était satisfait de lui-même. C'était exactement la sorte de cour qu'il aimait faire : jamais rien de précis, mais toujours à l'extrême limite de quelque chose. Pour Amy Stroud, c'était une épreuve nerveuse. Elle la goûtait comme un patineur peut se plaire à effleurer une glace délicieusement unie, mais friable, qui pourrait, à chaque instant, céder sous son poids. Ernest appartenait à un monde différent de celui qu'elle connaissait. Son urbanité lui faisait se demander parfois ce qui pouvait bien se dissimuler sous sa politesse. Cependant elle ne doutait point de son ascendant sur lui.

Presque toutes ses pensées étaient concentrées sur Ernest et Eden. Les attirer à elle, empêcher qu'ils ne se mêlent chacun des affaires de l'autre, c'était là son constant souci. Déjà Ernest avait dit un mot au sujet de la jeunesse d'Eden, lui expliquant la nécessité impérative que son éducation puisse se poursuivre sans qu'il fût distrait par des intérêts étrangers à ses études. A ce moment-là, une certaine expression d'austérité s'était empreinte sur son visage. Ce souvenir la rendit pensive.

Elle attendait Eden ce soir-là. Il savait qu'Ernest prendrait le thé avec elle et qu'il ne devait pas sortir avant le retour d'Ernest. Entre leurs visites, elle aurait le temps de se reposer un peu et de mettre la table pour le dîner. Tous deux tressaillirent en voyant soudain le visage d'Eden à travers la fenêtre. Ses doigts tambourinèrent contre les vitres. Ernest ne tenta point de dissimuler sa déconvenue.

« Pourquoi est-il venu ? s'écria-t-il irrité, mais à mi-voix.

— Chut ! fit-elle comprendre par un mouvement de lèvres, les yeux rivés au visage d'Eden.

— Quel drôle d'air vous avez tous deux ! dit Eden.

— Vraiment ? »

Les lèvres de Mrs. Stroud étaient désapprobatrices mais ses yeux fondaient de tendresse.

« Oui, on dirait Darby et Joan !

— Quant à toi, tu es à coup sûr Johny le curieux ! dit Ernest avec emportement.

— Puis-je entrer ? »

Mrs. Stroud bondit et courut vers la porte. Eden était sur le seuil. Il l'entoura de ses bras.

« Non ! »

Elle haletait, prise de panique, le repoussant.

« Avez-vous perdu la tête ?

— Tout à fait. »

Il entra à sa suite.

« Je peux avoir du thé ?

— Puis-je ? corrigea son oncle automatiquement.

— Puis-je ? répéta Eden avec docilité.

— Je vais préparer une nouvelle théière. »

Elle ne s'était pas assise. Son trouble se dissipait. Elle se sentait exaltée à la pensée d'une « crise » possible. Oui, elle se montrerait capable de garder ses deux amoureux, car lorsqu'elle était de belle humeur, c'est ainsi qu'elle les nommait dans son for intérieur.

Laissés face à face, ils restèrent assis à se regarder. Ernest essayait de n'avoir pas l'air déçu. Eden arborait ce sourire voilé, si étrange dans son visage d'adolescent. Ernest, nerveusement, se frappait les dents du bout de ses ongles.

« Que font-ils à la maison ? demanda-t-il. Tu avais dit que tu ferais la lecture à ma mère ? Elle est assez touchée par le départ d'Augusta.

— Je l'ai fait, mais elle s'est endormie. La voilà en sûreté jusqu'à l'heure du thé. Meg sommeillait aussi dans le hamac, le vieux en dessous du mûrier, Rags l'a nettoyé pour elle. Il y avait une bête à Bon Dieu installée sur son nez lorsque je suis passé par là. Piers apprenait à Finch le jeu de boules. Ils avaient l'air fort échauffés... La nurse apprenait un hymne à Wakefield qui piaillait à tue-tête : « Jésus m'aime... »

— Et ma mère qui dormait ?

— Il n'était pas près d'elle, mais installé sur le ventre de Rags près de l'endroit où l'on étend les lessives. La cuisinière observe en ce moment une retraite prénuptiale.

— Et Renny ?

— Là où il est toujours : aux écuries.

— N'as-tu aucun travail à terminer ?

— Aucun.

— Hum !... tu ne m'as pas l'air d'avoir une mise bien soignée !

— J'ai cessé de m'habiller pour Mrs. Stroud ; elle m'apprécie, que je sois bien ou mal habillé ! »

Un désir insolent d'afficher leur intimité perçait dans le ton de sa voix. Ernest trouva ses paroles excessivement déplacées.

Eden reprit tandis que Mrs Stroud revenait avec la théière :

« Cela vous est égal, n'est-ce pas, que je m'habille ou non ? »

Puis il se passa la main dans les cheveux, accusant le désordre de sa coiffure, après quoi il étendit agressivement ses jambes en étalant ses gros brodequins de toile dont l'un avait son lacet défait.

Mrs. Stroud jeta un regard indulgent à Ernest pardessus son épaule, comme pour rétablir la confiance entre eux. Ernest sourit, passa sa main sur ses cheveux d'un gris doré, et accepta une autre tasse de thé.

Eden mangeait gloutonnement.

« Le service religieux, comme le déjeuner du dimanche, vous laisse toujours affamé ; je ne sais pourquoi, mais, le dimanche, j'ai envie de manger toute la journée !

— Y avait-il beaucoup de monde à l'église ? demanda Mrs. Stroud. Je n'ai pas eu le courage de parcourir cette route campagnarde dans cette chaleur. Le sermon était-il bon ?

— Il était d'une indulgente brièveté. Chaque fois que le recteur s'arrêtait, Gran faisait des efforts pour se lever, espérant que c'était fini. Je pense que cela a énervé l'orateur, car il a été très bref.

— C'est vraiment un spectacle remarquable que de

voir Mrs. Whiteoak arriver à l'église dans sa voiture attelée de ces deux fiers animaux. Cela vaut la peine d'y aller rien que pour la voir !

— Le chœur était restreint, poursuivit Eden, et le concert des voix eût été faible si ce n'avait été de nous. Nous avons chanté de toutes nos forces, la sueur coulant sur nos visages tandis que nos vêtements collaient aux dossiers des bancs chaque fois que nous nous levions. Je m'entendais chanter, mais, en fait, je dormais profondément.

— Ce gars est un bavard de la plus fâcheuse espèce, dit Ernest avec un sourire à l'adresse de Mrs. Stroud, et il a quelque tendance à l'exagération.

— Oui, je sais. »

Les yeux de Mrs. Stroud fixèrent ceux d'Eden, mais n'osèrent pas s'y attarder, car ils étaient trop moqueurs, trop ironiques. Quelque chose dans sa voix annihilait Ernest qui avait de la peine à dominer la contrainte qu'il éprouvait. Cet après-midi était décidément gâché.

« Qui donc a lu les prières puisque votre frère était absent ? demanda Mrs. Stroud à Ernest. Vous, je suppose ?

— Oui, mais par la suite, c'est Renny qui les lira. Ce fut toujours l'habitude que le maître de Jalna se charge de cet office.

— Il mettra donc un surplis ! J'irai sûrement à l'église voir ce spectacle. »

Ernest fut blessé par l'impertinence de son intonation. Pendant un instant, Mrs. Stoud ne fut plus pour lui qu'une comparse assez mal élevée qui s'était introduite dans leur cercle. Son malaise s'intensifia.

Eden se tourna vers lui :

« Mrs. Stroud n'aime pas notre Renny, vous savez ! »

Elle l'interrompit avec vivacité :

« Mais si ! Je l'admire beaucoup ! Seulement je ne me l'imagine guère revêtu d'un surplis !

— Vous le trouvez trop rude pour cela ? dit Eden.

— Peut-être. Pourtant, je sais que certains ministres en Angleterre sont de rudes chasseurs de renards !

— Il y est parfaitement à sa place », observa Eden d'une voix sentencieuse.

Tandis qu'il devinait la contrainte qui étreignait les deux autres, Eden se sentait l'esprit de plus en plus dégagé. Il parlait par moments à Mrs. Stroud en faisant des allusions qui donnaient à Ernest l'impression d'être abandonné seul dans une steppe glacée. D'autres fois, il s'adressait à Ernest en l'irritant par ses vues ou ses principes par trop modernes. Il était sans cesse en mouvement, parcourant le salon d'un pas nonchalant, ou bien s'étalant sur un sofa comme s'il se croyait chez lui.

Il emporta le service à thé à la cuisine et voulut le laver à toute force, quoiqu'il n'eût jamais auparavant mis les mains dans un évier. Il ouvrit le réfrigérateur et regarda à l'intérieur en s'extasiant sur les provisions de qualité qu'il contenait, se demandant à qui elles étaient destinées. Mrs. Stroud ne savait que dire mais, se trouvant seule avec lui un instant, elle lui donna une petite tape sur la joue.

« Là ! Voilà pour vous et tenez-vous mieux !

— Oncle ! jeta-t-il d'un ton plaintif.

— Au nom du Ciel, taisez-vous ! s'écria-t-elle effarée.

— Alors embrassez-moi ! »

Elle prit son visage entre ses mains. Leurs bouches s'unirent. Elle était tout étourdie dans ces entrelacs de complications.

Ernest et Eden s'attardèrent à l'infini.

Mrs. Stroud devint pensive, lasse, dans cette chaleur

oppressante. Dans le logement voisin, un silence absolu régnait.

Au coucher du soleil, une brise souleva les rideaux. Ernest s'approcha du piano et abaissa le tabouret à l'ancienne mode pour le mettre à sa hauteur. L'instrument avait appartenu à la première Mrs. Stroud. Son mari racontait sans cesse à sa seconde épouse comment la première avait joué des hymnes pour lui des heures durant. Amy Stroud eût volontiers vendu l'instrument avec le reste du mobilier si on lui avait fait des offres d'achat suffisantes. A présent, le piano était accordé, dépouillé de ses draperies de velours jaune, son bois poli portait seulement un vase d'argent élancé où s'épanouissait une unique rose rouge.

Ernest se mit à jouer *Träumerei* en sourdine.

Mrs. Stroud s'installa sur un siège bas près de l'instrument et resta le regard attaché au visage d'Ernest. C'était son tour d'être entortillé plus sûrement dans ses filets.

« Que vous jouez cela merveilleusement ! » dit-elle d'un ton grave et ému.

Il termina le morceau et dit :

« Je suis un bien médiocre exécutant, mais mon frère joue vraiment bien ou jouerait parfaitement s'il consentait à travailler un peu. Il prétend que ses doigts se raidissent.

— Voulez-vous me l'amener pour qu'il joue ici pour moi ?

— J'essaierai de l'y décider.

— Mon petit frère Finch promet d'être musicien », dit Eden.

Ernest fit tourner son tabouret pour le regarder en face :

« En effet, il l'est ! Car il est capable de rester assis aussi silencieux qu'une souris tandis que Nicolas joue. Je lui ai appris moi-même à jouer *Le Danube bleu* quoiqu'il ne puisse distinguer une note d'une autre, il exécute cela d'une façon charmante !

— Que c'est délicieux ! » Les yeux de Mrs. Stroud brillaient. « Jouez encore quelque chose ! On a comme l'impression d'entendre couler des eaux vives après la touffeur de la journée !

— Mon répertoire est bien limité. »

Il fronça les sourcils et commença un morceau de Schubert.

« Entendre de la musique la nuit, dit Eden, a toujours eu pour moi le pouvoir de me précipiter dans d'incommensurables abîmes ! Qu'elle soit bonne ou mauvaise, l'effet est le même. »

Sur ce, il alla s'étendre tout de son long sur le sofa, le visage tourné contre le mur.

Les légers rideaux étaient soufflés dans la pièce ; la musique montait sous le toucher délicat d'Ernest. Ses sentiments pour Amy Stroud atteignaient un point dont ils n'avaient encore jamais approché. Il eut une bouffée de triomphe à la pensée qu'Eden se trouvait en dehors du cercle magique. Il était arrivé à ce qu'il voulait. Le fait que ses propres sentiments devaient être gardés secrets ne diminuait en rien son triomphe et l'exaltait même.

« Mes deux amoureux ! Mes deux amoureux ! » Ces mots palpitaient dans l'esprit de Mrs. Stroud. Elle voyait l'un, étendu sur son sofa, tandis que l'autre ne cessait de jouer, un sourire extasié sur les lèvres. Ce dont elle n'avait pas conscience, c'était du parfait égotisme de chacun d'eux qui les rendait invulnérables à l'enchantement auquel ils prétendaient atteindre.

Tandis qu'il restait étendu le visage au mur, Eden se demandait avec irritation quelles étaient les intentions d'Ernest. Décemment, il eût dû s'en aller depuis une heure déjà ! Était-il possible qu'il tentât de le supplanter et qu'il y eût quelque entente secrète entre lui et

Amy Stroud ? Un éclat de rire le secoua, tout de suite suivi d'un sursaut de jalousie hargneuse. Il se retourna brusquement et considéra les deux autres assis près du piano. Il ne pouvait voir le visage d'Ernest mais il y avait quelque chose de presque choquant dans la chute de ses épaules. — Bon Dieu, c'était ça ! — Et pourquoi Amy le regardait-elle avec cette expression passionnée ? Ses yeux étaient lumineux d'émotion.

Il quitta le sofa et prit sur un petit guéridon un coupe-papier qui représentait un petit poignard puis, les yeux fixés sur Mrs. Stroud, il alla sans bruit jusqu'à Ernest et fit un geste violent comme s'il avait l'intention de le poignarder dans le dos. Amy ferma les yeux et les tint clos jusqu'à la fin du morceau. Elle les rouvrit alors et s'aperçut qu'Eden était debout devant la fenêtre tandis que le coupe-papier avait repris sa place sur le guéridon. Ernest quitta le piano.

Un sentiment de lassitude s'empara d'eux. Il y eut un moment de silence, puis Mrs. Stroud dit en les enveloppant tous deux d'un même regard :

« Ne resteriez-vous pas pour dîner avec moi ?

— Je crois me rappeler, répondit Eden, que j'ai été invité il y a quelques jours de cela. »

Ernest répondit avec sérénité :

« Merci, j'accepte volontiers. »

Avec le même sentiment de lassitude, on se mit aux préparatifs du dîner. Mrs. Stroud composant le repas, tandis que l'oncle et le neveu se chargeaient du couvert. Ils la placèrent entre eux. Puis on se mit à table en silence.

« Il n'est rien que je goûte davantage, dit Ernest, qu'un repas pris en dehors de chez moi.

— Moi aussi, répliqua Eden, il n'est rien que j'aime autant qu'un repas pris en dehors de chez moi.

— Comment faites-vous, reprit Ernest, pour avoir cette délicieuse salade croquante ?

— En la conservant sur la glace, répondit Eden, tout comme elle fait avec ses sentiments.

— Que vous êtes méchant ! dit Mrs. Stroud.

— Vraiment ? Voilà qui m'enchante, car je suis naturellement de nature si polie qu'il m'est difficile de me montrer méchant.

— Tu le voudrais donc ? demanda Ernest.

— Terriblement, oncle. »

Il y avait quelque chose d'insolent dans la manière dont il prononçait le mot « oncle ». Ernest lui jeta un regard scrutateur.

« Pourquoi ? Si je puis me permettre de te le demander ?

— Cette situation est tellement déplaisante. Ne trouvez-vous pas ?

— Non, mais c'est plutôt toi qui me parais digne de ce qualificatif.

— J'ai un tel naturel élastique, dit Eden. En ce moment, il en est arrivé au point le plus vindicatif. »

Sous la table, Mrs. Stroud l'ayant effleuré d'un pied suppliant, il le saisit entre les siens et le retint prisonnier en marmonnant à mi-voix :

« Probablement qu'il en fait autant de l'autre côté ! »

Alors, feignant d'avoir laissé tomber sa serviette, il regarda sous la table pour se rendre compte de la situation. Mais les pieds d'Ernest se trouvaient côte à côte, selon les règles de la bienséance.

Eden croqua bruyamment une branche de céleri dont il mangea même les feuilles.

« Je les qualifiais de « plumes » lorsque j'étais petit garçon, dit-il. J'aime le céleri.

— Quel dommage ! remarqua Ernest.

— Pourquoi ?

— Que tu le manges avec tant d'éclat. »

Eden se tourna vers Mrs. Stroud :

« N'est-ce pas qu'oncle a un étrange vocabulaire ?

— Je refuse d'être entraînée dans cette affaire », répondit-elle en essayant de dégager son pied, mais son voisin le retint prisonnier.

Elle avait de la peine à contenir son envie de rire.

Il était impossible qu'Ernest avec sa nature sensible ne se doutât pas de ce qui se passait entre eux. Son esprit commençait à donner des signes de lassitude, mais il n'était pas le moins du monde décidé à abandonner sa position. La soirée dégénéra en une sorte de concours à qui « tiendrait » le plus longtemps. Un roulement de tonnerre retentit au loin. L'obscurité extérieure fut illuminée par un éclair aveuglant. Mrs. Stroud alluma des bougies et les répartit dans la pièce. Chose étrange, comme leurs visages prenaient les marques de la fatigue, ils furent nettement répartis en trois générations. Le visage d'Ernest parut soudain comme terni par le nombre de ses années. Mrs. Stroud, bien qu'aucune année n'eût été ajoutée sur son visage dont la lueur des bougies diminuait plutôt le nombre, semblait irrévocablement appartenir à l'âge mûr. Eden avait l'air d'un adolescent pâle et éreinté. On eût dit le père, la fille et le petit-fils. Trois générations dans une situation où régnait une tension morbide.

Finalement, Mrs. Stroud ne put en supporter davantage. Ses yeux étaient pleins de larmes. Elle dit :

« Je suis désolée, mais il faut que je vous demande à tous deux de me laisser seule. Cette chaleur, cet orage m'ont fatigué les nerfs, j'ai la migraine.

— Voulez-vous que je vous cherche quelque chose, de l'aspirine peut-être ?

— Non, non. Ça ira très bien. C'est stupide, mais il faut que je m'étende. »

Elle tapota les coussins du divan :

« Mais vous ne pouvez vous coucher déjà. Étendez-vous ici ! »

Elle secoua la tête, incapable de prononcer une parole. Il y eut un autre roulement de tonnerre. Ernest remarqua avec appréhension :

« Nous pourrions être pris par l'orage ! »

Elle les accompagna jusqu'au portillon. La brise venait de tomber et l'air était lourd de l'orage imminent. Elle prit une main de chacun de ses hôtes et les regarda au fond des yeux. Des larmes brillaient dans les siens.

« Que vous êtes tous deux charmants pour moi ! » s'écria-t-elle.

Puis, elle les regarda s'éloigner, les mains posées sur la barrière. Le sentiment de soulagement qu'elle éprouvait d'être délivrée de leur présence se mêlait au triomphe qu'éveillait en elle la longueur de leurs visites. Amy sentit qu'elle n'arriverait pas à fermer l'œil cette nuit. Mais cela lui était égal : elle avait de quoi occuper ses veilles.

Elle revint vers la maison qui, à cette heure et avec l'humeur qui était la sienne en ce moment, lui semblait une retraite flatteuse. Elle leva les bras et les étendit en aspirant l'air de la nuit. Sa lassitude s'était dissipée ; elle pourrait ruminer à son aise, en comparant les mérites différents de ses deux « amoureux » et réfléchir aux dispositions à prendre en vue de continuer ses relations avec eux.

Comme elle atteignait sa porte, un éclair aveuglant lui révéla la présence de Jim Dayborn debout sur le seuil de son logement ; la porte derrière lui était fermée. Elle ne savait depuis combien de temps il se tenait là, mais sa colère éclata soudain à la vue de ce visage chétif au sourire sarcastique. Elle s'exclama sur un ton violent :

« Comme vous aimez à épier les gens ! »

Dayborn répondit, imperturbable :

« Et que voulez-vous que je fasse d'autre un dimanche soir ?

— Vous reconnaissez donc que vous mouchardez ?

— Si c'est moucharder que de se trouver au seuil de sa porte ! Ce qu'il vous faudrait, Mrs. Stroud, c'est une demeure en pleine forêt, sans le moindre voisinage ! »

Elle s'avança vers la petite palissade qui séparait leurs domaines respectifs et, posant les mains sur deux des lattes taillées en pointe, elle dit :

« Je suis lasse de votre indiscrète présence. Vous êtes en retard de deux mois pour le paiement de votre location. Allez-vous-en ! Je ne vous demande pas de me payer ce que vous me devez, mais soyez partis dans l'espace de trois jours. Trois jours, vous entendez ? »

Elle était vraiment impressionnante dans sa fureur contenue. Dayborn, frappé, resta silencieux un moment, puis il répéta :

« Trois jours ! Vous n'y pensez pas ! Pourquoi ? Qu'avons-nous fait ?

— Vous vous arrangez pour être insupportables. Vous m'espionnez sans cesse et puis on n'entend que vous, vos querelles. Vous entrez et sortez chez moi à toute heure, vous ne payez pas, allez-vous-en !

— Mais nous ne trouverons pas à nous loger par ici !

— En ce cas, allez ailleurs !

— Mais notre travail est ici !

— Votre *travail !* Dresser des poulains ! Laissez-les donc courir, courir à leur aise, je m'en moque. Être débarrassée de votre présence, c'est tout ce que je demande. »

Il prit alors un ton apaisant :

« Mais vous nous avez encouragés à venir chez vous librement, vous prétendiez avoir plaisir à nous prêter ce dont nous manquions, vous aimiez le petit... »

Elle lui coupa la parole :

« Bien, sachez donc que je n'aime plus aucun de

vous. J'ai supporté de votre part ce que je n'avais jamais souffert d'aucun locataire ! »

Piqué au vif, il jeta, sarcastique :

« La vérité, c'est que de fréquenter ces Whiteoaks vous a tourné la tête, mais si vous croyez que l'un comme l'autre de ces hommes se soucie de vous grand comme ça, vous vous trompez plutôt ! »

Il fut difficile à Mrs. Stroud de garder son sang-froid. Elle serrait dans ses mains les lattes aux pointes acérées et se mordit la lèvre inférieure qui tremblait. Puis elle parla d'un ton relativement calme :

« Voici qui couronne le tout ! Sachez que je ne vous adresserai plus jamais la parole. Dites à Chris de ne pas essayer de venir me voir. Ni elle ni personne ne pourrait me faire revenir sur ma détermination. Rendez-moi vos clefs d'ici trois jours ! »

Mrs. Stroud lui tourna le dos et rentra dans ses appartements dont elle referma la porte avec brusquerie. Peu après on vint y gratter, mais elle ne répondit pas et, ayant regardé par la fenêtre, Amy Stroud vit Chris Cummins escalader la barrière de séparation et rentrer chez elle.

Ernest et Eden parlèrent peu sur le chemin du retour. A présent qu'ils étaient seuls, ils se sentaient embarrassés par les souvenirs de la soirée, mais Eden l'était certainement moins que son oncle. Sa pensée analysait les événements de ces dernières semaines. Il eût aimé savoir ce qui se passait dans l'esprit d'Ernest. Jusqu'à quel point tenait-il à Mrs. Stroud ? Jusqu'à quel point la famille était-elle mêlée à la chose ? Se trouvait-elle à l'origine de tout ? Ou bien Ernest jouait bien son rôle, ou bien il s'était « pris à son propre jeu ». Eden penchait pour cette seconde hypothèse. Qu'éprouvait Amy ? Elle et Ernest semblaient s'entendre trop bien pour n'avoir l'un pour l'autre qu'une amitié passagère.

Eden était irrité à la pensée de l'intervention d'Ernest dans ses affaires. Sa soirée en avait été gâtée. Ne jouirait-il jamais plus de cette liberté qu'il goûtait chez elle et qui lui était si précieuse ? Est-ce qu'Amy aimait Ernest ? Pouvait-elle l'aimer ? Son esprit pas encore mûr errait parmi de vagues suppositions.

De lourds roulements de tonnerre retentirent au moment où ils atteignaient Jalna. Les éclairs faisaient ressortir les plus petits rameaux sur le fond du ciel verdâtre. De grosses gouttes de pluie tombaient.

« Nous avons une fameuse chance d'être à l'abri au moment même où la pluie commence », remarqua Ernest.

Il verrouilla la porte. La lampe à gaz brûlait dans le hall, mèche baissée. Il considéra le cadran d'or pâle de la pendule achetée par son grand-père, elle marquait minuit un quart. Il eut une exclamation consternée :

« Nous avons fait veiller cette malheureuse Mrs. Stroud ! dit-il.

— Je ne l'avais encore jamais vue fatiguée ! dit Eden.

— Je pense que c'était à cause du temps.

— Jamais encore je ne l'avais vue affectée par le temps !

— Mais nous n'avions pas une atmosphère aussi chaude.

— Je n'ai guère envie de me coucher. Et vous ? »

Ernest hésita. Les longues veilles ne lui convenaient point. Mais il se sentait surexcité et puis il n'était point agréable d'être couché pendant un orage. Probablement que sa mère désirerait sa présence. Il alla jusqu'à sa porte à l'extrémité du hall. Un ronflement paisible résonnait à l'intérieur, qui ressemblait au vrombissement d'un bourdon prisonnier dans une fleur particulièrement riche en suc. Ernest sourit.

« Qu'allons-nous faire ? demanda-t-il.

— Ne pourrions-nous boire quelque chose ?

— Mon cher enfant, tu es trop jeune pour boire à cette heure.

— Pourtant je sens qu'il est temps de m'y mettre ce soir.

— Je me demande ce que dirait ta tante !

— Venez donc, oncle Ernie, il n'y a que nous deux qui le saurons !

— Fort bien, allons-y pour un whisky et soda, cela nous fera du bien... Écoute-moi ça ! »

Un grondement sourd se termina par un craquement qui fit vibrer toute la maison. Ernest retourna écouter devant la porte de sa mère. Un silence de mort régnait. Puis le bourdon se remit à ronronner sur un ton plus sonore.

« Dieu la préserve ! » s'exclama Ernest, puis il se dirigea vers la salle à manger.

Eden ferma une fenêtre restée ouverte et mit deux chaises à l'un des bouts de la table. Ernest chercha une bouteille de Scotch et un siphon de soda dans le buffet. Ils s'assirent et Ernest versa du whisky dans chacun des verres. Eden y ajouta de l'eau de soda.

« Je ne crois pas que l'orage sera violent, voici déjà la pluie », dit Ernest.

Et, comme si l'on venait d'ouvrir les écluses, la pluie se mit à tomber à torrents, tambourinant contre les vitres, coulant à flots sur le gravier de l'allée. Dominant ce bruissement d'eaux, on percevait le grondement lointain du tonnerre.

Eden éleva légèrement son verre, hésita, puis jeta :

« A Aimée !

— A Aimée ! » répéta Ernest en portant son verre à ses lèvres.

Eden alluma une cigarette.

« Elle doit se sentir seule dans cette maison pendant un orage, dit-il.

— Très seule sans doute.
— C'est dommage que nous soyons partis si tôt !
— Très dommage. »
Ernest but plus longuement.
« Cependant si nous n'étions pas partis, nous n'aurions plus eu la possibilité de nous en aller.
— Tu veux dire que nous serions restés toute la nuit ?
— Oui. »
Eden reprit son verre.
« Mais nous n'aurions pu nous le permettre, pas tous les deux à la fois !
— Il me semble pourtant que deux auraient mieux valu qu'un.
— Tu veux dire que c'eût été plus convenable ?
— Certainement, oncle.
— Tu as une drôle de façon de m'appeler « oncle » ce soir.
— Vraiment ?
— Oui. Elle ne me plaît pas tout à fait.
— Je suis désolé... Ernest.
— Voilà qui est stupide.
— Oui, plutôt. Mais notre situation l'est aussi, n'est-ce pas ?
— Qu'y trouves-tu de stupide ?
— Le fait que nous voilà rivaux vous et moi, enfin tout... »
Ernest se sentit perplexe et inquiet à la pensée qu'Eden allait étaler au grand jour ce que tous deux s'étaient entendus à garder secret. Son trouble était augmenté par le fait qu'un verre de whisky comme il venait d'en boire un lui montait inévitablement à la tête. Il s'en versa un second.
« Comment... je ne sais pas... et n'y ai pas songé... »
Eden le regardait d'un air de reproche.
« Vous n'y avez pas songé ! Il me semble que nous

n'avons guère pensé à autre chose durant tout ce temps... Vous n'avez pas peur de vous reconnaître *mon rival*, n'est-ce pas ?

— Peur ? Certainement non, mais...

— Mais quoi ?

— Je suis entré en lice pour ton bien, mon cher gars.

— Vous voulez dire que la famille vous y a poussé ?

— Nous avons discuté la question. Nous étions tous présents, nous, les plus âgés.

— Et vous avez influencé ce fâcheux scrutin !

— Je répète que j'ai agi avec désintéressement et pour te sauver de celle que nous considérions comme une intrigante... Depuis lors, mon opinion au sujet de Mrs. Stroud a changé. »

Eden se pencha vers Ernest :

« Oncle Ernie, vous êtes amoureux d'Amy ? »

L'ambre du whisky luisait au fond du second verre d'Ernest. Il fut moins déconcerté d'avoir la main ainsi forcée qu'il ne l'eût été seulement une demi-heure plus tôt.

« Tu outrepasses les bornes, mon gars ! dit-il d'une voix qui tremblait légèrement.

— Non. Je veux seulement éclairer la situation d'une franchise salutaire. Lorsque vous avez été rendre visite à Mrs. Stroud pour la première fois, vous la jugiez comme une ambitieuse, n'est-ce pas ?

— Oui, plutôt. Mais, comme je viens de le dire, j'ai changé d'opinion à son sujet. Je la considère à présent comme une femme ayant une grande sensibilité et beaucoup de charme.

— En un mot, vous en êtes épris.

— Ça, c'est aller trop loin. Mais je reconnais que je lui suis attaché.

— Croyez-vous qu'elle désire se marier ?

— Non, je crois qu'elle désire seulement se sentir

entourée d'une amitié masculine et puis de compréhension. Je parie qu'elle n'a jamais eu beaucoup de l'une comme de l'autre.

— C'est une horrible menteuse !

— Crois-tu ! Je la crois pleine d'aspirations et d'illogisme, c'est tout.

— Vous connaissez les femmes ! Que d'aventures vous avez dû avoir !

— Je n'ai jamais dû apprendre à les connaître, répliqua Ernest avec modestie. Je suis né connaissant les femmes.

— Dieux ! Je voudrais pouvoir en dire autant ! »

Ernest parlait avec un sérieux bienveillant.

« Tu as tout le temps. Rien ne pourrait être pire pour toi en ce moment qu'une affaire d'amour. Une femme du monde, indifférente et froide, ne pourrait te faire de mal. Mrs. Stroud est un sujet tout différent ! »

Il y eut une pause volontaire de part et d'autre, puis Eden dit sur un ton de violence inutile :

« Si elle est décidée à choisir entre nous, qu'elle fasse son choix !

— Bêtises ! Il ne saurait être question de choix. Que veux-tu qu'elle choisisse entre un vieux garçon bourru et un véritable enfant ?

— C'est une question de dignité ! Nous ne pouvons continuer ainsi ! »

Eden se leva d'un bond et fit le tour de la pièce.

« Peut-on ouvrir la fenêtre ? On étouffe ici.

— Oui, la pluie est moins violente. Ouvre la fenêtre. »

Eden l'ouvrit toute grande. L'air purifié par la pluie pénétra presque palpable dans la pièce. Le rosier grimpant de Virginie qui couvrait la muraille extérieure empiétait sur la fenêtre. Un rejet pendant barrait le vide. Eden cueillit une feuille et la posa sur la table devant Ernest.

« Regardez, dit-il, elle est teintée de rouge, l'été va vers sa fin.

— Oui, reconnut Ernest, la saison est sur son déclin. »

Il parlait avec une note sentimentale dans la voix.

Eden passa sous le vaste arceau qui s'ouvrait sur le salon et revint bientôt, ayant en main une boîte en ivoire sculpté contenant des dés. Il agitait les dés dans la boîte tout en marchant. Si Ernest avait été moins absorbé dans ses pensées, il eût remarqué la lueur moqueuse qui illuminait les yeux de son neveu.

« Savez-vous, oncle Ernest, s'écria celui-ci, nous allons jouer à qui l'aura : trois coups de cinq. Celui qui comptera le plus de points aura gagné. Si vous gagnez, je me retire pour me plonger dans mes études et serai un bon gars à partir de cet instant, mais si je gagne, vous ne vous occupez plus d'Amy et vous dites à la famille qu'ayant examiné la situation attentivement, vous estimez que son amitié ne peut que m'être salutaire ! »

La main d'Ernest tremblait un peu lorsqu'il posa son verre vide. Eden l'emplit encore une fois. Ernest but une gorgée du liquide, le trouva trop fort, puis dit d'un ton délibéré :

« Bien, d'accord. »

Eden lui tendit la boîte à dés.

« A vous d'abord ! »

La teinte de l'ivoire se mariait singulièrement bien avec celle de la main d'Ernest. Il agita la boîte et jeta un six et un quatre.

« Bien ! » dit Eden qui jeta un cinq et un deux.

Ernest reprit la boîte, secoua les dés d'un air rêveur et jeta un un et un six.

« Je crains fort d'être aisément battu ! »

Mais Eden ne jeta qu'un doublé de deux.

« Les perspectives sont inquiétantes pour moi », dit-il.

Cette fois-ci, Ernest jeta un cinq et un six. Un sourire de satisfaction illumina ses traits. Il but une gorgée de sa boisson qu'il ne trouvait plus trop forte.

Eden jeta deux six et lança une exclamation joyeuse.

« Ma chance tourne ! »

Ernest secoua la boîte à dés d'un air déterminé. Les lèvres serrées, il jeta un quatre et un trois.

Eden jeta un quatre et un cinq.

« Nous sommes à égalité ! » s'écria Ernest qui tremblait d'impatience.

Il fallait jouer un bon coup !

Il jeta deux cinq.

Le visage d'Eden était également recueilli. Ses yeux brillaient ; il secoua les dés et les jeta en renversant la boîte dessus, mais il ne put se résoudre à la lever. Ernest et lui se dévisagèrent par-dessus l'objet.

« Voyons, voyons, dit Ernest d'un ton péremptoire, regardons ce que tu as jeté ! »

Eden souleva la boîte : il avait jeté un cinq et un six.

Ils restèrent un moment à fixer les dés en silence.

Puis, Eden s'exclama sur un ton dramatique :

« J'ai gagné !

— Oui, oui, voici qui est joliment dur pour moi. Mon amitié avec Mrs. Stroud m'était un vif plaisir — plus encore — mais j'y renonce. Que dirai-je à la famille ?

— Dites-leur que c'était inutile... Dites-leur que vous avez éprouvé une grande colère lorsque vous vous en êtes rendu compte ! »

Ernest avait l'air hébété. Il se leva en vacillant.

« Il... il faut que j'aille me coucher... suis bien fatigué...

— Voulez-vous que je vous donne le bras, oncle Ernie ?

— Merci. Je n'aurais pas dû boire ce dernier verre. Que disais-tu que tu avais jeté ?

— Un cinq et un six.

— Oui, pas de chance ! »

Il se tenait appuyé à la table.

« Eden, tu as gagné : montre-toi digne d'elle ! »

Eden le prit par le bras, lui fit passer la porte et lui ayant fait gravir l'escalier le mena jusqu'à sa chambre. Il revint ensuite pour éteindre la lumière et trouva Rags dans la salle à manger, qui disposait de l'argenterie sur un plateau. Rags expliqua :

« Je prépare une petite collation pour Miss Whiteoak, monsieur, elle a mangé autant que rien à dîner. L'électricité dans l'air la déprime. V'là encore la pluie ! »

Une fraîche pluie d'orage frappait violemment les vitres.

« N'oubliez pas d'éteindre lorsque vous redescendrez, dit Eden.

— Oui, monsieur. Pensez-vous que Mr. Ernest soit tout à fait bien ou vaut-il mieux que j'aille voir ?

— Il est bien.

— Et faut-il fermer les fenêtres à l'étage tout en haut ?

— Je monte, je verrai ça. Est-ce qu'on a été voir ma grand-mère ?

— J'ai fermé sa fenêtre, monsieur. Il faisait bien chaud là-dedans. Elle murmurait je ne sais quoi sur l'Inde. Son perroquet avait quitté le perchoir et s'était installé au pied de son lit. Il a ouvert un œil pour me jeter un sale regard en répétant : *Indiar... Indiar... Indiar...* C'était pas naturel.

— Rags.

— Oui, monsieur.

— Il est inutile que vous disiez à qui que ce soit que mon oncle et moi avons bu ensemble ce soir.

— Bien sûr que non, monsieur ! J'ai vu que vous aviez joué aux dés, monsieur.

— Ce n'était rien, simplement pour mettre fin à une dispute.

— Ma parole, écoutez-moi ça, on peut pas s'imaginer un orage pareil ! Faut espérer que ça s'éclaircira avant demain !

— Demain ?

— C'est mon mariage, vous savez ! J'ai bien peur d'avoir l'air d'une ruine avec ce manque de sommeil et les émotions qu'on éprouve naturellement en ces occasions ! Je ne serais pas si nerveux si ça se passait rien qu'en inscrivant le mariage dans le registre, mais ça sera l'entrée dans l'église et la marche jusqu'au chœur pendant que l'orgue jouera l'hymne nuptial, ça en fait une affaire sérieuse !

— Vous traverserez tout cela admirablement.

— C'est bien aimable de la part du capitaine Whiteoak de consentir à mener la mariée à l'autel. »

Eden sentait que Rags était prêt à rester là à bavarder, son plateau à la main, jusqu'à l'aube. Il lui dit bonsoir et gravit les deux étages menant à sa chambre.

Il s'arrêta sur le seuil de la chambre que se partageaient ses plus jeunes frères. La porte était entrebâillée. D'après le rythme de leur respiration, il comprit qu'ils dormaient. Un éclair bleuâtre illumina la chambre. Piers, sa poitrine bronzée découverte, était étendu sur son lit ; son attitude faisait penser à une statue gisante. Une chaleur intolérable régnait dans la pièce. Le petit Finch avait transporté son oreiller devant la fenêtre et dormait pelotonné en rond, là sur le parquet. Son sommeil était si profond que la pluie qui le frappait ne l'éveillait pas.

Eden le secoua, irrité.

« As-tu envie de prendre un refroidissement mortel ? Va au lit, jeune imbécile ! »

A demi éveillé, Finch obéissant se leva et s'en fut en titubant vers son lit, sa chemise mouillée collée à son corps mince. Un éclatement de tonnerre couvrit le vacarme de la pluie.

« Oh ! gémit-il, c'est affreux cet orage ! »

Eden sourit avec malice.

« Je croyais que tu aimais ça et que ça te plaisait de dormir juste en dessous ! »

Finch ouvrit les yeux qu'il avait gardés clos. Ils furent surpris par la clarté brutale des éclairs. Finch les referma et, pris de panique, franchit d'un saut le corps de Piers. Eden glissa l'oreiller sous sa tête en ayant soin de mettre le côté mouillé en dessous.

« Merci, Eden. »

Finch se nicha dans l'oreiller et tira les draps par-dessus sa tête.

Eden alors arracha l'oreiller de dessous la tête de Piers et l'abattit sur son visage :

« Tiens, prends ça, fainéant ! »

Puis il ferma la fenêtre et rejoignit sa chambre où il s'assit à son pupitre, la tête appuyée sur une main. Il ne ferma pas sa fenêtre, mais resta à contempler l'orage dehors. Une impression mélancolique s'emparait de lui. Il n'avait pas vécu une expérience importante, mais il s'était passé quelque chose de définitif. Pourquoi avoir ridiculisé l'oncle Ernest ? C'était avec lui qu'il s'entendait le mieux. Sans doute, il avait prouvé à la famille qu'il ne s'engagerait que dans tel chemin qui lui conviendrait. Mais qu'était-ce que ce chemin ? Où, où donc le mènerait-il ?

14

LE MARIAGE DE RAGS

APRÈS l'orage, le matin parut aussi frais qu'une fleur à peine éclose. L'herbe lavée luisait de tous ses brins. Les pétales bouclés de dahlias qui avaient été gorgés de pluie la déversaient à présent chaque fois que les grosses fleurs se penchaient. Le vent soufflait de l'ouest et les nuages ronds et blancs comme des roues de char roulaient par le ciel.

Dans la cuisine, ce n'étaient que préparatifs en vue du mariage. On y retrouvait Elisa, revenue pour prendre la place des Rags tandis qu'ils feraient une excursion de deux jours aux chutes du Niagara pendant leur lune de miel. Elisa désapprouvait cette union entre deux êtres qui lui déplaisaient. Il eût mieux valu, pensait-elle, que ni l'un ni l'autre ne fût venu à Jalna et que chacun se fût marié n'importe où ; Rags eût pu alors se permettre sans inconvénients d'être aussi vulgaire et gaspilleur qu'il eût voulu. Elle désapprouvait plus encore la famille qui faisait de ce mariage une occasion de réjouissances, tout comme si ces deux individus avaient servi convenablement à Jalna pendant des années ! Mais la vieille dame s'était prise d'engouement pour Rags et puis elle appréciait toute occasion d'amusement de quelque sorte qu'il fût, tous les prétextes lui étaient bons ! Elisa croyait la voir dans sa chambre, choisissant le bonnet qu'elle mettrait comme si c'était le mariage d'un membre de la famille ! Alors qu'il y avait Mr. Ernest qui eût dû être marié depuis longtemps et Miss Meg qui avait été si cruellement offensée par Mr. Vaughan ! Si seulement quelque homme distingué pouvait faire sa conquête !

Et puis il y avait Mr. Renny ! Les coins de la bouche d'Elisa s'abaissaient lorsqu'elle pensait à lui, mais ses yeux s'adoucirent. Pourtant elle devait à ce mariage l'heureuse occasion de pouvoir faire son ancien service pendant deux jours. Elle pourrait aussi inspecter chaque recoin, voir comment Rags entretenait l'argenterie. Elisa voulait bien mettre à l'actif de Maggie le fait qu'elle avait préparé un choix de plats appétissants pour sustenter la famille durant son absence. Mais quels airs cette femme prenait en ce moment avec ses cheveux frisés et ses pieds serrés dans des escarpins à hauts talons ! Et puis sa fourrure de renard rouge pour s'en aller en voyage tandis que le thermomètre grimpait ! Enfin, chose plus grave : Rags avait collé les étiquettes d'un hôtel de Paris sur leurs deux valises ! Comment était-il arrivé à cela ? Elisa leur jeta seulement un regard d'incrédulité dédaigneuse comme Rags, avec un air grandiose, déposait ses valises devant la porte de la cuisine pour que la femme de chambre puisse les porter dehors. Cependant, c'était gentil de se retrouver à Jalna, de porter son breakfast à la vieille dame, d'apporter de l'eau chaude pour sa barbe à Mr. Renny et de voir comme le petit Wakefield et lui étaient devenus une paire d'amis.

Les garçons devaient manquer leurs cours de l'après-midi afin d'être présents au mariage. Les préparatifs de la noce avaient mis Piers et Finch dans cet état euphorique qui leur faisait égarer tout ce qui leur appartenait, traînasser pendant le breakfast comme s'ils avaient l'intention de manquer leur train.

Eden était préoccupé et avait tendance à se montrer irritable envers les plus jeunes.

Tandis que ce matin-là les trois garçons, montés sur leurs bicyclettes, filaient sur la grand-route en direction de la station de chemin de fer, Eden se sentait las de la monotonie de ces voyages. Cependant, il les préférait infiniment au déplaisir d'être pensionnaire dans un collège. Il aurait aimé avoir Oxford en perspective, ses oncles y avaient été, mais les moyens de la famille ne le permettaient pas, ou du moins Renny le prétendait. Pour une raison qu'il n'essayait pas d'approfondir, sa pensée se détournait résolument de ce qui s'était passé la nuit précédente. Cette intimité poétique qui avait existé entre lui et Amy Stroud n'était plus possible. Ce qui viendrait ensuite, il l'ignorait ; ce qu'il savait c'est que, désormais, elle n'existait plus pour lui comme femme. Elle était devenue pour lui un symbole. En tant que symbole, il la défendrait contre quoi ? A nouveau son esprit se détourna de la pensée qui le hantait.

Ses frères le suivaient de trop près. On était convenu qu'il marcherait en tête. Cependant Eden pouvait voir la roue avant de la bicyclette de Piers et il lui jeta un regard sévère par-dessus l'épaule. La fraîcheur de l'air succédant à l'atmosphère orageuse du jour précédent, l'amusement des préparatifs du mariage faisaient oublier à Piers les prérogatives d'aîné de son frère. Il le dépassa en traversant une flaque profonde. Un jet d'eau boueuse éclaboussa le pantalon de flanelle grise d'Eden. Finch qui toujours suivait Piers aveuglément en fit autant. Comme il dépassait Eden, il vit la fureur empreinte sur son visage et pédala de toutes ses forces, si bien qu'il faillit entrer en collision avec la roue arrière de Piers.

« Regarde où tu vas ! rugit Piers.

— Jeunes coquins ! » s'exclama Eden.

Finch pédalait comme un fou ; il semblait qu'il allait faire la culbute et qu'Eden se précipiterait sur lui, mais il se reprit et se hâta avec une grimace affreuse à la suite de Piers dans la direction de la station de chemin de fer.

Eden les suivit lentement, regrettant de n'être pas chez lui en face des deux gars. Ceux-ci, tout en échangeant des regards malicieux, traversèrent vivement le hall des bagages où il leur était permis de laisser leurs bicyclettes. Là, ils se mirent contre le mur et, incapables de dissimuler leurs grimaces hilares, attendirent la venue d'Eden.

« J'imagine que vous trouvez ça drôle ! » dit-il violemment.

Ils restèrent muets à la vue de son pantalon taché.

« Eh bien, non, ça n'est pas drôle d'avoir sans cesse de tels imbéciles sur les talons ! »

Les yeux de Piers, hardis, rencontrèrent les siens. Finch pouffa. Eden suspendit sa bicyclette à sa place habituelle. Il poursuivit :

« J'avais l'intention de vous jeter à bas de vos bécanes et de vous rouler dans la boue !

— Oh ! tu ne l'aurais pas fait ! dit Piers.

— Comment, je ne l'aurais pas fait ?

— Non.

— Je voudrais savoir pourquoi ?

— Tu pourrais faire ça au petit, pas à moi.

— Pas à toi ? Viens donc avec moi un instant, tu verras !

— Fort bien ! »

Piers se dirigea, farouche, vers la porte, suivi de près par Eden qui lui disait :

« Si tu retournes à cette flaque avec moi, tu le regretteras !

— Toi aussi ! »

Le sifflet de la locomotive déchira l'air au passage à

niveau. Des voyageurs chargés de valises se hâtèrent vers le quai.

« Je ne puis faire ça devant ces gens, dit Eden. Je verrai plus tard. »

Il sortit son mouchoir et essaya de tamponner les taches de boue qui émaillaient son pantalon.

Eden bouscula Piers en pénétrant dans le wagon et il eut la satisfaction de le voir reculer. Il n'y avait qu'une place libre. Eden s'y installa, sortit un livre de sa poche et se mit à lire d'un air digne, feignant d'ignorer la présence des deux autres qui durent rester debout côte à côte pendant tout le parcours jusqu'à la ville. Chaque fois que Finch levait les yeux vers le visage de Piers, celui-ci lui lançait un clin d'œil.

Ernest s'éveilla tard ce matin-là, ayant dormi toute la nuit d'un sommeil pesant. Il avait les paupières lourdes et l'esprit embrouillé mais, après un bain froid, il se sentit ragaillardi. Tandis qu'il passait en revue les événements de la nuit précédente, il éprouva un sentiment d'euphorie comme quelqu'un qui l'a échappé belle. Que ne serait-il pas arrivé si son intimité avec Amy Stroud eût fait des progrès ? Peut-être eût-il été entraîné à l'épouser et son instinct lui disait qu'elle n'était point la femme qu'il lui fallait. D'ailleurs, il doutait qu'une telle personne existât jamais. Il venait de faire de son mieux pour gagner Mrs. Stroud sur Eden, mais il avait perdu. Sa conscience était tranquille. Plus de promenades pour se rendre chez elle. Plus de ces longues conversations pleines de ferveur qui lui laissaient une impression de lassitude. Il disparaîtrait élégamment de la scène. Nick pouvait aller la voir !

Ernest s'élança, presque avec grâce, jusqu'à la chambre de sa mère. Elle était déjà habillée pour le mariage. Il se pencha pour l'embrasser.

« Comme vous êtes prête de bonne heure, maman !

— Les préparatifs d'une noce sont la meilleure part de la fête, répondit-elle.

— J'espère que ce mariage tournera bien. Quoique ces deux-là ne soient pas des domestiques impeccables, ils ont leurs mérites. Elle est excellente cuisinière et lui ne fait la grimace devant aucun travail. J'espère qu'ils apprécient comme il convient ce que vous faites pour eux aujourd'hui.

— J'aime les réjouissances. Le breakfast du mariage sera servi sur la pelouse qui commence à se bien dessécher ! Le recteur et sa femme viendront et les petites Lacey et Lily Pink. Un mariage les amuse toujours. J'ai aussi invité ce garçon, Dayborn, et sa sœur, en leur disant d'amener l'enfant. Et puis, il y aura cette Mrs. Stroud : je suis curieuse de vous voir ensemble !

— Il n'y aura rien là qui puisse vous intéresser, maman : j'ai renoncé. »

Elle le regarda fixement de dessous le volant de dentelle qui bordait son bonnet.

« Renoncé à quoi ?

— A Mrs. Stroud. Il est inutile que je me mêle de cette affaire. Eden et elle sont trop attachés l'un à l'autre pour que j'y puisse rien changer. En fait, c'est moi qui ai été vaincu !

— Tu veux dire que tu n'es pas capable de supplanter ce morveux !

— Oui. Personne ne pourra dire que je ne m'y suis pas employé de mon mieux. J'ai sacrifié le temps que j'aurais pu consacrer à mon livre, enfin mes propres sentiments ne furent point sans avoir été mis à contribution !

— Ah ! C'est donc une charmeuse ?

— De la plus redoutable sorte, car elle est sans beauté, quoiqu'elle ait de beaux yeux et une voix séduisante.

— Je regrette de n'avoir pas chargé Nicolas de cette mission !

— Moi aussi. Il aurait pris ça comme une aventure. Moi, je m'y suis lancé comme dans une croisade. »

Plus Ernest parlait, plus il se sentait satisfait de la situation. Il regretta qu'Augusta ne fût point présente pour l'entendre. Mais sa mère était impressionnée. Il lui confia les détails de ses nombreuses visites à Mrs. Stroud ; enfin il lui fit le récit de la partie de dés de la nuit précédente.

Les sourcils touffus de la vieille dame s'élevèrent.

« Quasiment un duel ! Sur ma foi, c'est presque un duel ! Tu as entendu parler, n'est-ce pas, du duel qui eut lieu alors que je n'avais que quinze ans, entre Lord Boyne et le jeune Tim Crawshay ? Ils se battirent à l'épée pendant une heure. Mon frère, Abraham, tenait en main le sablier. Ils se battirent jusqu'au moment où ils tombèrent, épuisés, mais ils étaient de si parfaits bretteurs qu'ils n'eurent ni l'un ni l'autre la moindre égratignure. »

Ernest avait entendu l'histoire bien des fois, mais il demanda poliment :

« Lequel avez-vous élu après cela, maman ?

— Aucun. Tandis qu'ils se battaient, j'attendais assise en compagnie d'un jeune lieutenant des Gardes. Il était si sympathique que je n'ai jamais plus accordé un regard aux deux autres.

— J'espère que vous reconnaissez que j'ai fait pour le mieux, maman ?

— Certainement, Ernest. Mais je regrette que Nick n'ait pu s'en charger. Malgré sa goutte et le reste, je pense qu'il t'aurait battu !

— Maman, aucun homme ne pouvait faire mieux que je n'ai fait. J'ai été lancé comme sur une lame dans l'océan ! Mrs. Stroud s'est toquée d'Eden. »

Adeline avança ses lèvres :

« Dans ce cas, j'aurai quelque chose à lui dire ! »

L'après-midi venu, la brise tomba. Il fit plus chaud encore. L'air scintillant, immobile, enveloppait le pays d'un voile doré dans lequel des milliers de criquets, de sauterelles, et de grillons chantaient. Les duvets légers des chandelles, le pollen des gaulthéries flottaient dans l'atmosphère. Les voix des ouvriers de la ferme et le hennissement des chevaux parvenaient, étouffés.

Elisa arborait une mine fraîche et réservée, mais la pauvre mariée, après une ultime rencontre avec le breakfast de ses épousailles, était de coloration ponceau et, comme elle le disait elle-même, « dans un bain de sueur ». Elisa la couvrit d'une couche de talc avant de la fourrer de force dans sa robe neuve en soie.

Quant à Rags, il portait une jaquette ayant appartenu à Renny avant la guerre. Un tailleur l'avait recoupée pour lui, mais les manches et les jambes du pantalon étaient trop longues et les basques lui tombaient aux genoux. Pourtant, le tailleur avait su tirer un bon parti des épaules et comme c'était le seul endroit de sa personne que Rags pût voir dans le petit miroir de sa chambre, il se sentait hautement satisfait. Il était aussi pâle que sa future épouse paraissait congestionnée, aussi décharné qu'elle était riche en avantages, aussi calme qu'elle était agitée.

Rags gagna l'église à travers champs accompagné d'un garçon d'honneur cockney avec lequel il s'était lié d'amitié. Renny conduisait la mariée dans le coupé. Il devait la mener à l'autel. Eden prit Meg et ses plus jeunes frères dans l'auto tandis que le vieux Hodge, le cocher, conduisait la calèche dans laquelle avaient pris place Adeline, Ernest et le petit Wakefield.

Il y avait déjà beaucoup de monde dans l'église lorsqu'ils arrivèrent car, à cette occasion, le travail avait été suspendu à la ferme comme aux écuries. Les amis de la famille se trouvaient dans les premières rangées des bancs. Il y avait un groupe de gens du village au fond de l'église.

Eden se glissa dans un banc à côté de Mrs. Stroud qui était assise à l'écart. Il lui fit à mi-voix des remarques facétieuses, s'amusant du costume arboré par le marié, faisant remarquer le teint enluminé de la mariée et les ridicules de l'assistance en général. Mais Rags n'avait rien de comique tandis qu'il se tenait au pied de la chaire. Il y avait une dignité dans son maintien qui dénotait une compréhension exacte de la situation. Miss Pink, ayant frotté ses doigts avec son mouchoir de poche, se mit à jouer sur l'orgue avec ferveur la marche nuptiale. Adeline, tout en serrant Wakefield contre elle, se tordait le cou afin de bien voir le passage de la mariée. Renny ayant pris l'expression austère d'un père qui n'est pas absolument certain d'avoir donné sa fille à un homme digne d'elle, menait la cuisinière vers le chœur. Celle-ci s'épanouissait soudain en une timide et confiante épousée qui savoure chaque minute du plus beau jour de sa vie.

Comme le couple passait devant Adeline, Wakefield commença à se débattre sur ses genoux.

« Ze veux aussi aller avec ! miaula-t-il de sa petite voix aiguë.

— Chut ! » lui dit-elle sur un ton d'admonestation en enfouissant son petit visage dans son voile de crêpe.

Eden murmura à l'adresse de Mrs. Stroud :

« Que serait-ce si c'était vous et moi ! »

Elle rougit violemment et, du bout des doigts, effleura sa main posée sur le banc entre eux.

Piers souffla à Finch :

« Je me demande si Eden a changé de pantalon ! »

Finch eut un gloussement qui le suffoqua ; le bruit qu'il fit l'horrifia. Puis, il s'entendit glousser à nouveau, alors il croisa les mains jusqu'à ce que ses ongles lui fissent mal. Sa nuque, lavée sans trop de soin, rougit ; il était secoué par un fou rire. Meg le regarda et lui fit signe. Il enjamba les genoux de Piers et s'assit de l'autre côté de Meg. Lorsque Finch osa lever les yeux, il les tint rivés sur Mr. Fennel, le recteur, qui terminait la cérémonie.

Les mariés étaient maintenant époux, unis pour servir leur vie durant la famille Whiteoak. Le maître de Jalna inclinant cérémonieusement sa tête cuivrée déposa un baiser sur la joue de la mariée.

Le gâteau de noces, confectionné par la nouvelle épousée et glacé laborieusement par un confiseur, trônait au centre de la longue table qui avait été placée près de la cuisine pour la commodité du service afin qu'on pût facilement regarnir les plats. Tout objet vulgaire avait été éloigné de ce lieu, telles les perches soutenant les cordes à étendre le linge. On avait arrosé et tondu l'herbe. Un vaste bouquet de dahlias se trouvait à côté du gâteau.

Ce fut un spectacle impressionnant que de voir Rags escorter la vieille Adeline jusqu'à sa place à table. Elle s'était débarrassée de son manteau, de sa capote et portait un bonnet mauve et blanc orné de choux de rubans.

« Qui, si ce n'est vous, chère Mrs. Whiteoak, dit la plus âgée des demoiselles Lacey — jadis l'objet de la flamme de Nicolas — aurait songé à organiser une fête si charmante !

— Ce n'est pas la première fête que j'ai donnée pour mes domestiques.

— Certainement, je me souviens d'autres encore. Mais celle-ci est particulièrement touchante, car ils n'ont pas servi chez vous bien longtemps.

— Le temps passe vite lorsqu'on a dépassé quatre-vingt-dix ans, répondit Adeline. Je ne serai pas là pour offrir le déjeuner de leurs noces d'argent.

— Je regrette que Nicolas ne soit pas présent.

— Je pense qu'il est resté à Québec afin d'éviter tout cela : il n'aime guère à faire bombance.

— J'avoue que mes doigts collaient aux touches de l'orgue par cette chaleur ! Je pensais ne pas pouvoir arriver au bout de la marche nuptiale ! Quelle charmante personne que cette jeune Mrs. Cummins ! Mais quelle idée étrange elle a eue d'amener son bébé à un mariage.

— Je l'avais invité. A mon avis, il ne saurait y avoir d'hôte plus convenable dans un mariage qu'un bébé.

— Oh ! oui », reconnut Miss Pink faiblement.

Ernest se trouva placé à côté de Mrs. Stroud. Il n'en fut point troublé et se montra détaché, plein d'urbanité comme de coutume. Elle eut conscience d'un changement dans son attitude, mais n'eût pu en dire la cause. Sa froideur était probablement due, pensait-elle, à la présence de la famille. Eden, d'un autre côté, se montrait ouvertement aux petits soins pour elle au point de l'embarrasser fort ; cependant, elle s'enorgueillissait intérieurement de ses attentions.

Le fait de voir Dayborn assis en face d'elle était pour Mrs. Stroud une cause d'irritation continuelle. Son expression était glaciale. Il se bornait à répondre aux questions qu'on lui adressait et cela de manière extrêmement taciturne. Chris avait les yeux gonflés comme si elle avait versé des larmes. C'était un signe caractéristique du naturel d'Amy Stroud que la scène de la nuit précédente eût mis un point final à l'amitié qu'elle leur portait. Leur situation ne la prédisposait point à la générosité.

Renny se leva et dit :

« C'est avec un plaisir sincère que je vous propose de boire à la santé de la mariée, non seulement pour son propre bonheur et celui de son mari, mais pour celui de toute la famille ! Je la bénis quatre fois chaque jour : le matin, lesté de son bon porridge, je me rends à mes écuries aussi désireux de travailler que n'importe quel cheval de mon élevage. A midi, je reviens, sachant qu'une délicieuse pièce de viande et un dessert tentant m'attendent. A cinq heures, je sais que le thé sera chaud et qu'il y en aura beaucoup. Le soir, oui, invariablement, le dîner couronne la journée. Que pourrait demander de plus un homme à son épouse ? — excepté la beauté et le charme — et si quelqu'un pouvait douter que Mrs. Wragge possède l'un et l'autre, dites-lui de la regarder tandis qu'elle sourit en ce moment. Quant à Rags, il est à sa façon peut-être meilleur cuisinier qu'elle qui exige pour cuisiner de bons produits et en quantité (je sais ça à cause des factures que je paie), tandis que Rags, lorsque j'étais sur le front et qu'il me disait : « Il n'y a pas un os à ronger à part ce que voici dans cette gamelle pour accompagner la carcasse d'un poulet », j'étais sûr alors d'avoir une nourriture particulièrement excellente en perspective. Je prévois une longue et heureuse union pour tous deux et je vous propose avec un plaisir tout particulier de boire à la santé de la mariée. »

Il se rassit.

« Écoutez ! Écoutez ! dit le recteur qui avait absorbé un repas particulièrement copieux.

— Parfait », dit Ernest, tout en pensant combien il s'en serait tiré plus heureusement.

On but à la santé de la mariée qui rougit soudain très fort :

« C'est maintenant ! » rappelait le garçon d'honneur en donnant un coup de pied au marié sous le couvert de la table.

Wragge se leva en tremblant, mais, conscient de l'élégance de sa personne, il s'inclina profondément et son émotion donna une teinte particulière à son accent cockney.

« Mesdames et messieurs, je désire vous remercier

beaucoup pour les bons souhaits que vous venez de nous adresser à ma femme et à moi. »

Il fut interrompu par un tonnerre d'applaudissements dont Piers avait donné le signal. Il s'inclina à nouveau et poursuivit :

« Ma femme et moi... Ça me semble drôle d'être marié et cette cérémonie à l'église, c'est plus impressionnant qu'un incendie. Je ne pensais guère, en venant à Jalna, que je me verrais lié si vite, mais je crois que j'ai fait un bon choix. Mrs. Wragge et moi nous nous sentons tout comme de vieux serviteurs de la famille. Lorsque, en France, je m'en fus trouver pour la première fois le capitaine Whiteoak en qualité d'ordonnance, je me disais : « Voilà l'homme auquel je vais « m'attacher mort ou vif ! » C'est ce que j'ai fait et ce que je ferai par la suite. »

Il se rassit et essuya son front en sueur avec l'un des douze mouchoirs de soie dont Meg lui avait fait cadeau.

Les bravos dont Piers avait donné l'exemple éclatèrent formidables.

Le jour continua beau et chaud. Le nouveau couple partit pour les chutes du Niagara. Elisa prit en main les rênes de la maison. Le gramophone avait été apporté dehors et Finch y mit successivement tous les disques jusqu'au moment où les trois morceaux du gâteau de noces qu'il avait absorbés commencèrent à produire leur effet. Il descendit à la laverie du sous-sol et y soulagea son cœur. La famille et ses amis se rassemblèrent à l'intérieur de la maison, laissant le reste des convives se réjouir sans contrainte.

Dayborn choisit le premier instant opportun pour tirer Renny à part.

15

SCÈNES CONTRASTANTES

« JE désire vous apprendre quelque chose, dit Dayborn, pouvons-nous entrer ici ? »

Il fit un geste vers le salon dont la porte était restée ouverte. Les portes pliantes qui séparaient le salon et la salle à manger étaient fermées. Renny fit un signe d'assentiment et ils pénétrèrent dans le salon en fermant la porte sur eux.

« Que se passe-t-il ? » demanda Renny supposant que Dayborn, une fois de plus, allait lui demander une avance sur ses gages.

Dayborn répondit d'une voix tendue :

« Nous sommes obligés de nous en aller.

— Vous en aller ? Pourquoi ? Que voulez-vous dire ?

— Mrs. Stroud nous a donné congé. Elle nous accorde trois jours pour partir de chez elle.

— Le diable l'emporte ! De combien êtes-vous en retard sur votre loyer ?

— Deux mois. Mais ça n'a rien à voir dans l'affaire : elle ne veut plus de voisins aussi proches !

— A cause du bruit ?

— Bon Dieu, non, simplement le voisinage : elle ne veut pas être épiée.

— Vous l'épiez donc ?

— Si cela s'appelle épier que de rester sur le pas de

sa porte avant d'aller se coucher. Votre oncle et votre frère y étaient tous deux la nuit dernière. Vous pouvez dire que le fait d'être deux garantissait l'innocence de la réunion mais je vous dis, moi, que cette femme est une chienne ! Je ne jurerais de rien avec elle. J'aurais voulu que vous l'entendiez m'agonir de sottises lorsqu'elle s'est rendu compte que j'avais été témoin de certaines choses... Elle ne contenait plus sa rage et nous a enjoint de nous en aller. Si vous voulez mon opinion à son sujet, je vous la donne !

— Oui.

— Elle ne vaut pas mieux qu'une prostituée et moins encore, car elle n'est pas comme elle poussée par la misère. »

Renny fronça les sourcils. Pour le moment, son souci principal était que Dayborn et Chris ne savaient où se loger. Il finit par dire :

« Quelle sacrée complication ! Il n'y a pas une seule maison libre dans le voisinage et personne qui prenne des pensionnaires. Combien de temps vous accorde-t-elle ?

— Trois jours.

— Elle était de méchante humeur ; c'est sans doute passé à présent.

— Pas avec cette femme. Elle n'a parlé à aucun de nous aujourd'hui.

— Je lui parlerai. Peut-être peut-on tout de même intervenir ? Mais d'abord je veux en dire un mot à mon oncle. Cherchez-le, voulez-vous, et dites-lui que je désire le voir. Comment vont les jambes de Launceton ?

— Il continue à les mordiller. C'est nerveux ; elles n'enflent pas.

— Il a trop travaillé par la chaleur. Dites à Scotchmere de les lui bander.

— Entendu. Je vous envoie votre oncle. »

Il ouvrit la porte. Le rire harmonieux de

Mrs. Stroud venait du salon de réception. Dayborn s'arrêta, la main posée sur le bouton de la porte.

« D'abord, dit-il, c'est une ambitieuse et je le lui ai dit !

— Vous êtes fou ! » dit Renny.

Il resta immobile, songeur, jusqu'à la venue d'Ernest qui ferma la porte derrière lui.

« Qu'a donc le jeune Dayborn avec ses airs de mystère ? dit-il.

— Il n'y a pas de mystère. Mrs. Stroud lui a enjoint de quitter la maison avec sa famille dans l'espace de trois jours à la suite d'une querelle qui eut lieu entre eux la nuit dernière après que vous et Eden l'avez quittée. »

Aucun embarras ne transparut dans l'expression d'Ernest. Il répondit d'un ton plein d'urbanité :

« Vraiment ! Je suis désolé d'apprendre cela, mais qu'y pouvons-nous, n'est-ce pas ?

— Ce que nous y pouvons ! Songez donc que je ne puis me séparer de Dayborn et de Chris en ce moment : ils ont trop d'importance pour moi !

— Si le loyer est payé, je ne pense pas que Mrs. Stroud puisse les forcer à partir sans leur donner un mois de préavis.

— Certainement non ! Comment n'avons-nous pas pensé à cela ? Je vais payer leur loyer et ils auront tout un mois pour chercher un autre logis. »

Le visage de Renny s'éclaira, puis s'assombrit à nouveau. Il reprit :

« Dayborn prétend que Mrs. Stroud est un démon, qu'en pensez-vous ?

— Je pense seulement qu'elle l'est assez pour désirer le paraître ! »

Renny lui lança un regard aigu et demanda :

« Combien de temps vous faudra-t-il encore pour supplanter Eden ?

— J'ai renoncé, ayant essayé mais sans succès. Je considère la situation comme très sérieuse. »

La teinte du visage de Renny, déjà haut en couleur, s'intensifia. Il jeta avec emportement :

« Le jeune fou ! Avec une femme de cet âge !

— Et toi-même, quand tu avais dix-huit ans ?

— Je méritais une raclée. Mon père était trop indulgent. Cette femme est une peste : elle a chassé Dayborn et Chris et capturé Eden ! Je lui dirai un mot et à Eden aussi !

— Je voudrais que tu te montres plus prudent : tu peux faire plus de mal que de bien en agissant ainsi. Quelquefois, je crains de n'avoir pas arrangé les choses.

— Je serai rusé ! »

Des voix résonnèrent dans le hall, quelqu'un prenait congé.

« Il est préférable que je rejoigne nos hôtes, dit Ernest. Les Lacey s'en vont.

— Oncle Ernest, je voudrais que vous disiez à Chris que je désire lui parler ; elle doit être très découragée. Amenez-la-moi, voulez-vous ? »

Renny parcourut la pièce avec impatience. A travers la fenêtre, il pouvait voir les demoiselles Lacey s'éloigner. Quelle chaude promenade elles avaient en perspective ! Pourquoi personne n'avait-il pensé à les ramener en auto ? Il se pencha à la fenêtre.

« Attendez ! cria-t-il. On va vous ramener chez vous ! Il fait aussi chaud que dans un four ! »

Elles revinrent, se dirigeant vers la fenêtre.

« Que c'est aimable à vous !

— Ce sera plus agréable.

— Quel merveilleux après-midi... Et si pittoresque !...

— J'ai toujours pensé qu'un repas dehors...

— Cette chère Mrs. Whiteoak est superbe ! Elle me disait...

— Et elle a même accepté un morceau de gâteau de noce. Je lui ai dit...

— Non, c'est moi qui lui disais... »

Elles continuaient à bavarder, s'interrompant l'une l'autre comme il se souvenait les avoir toujours entendues bavarder depuis qu'il était au monde. Elles n'auraient pas vu d'inconvénient à passer une bonne heure debout devant la fenêtre. Il entendit Chris pénétrer dans le salon. Il lui fit un signe sans se détourner. Elle prit sa main dans les siennes.

La plus âgée des demoiselles Lacey disait :

« Je me souviens d'une garden-party à Jalna, c'était exactement par une semblable journée de septembre, votre grand-père vivait encore et...

— Quel bel homme ! l'interrompit sa sœur. Vous savez, j'estime que Piers...

— Mais, s'il m'est permis de le dire, je pense que Piers n'aura jamais la...

— Comment le pourrait-il ! L'existence et les bonnes manières ont...

— Sans doute, mais comme je... »

Renny interrompit sans égards l'aimable flot de leurs paroles. Il sentait les lèvres de Chris contre ses paumes.

« Attendez un moment, voulez-vous ? dit-il. Je vais dire à l'un des garçons de sortir la voiture. »

Et il rentra sa tête à l'intérieur du salon. Chris était derrière lui dans l'ombre. Silencieusement, il l'étreignit.

La voix de la plus jeune des demoiselles Lacey lui parvint, précise.

« Certainement, il n'a pas les façons de son grand-père, as-tu remarqué comme...

— Si je l'ai remarqué ! Et puis cette manière brusque qu'il a eue... »

Avec une grimace pitoyable à s'entendre ainsi critiquer, Renny poussa Chris un peu plus loin dans l'ombre :

« Je reviens tout de suite, chérie », murmura-t-il.

Il risqua un regard dans le salon de réception. Sa grand-mère, ses oncles et sa sœur y étaient en compagnie des Fennel et de Miss Pink. Il se dirigea ensuite vers la salle à manger. Eden et Mrs. Stroud se trouvaient sous le portrait d'Adeline. Ils parlaient sur un ton bas, mais leurs regards rencontrèrent le sien non sans embarras. Il leur jeta :

« Je regrette de vous interrompre, mais je désirerais qu'Eden conduise les demoiselles Lacey chez elles, avec la voiture. J'enverrais bien un des domestiques, mais ils sont tous occupés à des jeux dehors...

— Il vaut mieux nous interrompre qu'eux ! » dit Mrs. Stroud avec un sourire énigmatique.

Eden répondit d'un ton délibéré :

« Parfait. Je reconduirai Mrs. Stroud en même temps, c'est une bonne idée. »

Et il sortit. Il y eut un silence quelque peu embarrassé, puis elle remarqua en considérant alternativement le portrait, puis Renny :

« Vous ressemblez à votre grand-mère, n'est-ce pas ?

— On l'a souvent dit, répliqua-t-il avec sécheresse.

— Ce doit être merveilleux de se sentir membre d'une si nombreuse famille. J'ai tellement vécu seule ! Jamais je n'ai eu plus d'une personne avec moi, depuis mon enfance.

— C'est ce qui vous explique en partie », dit-il.

Elle se mit sur la défensive :

« Que voulez-vous dire ?

— Je veux dire que si vous aviez eu de jeunes frères, vous auriez compris immédiatement en rencontrant un jeune garçon que vous aviez affaire à un enfant. »

Elle lui lança un regard irrité.

« Peut-être Eden est-il moins enfant que vous ne le croyez.

— Je ne vois pas, poursuivit-il, ce qui peut vous intéresser en lui. Quoi qu'il en soit, vous l'êtes, c'est un fait. Mais il est une question bien différente dont je voudrais m'entretenir avec vous. Je voudrais vous rendre visite ce soir, si vous n'y voyez pas d'inconvénient. »

Pendant un instant, Mrs. Stroud eut le sentiment qu'elle devait refuser cette entrevue ; elle avait conscience d'une sorte de décision brutale en lui qui pouvait l'amener à quelque éclat. Cependant, comment refuser de le voir ? Elle s'entendit lui répondre :

« Oui, je serai heureuse de vous voir quand vous voudrez, ce soir. »

Eden était revenu. Il jeta un regard perçant à Renny comme pour deviner ce qui se passait dans son esprit, puis il s'adressa à Mrs. Stroud :

« J'ai sorti la voiture, voulez-vous me suivre ?

— Oui, mais il faut d'abord que je fasse mes adieux. »

Renny s'inclina gravement lorsqu'elle passa devant lui, puis il franchit les portes pliantes et pénétra dans le salon en les refermant derrière lui. Chris était toujours où il l'avait laissée.

« Ils sont partis, n'est-ce pas ? »

Il regarda par la fenêtre :

« Pas encore. Mrs. Stroud et Eden étaient dans la salle à manger. Je dois la voir ce soir.

— Cela n'arrangera rien. Elle est inflexible. Si vous aviez entendu la scène qu'elle a faite à Jim la nuit dernière !

— Mais elle s'est montrée très bonne pour vous avant, n'est-ce pas ?

— Oui, mais la voilà tout autre à présent. Quelle décision croyez-vous que nous devrions prendre ? »

Chris leva vers lui des yeux confiants.

« J'arrangerai cela, ne vous tourmentez pas ; il sera bien temps, si je ne réussis pas à la persuader, de revenir sur sa décision. Eden va la ramener chez elle après avoir reconduit les demoiselles Lacey. »

Chris, du regard, fit le tour de la pièce.

« Quel coin sympathique ! Est-ce que toutes ces pipes sont à vous ?

— Non, deux seulement. Les autres appartenaient à mon père.

— Vous ressemblait-il ?

— Pas du tout ; il avait bien meilleure allure.

— Alors, si l'on en juge d'après ce que vous et les demoiselles Lacey prétendez, votre famille irait en déclinant ? Mais je ne le crois pas, je pense au contraire que vous êtes le fleuron de la couronne ! Quoi qu'il en soit, je vous aime. La pensée d'être obligée de m'en aller me rend malade. »

Elle mit ses bras autour de son cou.

Renny appuya son visage contre sa joue.

« Mon cher cœur !

— Vous dites de si gentilles choses, chéri !

— A personne qu'à vous.

— Mais il faudra parler gentiment à Mrs. Stroud ce soir, ne la laissez pas nous mettre dehors ! S'il n'y avait Tod, ce ne serait pas si grave. Mon Dieu ! où peut-il bien être ! Il faut que j'aille le retrouver ! »

Après quelques recherches, elle le découvrit installé sur les genoux de Scotchmere, un *bun* aux raisins dans les mains, regardant jouer aux palets. Scotchmere déclara :

« Vous êtes une bonne mère, n'est-ce pas ? »

Tod lui tendit les bras. Elle le prit et essuya des miettes restées sur sa bouche.

« Comment vont les jambes de Launceton ? demanda-t-elle.

— Elles enflent, répondit-il avec aigreur. Vous l'avez fait trop travailler hier.

— Bon Dieu, oui ! répliqua-t-elle. Où est mon frère ?

— Un peu plus loin, à côté du baril de cidre ; il ne se soucie guère de ce que fait le petit !

— Merci, Scotchmere, d'avoir veillé sur lui !

— Ah ! c'est toujours moi qu'il recherche, même s'il y a une foule de gens par là. Il connaît ses amis, n'est-ce pas, Tod ? »

Il prit dans ses mains un pied de l'enfant et le tapota. Tod se pencha vers lui, puis se mit à grignoter le *bun* aux raisins. Chris s'en fut accompagnée de Dayborn et bientôt tous trois eurent disparu au détour du sentier menant à travers le verger.

Contrairement à l'attente de Renny, Eden fut de retour pour le dîner. Leur grand-mère s'était déjà retirée. Ernest, fatigué de la tension des jours précédents, s'était tapi dans sa chambre avec un bouillon de poulet et des biscottes à sa portée ainsi que son écritoire installée devant lui, toute prête pour l'élaboration d'une lettre à Augusta. Il avait beaucoup à lui raconter.

Eden se montra vif et apparemment de bonne humeur ; il s'adressa à Meg. Elle l'aimait dans cet état d'esprit et riait de ses imitations des deux demoiselles Lacey. Il évitait le regard de Renny. Mrs. Stroud lui avait parlé de la visite qui devait avoir lieu le soir même. Il y songeait avec méfiance. Finch, perdu dans ses rêves, regardait fixement dans le vide. Piers considérait Eden d'un air ennuyé. Il se demandait s'il avait oublié ce qui s'était passé le matin même.

Ce n'était pas souvent qu'Eden cherchait à se rendre utile, mais, ce soir-là, il avait déroulé le tuyau d'arrosage et il s'était mis à asperger les fleurs des plates-bandes et la pelouse. Meg approuvait son activité ; elle allait et venait suivie de l'épagneul de son père, dirigeant le jet vers les plantes altérées ou les places sèches de la pelouse. Docilement, il suivait ses directives. Il y eut un bruit de sabots dans une allée. Renny, monté sur Cora sa jument favorite, trottait vers l'avenue ; elle n'aimait pas beaucoup le tuyau d'arrosage et, ayant levé un sabot hostile, elle fit quelques pas de côté. Meg se détourna :

« Où vas-tu ? demanda-t-elle.

— Prendre un peu d'exercice. Tu sais, Cora déteste prendre ses ébats dans le paddock. Nous ne serons pas longtemps. Mets le tuyau dans le framboisier, Eden. Elle n'aime pas ça. »

Tandis que Renny parlait, Piers et Finch parurent venant lentement de derrière la maison. Ils avaient été camarades toute la journée et Finch était immensément fier. L'eau jaillissait avec puissance du tuyau d'arrosage et Eden, avec un sourire malicieux, le dirigea en plein sur Piers.

Pendant un instant, il fut pétrifié par le choc, puis il tourna les talons et se mit à courir dans la direction d'où il était venu. Eden le poursuivit en traînant à sa suite le long serpent gorgé d'eau. L'épagneul jeta quelques aboiements et s'élança précédant Piers. Celui-ci tomba en travers de l'avenue recouverte de gravier. L'épagneul, dans des transports de joie, courait en rond autour du corps étendu, aboyant tantôt à l'adresse de Piers, tantôt à celle du tuyau d'arrosage.

Meg jeta de hauts cris. Renny rugit :

« Vois donc plutôt ce qui brûle ! »

Cora se cabrait. Piers se releva et s'enfuit. Finch demeura à la même place, grimaçant niaisement, alors Eden tourna le tuyau dans sa direction. Meg piaula. Finch courut à elle dans l'espoir de trouver protection dans ses bras.

« Va-t'en ! cria-t-elle. Je n'ai pas envie d'être mouillée. Eden, arrête-toi instantanément ! »

Finch courut chercher refuge à l'abri du cheval.

« Par Judas ! rugit Renny. Si je mets la main sur toi ! »

Et il repoussa Finch avec sa cravache.

Finch, mince silhouette ruisselante, courut alors désespérément vers la maison, toujours poursuivi par l'impitoyable jet. A demi aveuglé par l'eau, il saisit à tâtons le bouton de la porte d'entrée mais celle-ci fut ouverte de l'intérieur par Elisa qui recula devant la violence du jet.

Eden voyant Renny se ruer vers lui tel un centaure vengeur, laissa tomber le tuyau et disparut derrière les framboisiers. Un dernier jet en spirale atteignit Cora sur sa panse rebondie. Baissant la tête, elle rua, manquant d'atteindre l'épagneul, puis elle galopa furieusement le long de l'avenue. La grille était fermée. Rassemblant ses forces, elle la franchit comme un cerf, puis le roulement de tonnerre de son galop décrut sur la grand-route.

16

RENNY ET MRS. STROUD

ELLE le guettait derrière les rideaux de ses fenêtres, après s'être poudré le visage et avoir accroché de longues boucles d'or à ses oreilles plates et transparentes. Amy Stroud ne savait quelle sorte de conversation l'attendait, mais elle était décidée à lui tenir tête. Elle éprouvait des inquiétudes qu'elle tentait en vain de calmer. Quoique Ernest ou Eden lui eussent souvent parlé de Renny, ce qu'ils avaient dit sur son compte était déroutant plutôt qu'encourageant. « C'est un tel individualiste ! avait une fois déclaré Ernest, que, parfois, il a l'air d'être taciturne ou lunatique alors qu'il n'est ni l'un ni l'autre. Il est très sensible, avec cela il a l'acuité de ma mère. Son charme qui attirait à lui les femmes sans qu'il eût à s'en donner la peine fut plutôt un désavantage pour lui. » Mais Eden avait avoué : « Je m'oppose sans cesse à sa sécheresse. Il aime ses chevaux et Jalna, mais il a un abominable caractère. Il ne lit jamais un livre, à part des ouvrages sur l'élevage des chevaux. Vous et lui ne trouveriez point de sujet de conversation commun ! » Cependant Eden avait dit le jour même : « Il va vous convaincre de garder Dayborn, vous verrez ! » Elle avait répondu : « Personne ne pourrait y parvenir ! »

Et Eden avait ri : « Le vieux Peau-Rouge a une manière à lui ! »

Oui, elle serait inaccessible à toutes ses avances. Les battements de son cœur se précipitèrent dans sa colère qui renaissait à la pensée de Dayborn. Elle s'approcha de son miroir et examina son image, se demandant si les petites boucles quelle avait roulées sur ses tempes etaient seyantes.

La lumière du jour déclinant jetait un reflet verdâtre étrange sur son visage. « Certainement, pensa-t-elle, je n'ai pas ce teint-là ! » Et elle courut au premier pour s'examiner dans la glace plus flatteuse de sa chambre à coucher. Oui, elle était tout autre dans celle-ci ! Quels beaux yeux elle avait ! Les boucles lui allaient bien.

Sur sa table à coiffer, la photographie de son époux semblait la surveiller d'un air cynique. Elle considéra le nez tombant et mou, la bouche vulgaire, les petits yeux perçants, et sentit soudain qu'elle ne pouvait plus supporter sa présence en ce lieu. Elle prit la photographie et la déposa sur le papier supérieur de la garde-robe. Alors elle fit une profonde aspiration sans savoir vraiment si c'était de soulagement ou d'appréhension. « J'ai été trop longtemps repliée sur moi-même, pensa-t-elle. Je ne puis supporter la vie réelle, il eût fallu qu'elle vienne à moi plus tôt ! »

Il était arrivé avant que Mrs. Stroud s'en doutât. Elle l'entendit frapper à sa porte et ayant regardé par la fenêtre, elle vit sa monture attachée à l'anneau de fer scellé dans le poteau rouge qui se trouvait devant son portillon. Un visiteur à cheval ! Rien de plus romantique ! si tant était qu'on pût associer le romanesque avec l'homme dont Eden avait fait le portrait. Elle désira soudain que leur conversation roulât sur quelque sujet aimable. Mais non, il fallait qu'elle prît la vie comme elle se présentait ! Ce serait un plaisir de conter à Eden les moindres détails de cette rencontre... On frappa à la porte avec plus de vigueur.

Elle dit à haute voix : « Vous êtes impatient, n'est-ce pas ? Parfait, cela vous fera du bien d'attendre ! » Mais elle descendit l'escalier en courant.

Le visage de Renny s'éclaira lorsqu'il la vit.

« Je craignais que vous ne soyez sortie ! dit-il.

— J'imagine, répliqua-t-elle d'un ton légèrement sarcastique, que vous êtes habitué à voir les portes s'ouvrir devant vous instantanément mais, voyez-vous, je n'ai pas de servante.

— Oh non ! je ne suis pas surpris, répondit-il sur un ton d'excuse, seulement j'étais désireux de vous voir. »

Ils pénétrèrent dans le salon.

Elle s'assit en face de lui d'un air grave, avec l'intention de ne point lui faciliter les choses. Comme pour la soutenir dans sa détermination, le baryton de Dayborn s'éleva de l'autre côté du mur de séparation : « *Veillez à la flamme des foyers...* »

« Ils sont fort près de vous, n'est-ce pas ? » remarqua Renny.

Elle eut un haussement d'épaules :

« Je passerais volontiers sur ce détail, ce que je ne puis souffrir ce sont ses insolences et son espionnage.

— Mais vous aimez tout de même Chris, n'est-ce pas ? »

Elle répondit presque avec violence :

« Mr. Whiteoak, je me suis montrée accueillante envers ces gens-là ! Demandez-le-leur ! Ils ne sauraient le nier !

— Ils ne le nient pas. C'est votre bonté du début qui leur rend incompréhensible votre sévérité présente.

— Si vous aviez vécu ici tous ces derniers mois, vous vous seriez émerveillé que j'aie pu les supporter aussi longtemps ! Ils ne me paient pas leur loyer ! »

Instantanément, elle regretta d'avoir dit ces dernières paroles et ajouta vivement :

« Non pas que cela influence ma décision si peu que ce soit.

— Pourtant il est fort important que ce loyer soit payé, remarqua-t-il. Je suis décidé à avancer à Dayborn l'argent nécessaire et je pense que Dayborn, de son côté, fera en sorte de se comporter convenablement.

— Alors il promettra l'impossible, car il ne pourrait pas plus s'empêcher d'agir comme il le fait que moi-même je... »

Elle hésita, cherchant une comparaison.

« Que vous ne pourriez vous montrer déraisonnablement cruelle ! ajouta-t-il.

— Je ne suis pas déraisonnable ! »

Il rit.

« Alors vous n'êtes pas femme !

— Comment pouvez-vous parler ainsi ayant une grand-mère, une sœur, une tante comme les vôtres !

— Toutes trois sont déraisonnables.

— Sans doute vous croyez-vous raisonnable ?

— Parfaitement. »

Et il eut ce sourire charmeur si semblable à celui de sa grand-mère.

Elle sourit à son tour et dit :

« Certainement que vous ne pensez pas à me demander de garder chez moi un homme qui épie les allées et venues de mes amis et se permet des réflexions à l'affût sur le pas de sa porte ? Nous pourrions alors aussi bien vivre sur une péniche : c'est dégradant !

— Dayborn a été un an sur le front de 1914 où il fut gazé. Cela a probablement affecté son caractère : ce n'est pas vraiment un mauvais garçon.

— Je voudrais que vous entendiez ce qu'il ose dire à Chris !

— Je l'entends.

— Quand ?

— Quand nous dressons les chevaux. Un jour, il lui a même envoyé un coup de poing.

— Et cependant vous prétendez qu'il n'est pas mauvais garçon !

— Je suis indulgent ! »

Elle le regarda, surprise, et dit :

« Je vous croyais tout le contraire.

— Oh ! j'ai un caractère violent. »

Les coins de la bouche de Mrs. Stroud remontèrent et son regard resta attaché à sa chevelure avec quelque malice.

« Oui, reconnut-il, ça va ensemble. »

Avec une inflexion plus intime dans la voix, elle dit :

« Je n'ai jamais vu des yeux aussi sombres et de si longs cils accompagner une chevelure de cette teinte.

— Je les ai hérités de ma grand-mère », répliqua-t-il avec complaisance.

Elle rit franchement, ses yeux cherchant son regard, tout en se demandant pour quelle raison sa présence dans cette pièce effaçait le souvenir de ceux qui l'y avaient précédé.

Un silence tomba entre eux.

Il était là, assis si calme dans son costume de cheval usé, toute sa silhouette filiforme exprimait une telle gravité qu'il semblait devoir rester dans ce salon indéfiniment. Il regardait par la fenêtre son cheval attaché près du portillon et pensait à Eden. Non, mieux valait ne pas parler d'Eden. Ce serait pour plus tard !

Elle finit par dire :

« Il faut que je vous révèle une chose au sujet de ces gens-là, je pense que c'est mon devoir. »

Les sourcils de Renny remontèrent :

« Oui ? »

Et il la regarda d'un air interrogateur.

Elle dit alors d'une voix profonde qu'elle savait rendre impressionnante :

« Ces deux-là ne sont pas frère et sœur mais mari et femme !

— Oh ! oui, dit-il avec simplicité, je sais cela depuis quelque temps.

— Vous le saviez ! »

Elle le regardait, clouée sur place.

« Oui.

— Comment l'avez-vous découvert ?

— Et vous-même ?

— Dayborn s'est trahi par un mot dit à Chris. Je n'ai pu m'empêcher de l'entendre !

— Lorsque vous avez pris la décision de séparer cette maison en deux, pourquoi diable ne l'avoir pas fait convenablement ? Ça doit être une vraie coquille d'œuf ! »

Il se leva et frappa le mur de son poing.

Dayborn, consterné, cessa de chanter.

Elle eut un petit rire et dit :

« Il ne se montre pas habituellement aussi gracieux !

— Je crois qu'il se conduira mieux à l'avenir et que Chris y veillera. Elle a beaucoup d'influence sur lui.

— Eh bien ! il est temps qu'elle commence à l'exercer ! »

Elle avait parlé d'une voix mordante, mais elle ajouta plus amicalement sur un ton confidentiel :

« Que pensez-vous de leur mariage ?

— Je pense que Chris est trop bien pour lui, mais quelle épouse n'est pas trop bien pour son conjoint ? »

Elle fit entendre son rire grave, musical :

« Je me demande quelle sorte de femme vous épouserez.

— Une femme qui aura un aussi joli rire que vous, j'espère.

— Ne comptez pas agir sur moi par la flatterie.

— Je n'ai jamais flatté aucune femme. »

Elle se pencha vers lui :

« Vous avez dû entendre de drôles d'histoires sur mon compte. Je voudrais que vous me disiez franchement ce que vous pensez de moi.

— Je vous en parlerai lorsque vous m'aurez dit si, oui ou non, vous êtes décidée à garder encore Chris et le bébé sous votre toit ?

— Vous parlez comme si eux seuls comptaient.

— Ils comptent, pour moi et... pour vous !

— Dayborn sans doute compte pour moi !

— Il m'a promis de bien se conduire.

— Il ne le pourra pas.

— Donnez-lui l'occasion de vous prouver le contraire.

— Inutile d'insister.

— Fort bien. Je pense que vous le regretterez. »

Il se leva.

En cet instant, elle souhaita passionnément faire impression sur lui. Son désir insatiable de connaître des émotions nouvelles l'amenait à discuter avec un homme en présence duquel elle n'éprouvait que malaise et doute envers elle-même. Amy Stroud sentait que, se soumettre à sa volonté, c'était perdre du coup tout intérêt à ses yeux. Elle ne pouvait espérer l'intéresser que par une attitude récalcitrante ou indécise.

Elle croisa les mains sur ses genoux, leva vers lui des yeux expressifs, et reprit :

« Je ferai ceci : ils resteront encore quinze jours. J'essaierai de le supporter encore tout ce temps-là... peut-être même davantage. Voulez-vous revenir me voir dans une quinzaine ? Je vous dirai alors si je puis continuer à vivre avec eux.

— Bien ! » Il abaissa vers elle un regard presque

tendre. « Voilà qui est gentil de votre part. Je m'en vais tout droit le leur dire. Désirez-vous des excuses de la part de Dayborn ?

— Non, je ne veux pas lui parler.

— Mais vous parlerez à Chris ?

— Oui. Mais vous faut-il déjà vous en aller ?

— Chris doit m'attendre avec anxiété. Je reviendrai. Faut-il vraiment que j'attende quinze jours ?

— Venez quand vous voudrez. »

Il lui prit la main :

« Merci. »

Ses yeux parurent inquisiteurs à Amy tandis qu'ils regardaient au fond des siens. Il devait avoir cette expression lorsqu'il examinait un cheval inconnu en se demandant s'il aurait la bouche sensible ou non.

Elle l'accompagna jusqu'à la porte. L'obscurité était venue. On distinguait à peine la jument. L'ombre résonnait des voix de la nuit. Il passa une jambe pardessus la petite barrière de séparation et, lui ayant adressé un dernier adieu de la main, s'en fut vers la porte du logement voisin.

Celle-ci était entrebâillée. Il la poussa et entra. Chris était seule dans le petit salon ; elle vint à lui, le visage étroit et pâle à la clarté de la lampe.

« Où est Jim ? demanda-t-il.

— Il est allé mettre une lettre à la poste. Qu'a-t-elle dit ?

— D'abord elle ne voulait rien entendre pour vous garder une quinzaine de plus. Ensuite, elle y a consenti. Si Jim se conduit bien, tout ira parfaitement.

— Est-elle fâchée contre moi ?

— Pas particulièrement. Toute son irritation va à Jim. Je crois que vous feriez bien de lui écrire un mot pour la remercier.

— Fort bien. Mais j'espère que nous trouverons à nous loger ailleurs. Je déteste cette maison à présent !

— Je vous trouverai un autre logement. Pourquoi êtes-vous si pâle ? »

Elle porta les mains à ses tempes.

« Ma tête me fait mal. Je me sens fatiguée.

— Ce n'est pas étonnant ! »

Il éteignit la lumière la plus proche et prit Chris dans ses bras. Elle se serra contre lui, tremblante.

« Prenez un jour de repos, dit-il, reposez-vous demain !

— Ce n'est pas du repos qu'il me faut, c'est vous ! Je vous aime tant, Renny ! »

Il l'embrassa. D'une main, il la serra contre lui. Il dit enfin :

« Je pense que vous auriez été plus satisfaite si je vous avais annoncé que vous pouviez rester tout à fait, pauvre chérie !

— Que diriez-vous si j'étais libre ?

— Je remercierais Dieu !

— Pourquoi ?

— Quelle question !

— Croyez-vous que vous aimeriez m'épouser ?

— Oui, j'aimerais vous épouser.

— Je ne vous crois pas.

— Qu'ai-je fait pour mériter cela ?

— Vous n'avez pas vraiment besoin de moi comme le pauvre Jim.

— Vous reposerez-vous demain ?

— Non, je n'en ai pas envie, je veux être avec vous. Vous souvenez-vous de cette nuit au bord du lac ?

— Kit ! »

Elle le sentit trembler. Il l'emporta dans ses bras, s'assit, avec elle sur ses genoux, et cacha son visage contre sa poitrine.

« Je voudrais que vous soyez également malheureux, dit-elle. C'est affreux de ma part, mais je voudrais vous voir aussi malheureux que moi, alors je serais plus sûre de votre amour ! »

Il leva vers elle ses yeux sombres :

« Si vous me voulez malheureux, je le serai ! »

Elle posa ses mains sur les yeux de Renny et les ferma :

« C'est ridicule !

— Ça ne l'est pas ! Je me sens devenir plus malheureux de minute en minute. Voyez, je pleure ! »

Elle sentit sa poitrine se soulever.

« Comment osez-vous ! » s'écria-t-elle.

Mais lorsqu'elle prit son visage entre ses mains pour le considérer, elle vit des larmes dans ses yeux. Elle lui caressa les cheveux d'un geste maternel.

La jument hennit. Ils entendirent les pas de Dayborn dans l'allée. Chris alla à sa rencontre jusqu'à la porte. Un sourire malicieux éclaira le visage mince de Dayborn lorsqu'il aperçut Renny.

« Alors, qu'est-ce que cette furie-là, à côté, a bien pu vous dire ?

— Chut ! soufflèrent Chris et Renny simultanément.

— J'imagine qu'elle a l'oreille collée au mur de séparation !

— Vous ne méritez pas qu'on fasse rien pour vous, dit Renny en parlant très distinctement. Mrs. Stroud s'est montrée très bonne. Elle consent à prolonger votre séjour ici d'une quinzaine. En retour, elle attend de vous que vous vous occupiez de vos affaires en lui laissant le soin de diriger les siennes. Je suis absolument sûr que vous pourriez rester ici indéfiniment si vous vous conduisiez bien ! »

Dayborn ayant compris ce que l'on attendait de lui éleva la voix à son tour :

« Je suis très reconnaissant à Mrs. Stroud, dit-il

d'une voix nasale, comme je suis le pauvre gars qui ne mérite rien, nous recevons humblement toutes les faveurs et essaierons de nous en montrer dignes.

— Bon Dieu, oui, vous tâcherez ! dit Renny dans un souffle.

— Mais, Jim, dit Chris, c'est une chance, n'est-ce pas, que nous ne soyons pas forcés de nous en aller d'ici dès demain ?

— Je ne sais plus vraiment ce qui est une chance ou non, mais je sais que la vie est douce et que j'ai diablement envie d'un bon verre ! »

Il ouvrit le buffet et sortit une bouteille de whisky de seigle, posa trois verres sur la table, les emplit de whisky et d'eau et éleva le sien en se tournant vers le mur de séparation :

« A notre généreuse hôtesse ! dit-il, et le diable l'emporte. »

Cependant un sentiment de convenances fit que Renny en fut choqué. Il estimait que Mrs. Stroud méritait quelque reconnaissance pour ce à quoi elle avait consenti et lui-même aussi un peu comme porteur de la bonne nouvelle. Il resta un moment encore à parler de chevaux. On vida un second verre à l'espoir de voir Launceton gagner le Grand National.

Ils l'accompagnèrent ensuite jusqu'à la porte. La coulée de lumière qui s'en échappa vint éclairer la jument à l'attache. Ses épaules satinées se moiraient sous la lumière, ses grandes oreilles qui donnaient à sa tête une expression intelligente pointèrent vers Renny, attentives. Elle hennit puissamment.

« Bonne nuit, dit Dayborn. C'est gentil d'avoir une visite rien que pour soi ! Ça change ! On finit par devenir envieux à force d'en voir d'autres recevoir toutes les visites et on se demande ce qu'on a fait... »

Chris le prit par le bras et l'entraîna à l'intérieur.

Par-dessus son épaule, elle envoya un baiser à Renny.

Il se mit en selle. La jument trotta vivement vers son écurie, indifférente à la beauté de la nuit, ne désirant que le repos dans sa stalle.

17

LE CANOË

EDEN se sentait dans un état de lassitude désagréable qui confinait par moments à la mélancolie. Son esprit était plein de pensées auxquelles il eût voulu avoir le temps de réfléchir. Il désirait écrire des poèmes, mais chaque matin, lorsqu'il s'éveillait, la pensée du déroulement prosaïque de la journée le hantait et il restait étendu dans son lit jusqu'à la limite extrême du possible. Puis il se jetait dans ses vêtements, avalait son déjeuner à la hâte, après quoi c'était la course pour ne pas manquer le train, les cours interminables qui, le plus souvent, l'assommaient, le retour à la maison, les quelques instants arrachés à la journée et qu'il consacrait à Amy Stroud. Il y avait tant de livres qu'il eût aimé connaître et si peu de temps de libre pour les lire ! Il ne comptait pas encore dix-neuf ans. Il avait grandi rapidement. Parfois, tandis qu'il s'habillait à la hâte le matin, après avoir trop peu dormi, il se sentait tour à tour énervé et las, exalté et déprimé. Avant toute chose, il éprouvait un dégoût pour toute responsabilité et le désir de goûter ce beau temps d'automne à sa manière. Il aspirait à passer des heures chaque jour avec Mrs. Stroud. La victoire triomphante, théâtrale, qu'il avait remportée sur Ernest l'avait rendue plus désirable pour lui quoique moins réelle. Ses sentiments envers Amy, ou envers lui-même et les siens, étaient si subtils qu'ils en paraissaient contradictoires. Cependant, ce qu'il désirait, c'était la facilité alliée à la liberté.

Il en voulait à ses jeunes frères d'être obligé d'aller en leur compagnie à la gare. Si ce n'était d'eux, il eût pu s'échapper de temps à autre. Sans cesse, il échafaudait des plans dans ce dessein, mais les abandonnait ensuite sans espoir. Finalement, cependant, il inventa l'existence d'un camarade étudiant du nom de Powell. Il parlait souvent de ce garçon, l'enviant de pouvoir aller suivre ses cours en ville avec son auto personnelle, car l'auto appartenait à Powell ; d'ailleurs, c'était un garçon sérieux. Un peu plus tard, il raconta à Meg qu'il avait été invité par Powell à profiter de sa voiture. Tout se passa très facilement avec la famille. Meg déclara qu'elle était heureuse qu'Eden eût trouvé un camarade à l'esprit déjà mûri. Renny fit remarquer seulement que le père de Powell devait avoir plus d'argent que de bon sens pour confier une voiture à un garçon de cet âge. Immédiatement, Eden crut préférable de supprimer le père de Powell qui, dit-il, était le fils unique d'une mère indulgente. Tous deux vivaient à la campagne, aussi Eden devait attendre le passage de l'auto sur une route des environs.

Le premier matin qu'il joua ce tour, il attendit d'abord dans un petit boqueteau au bord de la route jusqu'à ce qu'il eût vu Dayborn et Chris passer près de lui se rendant aux écuries. Alors il bondit par-dessus la clôture et s'élança sur la route vers la demeure de Mrs. Stroud. Il se sentait le cœur léger et sans scrupules. Il avait dit la veille à son amie de s'attendre à sa visite. Détestant être lui-même dérangé à l'improviste, il ne voulait point la surprendre peut-être affublée d'un bonnet de ménage et frottant ses parquets. Il aimait que tout fut prêt pour le recevoir.

La route était élastique et humide après la pluie et si gaie avec tous les glaïeuls et les *dentelles de la reine Anne* croissant sur ses bords. L'air vibrait du gazouillement d'une bande d'hirondelles qui se rassemblaient pour leur voyage vers le sud. A chaque nouvelle bouffée du vent capricieux qui soufflait, des feuilles aux teintes vives se détachaient de quelque branche et flottaient paisiblement dans l'atmosphère. Il avait bourré ses poches de pommes en passant par le verger.

Elle ouvrit la porte, souriante.

« Oh ! que vous êtes déraisonnable ! s'exclama-t-elle.

— Et combien heureux ! » ajouta-t-il.

Ils restèrent sur les marches du porche dans l'éclatant soleil. Elle aspira l'air profondément ; avec le sentiment de n'être pas plus âgée que lui.

Lorsqu'ils furent à l'intérieur, elle demanda :

« Savez-vous pourquoi votre oncle ne vient plus me voir ? »

Il la regarda bien en face.

« Il ne vient plus ?

— Jamais plus.

— Que c'est étrange !

— L'aurais-je offensé ?

— Comment serait-ce possible ?

— Je pense que peut-être... il est si sensible... Je me demandais...

— Quoi ?

— S'il était... mais ce serait ridicule.

— Jaloux, vous voulez dire ? Mais, après tout, je suis venu ici le premier...

— Le lui auriez-vous dit ?

— Eh bien, si vous voulez savoir ce qu'il en est, nous vous avons jouée aux dés. »

Elle eut pendant un instant une expression outragée. Sa mâchoire s'abaissa.

« Que vous avez l'air drôle ! »

Il rit, enchanté.

« Mais c'est choquant ! »

A cette pensée, son passé puritain se révoltait en elle. Puis, soudain, son visage devint cramoisi : quoi, c'était tout comme si l'on s'était battu en duel pour elle !

« Et vous avez gagné ?

— Oui, j'ai gagné.

— Et il ne reviendra plus ici ?

— Vous en avez un drôle d'air ! Non, il ne reviendra plus. Il a pris sa défaite élégamment et « s'est installé dans son travail », selon son expression. Il écrit un peu, et joue aux dames avec ma grand-mère ; en fait, je le crois soulagé. Ce n'est pas une plaisanterie, vous savez, pour un homme de son âge, d'avoir une affaire d'amour sur les bras !

— Ce n'était pas une affaire d'amour mais une charmante amitié et je regretterai ses visites », dit-elle d'une voix tremblante.

Puis elle s'assit, les yeux baissés sur ses mains croisées.

Il s'agenouilla contre elle et l'entoura de ses bras.

« Aimée chérie, je suis fâché que vous soyez peinée. J'ai exposé la question crûment. Mais l'ennuyeux, voyez-vous, c'est que cela ne pouvait pas durer. C'était pénible d'avoir l'oncle Ernest comme rival. Il n'est pas capable de vous aimer tandis que moi, je le suis ! Avouez que nous avons passé tous ensemble une bonne soirée !

— Oui, mais un jour vous m'abandonnerez, alors je serai seule. »

Ce dernier mot fit son effet ; elle se mit à pleurer.

« Je ne vous quitterai jamais, dit-il avec ferveur. Ce fut une épreuve merveilleuse tous ces moments que nous avons passés ensemble dans cette pièce, n'est-ce pas ?

— Oui, mais ils m'ont rendue trop émotive. Je

n'arrive plus à me contenir. Je pleure, je me fâche sans savoir pourquoi. »

Elle mit ses mains sur les épaules d'Eden et le serra contre elle.

« Bien, vous ne pleurerez plus et ne vous fâcherez pas davantage. Vous allez être gaie toute la journée. Je voudrais trouver un moyen pour que nous allions au lac tous deux ! Il est aussi bleu qu'une campanule et lisse comme de la soie. Ma famille n'a jamais su en jouir comme elle aurait dû. Ils s'imaginent avoir tout fait lorsqu'ils ont eu deux pique-niques sur la plage ! Comme je voudrais avoir un canoë ! Oh ! Amy, j'ai vu l'annonce d'un canoë à vendre à la poste l'autre jour ! Si seulement j'avais l'argent, je l'achèterais pour vous ! Nous pourrions nous promener et pagayer pendant des heures tout en bavardant ou en lisant des poèmes.

— Mais je l'achète ! s'écria-t-elle. Ce serait divin, jamais je n'ai été en canoë de ma vie !

— Non, je ne veux pas que vous l'achetiez ; je trouverai bien l'argent nécessaire d'une manière ou d'une autre ! »

Il posa un doigt sur son sourcil froncé et se mit à réfléchir profondément.

« Je vais vous dire une chose : achetez-le et je vous le paierai dès que j'aurai rassemblé l'argent qui devient de plus en plus rare chez nous depuis la guerre. Renny dépense énormément pour les écuries. Il a fait installer le nouveau système d'écoulement et, maintenant, c'est l'électricité. Vous ne pouvez vous imaginer comme il se montre rat pour toute autre chose !

— Parlez-moi de lui, dit-elle tranquillement.

— C'est bien ce que je faisais, non ?

— Je veux dire : quelle sorte d'homme est-ce en réalité ?

— Je ne le connais pas très bien moi-même. Vous

savez, il vient seulement de revenir ce printemps-ci et lorsqu'il partit, j'étais un enfant.

— Il m'a convaincue de garder chez moi ces gens-là, à côté, tout comme vous me l'aviez prédit. Vous en a-t-il parlé ?

— Il ne me dit jamais rien à part ses conversations sur les chevaux au cours des repas. Mais je regrette qu'il ait pu vous circonvenir. Il faut que je continue à éviter ces gens-là et éventuellement, j'imagine, ils sont capables de me dénoncer.

— Je déteste Dayborn, dit-elle presque avec amertume.

— Alors pourquoi l'avoir gardé chez vous ? Je vous procurerai un autre locataire qui paiera son loyer ! Je voudrais pouvoir m'installer chez vous moi-même : ne serait-ce pas merveilleux si je vivais sous votre toit, Amy ?

— Divin !

— S'ils restent, la famille découvrira à coup sûr que je ne m'en vais pas avec Powell.

— Qu'est-ce que ce Powell ?

— Rien. Il n'existe pas. Je l'ai inventé. Vous trouvez ça malin ?

— Je pense que vous êtes terriblement insouciant. Quel est le prix du canoë ?

— Soixante-cinq dollars. Une beauté et comme neuf !

— Comment le savez-vous ?

— L'annonce le disait. Dois-je aller le voir aujourd'hui ? Me faites-vous confiance ? Êtes-vous sûre de le désirer ? Je ne saurais souffrir la pensée de vous avoir conseillé un achat que vous pourriez regretter.

— Certainement, je le désire. »

Eden avait une idée de poème en tête. Il s'assit devant le bureau et contempla fixement les feuilles de beau papier blanc qu'elle avait disposées devant lui.

Elle marchait sur la pointe des pieds, craignant de le distraire de son travail. Mais cette crainte était inutile. L'inspiration s'était enfuie. Il dessina une tête de chien sur le papier, puis se dit que ç'avait plutôt l'air d'être une tête de vache et y ajouta des cornes.

Au bout d'un moment, elle s'approcha de lui avec précaution.

Il chiffonnait le papier dans sa main.

« Ça n'est pas bon, je déteste ce que j'ai fait. Je vais écrire autre chose.

— Mais ne le déchirez pas ! Laissez-moi voir ! »

Il y eut une petite lutte entre eux pour la possession du papier, il s'écria :

« Dieux ! que vous avez l'air terrible ! Je ne pensais pas que vous pouviez me regarder ainsi ! »

Instantanément, elle céda et son expression s'adoucit. Il déchira le dessin et en jeta les morceaux dans le panier à papier. Une heure plus tard, il quittait la maison avec assez d'argent en poche pour acheter le canoë.

Elle s'empressa de sortir les morceaux de papier du panier et les assembla. Effarée, elle considéra le résultat de sa reconstitution. Elle se sentit irritée contre lui, non pas seulement pour l'avoir déçue, mais parce qu'il était encore un tel enfant ! Ah ! s'il avait seulement cinq ans de plus !

Elle repoussa son repas d'une heure, espérant le voir revenir, puis elle déjeuna sans appétit. Elle eut horreur de ces plats qu'il lui fallait laver et ranger et les eût volontiers brisés. Dayborn rentra chez lui inopinément et se mit bruyamment à se servir d'un marteau. Que pouvait-il bien faire ? Sans doute quelque chose pour l'ennuyer. Il déplaçait des objets. Mrs. Stroud perçut un léger craquement ; elle alla vers la barrière de séparation, les yeux fixés sur la porte voisine avec l'espoir qu'il sortirait et qu'elle pourrait lui dire de s'en aller le lendemain même. Alors elle s'aperçut qu'il avait brisé la vitre de l'une des fenêtres. Cela fut presque la goutte qui fit déborder le verre, elle put difficilement se contenir.

Au même instant, Eden parut au loin sur la route ; il marchait vite. Dayborn le verrait sûrement ! Elle entrouvrit le portillon et courut presque à sa rencontre. Il tendait les bras vers elle.

« Je l'ai ! cria-t-il. Je l'ai !

— Êtes-vous fou ? haleta-t-elle en évitant ses mains.

— Absolument, fou de joie ! C'est la plus jolie chose que vous ayez jamais vue, gracieuse et de formes nobles. Il faut que nous sortions avec tout de suite. J'ai pu l'obtenir pour cinquante-cinq dollars. Voici votre monnaie. »

Il lui glissa dans la main un billet de cinq dollars.

« Emportons quelques provisions. Je n'ai rien qu'une boîte de lait et ce que je puis détester le lait ! »

Il rayonnait en la regardant.

Mais elle ne lui permit pas de retourner à la maison avec elle. Il fut convenu qu'il l'attendrait au premier croisement de la route.

Elle monta l'escalier qui menait à sa chambre d'un seul élan. Amy se sentait comme une jeune fille qui a une intrigue amoureuse secrète. Elle mit une jupe de flanelle blanche plus courte qu'aucune de celles qu'elle eût portées jusqu'alors et des souliers blancs. Elle avait de jolis pieds et constata que la mode nouvelle lui allait bien. Elle enfila un corsage blanc rayé et noua la cravate avec soin, puis mit un chapeau de toile blanche. Ensuite ayant par précaution enfilé un tablier blanc, elle fit les sandwiches. Amy était surexcitée et heureuse lorsqu'elle rencontra Eden au croisement des chemins.

Il avançait à grands pas sur la route poudreuse, parlant tout le temps du marchandage difficile auquel il venait de se livrer, sans se rendre compte qu'il n'était pas commode pour elle de le suivre juchée sur ses hauts talons. Elle n'avait jamais beaucoup marché et n'appréciait guère cet exercice. Mais lorsqu'ils atteignirent le hangar des bateaux où était garé le canoë, elle oublia sa lassitude et se sentit plus que du plaisir en voyant la frêle esquif qui se balançait doucement sur les vaguelettes. Est-ce qu'elle possédait vraiment un tel objet ? Pendant un instant, sa pensée revint en arrière dans le passé et elle imagina la consternation de son défunt époux en face d'une telle acquisition. Amy sourit, insouciante, les yeux levés vers Eden, tandis qu'il l'aidait à entrer dans le canoë et disposait des coussins pour elle.

Elle eut un moment d'émotion lorsque la mince embarcation s'élança vers les eaux profondes. Il lui semblait que le plus léger mouvement de sa part la ferait se retourner. Elle resta sans bouger, livrée à la protection d'Eden. Ayant fait des expéditions en canoë, il le maniait avec adresse. Les manches retroussées, le col de sa chemise ouvert, il lui paraissait plus séduisant que jamais.

« N'allez pas trop loin ! supplia-t-elle. J'ai, malgré moi, un peu d'appréhension !

— Bientôt, vous aurez surmonté ce sentiment ! Nous sortirons presque chaque jour. Je vous apprendrai à pagayer. N'est-ce pas que l'air est merveilleux ? »

L'air, en effet, était frais et doux en comparaison de celui qu'on respirait sur la rive toute chargée de poussière, de pollens et des résidus de battages. La rive paraissait mystérieuse et belle au loin. Ici et là, un peuplier qui s'empourprait flamboyait telle une torche sur le fond du ciel bleu. Au loin, ils apercevaient un cargo sombre et actif avec sa bannière de fumée. Mais le lac commençait à se froncer imperceptiblement et de minuscules vaguelettes battaient avec un bruissement liquide les flancs du canoë.

Amy avait pris un coup de soleil lorsqu'elle rentra chez elle. Elle se sentait gaie, insouciante. Ses scrupules au sujet d'Eden qui trompait sa famille s'étaient dissipés. Il n'y avait qu'à le laisser faire à sa tête ! Ses remords s'envoleraient comme ils s'étaient envolés dans le canoë.

Un week-end passa et ils firent trois sorties semblables dont l'une le soir. Ayant passé sa journée avec elle il avait composé ce jour-là le meilleur poème qu'il eût jamais écrit, ou du moins elle le pensait. Au coucher du soleil, tous deux s'étaient dirigés à pied vers le point du lac où se trouvait le canoë. Amy avait acheté des souliers plats à semelles de caoutchouc et goûtait maintenant les plaisirs d'une promenade sans fatigue. Elle apprenait à pagayer et se disait que jamais encore elle ne s'était sentie aussi heureuse puis, avec rancœur, elle pensait qu'elle n'avait jamais été heureuse avant cet été-là. Amy avait également conscience que ses sentiments nouvellement éveillés aspiraient à quelque chose de plus passionné que cette intrigue avec cet adolescent qui ne se développerait jamais et à laquelle sa famille pouvait mettre fin, cruellement. Elle devinait quelque chose de cruel en eux : autrement, comment Ernest eût-il pu la négliger brusquement comme il l'avait fait ? Ç'avait été un coup pour son orgueil car elle s'était senti le pouvoir de l'affoler. Cependant, Amy ne le regrettait point, car rien de ce que Ernest eût pu lui donner n'eût égalé le ravissement de ces promenades romantiques sur le lac en compagnie d'Eden.

Trois semaines s'étaient écoulées depuis la visite que Renny lui avait faite. Elle nourrissait un secret désir de l'obliger, une fois encore, à intervenir en faveur de Dayborn ; elle aspirait au plaisir de lui refuser ce qu'il lui demanderait ; quoique leur rencontre eût été cordiale, elle devinait un certain antagonisme en lui, quelque chose qui n'avait rien à voir avec Eden. Amy ne pouvait oublier sa présence dans ce salon où il avait effacé l'image de tous ceux qui l'y avaient précédé.

Amy se croyait épuisée par ses déceptions successives ; quoiqu'elle eût été à ce point enveloppée dans les intrigues les mois précédents, elle se demandait comment vivre sans ce stimulant. Elle avait tendance à croire à la réincarnation et s'imaginait avoir eu jadis à se débattre parmi les intrigues d'une cour royale.

Le matin qui suivit sa sortie du soir avec Eden, le temps changea. Elle s'éveilla dans son lit, à demi gelée, car elle s'était endormie couverte seulement de son drap. Amy put à peine en croire ses yeux lorsqu'elle jeta un regard par la fenêtre. Il avait plu et maintenant un vent froid soufflait. Les arbres se ployaient, si peu qu'ils fussent flexibles, et agitaient leurs branches s'ils étaient vigoureux. L'allée du jardin s'étendait jonchée de feuilles mouillées. Elle regarda mélancoliquement les nuages violets et comprit que l'automne venait de faire son apparition.

Elle absorba son breakfast dans cet état d'âme, mais un rayon de soleil sur le parquet la réjouit. Après tout, il y avait encore l' « été indien » en perspective. Elle ne prévoyait pas au-delà de cette époque. Allumant une cigarette, elle s'installa pour lire le journal du matin.

Des voix lui parvinrent du dehors. Amy jeta un regard par la fenêtre et vit Renny Whiteoak devant le portillon, accompagné de Pheasant et de Finch ; il les y laissa et se dirigea vers la maison.

La première pensée qu'elle eut en lui ouvrant sa porte fut qu'il avait l'air singulièrement fait pour subir les intempéries. Elles avaient dû, semblait-il, s'acharner sur lui sans réussir autrement qu'à le rendre plus résistant, fouetter sa peau dont la couleur s'était intensifiée et donner à ses yeux une expression de plaisir chargé de circonspection à la pensée de leur nouvelle rencontre. Ce matin-là lui était seyant, pensait-elle en le voyant tête nue et botté de leggings de cuir fauve. Elle le pria d'entrer, puis jeta :

« Bonsoir, Pheasant. Pourquoi ne venez-vous plus jamais me voir ?

— Je ne sais pas », répondit lentement la petite fille, mais ses yeux étaient pleins de reproches.

Mrs. Stroud se sentit embarrassée. Toutes deux savaient que ces visites n'avaient point été encouragées.

« N'entrez-vous pas et Finch aussi ?

— Je pense qu'il vaut mieux les laisser dehors jusqu'à ce que nous ayons fini de parler affaires ensemble ! » dit Renny.

Dans la salle à manger, il poursuivit avec chaleur :

« Je désire vous remercier de ce que vous permettiez à Dayborn de rester chez vous, car je sais que vous ne l'aimez pas.

— C'est peu dire : je le déteste et j'ai de bonnes raisons pour cela !

— Je sais... je sais... mais enfin, il s'est montré bien sage ces temps-ci, n'est-ce pas ? »

Il la regarda auxieusement.

« Il n'a pas été aussi répréhensible que par le passé. Mais ils ne peuvent pas rester.

— Sans doute non, reconnut-il.

— Je vous attendais pour vous en parler.

— Et moi, je désirais vous voir. » Ses yeux bruns avaient toujours leur lueur chaude. « J'ai entendu parler d'un logement qui leur conviendrait, mais ils ne peuvent s'y installer avant trois semaines environ. »

Il la regarda d'un air presque suppliant.

La pluie recommençait à tomber : un abat d'eau violent, glacé.

Elle regarda par la fenêtre.

« Combien de temps dites-vous ?

— A peu près trois semaines. »

« Plus de promenades en canoë pendant trois semaines », pensa-t-elle.

« Bien, je tâcherai, mais ne soyez pas surpris si je vous envoie chercher avant !

— Vous ne serez pas obligée d'en venir là, je vous le promets. Je ne puis vous dire combien je vous suis reconnaissant. J'aurais dû venir vous voir à leur sujet il y a quelques jours déjà, mais j'ai travaillé beaucoup et joué énormément au polo. » Son visage s'assombrit. « Savez-vous que le team américain nous a battus mercredi ?

— Oui. » Elle mentait, ne s'intéressant point aux nouvelles sportives. « Je l'ai déploré mais votre jeu fut superbe, n'est-ce pas ?

— Oui, nous leur avons donné à courir pour leur argent, mais nous avions contre nous des poneys de race supérieure. Je suis en train d'en élever quelques-uns qui, je l'espère, relèveront nos équipes. J'ai un de ces grands poneys, vous pourriez passer sa tête entre ses côtes, il ne la perdrait pas pour si peu !

— Je voudrais assister à un match de polo. »

Il la regarda avec commisération.

« Quel dommage ! nous avons terminé la saison, mais il faut que vous en voyiez un l'an prochain. » Il fronça les sourcils et demanda : « Avez-vous été au concours hippique ?

— Non, mais j'aimerais y aller.

— Il faudra venir dans notre loge ; cela aura lieu en novembre. »

Puis il sursauta en s'écriant :

« Les enfants ! Ils sont sous la pluie ! Je m'en vais ! »

Avant qu'elle eût pu parler, il avait atteint la porte.

« Enfants ! cria-t-elle gaiement. Entrez vite, vous devez être trempés ! »

Renny fit une grimace approbative lorsque les deux enfants qui s'étaient abrités sous un peuplier, peu fait pour cet usage, coururent dans l'allée en direction de la maison. Ils étaient tête nue. L'humidité avait hérissé la chevelure de Pheasant, mais celle de Finch était collée presque sur ses yeux. Il eut un sourire timide à l'adresse de Mrs. Stroud, mais Pheasant garda son air grave. Les deux enfants s'apprêtaient à s'asseoir côte à côte sur le sofa, mais Renny les arrêta.

« Vous êtes trop mouillés, dit-il, asseyez-vous sur le parquet devant le feu. »

Il y avait un feu de charbon dans une petite grille. Mrs. Stroud fut heureuse de l'avoir allumé, car il donnait à la pièce une atmosphère gaie et intime. Les enfants s'assirent de chaque côté du feu. Leurs profils innocents leur donnaient un air distant.

Renny abaissait vers eux un regard indulgent. Il avait l'air, pensait Mrs. Stroud, si habitué aux enfants qu'il semblait éprouver leur présence comme une agréable addition à l'atmosphère ambiante. Elle-même ne pouvait se défendre de leur en vouloir d'être apparus en cet instant. Chose étrange, elle se sentait en familiarité nouvelle avec Renny.

Il y eut un grattement à la porte d'entrée. Finch dit :

« C'est Fan, elle nous suivait quand nous sommes venus ici. Puis-je lui ouvrir ?

— Allez-y, dit Mrs. Stroud.

— C'était la chienne de mon père, expliqua Renny ; à présent, elle s'est attachée à moi, elle ne me quitte presque jamais ; j'espère que vous ne voyez pas d'inconvénient à la faire entrer ? »

L'épagneul entra avec un air assuré ; ses pattes et ses oreilles frangées de longs poils ruisselaient d'avoir été dans l'herbe mouillée.

« Le dos de Fan est tout comme ta tête, Pheasant », dit Renny en riant.

La petite fille lui jeta un regard d'adoration, puis elle tendit une petite main étroite qu'elle posa sur son genou.

« Regarde ce que Fan a trouvé ! » s'écria Finch.

C'était la serre jaunâtre d'un poulet. Avec l'attention que méritait un tel objet, Fan la déposa sur le tapis et leva les yeux vers son maître. Renny bondit, donna une tape amicale à l'épagneul et lança la patte de poulet dans le feu.

« Je vous demande pardon, s'excusa-t-il.

— N'est-ce pas superbe de l'entendre crépiter ?

— Attendez un peu et vous sentirez cette odeur ! » dit Finch.

Il considéra le foyer d'un air de délectation.

L'épagneul s'installa et assista, résigné, à l'anéantissement de son trésor.

Un silence s'établit dans la pièce. Alors Mrs. Stroud reprit :

« J'essaie de trouver une ressemblance entre vous tous, les frères, et ne puis en découvrir aucune. C'est extraordinaire que vous ne soyez pas deux à vous ressembler ! »

Renny répondit avec la vivacité qu'un sujet souvent discuté en famille éveillait toujours en lui :

« Eh bien, ce n'est pas si extraordinaire, je suis le portrait de ma grand-mère, disent-ils. Eden ressemble à sa mère, Piers à son père, Meg également. Wakefield est la réplique d'un portrait de l'oncle Nick à son âge. Finch ne ressemble qu'à lui-même.

— Il est musicien ? »

Elle n'osait pas faire allusion à Eden qui le lui avait dit et puis elle désirait paraître capable de discernement.

« C'est remarquable de votre part de l'avoir deviné,

répondit Renny. Il y a pas mal de dispositions de ce genre dans ma famille. Ma sœur chante et mes deux oncles jouent du piano. Oncle Ernest a appris à ce gars à jouer *Le Danube bleu*. Joue donc *Le Danube bleu* pour Mrs. Stroud, Finch ! Cela vous plairait-il de l'entendre ?

— Certainement. »

Elle eut un sourire encourageant à l'adresse du petit garçon.

Une rougeur envahit le visage de l'enfant, il se mit à trembler.

« Je ne peux pas, bredouilla-t-il en baissant la tête.

— En avant ! dit Renny, ne fais pas l'idiot !

— Je ne peux pas. »

Mrs. Stroud se pencha vers lui avec un regard dominateur :

« Rien que pour me faire plaisir !

— Vas-y, Finch, dit Pheasant en lui donnant un coup de coude.

— Joue ou tu recevras une bonne claque ! » murmura Renny à l'oreille de Finch.

Par-dessus la tête du petit garçon, il adressa un sourire aimable à Mrs. Stroud et poussa Finch vers le piano.

Finch s'installa sur le tabouret comme dans un abîme de misères. Il fixait silencieusement les touches. Tandis qu'il les contemplait, il oublia soudain son entourage et posa sur le clavier ses petites mains hâlées aux ongles coupés intentionnellement à ras par Meg. Puis, il se mit à jouer la valse délicatement quoique avec hardiesse et une sorte de ferveur innocente. Lorsqu'il eut fini, Finch resta assis au piano, la tête penchée en avant.

Mrs. Stroud applaudit, charmée, et jeta à Renny un regard expressif ; elle forma silencieusement le mot « extraordinaire » par le mouvement de ses lèvres.

« C'est gentil, n'est-ce pas ? dit Renny avec fierté. Surtout lorsqu'on sait qu'il ne distingue pas une note d'une autre ! »

Mrs. Stroud ouvrit un tiroir et en sortit une boîte de chocolats qu'elle offrit d'abord à Finch.

« Peut-être serez-vous un grand pianiste un de ces jours ?

— Dieu nous en préserve ! dit Renny. Mais c'est agréable de pouvoir jouer du piano. Mes oncles en ont retiré beaucoup de plaisir.

— Aimez-vous la musique ?

— Je ne suis pas ce que vous appelleriez un musicien, répondit-il avec défiance, mais c'est agréable à entendre lorsqu'on rentre chez soi après une journée passée aux écuries. Le seul moment où la musique m'est désagréable, c'est quand elle éclate en fanfare lors d'un concours hippique et que je monte une bête nerveuse. »

La tourmente avait cessé dehors. Un pâle soleil jetait l'ombre d'une branche sur le mur. L'épagneul léchait ses pattes silencieusement.

« Ça commence à griller ! » dit Pheasant en considérant la patte de poulet.

Renny se leva :

« Il faut nous en aller, venez, les enfants !

— Oh ! ne partez pas encore !

— Il le faut. Nous allons à l'église voir une voûte qui suinte. Je me charge des réparations. »

Devant la porte, il la remercia encore pour ce à quoi elle avait consenti à l'égard de Dayborn. Elle resta sur le seuil, le regardant disparaître sur la route, un enfant à chaque main, l'épagneul sur ses talons.

Lorsqu'elle retourna dans son salon, Amy demeura songeuse, les bras croisés, le menton appuyé sur une main... Elle était sûre de l'avoir attiré et sentait en elle le pouvoir de se l'attacher, de le garder... Ça, c'était un homme ! Elle n'en avait jamais rencontré de semblable. Elle était passionnée. Elle avait de l'expérience ; que serait-ce si elle parvenait à faire sa conquête... à devenir sa femme... la dame de Jalna ! La pièce tournait lentement autour d'elle, elle avança une main, s'accrocha au dossier d'une chaise et se ressaisit.

18

LA DÉCOUVERTE

De l'église Renny retourna à Jalna avec Finch. Pheasant avait continué à suivre la route en courant vers Vaughanlands, tout en agitant la main en signe d'adieu tandis qu'elle escaladait la clôture d'un champ appartenant à Maurice. A la maison, Renny apprit que sa grand-mère était toujours couchée. Elle n'aimait pas ces sortes de journées et était atteinte d'un léger refroidissement, mais cependant ne se sentait ni malade ni déprimée. Elle était soutenue par des oreillers et avait en travers des genoux une table de lit sur laquelle elle avait disposé les cartes selon les principes de sa patience favorite. Son perroquet Boney était enfermé dans sa cage car c'était un de ses jours de mauvaise humeur et, peu après le breakfast, il avait mordu Ernest. A présent, il jetait systématiquement ses graines hors de sa mangeoire d'un coup de bec lancé de côté, il était à la recherche de certaines graines qui représentaient pour lui un régal particulier. Chaque fois qu'il jetait quelque chose, il avait un regard vers le plafond et bredouillait des imprécations en hindoustani.

Adeline, à part un signe de tête, ignorait la présence de Renny et continuait à retourner ses cartes par groupes de trois, jetant chaque fois un regard par-dessus sa petite table avec une expression aussi comique que son perroquet. Renny qui l'observait eut un gloussement amusé et alla s'asseoir au pied du lit.

« Contente que tu trouves ça drôle, dit-elle.

— Quoi, Gran ?

— De voir que je suis incapable d'arriver à bout de ma patience.

— Je ne riais pas de vous, mais de Boney. »

Elle regarda le perroquet :

« Il est chagrin. Il devient comme ça. Ce matin, il a mordu ton oncle Ernest ; il faut demander à un pharmacien qu'il lui prépare son tonique !

— Ce n'est pas ainsi que je traite les chevaux qui mordent.

— Que leur fais-tu ?

— Je les vends, si je peux.

— Ah ! je ne pourrais me séparer de Boney, n'est-ce pas, mon amour ? »

Le perroquet lui jeta un regard vitreux et continua à disperser ses graines. Elle déposa les cartes et croisa ses belles vieilles mains sur son estomac en tournant son grand nez vers Renny.

« Tu sens la campagne, penche-toi que je te flaire ! »

Il se pencha et elle fit une profonde aspiration. Puis, tout en maniant les pattes de la veste de Renny, elle le regarda dans les yeux.

« Dis-moi donc, commença-t-elle, as-tu jamais été amoureux ?

— Souvent.

— Sans doute... des fantaisies passagères, mais je veux dire *vraiment ?...*

— Oui, deux fois.

— Quand ?

— Eh bien, en France, une fois.

— Oh ! la comtesse ! Tu m'as parlé d'elle. Quelle était l'autre fois.

— C'est un secret.

— Non, ça n'en est pas un ! Pas pour moi ! Tu es amoureux en ce moment ! »

Il lui tapota les genoux :

« Continuez votre patience, vieille dame.

— Je suppose que c'est cette Mrs. Stroud. Ernest avoue qu'il éprouve de l'attachement pour elle.

— Ce n'est pas Mrs. Stroud et ne saurait l'être.

— Est-ce cette petite Cummins ? »

Il secoua la tête.

Adeline eut un ricanement de triomphe, puis reprit son sérieux.

« Tu ne dois pas l'épouser ! Si tu te maries, il faut que ce soit avec une femme ayant une situation sociale et de la fortune.

— Cette combinaison m'a l'air plutôt rare par ici. Quoi qu'il en soit, je préfère un physique agréable et la similitude des goûts.

— A présent tu ne t'en caches pas. C'est cette petite. Ne va pas penser à l'épouser !

— Je n'y pense pas.

— D'abord elle a un enfant.

— Rien à redire à cela.

— Je me le demande ! »

Elle répéta ces mots à mi-voix à plusieurs reprises, puis se mit à rassembler les cartes. Tandis qu'elle les disposait à nouveau, elle remarqua :

« Il faut s'occuper d'Eden.

— Je ne pense pas qu'il aille souvent chez Mrs. Stroud maintenant.

— Crois-tu ? Crois-tu ?

— Qui vous dit qu'il y va ?

— Ne te mêle pas de ça, j'ai mes façons à moi de savoir ce que mes petits-fils ont en tête. »

Rags frappa à la porte, puis entra avec un verre plein d'eau chaude à la cannelle sur un plateau. Adeline tendit les mains pour s'en emparer et le but à petites gorgées prudentes.

« Ah ! c'est chaud !

— Ça fera du bien à votre refroidissement, Ma'am. »

Rags regardait la vieille dame avec une expression de profonde commisération. Le regard levé au-dessus du verre, elle examina ses traits et dit :

« Pourquoi faites-vous cette tête ? Croyez-vous que je sois en train de couver la grippe ?

— Oh ! non, ma'am, vous serez bientôt en état, je pensais justement quelle misère c'était d'avoir à vous donner du souci. »

Ses yeux étincelèrent :

« J'ai l'habitude d'en avoir : je me suis tourmentée pendant plus de quatre-vingt-six ans. De quel méfait avez-vous l'intention de me parler, mon garçon » ?

Rags se grattait le menton en regardant Renny d'un air interrogateur.

« Vas-y ! dit Renny. C'est un sale jour ! »

Rags s'inclina gravement.

« Je ne connais pas de jeune gentleman, dit-il, que j'admire davantage que Mr. Eden.

— Oui, dit Adeline, qu'a-t-il fait ?

— J'admire son instruction. Il n'est rien que j'astique avec plus de plaisir que les coupes d'argent qu'il a remportées pour avoir couru ou sauté.

— Ça va, sors-nous ça, Rags ! dit Renny.

— Je n'ai rien à dire contre Mr. Eden... c'est au sujet de son ami, monsieur.

— De la dame qui est son amie ?

— Non ! Du monsieur, Mr. Powell qu'il s'appelle. »

Renny fronça les sourcils :

« Qu'a-t-il fait ?

— C'est simplement qu'il n'existe pas, monsieur.

— Cesse de battre la campagne et explique-toi, Rags.

— Eh bien, monsieur, ça s'est passé comme ça : j'avais à porter un message chez le recteur, l'autre jour. C'était un de ces beaux jours où il est dur de rester entre quatre murs pour un jeune homme à l'esprit élevé comme Mr. Eden. Je le voyais marcher devant moi vers la route qui passe derrière le parc où il devait retrouver Mr. Powell. Mais Mr. Powell n'y était pas. Mr. Eden n'a pas paru le chercher, il a seulement été tout droit chez Mrs. Stroud.

— Ah ! s'exclama Adeline, le jeune vaurien !

— Continue », dit Renny.

Rags s'échauffa en approchant du dénouement de son récit :

« Et puis il est entré. Comme j'avais été envoyé pour ce message, je ne voulais pas perdre de temps à surveiller la maison du dehors. Mais, le lendemain, lorsqu'il partit à nouveau à la rencontre de Mr. Powell, je l'ai suivi après avoir dit à ma bourgeoise que je sortais pour une mission intéressant le bonheur de la famille. Mr. Eden s'en fut encore tout droit chez Mrs. Stroud. Mais je n'ai pas eu à attendre longtemps. Ils sortirent ensemble, elle très élégante en costume blanc, et ils se mirent à avancer sur la route, moi par-derrière. Ils ne s'arrêtèrent que lorsqu'ils eurent atteint le hangar des bateaux au bout de la route. Là, ayant pénétré dans un canoë, ils s'éloignèrent en pagayant. La fois suivante, je ne pus sortir, mais hier j'en avais l'intention : il faisait un tel temps pour attendre que j'ai fait demi-tour. Mais vers le soir, je retournai dans cette direction et j'ai eu le déplaisir de les voir s'en aller à nouveau ! Y a pas de jeune homme que j'admire plus que Mr. Eden, alors je n'aime pas à le voir pris dans une toile d'araignée dont il ne se défera pas sans qu'on l'aide !

— Vous avez bien fait de me le dire, déclara Adeline. Vous pourrez vous retirer, il faut que nous discutions de la chose. »

Rags sorti, elle tourna vers Renny un regard interrogateur.

« Que vas-tu faire ? » demanda-t-elle.

Certainement, pas ce qu'il eût aimé faire ! pensait-il. Il fallait se montrer prudent et ne point irriter Mrs. Stroud ou bien elle enverrait Dayborn et Chris faire leurs paquets. Il ne pouvait se passer de Chris pour deux raisons. D'abord, il l'aimait. Ensuite, Launceton l'aimait et travaillait avec elle comme avec personne d'autre. S'il courait le Grand National, Dayborn devait le monter. Il fallait que Renny fût prudent et il détestait cela. Où se trouvait Eden aujourd'hui ? Était-il parti avec les garçons ? Ou bien paressait-il aux pieds de cette créature interlope ? Sa voix eut un accent dur pour dire enfin :

« Je m'occupe de tout cela, Gran. N'en soufflez mot ni aux oncles ni à Meg.

— Amène-moi ce gars, je lui assènerai cette canne sur le crâne !

— Je ne sais rien qui me ferait plus de plaisir ! Maudite femme ! Mais je dois agir avec prudence. Il faut considérer la situation de Chris... »

Adeline le regardait fixement, la mâchoire un peu pendante. Son esprit sénile tentait de suivre les évolutions du sien. Quelle femme maudissait-il ? Mais elle ne voulut pas reconnaître son embarras, tira son bonnet sur ses yeux afin qu'il ne pût voir leur expression déconcertée et marmonna :

« Oui, oui, mieux vaut nous montrer prudents. Va lentement mais sûrement. Nous remettrons le gars à sa place tout en ne gâtant point notre jeu. La poésie, hein ? C'est une chance de réussir un vers ! Pourquoi Ernest ne s'est-il pas mieux débrouillé ? »

Renny se pencha pour l'embrasser, puis sortit de la chambre.

Il se sentait furieux contre Eden et Mrs. Stroud. Eden n'était qu'un décevant greluchon. Quant à elle... il fit une grimace.

Dans le hall, il rencontra Meg et lui demanda si Eden avait pris le train ce même matin ?

« Oui, répondit-elle, et il avait l'air d'envisager cette course sans plaisir, pauvre garçon... Il détestait tellement aller à bicyclette sous la pluie ! »

Elle ajouta sur un ton de reproche. « J'ai gardé Finch à la maison, parce qu'il a souffert des oreilles la nuit dernière, et puis tu es sorti avec lui !

— Je ne l'ai pas emmené, il a couru après moi et ne m'a pas dit un mot de ses oreilles.

— Qu'y a-t-il, Renny ?

— Rien. »

Il lui sourit et prit son chapeau sur le porte-manteau. Il était dur de garder pour lui les agissements d'Eden !

Les trois jours qui suivirent, Eden partit chaque matin pour la ville avec ses jeunes frères. Les bourrasques et la pluie ne cessèrent presque pas. L'irritation de Renny grandissait. Au breakfast il demandait anxieusement à Eden s'il allait à la ville par le train ou avec Mr. Powell. Il prononçait le nom presque avec complaisance.

Dès le second jour, encore plus pluvieux que les précédents, Eden répliqua sur un ton nonchalant :

« Je vais avec Powell. »

Renny était dans le hall où il fumait une cigarette en caressant les chiens, tandis qu'Eden mettait son imperméable.

« Sale matinée ! » remarqua-t-il.

Eden leva les épaules, résigné :

« Oui, je vous envie de rester à la maison ! »

Dès qu'il fut parti, Renny enferma les chiens dans le

hall, mit son chapeau, enfila un manteau et s'en fut d'un pas rapide dans la direction prise par Eden. Il le voyait devant lui marchant sans hâte sur le sentier menant à la route.

Renny fut arrêté en chemin par l'un des garçons d'écurie avec lequel il resta à parler un moment, ayant pensé qu'Eden pouvait se retourner et s'apercevoir de sa présence. Mais celui-ci avançait toujours, la tête penchée sous la pluie, il prenait son temps comme s'il faisait un soleil radieux. Renny s'arrêta derrière un arbre lorsqu'il aperçut la maison de Mrs. Stroud. Eden, cependant, passa sur l'autre côté de la route sans lui accorder un regard. Intérieurement, Renny commençait à maudire Rags et s'attendait à voir Eden enlevé en auto. Ajouté à son irritation contre son frère, il éprouvait un brusque sentiment de sa responsabilité envers lui. Puis il se demanda comment son père eût mis bon ordre à cette situation et, pendant un instant, il ne vit plus que le visage de Philippe Whiteoak à l'expression amène et indolente. Mais quel caractère il pouvait avoir quand il s'emportait !

Eden finit par pénétrer dans une petite boutique tenue par Mrs. Brawn sur le devant de son cottage. Il achetait probablement des cigarettes. Pendant combien de temps ce jeune fou s'imaginait-il pouvoir courir la campagne sans éveiller des soupçons ? Renny pouvait le voir appuyé sur le comptoir en conversation avec Mrs. Brawn.

Finalement, il ressortit et dirigea ses pas vers la demeure de Mrs. Stroud. Renny eut envie de l'arrêter avant qu'il n'atteigne la maison afin d'avoir moins à se contenir et pour ne point courir le danger d'irriter la dame. Mais Eden marchait à présent d'un pas si rapide qu'il eût été presque forcé de courir pour le rejoindre. Enfin il s'engagea dans une prairie afin d'arriver évidemment à la maison par-derrière.

A présent, il avait disparu. Renny s'immobilisa, les yeux rivés sur la maison, leur laissant en rongeant son frein le temps de se dire bonjour ; il se dirigea alors vers la porte et frappa. Il remarqua pour la première fois que le heurtoir était une tête de Méduse. Quel choix ! Certainement cet objet ne se trouvait pas là du temps de Miss Pink. Non, elle avait eu une jolie clochette de cuivre à laquelle on imprimait un mouvement de rotation. Il frappa une seconde fois.

Le silence régnait à l'intérieur de la maison.

Il frappa plus fort. Pas de réponse. C'était à quoi il ne s'attendait pas. La pluie tombait plus dru que jamais ; elle ruisselait de son chapeau, lui voilant la vue. Il essaya de tourner le bouton de la porte. Elle était fermée. Qu'est-ce que cela voulait dire ? Était-ce sérieux ? Il marcha vers la porte donnant sur la campagne derrière la maison et l'ébranla de ses poings.

La porte s'ouvrit devant Amy Stroud dont les lèvres pâles esquissaient cependant un sourire.

« Êtes-vous seule ? demanda-t-il.

— Oui. »

Il la considéra d'un regard perçant à travers les ruisseaux de pluie qui s'écoulaient de son chapeau. Elle se redressa. Ses lèvres frémirent, mais elle lui rendit son regard sans faiblir.

Renny finit par dire d'une voix contrainte :

« J'ai vu Eden entrer ici il y a moins de dix minutes. »

Elle eut un soupir rapide suivi d'un petit rire et dit :

« Ainsi vous l'avez découvert, pauvre garçon ! Mr. Powell n'est pas passé ce matin et Eden est venu se réfugier ici. Lorsqu'il vous a vu frapper, il m'a prié de ne pas ouvrir. Il pensait que vous seriez fâché. Mais nous voilà découverts, vous feriez mieux d'entrer, n'est-ce pas ? »

Elle s'était un peu ressaisie et s'empressa d'ouvrir la porte toute grande.

« Quelle matinée ! » dit-elle en considérant le ciel.

Il fit un pas en arrière sous le petit porche et secoua son chapeau détrempé, puis il en contempla le fond, l'œil fixe comme s'il pouvait en obtenir conseil au sujet de ce qu'il devait faire immédiatement. L'obligation constante de la ménager à cause de Dayborn et de Chris augmentait son irritation.

« Entrez », dit-elle en le conduisant à travers la salle à manger.

Eden était debout au milieu du salon, le visage congestionné, les mains tremblantes.

« N'essaie pas de me mentir ! s'écria Renny. Powel n'existe pas ! »

Eden recula comme s'il craignait un coup, puis il sourit et dit :

« Oh ! non, hein ? »

Mrs. Stroud jeta :

« Je crains d'avoir été très répréhensible... »

Renny semblait ignorer sa présence et dit à Eden :

« Mets ton manteau et ton chapeau, il faut que je te parle. »

Elle s'interrompit :

« Mais je dois prendre ma part de vos reproches. Je n'aurais pas dû le laisser venir ici... Mais j'étais si désolée pour lui ! »

Renny se tourna vers elle.

« Pourquoi ? demanda-t-il.

— Parce qu'il est pénible de voir une nature poétique soumise à une fastidieuse routine. »

Elle était satisfaite de ses paroles et reprenait de l'assurance, se disant qu'elle pouvait encore dominer la situation. Amy puisait une certaine exaltation dans cette scène.

Renny la regarda en pesant les paroles qu'elle venait de lui dire :

« Bon Dieu ! s'exclama-t-il.

— C'est vrai ! dit-elle d'un ton passionné.

— Il est possible que ce le soit à vos yeux, Mrs. Stroud, mais, selon moi, Eden a agi comme un jeune fou qui perd son temps et gaspille mon argent. J'ignore jusqu'à quel point sa présence vous est agréable, mais je vous demande d'y renoncer jusqu'aux vacances : je veux dire par là que je défends à Eden de venir chez vous durant tout ce trimestre !

— De quoi m'accusez-vous ? lui demanda-t-elle, les yeux étincelants.

— De rien, si ce n'est d'être trop séduisante », répondit-il froidement.

Ayant jeté un regard à Eden, il tourna les talons et quitta la maison.

Eden et Mrs. Stroud restèrent à se regarder face à face.

« Qu'allez-vous faire ? dit-elle haletante.

— M'en aller le trouver : il n'y a rien d'autre à faire ! »

Il prit son manteau et commença à l'enfiler.

« N'est-ce pas affreux ? murmura-t-elle. Quand vous reverrai-je ?

— Il n'a pas dit que nous ne pourrions nous voir en dehors de la maison : alors nous nous rencontrerons aux week-ends. Quelle maudite malchance ! »

Elle l'entoura des deux bras et appuya ses lèvres sur sa joue :

« Pauvre garçon ! Ai-je bien parlé ?

— Vous avez été splendide !

— Je tremble comme une feuille : voyez ! »

Elle lui tendit la main qu'il effleura, l'air ailleurs. Toute sa pensée était occupée par son propre sort.

« J'ai une jolie scène en perspective ! »

Un coup sec fut frappé à la porte. Ils se séparèrent puis, avec un adieu de la main à l'adresse de son amie, Eden suivit Renny. Arrivés sur la route, il lui demanda :

« Est-ce toi qui viens de frapper à la porte ? »

Renny répliqua rudement :

« Oui, et j'aurais voulu que ce soit sur ta tête ! »

Ils avancèrent en silence le long de la route boueuse. Le vent était devenu si violent qu'il emportait les paroles ; on ne pouvait s'entendre. Eden n'en était pas fâché. De temps à autre, il lançait un regard furtif au profil de Renny. « Maudite tête rouge ! pensait-il, je me demande ce qu'il va m'infliger ! »

Lorsqu'ils atteignirent le point du sentier se divisant en deux embranchements, l'un allant vers la maison, l'autre vers les écuries, Renny s'engagea dans ce dernier et, couvrant les sifflements du vent :

« Nous pourrons parler dans mon bureau », dit-il.

La porte s'ouvrit, puis se referma avec un claquement. Ils se trouvaient dans une autre atmosphère. Là, l'ouragan s'entendait à peine et les fenêtres à petits carreaux ruisselants donnaient une impression d'isolement. Les parquets étaient humides et propres. Un garçon d'écurie balayait des brins de paille dont il formait méticuleusement un petit tas à l'aide de son balai. Une rangée de croupes bien étrillées et de queues lustrées se voyait le long du couloir longeant les stalles. C'étaient des poneys de polo ; le plus proche leva la tête et regarda par-dessus le mur de sa stalle. Il hennit et arrondit le col à la vue de Renny. Comme on ne faisait pas attention à lui, il se mit à mordre le mur de bois de la stalle. Renny s'arrêta pour lui donner une bourrade, puis suivit Eden dans son bureau.

Renny commença par ôter son manteau et son chapeau et les jeta sur un siège. Eden sentait la pièce humide et glaciale « comme une prison », pensa-t-il.

Les lithographies des chevaux suspendues aux murs semblaient le considérer haineusement. Il se sentait extrêmement misérable. « C'est Dayborn qui a dû me jouer ce tour-là ! » pensa-t-il.

Renny s'assit sur le coin du bureau et regarda Eden, l'air sévère.

« Es-tu fou au point de t'imaginer que tu pourrais t'en sortir,

— Je ne l'ai fait que deux fois.

— Je veux que tu me dises quelle sorte de femme est cette femme-là. Je ne pense pas que tu aies couché avec elle.

— Ciel, non !

— C'est une honnête personne, hein ?

— Elle est ma meilleure amie.

— Ta meilleure amie ? Cependant, elle te laisse gaspiller ton temps jour après jour. Elle a été cause que tu as failli manquer tes examens. Elle s'entend avec toi pour me contrarier et fait de toi un menteur et un imbécile et tu oses l'appeler ton amie !

— Elle m'aime.

— Ça ne m'étonne pas : elle aime tout ce qui porte culotte et sur quoi elle peut tenter d'exercer ses charmes ! Elle m'aimerait aussi si je le lui permettais ! »

Eden rougit :

« N'en sois pas si sûr !

— Je voudrais être aussi sûr que tu marcheras droit !

— Lorsque nous passons une journée, nous lisons énormément...

— Oui, avec ta tête sur ses genoux et elle jouant avec tes boucles ! Maintenant, je te déclare ceci : tu n'entreras pas chez elle jusqu'aux vacances de Noël. Peut-être, à ce moment-là, se sera-t-elle refroidie ou aura-t-elle déniché quelque autre jouvenceau à cajoler !

— Tu ne la comprends pas... pas plus que tu ne me

comprends d'ailleurs et je ne pense pas que tu y parviennes jamais. »

Le téléphone, nouvellement installé, se mit à sonner. Renny se tourna vers l'appareil avec une expression de soulagement et tandis qu'il écoutait la voix qui lui parlait au bout du fil, son visage s'éclaira d'un sourire franc. Il répondit :

« Oui, venez la voir... oui, elle est en parfait état... soixante pouces au garrot, de belles épaules... Bien. Je serai au train à trois heures. Vous ne pouvez pas vous tromper en l'achetant. Au revoir ! »

Renny se tourna à nouveau vers Eden, un sourire errant sur son visage. Il y eut un moment de silence, puis Renny dit froidement :

« Bien. A présent, tu sais ce qu'il te reste à faire. La première chose est de prendre le train de onze heures dix : tu arriveras à temps pour le cours de l'après-midi.

— Bon Dieu, faut-il que j'y aille aujourd'hui ? »

L'expression scandalisée d'Eden disait clairement qu'il considérait que la punition dépassait de beaucoup le crime. Subitement, il se sentit saisi par une poigne de fer qui le secoua puis le lança contre la porte.

« Oui ! il le faut ! » dit Renny sévère.

Eden se ressaisit. jeta à son frère un regard furieux et s'élança hors de son bureau. Voyant à peine où il allait, il quitta les ecuries et se dirigea vers la maison. Des jurons rapportés du front par Renny lui vinrent aux lèvres, il les souffla entre ses dents serrées. Ayant sorti sa bicyclette, il s'en fut vers la station de chemin de fer mais, arrivé au croisement d'un certain sentier, il tourna et courut rapide comme l'éclair frapper à la porte de Mrs. Stroud.

Elle lui ouvrit :

« Que se passe-t-il ? »

Il la considéra les yeux étincelants.

« J'imagine que vous le savez.

— Mais qu'a-t-il fait ?

— Il m'a secoué brutalement et lancé contre un mur.

— Mon chéri... souffrez-vous ?

— Un peu, pas beaucoup. C'est l'ensemble... On ne peut pas surmonter ça du premier coup. Dieu sait ce qu'il aurait fait s'il avait su que j'allais ici. Il me croit dans le train. »

Elle l'entraîna d'un geste tendre et l'aida à se débarrasser de son manteau de pluie. Il avait jeté son chapeau sur le parquet. Elle le traita comme un homme blessé, lui apportant un verre de sherry, le faisant asseoir dans un fauteuil. Il fit le récit de sa rencontre avec Renny.

Lorsqu'il eut fini, elle s'assit sur le parquet à ses pieds et posa sa tête contre ses genoux dans l'attitude qui représentait habituellement un de ses privilèges et elle se mit à pleurer silencieusement.

« Oh ! Aimée, dit-il en prononçant son nom de la manière qu'elle aimait, ne pleurez pas, je ne saurais le supporter !

— Tout est fini pour moi. Je vais être si seule.

— Mais il ne faut pas pleurer. »

Il se pencha vers elle pour essayer de la calmer.

« Je ne puis m'en empêcher. Que ferai-je pendant les longues journées de pluie ? Et puis il y a le canoë et tout ce que nous avions projeté de faire au cours de l'été indien !

— Mais je ne m'en vais pas ! Il ne peut pas m'y forcer !

— Il nous fera espionner par Dayborn ! Dayborn est à l'origine de tout cela !

— Mettez-le à la porte ! »

Elle leva la tête.

« Je le ferai. Il s'en ira demain. Je ne supporterai plus rien ! »

Elle se leva et marcha résolument vers la porte.
« Attendez ! dit Eden. N'y allez pas encore. »
Elle se retourna :
« Pourquoi pas ? »
L'espace d'un bref instant, le visage de Renny s'interposa entre eux deux. Eden hésitait entre le désir de voir Dayborn puni et une crainte primitive des conséquences qu'un tel acte pourrait avoir pour lui-même. Afin de gagner du temps, il dit :
« Dayborn ne doit pas être chez lui.
— Il est revenu il y a une heure. Je l'ai vu. »
Elle était devant la porte, l'air déterminé.
Eden se mit à marcher de long en large en disant, surexcité :
« Voyons, que vaut-il mieux faire ? Réfléchissons. Ne nous hâtons pas trop. Écoutez, si nous chassons Dayborn, cela signifiera... »
Il gémit, s'arrêta et porta la main à son épaule.
Elle vint à lui :
« Qu'y a-t-il ?
— C'est mon épaule, je me demande si elle n'est pas démise.
— Oh ! Eden, laissez-moi voir ! »
Elle le palpa doucement.
Il jeta une exclamation de douleur :
« C'est là, j'ai mal là !
— Ôtez votre veste ! »
Il l'enleva, défit son col et ôta sa chemise. La coloration dorée de sa chair, sa fermeté élastique sous sa main lui donnèrent la sensation d'un choc électrique :
« Que vous êtes beau ! » souffla-t-elle.
Il se sentit gêné.
« Je suis diablement mal à mon aise. » Il se toucha l'épaule avec précaution. « Rien de cassé, ce n'est que musculaire.

— Mais regardez ces marques !

— C'est lorsqu'il m'a saisi brutalement, ce diable rouge !

— Oh ! nous serons quittes ! »

Les yeux clos, elle posa ses lèvres sur les meurtrissures et parut respirer à peine, mais une rage mêlée de sensualité se déchaînait en elle. Elle eut le désir de se donner à Eden. Cependant, ayant plongé au fond de ses yeux son regard débordant de passion, elle ne lut point de réponse à son désir sur ce visage dont la moue enfantine n'exprimait que pitié envers lui-même.

Toutes ses émotions concentrées en haine contre Dayborn, elle recouvrit les épaules d'Eden et sortit de la pièce presque en courant. Il la vit se hâter sous la pluie, ouvrir son portillon, puis le portillon voisin, l'entendit frapper rudement à la porte de Dayborn. Il écouta, la tête inclinée vers le mur mitoyen.

Ces paroles lui parvinrent alors :

« C'en est trop... Vous partirez d'ici dès demain..., méprisable mouchard !... »

Puis ce fut un murmure de voix confuses dont il ne put rien saisir.

Elle reparut, le dos appuyé à la porte, haletante, les cheveux mouillés collés à son front.

« Ça n'a pas été long, haleta-t-elle. Je voudrais que vous ayez vu leurs têtes, comme si c'était la fin du monde et que j'étais moi l'ange exterminateur ! Ils ont tenté de se justifier et de plaider leur cause, mais je suis restée sur mes positions, puis je les ai laissés béants ! Dire que demain cette maison sera débarrassée de leur présence ! Êtes-vous satisfait, chéri ?

— Je me demande où ils iront, répondit-il songeur.

— Qu'ils aillent coucher dans un fossé, pour ce que je m'en soucie ! Elle ne vaut pas mieux que lui. Quand je pense comme je me suis montrée bonne envers eux ! Mais c'est fini ! J'espère ne jamais revoir leurs visages d'affamés ! Je ne vous l'ai jamais dit auparavant, Eden, mais je me décide à vous l'apprendre : ils sont mariés. Une femme, en Angleterre, lui envoie cent livres par an pour vivre ici.

— Renny le sait-il ?

— Oui, elle le lui a dit. Elle est amoureuse de lui : chacun peut s'en rendre compte ! Ils feraient mieux d'être prudents. Je vais m'occuper de la chose ! Si cette femme en Angleterre apprend que Dayborn est marié, sa rente lui est supprimée ! Quels fous ! avoir un secret et n'être pas capables de le garder ! Oh ! comme j'aurais pu vivre heureuse ici si ce n'avait été d'eux ! Mais ne vous tourmentez pas, chéri, nous continuerons à être heureux, je le sais ! »

Elle marchait de long en large dans la pièce, les bras raides, tendus, les poings serrés, soufflant fort par ses narine, dilatées, presque en extase.

Tandis qu'Eden la regardait, il éprouva comme une répulsion à la voir dans cet état. Sa silhouette courte et puissante aux gestes disgracieux, sa chevelure mouillée collée à son front, son visage rougi par la surexcitation éveillaient une répugnance en lui. Il passa la langue sur ses lèvres et chercha quelque chose à dire, mais n'y put parvenir. Cela n'avait aucune importance ; il était le foyer où Amy Stroud puisait ses exaltations, sa seule présence lui suffisait.

Eden avait cessé d'écouter ce qu'elle disait. Il commençait à se sentir fatigué et déprimé et désirait surtout s'en aller.

Elle vint à lui et l'entoura de ses bras.

« Venez vous étendre, dit-elle, je vous lirai quelque chose ! Nous essaierons de chasser tout cela de nos esprits et demain ils seront partis ! »

Elle jeta un regard au mur mitoyen, comme si elle avait l'intention de retourner chez Dayborn pour lui confirmer son expulsion. De l'autre logement leur parvenait le rire de Tod qui s'élevait et s'abaissait comme le chant d'un oiseau.

Eden se leva :

« Je ne puis rester. Il faut satisfaire le diable. Inutile d'envenimer les choses. Je serai de retour demain. »

Il réussit à lui faire accepter ses raisons. A nouveau, Eden se retrouva sous la pluie poussant sa bicyclette d'une main, car il lui eût été impossible de s'en servir sous le déluge qui s'abattait en ce moment. La pluie tombait rageuse, comme après une sécheresse prolongée. Eden abaissa son chapeau sur ses yeux et s'en fut en pataugeant tristement vers Jalna. Il lui semblait que des jours s'étaient écoulés depuis qu'il s'était levé ce matin-là.

Il mit sa bicyclette à couvert et entra dans la maison. Les voix de sa grand-mère et de ses oncles venaient du salon. Rags mettait le couvert pour le déjeuner d'une heure. Eden monta doucement l'escalier. Lorsqu'il passa devant la porte de Renny, celui-ci sortit brusquement et ils se trouvèrent face à face.

Renny le regarda, surpris :

« Pourquoi es-tu revenu ?

— Je n'y ai pas été. Je ne me sens pas bien ; mon épaule a quelque chose. »

Il baissa les yeux, ses lèvres tremblaient.

« Qu'as-tu donc à l'épaule ? Veux-tu dire que je t'ai fait mal ?

— Je ne sais pas. Impossible de lever le bras. Je vais m'étendre.

— Je m'occupe de toi. »

Renny suivit Eden dans sa chambre. Eden se sentait près d'éclater en sanglots, attendri qu'il était sur son propre sort. Il gémit en enlevant son manteau trempé et son chapeau et les lança sur un siège. Il se dévêtit ; la pluie l'avait trempé jusqu'aux os.

« Rien de grave », dit Renny après avoir examiné son épaule.

Il semblait à Eden que les baisers d'Amy Stroud devaient y avoir laissé une marque visible, mais on n'y voyait que la trace des doigts de Renny. Il enfila sa robe de chambre et s'étendit sur le lit.

Renny le considéra avec curiosité. Ce gars n'avait pas l'air de méchante humeur, il semblait malade. Oui, c'était un de ces hypertendus ! Il fallait le laisser dormir, inutile de se montrer exagérément sévère avec lui. Il déplia le couvre-pied plié au pied du lit et l'étendit sur Eden en disant :

« Je t'envoie Rags avec un déjeuner.

— Je ne veux rien.

— Bêtises ! Bien sûr que si !

— Je te dis que non ! »

La voix d'Eden se brisa ; il se jeta en travers du lit, le visage tourné du côté du mur, secoué de sanglots. Renny le contempla en se mordant les lèvres puis il dit non sans douceur dans le ton de sa voix :

« J'espère que cela signifie que tout est fini entre toi et cette femme. »

Eden ne répondit pas. Le gong résonna en bas. Renny descendit lentement l'escalier.

19

HOSPITALITÉ

DAYBORN buvait à petites gorgées son verre de toddy (1) fumant. Un châle de voyage fané lui couvrait les épaules, ses yeux larmoyaient et son visage habituellement pâle était fiévreux et congestionné. Il avait été atteint par une épidémie de grippe qui sévissait dans le voisinage et il s'était vu forcé de quitter les écuries ce jour-là. Tod était également enrhumé et Chris n'avait osé le sortir ce même matin. Le regard de Chris allait de l'un à l'autre, découragé. Comment serait-elle prête à s'en aller demain et où trouverait-elle un refuge pour eux ?

Pendant les mois passés dans ce logement, elle et Dayborn avaient eu l'habitude de jeter ce qui leur tombait sous la main dans le premier tiroir venu ou bien lançaient l'objet à ranger sur quelque rayon du buffet. Leur ménage avait été aussi sommairement tenu que possible par Chris, en partie par manque de moyens, et puis aussi parce qu'en revenant des écuries elle était éreintée et qu'il lui fallait baigner et coucher son bébé, fatigué lui aussi. Dayborn, affligé d'une négligence incorrigible, laissait ses vêtements en tas à l'endroit même où il les avait quittés. Il n'avait aucune

(1) Boisson alcoolisée des grandes Indes.

notion de ce que pouvait être l'ordre, mais Chris parfois en avait la nostalgie. Elle répéta une fois encore ce qu'elle avait dit à plusieurs reprises au cours des deux dernières heures :

« Qu'a-t-il bien pu se passer ?

— Cette femme est folle : elle a eu une fantaisie !

— Voyons ! Tu as dû dire quelque chose !

— Seigneur ! Faut-il encore entendre cela ! Je n'ai rien fait, mais tu en rejetteras la faute sur moi jusqu'à la consommation des temps ! »

Elle fronça les sourcils et commença à emplir des valises. Un silence s'établit, interrompu seulement par le gazouillement de Tod qui jouait avec ses cubes à constructions ou encore par ses éternuements répétés. Puis Dayborn demanda, sarcastique :

« Où crois-tu que nous puissions aller ?

— Je ne sais pas. »

Une angoisse enfantine perçait dans sa voix tremblante.

Dayborn lui lança un regard inquisiteur. Allait-elle se mettre à pleurer ? Mais elle pencha la tête de manière à faire tomber sa chevelure sur ses yeux. Tod alla vers elle et lui offrit un cube sur lequel se trouvait l'image d'un canard. Il espérait évidemment la réconforter par ce cadeau.

« Merci, Tod. »

Elle lui sourit.

Enchanté, il retourna à son jeu en trottinant et l'examina afin de choisir aussi une image pour Dayborn. Il se décida pour celle d'un ours et trottina jusqu'à Dayborn, sur les genoux duquel il déposa timidement son cadeau.

« Un ours ! rit Dayborn, un ours qui a mal à la tête ! C'est tout à fait moi ! »

Tod battit des mains pour manifester sa joie d'avoir si bien choisi.

« Quel dommage que Renny soit en ville ! dit Chris, il prendrait une décision.

— Peut-être est-il de retour. Écoute, tu ferais mieux d'aller tout de suite à Jalna et, s'il n'y est pas, laisse-lui un mot.

— Bien, j'y vais. » Elle se leva, heureuse de faire autre chose. « Veille à Tod, ne t'endors pas ! »

La pensée qu'il eût pu s'assoupir dans l'état d'esprit où il se trouvait enflamma l'irascible caractère de Dayborn. Il ne cessa de parler jusqu'à ce que Chris fût sortie de la maison, et même après qu'elle eut fait claquer la porte, il gratifia Tod de quelques bonnes vérités sur le compte de sa mère. Tod écoutait, très grave, tout en échafaudant ses cubes de l'air d'un constructeur qui dirait : « Voilà qui durera éternellement. »

Chris était heureuse d'être dehors, libre sous le ciel, même s'il précipitait contre elle vent et pluie qui la trempait ou la bousculait. Elle avançait tête baissée, l'air grognon, à travers les flaques qui s'élargissaient. L'herbe sur les bas côtés de la route était gorgée d'eau. Même les solides glaïeuls étaient penchés et leurs panaches prenaient une teinte brune. Une branche d'ormeau avait été cassée et gisait en travers de la route. Chris pensait à son existence en Angleterre, aux États-Unis et au Canada. Lorsqu'elle jetait un regard vers le passé, il lui semblait avoir vécu une longue vie sans but. Le meilleur de toute son existence, ç'avait été Tod. Elle s'était sentie presque installée dans cette région. Il lui avait semblé posséder enfin un coin qu'elle pouvait considérer comme sien, et puis de vrais amis. Personne n'eût pu se montrer plus aimable à son égard que Mrs. Stroud l'avait été. Cependant, aujourd'hui même, elle avait paru implacable dans sa haine, presque terrifiante. Elle devait vraiment avoir l'air terrifiant, autrement Jim ne serait pas devenu aussi pâle qu'un linge ! Oui, elle était leur ennemie à présent. Chris désirait par-dessus tout quitter sa maison.

Comme elle s'approchait de Jalna, elle eut l'impression que son cœur la précédait. Elle espérait voir Renny et Launceton. Tod, Renny et Launceton : elle sourit à la pensée des contrastes que formaient leurs différentes natures, cependant ils offraient une qualité commune, il y avait une solidité, une intégrité foncière en eux tel un diamant dur et étincelant qui se fût trouvé au fond du cœur de chacun. Certainement, on pouvait considérer Tod comme un bébé digne de confiance s'il y en eut jamais ! Évidemment, Renny était net, franc, et ne se retournerait jamais contre elle. Chris évoquait son image avec une telle force qu'elle croyait le sentir marcher à ses côtés, la main posée sur son bras, lui donnant du courage et combien plus encore ! Et Launceton... quel cheval ! Non seulement puissant et rapide, mais franc comme l'or. On pouvait faire ce qu'on voulait de cette bête. Elle crut aussi sentir sa présence, son corps se ramassant entre ses genoux pour franchir un obstacle ; puis volant par-dessus comme un daim.

Dans la cour des écuries, elle rencontra Scotchmere. Il portait un capuchon de caoutchouc et son visage était tordu par la souffrance. Cette pluie lui donnait des rhumatismes.

« Hello, dit-elle, le patron est-il revenu ?

— Non, mais il est en chemin. Il a téléphoné voici une demi-heure. N'est-ce pas que ce temps est affreux ?

— Je crois bien. Je vais l'attendre dans l'écurie.

— Vous avez l'air tourmentée. Que se passe-t-il ?

— Scotchmere, ne le dites à personne, mais Mrs. Stroud est remontée sur ses grands chevaux. Il nous faut déménager demain et je veux être pendue si je sais où nous réfugier ! pour comble de malheur, mon frère et mon bébé ont pris froid.

— Ainsi, vous êtes jetés dehors et vous voilà malades par-dessus le marché ! C'est moi qui ai dit à Jim de rentrer chez lui. Et le pauvre marmot, il s'est aussi enrhumé ? Ça sera votre tour ensuite. Voyez-moi ça : votre figure n'est guère plus large que ma main ! »

Comme ils se dirigeaient vers les écuries, Scotchmere s'arrêta soudain :

« J'ai une idée : il y a des pièces vides au-dessus du garage que l'on doit arranger en logement pour l'un des domestiques mariés, mais l'argent a manqué pour les terminer. Vous pourriez y placer vos meubles et vous y installer en attendant mieux. Venez que je vous montre ça. »

Il la précéda. Chris se montra enchantée de l'aspect des pièces. Le fait qu'elles étaient froides avec des fenêtres voilées de toiles d'araignée et que la salle de bain manquait n'avait point d'importance. Quel paradis ! Elle et Scotchmere étaient aussi surexcités que des enfants à la pensée de cette possibilité.

Tandis qu'ils se trouvaient encore là-haut, Renny arriva et monta en courant l'escalier étroit. Son expression s'éclaira lorsqu'il aperçut Chris. Elle lui conta ce qui était arrivé et lui fit part de l'idée de Scotchmere. Il eut l'air de douter que cette idée fût bonne.

« Mais c'est un misérable trou ! s'écria-t-il.

— Il est beau à mes yeux et puis nous sommes habitués à l'inconfort. Je vais tout de suite me mettre à le nettoyer ! » Sur-le-champ elle ôta sa courte veste de cuir, puis elle ajouta : « C'est-à-dire… si vous y consentez ?

— Certainement, j'y consens. Mais gardez votre veste, un des hommes viendra nettoyer tout ici. Allez et envoyez-en un ici, Scotchmere. »

Scotchmere plongea dans l'escalier.

« Comment avez-vous pu croire que je vous laisserais entreprendre un tel travail ! » demanda-t-il sur un ton de reproche, et il glissa une main à l'intérieur de sa veste dans la tiédeur de son corps et la serra contre lui. « Un baiser, Kit ! »

Elle le lui donna avec passion, s'accrochant à lui comme avec désespoir. Il dit :

« Venez à la maison, ma sœur vous offrira une tasse de thé.

— Vraiment, comme ce sera aimable de sa part ! »

Elle parcourut les pièces vides :

« Voici qui est vraiment paradisiaque pour moi ! Et puis il n'y aura pas de loyer à payer, n'est-ce pas ? Je me demande pourquoi Mrs. Stroud a pris le parti d'en finir dans ces termes après s'être montrée calme pendant des semaines ?

— Afin de n'être pas en reste avec moi : j'ai eu une conversation avec Eden en sa présence qui l'a sans doute déprimée.

— Quoi qu'il en soit, nous voilà assurés d'avoir un toit. Si seulement Jim et Tod n'avaient pas pris ces refroidissements ! »

Elle baissa la tête comme sous le poids de ses responsabilités.

« Venez, dit-il presque avec impatience, il faut que vous preniez du thé ! »

La maison était toute tiède. Les murs épais, les rideaux tirés, les bribes de conversations que l'on entendait ainsi que les rires, les trois chiens étendus sur le parquet donnaient une impression de sécurité et d'éloignement non seulement du temps pluvieux qui régnait dehors mais aussi du reste du monde. Chris pensait : « Je me sens aussi à l'abri que dans une église et j'ai aussi chaud que le dieu Hadès en personne ! J'imagine que c'est à cause de la vieille dame ? C'est curieux, mais Renny a l'air aussi à sa place ici qu'aux écuries. » Et, à haute voix, elle ajouta :

« Quel bon rire que celui que j'entends !

— C'est oncle Nicolas. Venez dans le salon, je vais chercher Meg et nous prendrons le thé. »

Il la quitta et revint accompagné de sa sœur. Celle-ci lui serra la main d'un air accueillant. Excellente sœur pour Renny, elle se montrait pleine de cordialité, car son frère l'avait instamment priée d'être extrêmement gentille envers Chris.

« J'apprends que vous êtes obligés de déménager, dit-elle, quel ennui ! Et par un tel temps ! Et l'on prétend qu'il durera des semaines ! »

Ses yeux bleus plongeaient avec sérénité au fond des yeux ambrés de la jeune femme. Chris pensa : « Quelle tournure de matrone et comme son visage est jeune et innocent ! Je parie que j'ai l'air d'une sorcière auprès d'elle ! »

« Renny vient de me dire, poursuivit Meg, que votre bébé et votre frère ont tous deux pris froid ? Il ne faut pas qu'ils risquent de se refroidir davantage. Vous resterez avec nous pendant que vous vous installerez dans votre nouveau logis. Vous et le bébé aurez la chambre d'amis et nous installerons votre frère quelque part. Il y a une chambre mansardée avec un hamac ; croyez-vous qu'il lui déplairait d'y dormir ?

— Oh ! que c'est gentil de votre part ! » La bouche de Chris se tordait comme celle d'un enfant qui s'empêche de pleurer. « Je n'ai jamais été traitée avec autant de bonté ! Mais êtes-vous bien sûre que nous ne vous dérangerons pas terriblement ?

— Pas du tout, je serai heureuse de vous avoir ! »

Renny posait sur sa sœur un regard rayonnant ; elle se tenait là, ferme, calme, les sourcils lisses, parfaite image de la magnanimité ! Chris eut envie de l'implorer : « Prenez-moi ! Permettez-moi d'être des vôtres ! »

Mais, pour devenir des leurs, elle savait qu'il lui eût fallu recommencer sa vie du commencement. Malgré toute leur accueillante bonté, elle sentait que leur cercle était fermé, inviolable.

Ils se dirigèrent vers le salon de réception. Elle vit la grand-mère installée tout contre un feu vif, un pare-feu ouvragé la protégeait de son ardeur. Ernest s'occupait assis devant la table, à changer de vieilles photographies qu'il déplaçait d'un album pour les mettre dans un autre afin d'amuser sa mère. Nicolas contait de joyeuses anecdotes de sa vie passée à Londres. Rags venait d'apporter le thé. Meg se pencha et murmura quelques paroles à l'oreille d'Adeline. La vieille dame se tourna vers Chris avec un sourire plein de bénignité qui découvrit la double rangée de ses fausses dents.

« Ainsi, vous resterez ici quelque temps ? dit-elle. C'est bien, j'aime les visites. »

20

CHANGEMENTS

LE jour suivant, Eden garda la chambre. Il avait tiré son lit près de la fenêtre afin de pouvoir regarder les arbres et au-delà les prés. Mais on n'en voyait que peu de chose à travers le brouillard de la pluie. Le vieux cèdre devant sa croisée avait pris une coloration vert foncé extraordinaire comme s'il s'était transformé en quelque plante aquatique fabuleuse. Lorsque la pluie tombait moins dru, Eden pouvait apercevoir les écuries ou entrevoir la silhouette penchée d'un groom.

Il était profondément découragé et se sentait parfaitement solitaire, impression qui serait une de ses faiblesses au cours de son existence. Lorsqu'il songeait aux poèmes qu'il avait écrits, ils lui semblaient sans valeur. Il envisageait l'étude des lois avec horreur. Aucune sorte d'étude ne le tentait. Il se sentirait prisonnier et médiocre dans quelque profession que ce fût. Eden devinait que la famille devait parler de lui en bas. Il croyait voir l'oncle Nick disant : « Tu as bien secoué ce gars, hein ? C'est exactement ce dont il avait besoin ! »

Il restait étendu des heures, regardant fixement à travers la fenêtre, se sentant incapable de lutter avec la vie. Il eût voulu pouvoir s'en aller dans quelque pays étranger, rêvait nostalgiquement de Paris, d'Athènes, de Rome. Verrait-il jamais Rome ? Il était convaincu qu'il ne verrait jamais rien et traînerait une existence solitaire, toujours incompris. Les autres vivraient jusqu'à devenir vieux, vieux comme Gran, mais lui mourrait jeune. Pendant un instant, la pensée de la mort l'accapara. Eden eût voulu avoir la volonté de mourir à l'instant même. Ils viendraient dans sa chambre et le trouveraient étendu, pâle et silencieux, ses yeux sans regard fixés sur la fenêtre. Après sa mort, Meg conserverait sentimentalement ses quelques manuscrits dans son petit bureau et des années plus tard quelqu'un, peut-être le jeune Finch, les exhumerait et découvrirait du même coup qu'un souffle poignant et profondément touchant animait ces œuvres de jeunesse.

Il n'avait pas le courage de penser à Amy Stroud. Sa brusque démonstration de violence, son visage devenu méconnaissable de vulgarité, les baisers amoureux qu'elle avait déposés sur son épaule avaient froissé sa délicatesse. Elle l'effrayait soudain.

Lorsque Meg lui dit que Chris et Dayborn étaient venus habiter à Jalna, il se l'imagina seule dans cette maison. Elle l'attendait sans doute, mais il ne pourrait pas, ne voudrait pas aller l'y rejoindre ! Il entendit la toux de Dayborn et sursauta. Qu'il détestait entendre tousser !

Meg dit à Renny qu'Eden était dans un état d'apathie fiévreuse. Fallait-il envoyer chercher le médecin ? Renny était-il bien sûr de ne l'avoir pas blessé ?

« La secousse que je lui ai donnée n'aurait pas blessé Wakefield ! Il est seulement déprimé. Laisse-le ruminer ses malheurs un jour ou deux encore, il surmontera cela ! »

Mais les jours passaient et Eden refusait toujours de descendre. Il ne mangeait pour ainsi dire rien. Finalement, Renny monta jusqu'à sa chambre. La pluie avait cessé, mais l'air était lourd et grisâtre. Toute coloration du paysage semblait avoir été lavée, seul demeurait le vert glauque du grand cèdre.

« Comment te sens-tu ? demanda Renny en s'asseyant au pied du lit.

— Épuisé.

— Tu souffres ?

— Non.

— Où est-ce que tu te sens surtout atteint ?

— Je ne sais pas, je me sens surtout épuisé.

— Veux-tu que je fasse venir le docteur ?

— Non, ça ira mieux.

— Tu perds un temps considérable, tu sais. Je crois que tu te sentirais mieux si tu te levais.

— Je ne peux pas. »

La voix d'Eden se brisa.

« J'ai une lettre pour toi. Elle vient tout juste d'arriver. Je crois deviner qu'elle est de Mrs. Stroud. »

Renny posa sur lui son regard pénétrant.

Renny remit la lettre à Eden. Eden lui jeta un regard, puis la glissa sous son oreiller.

« Laisse-moi seul, va ! dit-il d'un air détaché, je me lèverai demain ! »

Renny posa sur lui son regard pénétrant.

« Me permettrais-tu de lui renvoyer cette lettre sans que tu l'aies ouverte ?

— Mon Dieu, non ! Je ne pourrais pas !

— Mais tu ne sauras que lui dire. Tu peux être sûr qu'elle te supplie de venir la voir et tu sais, bon Dieu, que je ne supporterais plus ça !

— Je n'y tiens plus, dit Eden d'une voix enrouée. Je ne sais ce que je donnerais pour m'en aller d'ici pendant quelque temps !

— Écoute, j'ai une idée : aimerais-tu être pensionnaire à l'Université ? Cela arrangerait tout ! Je vais lui écrire, tu es déchargé de toute responsabilité envers elle. Veux-tu ? »

Sa voix avait pris un ton chaleureux qui laissait deviner une compréhension inattendue.

Eden se détourna en enfouissant son visage dans son oreiller ; il parvint pourtant à dire « oui » d'une voix étranglée. Sa main effleura la lettre qu'il poussa sans la regarder vers Renny.

« Prends-la, dit-il, écris-lui pour moi, je ne puis la voir. »

Le seul geste de réconfort que Renny sût avoir envers quelqu'un de couché, c'était de remonter ses couvertures. Il agit ainsi pour Eden qu'il recouvrit presque par-dessus la tête.

« Laisse-moi me charger de la dame », dit-il en fourrant la lettre dans sa poche. Puis il rejoignit son bureau aux écuries.

Installé dans son fauteuil tournant, il réfléchit à la situation. Il n'était pas fâché de la manière dont il avait manœuvré aujourd'hui. Il avait découvert un toit pour Chris et son enfant. Un des fourgons de la ferme avait apporté le mobilier sommaire au logement situé au-dessus du garage. On l'y avait installé, mis des rideaux. C'était habitable, quoique peu convenable pour une personne ayant l'éducation de Chris. Mais elle était heureuse d'être délivrée de Mrs. Stroud et de se trouver plus près de lui. La pensée de son corps élégant, plein de vitalité insouciante, l'émouvait. Il sentait une curieuse ressemblance entre elle et lui-même, peut-être était-ce seulement parce qu'elle était plus encline à aller de l'avant et à être sincère que d'autres femmes. Chris le comprenait comme il la comprenait. Peut-être la manière dont ils avaient travaillé ensemble avec les chevaux entrait-elle pour une grande part dans le fait que la compréhension qu'ils avaient l'un de l'autre était nette et précise. Il leur fallait peu de mots pour s'expliquer. Parfois, un regard lancé par-dessus les têtes projetées en avant de leurs montures au galop, un mot crié dans le tonnerre de leurs sabots calmaient leurs cœurs battants.

Dayborn et Tod demeuraient enrhumés. La petite famille était fort bien vue à Jalna. La grand-mère se prenait de fantaisie pour Chris, Jim s'employait à se rendre agréable à Meg. Tout le monde avait aimé Tod instantanément. Wakefield jouait joyeusement avec lui. Il semblait que le problème d'Eden fût enfin résolu. Renny eut un instant de fierté en songeant comment il avait su manier le gars. Il s'était montré ferme sans dureté en considérant la nature particulière de celui auquel il avait affaire. Oui, il gagnerait cette journée ! A présent, la sorcière n'avait qu'à cuire dans son propre jus ! Il sortit la lettre de sa poche.

D'abord, il la porta à son nez osseux et renifla une odeur de verveine. Elle était assez puissante pour dominer celle du *fluide de Jeye* qui régnait dans son bureau. Il considéra l'écriture grande et ferme sur un papier bleu pâle qui portait un cachet de cire d'un bleu plus intense où était imprimé son monogramme. Il se demandait ce qu'il pouvait y avoir à l'intérieur. Avec un soupir il la posa devant lui.

Lentement il prit une feuille dans un bloc qu'il sortit d'un tiroir, hésita un moment, tout le temps d'admirer l'en-tête de son papier d'affaires, puis il écrivit de sa petite écriture toute en crochets ;

Chère Mrs. Stroud,

Je crois inutile de vous expliquer pourquoi je vous renvoie votre lettre. Si Eden la lit, il se pourrait que les choses devinssent plus graves qu'elles ne sont, ce que je ne veux pas risquer. Il désire que ses relations avec vous prennent fin et il a accepté que votre lettre vous soit retournée. Il va s'en aller quelque temps.

R. C. WHITEOAK.

Sans prendre la peine de se relire, il glissa la lettre dans son enveloppe et la confia à Scotchmere qui courut la poster.

Cependant Amy Stroud était dans un état de surexcitation qui lui assurait des jours de tension nerveuse suivis de nuits sans sommeil. Elle ne comprenait pas pourquoi aucun message ne lui était parvenu d'Eden. Elle avait espéré sa venue à chaque instant et s'était sans cesse préparée à le recevoir. Chaque fois qu'elle passait devant un miroir, elle touchait sa coiffure, arrangeait son col ou rejetait la tête en arrière dans un mouvement d'insouciance élégante avec laquelle elle projetait de le recevoir. Elle poudrait si souvent son visage qu'il commençait à avoir l'air d'être recouvert d'un masque. Ses pieds lui faisaient mal, parce qu'elle vaquait aux soins de son ménage juchée sur de hauts talons.

Le vide qui régnait dans le logement voisin du sien éprouvait ses nerfs plus encore que le bruit de ses anciens locataires. Toutes les quatre heures environ, elle ne pouvait s'empêcher d'aller errer dans les pièces désertes. Cependant, chaque fois, elle était secouée de rage à la vue de l'état dans lequel se trouvaient les fenêtres, les parquets et puis il y avait des marques sur le papier tenture ! Sa haine pour Dayborn devint si intense qu'il lui apparaissait comme entouré d'une aura livide. Même les visages de Tod et de Chris étaient illuminés par elle ! Si seulement ils n'avaient jamais pénétré dans sa vie, tout eût pu être différent !

Sa seule consolation pendant tous ces jours, son unique pensée calmante, c'était la certitude de l'inconfort extrême dans lequel Dayborn et sa famille devaient vivre. Elle avait réussi à apprendre, par l'homme venu chercher leur mobilier, qu'ils emménageaient dans un étage non encore organisé situé au-dessus du garage de

Jalna. Amy considérait la pluie cinglante et le vent brutal comme des alliés dans la punition infligée à Dayborn.

Le troisième jour, elle se demanda si Eden était malade et se persuada qu'il l'était. Comment en eût-il pu être autrement, traité comme il l'avait été et avec cela mouillé jusqu'aux os ! Elle se l'imaginait fiévreux, se retournant dans son lit, l'appelant à son chevet. Elle supporta tout un jour cette anxiété nouvelle puis se décida à rendre visite à Miss Pink par qui elle apprit ce qui se passait. Elle savait Miss Pink sur un pied d'intimité avec la famille de Jalna. Tandis qu'elle pataugeait sur la route boueuse, le paysage lui parut plus déplaisant qu'elle n'eût pu se l'imaginer une semaine auparavant. Les feuilles tombaient rapidement. Les champs étaient noyés et le bétail la regardait passer d'un air mélancolique. Elle était hors d'haleine lorsqu'elle eut gravi la hauteur au-delà de l'église pour atteindre le cottage de Miss Pink. La porte en fut ouverte par une jeune servante accorte.

« Miss Pink est chez elle ?

— Oui, m'ame ; elle est très occupée à donner une leçon, mais si vous voulez entrer, je lui dirai que vous êtes venue... »

Le petit salon était bourré avec le mobilier que Miss Pink avait sorti de son ancienne demeure. Elle parut bientôt en personne, l'air nerveux et même un peu froid.

Amy Stroud s'efforça de sourire et jeta son rire musical et grave :

« J'espère que je n'ai pas l'air aussi affreux que je pense l'être ? Quelle pluie ! Comment faites-vous pour tuer le temps ? »

Miss Pink parut ne point voir la main qu'elle lui tendait et répondit avec raideur :

« Les occupations ne me manquent pas. Il y a les orgues de l'église et puis les leçons de musique que je donne, enfin je suis aussi le professeur de la petite Pheasant Vaughan. Elle est avec moi en ce moment. Je crains ne pouvoir vous prier de rester. »

Son petit visage rose paraissait gelé tandis qu'elle observait Mrs. Stroud.

« Bien, alors je m'en vais. » Elle tentait de dominer sa peine et sa colère. « J'espère que la chère vieille Mrs. Whiteoak va bien, ce temps doit être éprouvant pour une femme de cet âge. »

Du même air glacial, Miss Pink répliqua :

« Elle va très bien, j'ai pris le thé là-bas hier ; elle goûte beaucoup la présence de ses nouveaux hôtes. »

Son expression glaciale s'effaça et fit place à une expression de froide antipathie.

« Ses hôtes ?

— Oui. La famille qui habitait chez vous. Ceux que vous avez mis à la porte sont pour le moment à Jalna.

— A Jalna ! Vous voulez dire dans le local qui se trouve au-dessus du garage ?

— Oh ! la famille ne l'eût pas permis par un tel temps ! Ils sont logés dans la maison même et y sont fort bien accueillis, je vous assure !

— Que c'est gentil ! Et Eden — il lui fallait se renseigner au sujet d'Eden quoi qu'il en pût coûter à son orgueil — est-il mieux ?

— Je n'ai pas entendu dire qu'il fût malade. Je crois bien qu'il va s'en aller pour quelque temps.

— Vraiment, je m'excuse... »

Amy Stroud se dirigea vers la porte.

A nouveau sur la route, Mrs. Stroud grinça des dents à la pensée de l'affront qu'elle venait d'essuyer. Tout le reste pour le moment disparut de sa pensée. Elle se vit giflant le visage frais et coloré de Miss Pink sur lequel ses doigts laissaient des marques violettes.

Mais tandis qu'elle continuait à avancer, cette colère fut submergée par le chagrin de savoir Dayborn et sa famille confortablement installés à Jalna dans cette maison où elle était venue deux fois en visiteuse accueillie avec empressement et où, probablement, elle n'irait plus. Que ne raconterait-il pas sur son compte ! Il s'amuserait sans doute à la caricaturer comme elle l'avait vu faire des petits défauts de toutes sortes de gens et le cercle familial formé autour du foyer devait rire ! Elle était confinée ici pour le reste de ses jours et cette affaire avec les Dayborn pouvait la priver de la relation sociale qui lui était la plus précieuse. Il fallait essayer de rétablir sa position, voir Eden. Elle ne le croyait pas parti. Lorsqu'elle rentra, Amy trouva la lettre de Renny l'attendant, en compagnie de l'épicerie que l'on venait de livrer. Elle l'ouvrit et lut.

Elle la relut posément, puis s'assit en la chiffonnant dans sa main. L'effet qu'elle lui produisait était tout le contraire de ce à quoi l'on eût pu s'attendre. Cette lettre la calmait, la faisait se ressaisir. Elle se demanda quel devait être son prochain geste, comme si elle jouait une monumentale partie d'échecs. Elle serra son front entre ses doigts et considéra, absente, quelque vision imaginaire. La pluie s'égouttait des lierres avec un rythme musical sur trois notes aiguës. L'accompagnement était fourni par le gargouillement étouffé de l'eau s'écoulant par une petite rigole à l'extrémité du jardin.

La lettre écrite par elle-même attira son regard. Elle la saisit et en respira le parfum. Puis elle la déchira en petits morceaux et les jeta dans le panier à papier. Quant à la lettre de Renny, elle la glissa dans la poche de sa jaquette. Elle demeura un moment immobile, savourant son contact, comme si c'était une sorte de talisman qui l'empêcherait de gaspiller son énergie en colères futiles tout en intensifiant son ressentiment.

Elle crut entendre du bruit dans le logement voisin ; elle s'imaginait souvent cela. Parfois, elle aurait juré avoir entendu le rire de Dayborn. Une fois, la nuit, elle avait été réveillée par les cris de Tod. Elle en avait été si persuadée qu'elle s'était levée et habillée pour aller inspecter les pièces voisines. Souvent elle y retournait.

Elles étaient vides, glaciales et désolées. Certainement il fallait qu'elle y mît un locataire ! C'était une perte sèche que de n'y loger personne. Quel réconfort ce serait que d'y avoir des gens sociables ! Comment envisager l'hiver dans cette région avec tout le monde lui étant hostile ! Eden qu'on lui avait arraché, l'amitié d'Ernest qu'il lui avait retirée, le voisinage prévenu contre elle ! Tout cela à cause de Dayborn ! Elle se l'imaginait en ce même instant divertissant la vieille Mrs. Whiteoak et ses fils à ses dépens. Elle aurait sa revanche, dût-il lui en coûter des efforts jusqu'à la fin de ses jours pour y parvenir.

Maintenant, elle regrettait de n'avoir pas accepté le paiement du loyer que Renny lui avait proposé de solder. Alors elle n'eût pu se permettre de jeter Dayborn dehors aussi péremptoirement et ils ne seraient pas à présent installés à Jalna. On ne la considérerait pas comme une persécutrice, et après tout ce qu'elle avait fait pour ce trio ! Ses yeux tombèrent alors sur une tache pas encore remarquée à l'endroit même où s'était trouvé leur sofa loqueteux. Dayborn avait dû appuyer à cet endroit sa tête toute grasse de la sueur due à ses rudes chevauchées. Sale brute ! Mrs. Stroud serra le poing et assena un coup sur la table souillée. Ce geste avait dû être accompli avec force, car la douleur la fit bondir. Elle crut entendre le rire hennissant de Dayborn.

Comme elle s'apprêtait à quitter le logement vide, elle vit qu'il y avait quelque chose dans la boîte aux lettres. Elle l'ouvrit et y trouva un vieux journal et une lettre. Ça ressemblait au garçon livreur d'avoir jeté une lettre dans une maison vide ! Mais il ignorait sans doute leur départ. Elle prit le journal et la lettre et retourna chez elle.

Amy portait toujours les vêtements mis tout à l'heure pour sortir. Elle ôta son chapeau et sa jaquette, prit la lettre de Renny dans sa poche et la glissa dans son corsage. Amy s'installa sur le rebord de la cheminée de la cuisine et y posa ses pieds qui étaient gelés. Alors, d'un geste impitoyable, elle coupa la ficelle qui entourait solidement le journal et le déplia. Sans savoir ce qu'elle lisait, ses yeux en parcoururent les titres. Elle savait que ce journal était envoyé à Dayborn chaque semaine par les soins d'une tante. Il parlait toujours d'elle en la nommant la chère tante Katie. Deux pensées séchées qui avaient été glissées dans les plis du journal tombèrent sur ses genoux. Amy les contempla, fragiles et passées, encore parfaites de formes, elles semblaient la regarder tels de malicieux petits visages. Elle les écrasa dans ses mains et, levant le couvercle du poêle, les laissa tomber sur les charbons ardents. Voyant l'eau de la bouilloire en ébullition, elle prit la lettre, la tint par-dessus la vapeur du côté du rabat. Après quelques essais prudents, elle put l'ouvrir sans l'endommager. C'était bien ce qu'elle pensait : le chèque trimestriel envoyé par la bienfaitrice de Dayborn. Il était de vingt-cinq livres, maigre secours, pensa Amy Stroud, mais combien précieux pour lui ! Elle mettrait fin à tout cela ! Tout comme elle avait lu les en-têtes d'articles sans les comprendre, elle se mit à lire la lettre accompagnant le chèque. Tout ce qu'elle désirait savoir c'était le nom et l'adresse ; elle se mit à son bureau dans le salon et écrivit :

Mrs. GARDINER

Madame,

Je sais que vous vous intéressez à Jim Dayborn et que vous lui envoyez un chèque tous les trois mois à condition qu'il mène une vie régulière et ne se marie point. Sa femme m'a raconté cela. Elle est également Anglaise et ils sont mariés depuis quelque temps. Ils semblent tenir pour une plaisanterie le fait de vous extorquer de l'argent sous un prétexte trompeur, mais je considère la chose d'une autre manière. Ils passent ici pour frère et sœur. J'ai entendu Dayborn dire (je vivais alors sous le même toit qu'eux), une fois qu'il avait reçu un de vos chèques : « Dieu merci, la brave fille a craché une fois de plus ! » J'imagine que vous êtes une honnête femme et je considère comme mon devoir de vous informer de cette vilaine action et ingratitude. Comme je n'aime pas les lettres anonymes, je signe cette lettre de mon nom. Je joins à ma missive l'adresse d'un avocat de la région ainsi que celle d'une agence de police secrète.

Elle ajouta le nom de l'avocat et celui d'un détective dont son mari s'était servi jadis. Elle trouva de la colle et recacheta la lettre qu'elle avait ouverte, puis elle cacheta la sienne avec un sentiment de profond soulagement. Elle fut ensuite la porter à la poste située à un mille environ et qui se combinait avec la petite épicerie. Comme elle en sortait, elle aperçut Finch Whiteoak qui achetait une bille de chocolat. Elle sortit de l'épicerie avec lui. Dehors, l'enfant se mit à courir en bondissant comme un agneau. Elle était étonnée de constater que l'on pouvait se sentir heureux par un tel jour alors qu'elle se sentait si malheureuse. Elle appela le petit garçon :

« Finch ! attends un peu ! »

Il s'arrêta et regarda par-dessus son épaule.

« Attends un peu ! répéta-t-elle.

— Je ne peux pas, répondit-il se remettant à courir.

— Je t'en prie, attends ! cria-t-elle encore. J'ai quelque chose à te demander ! »

Il l'attendit, ses yeux gris-bleu levés vers elle avec une expression timide.

« Comment va Eden ? demanda-t-elle en le rejoignant.

— Mieux, merci.

— Est-il parti ?

— Il est parti vivre à l'Université.

— Oh ! a-t-il vraiment été malade ? Le médecin est-il venu ?

— Non, Renny seulement. »

Elle se força à sourire.

« Tu l'as sûrement vu. Avait-il l'air triste ? »

Il lui jeta un regard déconcerté.

« Non... pas triste... après tout... Je ne sais pas.

— Quel air avait-il ? Dis-le-moi !

— Je ne me souviens pas.

— Est-ce que Mr. Dayborn, sa sœur et le bébé sont encore à Jalna ?

— Oui. S'il vous plaît, il faut me dépêcher. »

Ayant effleuré sa casquette, il vola presque sur la route.

Elle le vit escalader une barrière comme pour être plus sûr de lui échapper. Lorsqu'elle passa devant lui un instant après, elle le vit muser, défaire le papier d'argent entourant la bille de chocolat comme s'il avait tout le temps de paresser. Elle lui jeta en passant :

« Tu n'étais pas si pressé après tout, hein ! » Et elle marmonna entre ses dents : « Encore un qu'on aura monté contre moi. Ce ne sera pas la faute de Dayborn si je ne suis pas irrémédiablement frappée d'ostracisme ! »

21

LE DÎNER

Au début, Eden fut heureux de sa réclusion au sein de l'Université. Il ne désirait rien autant que d'échapper aux cajoleries d'Amy Stroud. Elle l'avait tellement dégoûté lors de leur dernière rencontre qu'il ne se sentait nul désir de la revoir jamais. Mais comme les semaines passaient, il commença à penser avec nostalgie à sa vie libre de Jalna. On pouvait dire ce qu'on voulait contre la famille, ils lui étaient tous mille fois plus proches que ces jeunes hommes graves parmi lesquels il vivait maintenant. Il eut la malchance de n'en pas trouver un seul qui lui plût. Leur esprit était déjà engagé dans une direction bien définie qui, s'ils persévéraient, les mènerait infailliblement au succès. Ils considéraient chacun de leurs petits triomphes comme de hauts faits. Ils décidaient des lois régissant la morale, l'économie, la politique, la littérature. « J'aimerais mieux, pensait Eden, avoir sur les épaules le passé de l'oncle Nick que l'avenir de toute la bande réunie en perspective ! » Il ne se sentait nul penchant pour la vie en commun, il détestait le travail par équipes. Comme il était souple et rapide dans ses mouvements, il était excellent dans certaines branches de l'athlétisme. Il avait été un des meilleurs coureurs sur un parcours réduit et l'un des meilleurs sauteurs de son collège. Il détestait l'abrutissement et cette abstraction de soi-même que demandait l'entraînement. Ce qu'il aimait, c'était de surgir presque au dernier moment et de gagner la course ou de réussir le saut le plus remarquable sans effort apparent. Au cours des compétitions, il goûtait toujours un plaisir pervers à contempler les visages déconfits de l'équipe dont il faisait partie lorsqu'elle perdait. Rarement, un match se passait sans qu'il fût réprimandé pour la non-observance des règles.

Le temps pluvieux persista encore ainsi que Renny l'avait prédit. Puis, vers la fin d'octobre, l'été indien fit son apparition avec ses ors sombres mystérieux, son ciel de jacinthe pâle, les pourpres flamboyants et les ors des forêts. Eden revint à Jalna pour un week-end et, de retour à son Université, estima que les sujétions de sa nouvelle existence étaient presque intolérables. Il sombra dans une indolence totale qui frisait la mélancolie.

Il était dans cet état d'esprit lorsque le courrier du matin lui apporta une lettre de Mrs. Stroud. Étendu sur son lit, il la lut :

Mon ami bien-aimé,

Car vous serez toujours aimé de moi, même si mon amour est payé d'indifférence. Mais je ne puis croire que vous ayez oublié nos moments heureux et je viens vous demander de me faire plaisir. Je séjournerai en ville pendant quelques jours et ce serait pour moi la possibilité de rêver à un doux souvenir pendant mes longues journées solitaires si vous acceptiez de venir dîner avec moi. Si vous venez, nous ne parlerons pas des instants pénibles que nous avons pu connaître, mais nous passerons un moment gai et insouciant, à notre manière. Eden, mon chéri, ne me refusez pas cela. Si vous le faisiez, je saurais que je vous ai gravement offensé et je me rongerais le cœur en me demandant ce que j'ai bien pu faire pour y parvenir.

Le jour que vous voudrez. Venez à sept heures.
Votre

AIMÉE.

Eden fut surpris de se sentir heureux d'avoir reçu cette lettre. L'ennui de sa vie présente lui pesait. La pensée de revoir Mrs. Stroud lui semblait comme un retour vers une ancienne et agréable amitié, même si l'éclat de celle-ci s'était quelque peu terni. Il oublia leur dernière rencontre, ne se souvenant plus que du temps où il goûtait les douceurs de la liberté dans sa maison alors qu'elle lui préparait de délicieux petits repas. Il était trop subtil pour ne point deviner aussitôt qu'elle était descendue dans un hôtel bien trop cher pour les moyens dont elle disposait, cela dans le seul dessein de mieux l'attirer auprès d'elle.

Après tout, pensa-t-il, il l'avait plutôt traitée sans égards et elle n'avait rien fait pour le mériter si ce n'était d'avoir blessé sa sensibilité. Il ne pouvait la laisser se ronger à en être malade. Il fallait qu'ils se revoient une fois encore. Il la quitterait moins humiliée, Peut-être même leur amitié continuerait-elle sur un plan paisible.

Il se leva d'un bond, avec un sentiment de soudaine euphorie. La matinée était superbe ; il dînerait avec elle le lendemain, peut-être même l'emmènerait-il au théâtre ensuite. Il lui écrivit un mot bref pour lui dire le jour de sa venue.

Ensuite, les heures se traînèrent, interminables. Eden se demanda comment il aurait pu les vivre s'il n'avait eu ce dîner avec elle en perspective. A sept heures exactement, il pénétra dans le hall de l'hôtel.

Celui-ci, relativement moderne, affichait une magnificence tapageuse. Un orchestre jouait, des garçons en habit se hâtaient avec des plateaux chargés de cocktails. Il ne l'aurait pas reconnue si elle ne s'était levée pour l'accueillir. Elle portait une robe de dîner courte, comme le voulait l'élégance actuelle, d'un beau rouge de Chine, elle avait aussi mis de longs pendants d'oreilles rouges. Les ondes précises de sa chevelure témoignaient de son passage chez un coiffeur. Mais ses beaux yeux gris étaient les mêmes et sa voix grave et caressante aussi. Elle lui prit les deux mains avec les yeux pleins de larmes, mais elle souriait :

« Que vous êtes exact ! s'écria-t-elle. C'est bien la première fois que vous arrivez à l'heure dite !

— Il faut bien faire oublier mes anciens méfaits », dit-il.

Elle lui jeta un regard expressif et dit enfin :

« Vous n'avez absolument rien à vous faire pardonner, votre présence, à quelque heure que ce fût, était tout ce que je demandais. »

Ils s'assirent sur un divan. Un maître d'hôtel s'approcha. Ils demandèrent des cocktails. Tandis qu'ils les dégustaient à petites gorgées, ils ne surent d'abord que se dire, puis Eden se mit à rire en s'écriant :

« Que nous devons avoir l'air compassé ! Si ce maître d'hôtel savait le petit nombre de cocktails que j'ai absorbés, il me mépriserait ! »

Elle rit gaiement :

« Mais n'est-ce pas qu'ils sont délicieux ? Trouvez-vous que cette robe m'aille ? Je l'ai achetée spécialement avec l'intention de la porter ce soir : je désirais paraître n'avoir pas le moindre souci ! Je pensais vous plaire davantage ainsi !

— Aimée... que c'est gentil ! »

Il posa une main sur ses genoux. Il sentait en lui la flamme de l'alcool.

La glace était rompue. Leur première froideur n'était plus qu'un souvenir. Ils causaient et riaient, surexcités comme deux amoureux. Elle avait l'air si jeune qu'on ne l'eût jamais crue de vingt ans son aînée. Ils se rappelèrent mutuellement certains menus incidents de leurs précédentes rencontres, mais en évitant de prononcer le nom de Renny ou celui de Dayborn.

La salle à manger était pleine de monde, mais elle avait fait réserver une table de deux couverts dans un coin. En ce moment même, elle faisait ce qu'elle avait si souvent rêvé faire : recevoir dans un hôtel élégant avec un air qu'elle croyait être désinvolte et de bon ton. Elle se plut à choisir les plats les plus chers du menu et dit au maître d'hôtel de servir du champagne. Tandis qu'il sortait la bouteille de son seau de glace et la débouchait, elle se sentit confiante et heureuse. Par la force de son caractère, son charme personnel, elle réparerait le tort que lui avait fait Dayborn. Elle regagnerait l'estime de ses voisins. Aimée sentit que *rien* ne lui était impossible. L'humeur d'Eden était devenue si légère d'être sorti de l'étouffement universitaire pour pénétrer dans une atmosphère de gaieté, qu'il ne pensait plus qu'à se faire pardonner par Amy Stroud ce qu'il commençait à considérer comme sa conduite répréhensible envers elle. L'orchestre jouait une danse, quelques couples se levèrent.

« Voulez-vous danser ? demanda-t-il.

— Croyez-vous que je sache danser suffisamment bien ?

— Vous dansez merveilleusement. »

Il la conduisit. Eden lui avait enseigné tout ce qu'elle savait de la danse. Elle avait trouvé cruel que dans sa jeunesse on ne lui eût pas appris à connaître ce plaisir. Les mois précédents, elle avait si bien profité des leçons d'Eden que leurs évolutions furent suivies avec admiration par plus d'un spectateur.

Lorsqu'ils regagnèrent leurs sièges, le maître d'hôtel remplit à nouveau leurs coupes. Mrs. Stroud regardait Eden avec un air de possession. Son regard parcourait hardiment toute la salle. Elle posa soudain sa main sur le bras d'Eden.

« Regardez, chéri, à la table là-bas, la troisième à ma droite, ces deux hommes en compagnie d'une femme. Avez-vous jamais vu une tête si fièrement plantée que celle de cet homme qui nous tourne le dos ? Je voudrais le voir de face ! »

Eden se tordit le cou pour voir. L'inconnu tourna la tête et son profil se dessina.

« Bon Dieu ! souffla Eden en laissant presque échapper son verre. C'est Renny ! »

Mrs. Stroud pâlit, ses mains se mirent à trembler puis elle se ressaisit.

« Eh bien ! quoi, si c'est lui ? dit-elle. Je suis sûre qu'il ne nous à pas vus. Vous lui tournez le dos et s'il regarde dans notre direction, il ne nous reconnaîtra pas avec cette robe ; je vais tenir le menu devant mon visage. »

Mais l'insouciance avait fui. Quoi qu'ils fissent, ils ne pouvaient oublier cette silhouette assise à trois tables d'eux. Mrs. Stroud riait et bavardait, décidée à ne point s'en préoccuper, mais son regard était sans cesse attiré vers une certaine direction. Eden s'écria :

« J'aimerais que vous cessiez de le regarder ! Ça m'énerve. Je pense que nous ferions bien de nous en aller !

— Nous ne le pourrions sans risquer d'être vus. Attendez, je crois qu'ils s'en vont. »

Mais ils restèrent. La femme, jeune, aux cheveux lisses, se leva pour danser avec Renny. L'orchestre jouait *A trois heures du matin...*, valse-hésitation fort populaire ; il n'y avait rien à faire qu'à rester assis en espérant échapper à son attention. Heureusement, les deux danseurs s'élancèrent dans la direction opposée et on eût pu les perdre de vue n'avait été la stature de Renny et sa chevelure flamboyante. Le mari obèse et paisiblement somptueux restait assis en maniant le pied de cristal de son verre d'un air absent. Les poches qui se gonflaient sous ses yeux étaient accentuées par une lampe posée près de lui.

Que ce fût à cause de l'euphorie due au champagne ou par perversité native, Eden désirait maintenant être vu. L'expression du visage de Renny serait sans doute une vision digne d'être gardée dans son souvenir jusqu'à la fin de ses jours. Enfin, il ne serait pas mauvais de lui prouver aussi qu'il ne consentait pas à être traité en petit garçon ! Mieux valait prouver à Renny qu'il tenait à poursuivre son aventure prématurée et que rien ne pourrait l'en empêcher.

Mrs. Stroud s'écria :

« Vite, mettez vos mains devant votre visage ! »

Elle-même tenait un menu en main comme pour préserver ses yeux de la lumière trop intense. Obéissant, Eden leva la main mais, entre ses doigts écartés, ses yeux regardaient brillants, insolents et provocateurs. Leur attitude était si étrange qu'elle attira l'attention de tous ceux qui passaient. Tandis que Renny et sa danseuse évoluaient devant eux, la musique cessa et le regard de Renny fut attiré par les visages que l'on tentait de dissimuler. Il s'arrêta et une lueur dans ses yeux prouva qu'il les avait reconnus.

Son visage, cependant, conservait l'expression intéressée avec laquelle il avait écouté la conversation animée de la danseuse. Il dit un mot à celle-ci et tous deux se dirigèrent tout droit vers la table où Amy Stroud et Eden étaient installés. Renny les présenta à Mrs. Denovan. Son époux venait, le jour même, d'acheter un des chevaux de chasse élevés par Renny. Ils étaient Américains. Elle dit, s'adressant à Renny :

« Est-ce que votre frère et son amie ne viendraient pas s'asseoir à notre table ? Il y a beaucoup de place !

— Oui, ce serait charmant », reconnut Renny en fixant Eden d'un œil dur.

Eden et Mrs. Stroud se levèrent avec un air presque soumis et suivirent les autres. La musique reprenait lorsque les présentations furent faites et qu'ils furent tous assis autour de la table en compagnie de Mr. Denovan ; celui-ci commanda du café et des liqueurs. Amy Stroud se trouvait dans un état d'étrange ivresse. Le calme imperturbable de Renny en découvrant Eden avec elle, la rencontre de ces étrangers, les vins généreux la transformaient momentanément en cette femme qu'elle aspirait à être depuis toujours.

« Êtes-vous voisine de ces messieurs ? demanda Mr. Denovan.

— Oui, répondit-elle, quoique depuis peu de temps.

— Ils habitent une belle vieille demeure avec leur extraordinaire grand-mère. Vraiment elle a causé longuement avec ma femme et moi comme une personne de soixante-dix ans !

— Elle est plus attachante qu'aucune personne de soixante-dix ans que j'aie rencontrée. »

Eden vit une ombre passer sur le visage de Renny, il pensa : « Renny ne peut même pas souffrir que ces gens se permettent d'admirer grand-mère ! C'est bien son tempérament : tout ce qu'il aime, il veut le garder à l'abri du monde ! Malgré mon caractère, il semble qu'il ait une nature plus secrète que moi... Bon ! le voilà qui invite Amy à danser ! »

Eden éprouva un sentiment indicible en voyant Renny prendre la main d'Amy et entourer sa taille de son bras. Certainement, elle serait vaillante. Il lui lança un regard d'encouragement avec l'espoir qu'elle se tirerait bien de cette épreuve. La vieille tête rouge était bon danseur. Il se tourna vers Mrs. Denovan et l'invita à danser. Elle était aussi légère qu'une fée et ne pesait pas davantage sur son bras qu'un impalpable flocon. Il se laissa gagner par le plaisir de la danse.

En d'autres circonstances moins exceptionnelles, Amy Stroud ne se fût jamais sentie assez sûre d'elle pour danser avec Renny. Mais ce soir, c'était différent ; quoiqu'elle ne fût pas ivre, elle était dans un état qui en approchait. Elle avait un désir passionné de goûter pleinement les plaisirs de cette nuit. Sa vie, ces derniers mois, avait été si solitaire, si troublée par les émotions, que dans sa robe couleur de flamme, elle se sentait à présent comme un papillon nouvellement délivré du repliement dans sa chrysalide. Oui, tandis qu'elle attendait, la main dans celle de Renny, qu'il lui donnât le signal de la danse, elle se sentit obligée de serrer les dents pour immobiliser ses lèvres. elle craignait qu'il ne la sentît trembler de tous ses membres.

L'orchestre jouait *La Chanson indienne* qu'Eden avait fredonnée devant elle. Elle en reconnaissait à présent le rythme sauvage. Ils se regardèrent et se mirent à glisser sur le vaste parquet où n'évoluaient que quelques couples.

Ils ne parlèrent ni l'un ni l'autre.

D'abord, le plus grand désir d'Amy était de ne pas commettre de fautes en dansant. Un soupir de soulagement entrouvrit ses lèvres lorsqu'elle constata que, eût-elle même été moins habile qu'elle ne l'était, elle eût pu s'imaginer être bonne danseuse conduite par un tel danseur. Elle avait pensé qu'Eden dansait à la perfection tandis qu'ils évoluaient dans son petit salon, accompagnés par Eden qui sifflotait la danse, ce soir même elle avait goûté l'ivresse de danser avec lui accompagnée par un orchestre.

Mais voici qui était une sensation nouvelle. Elle eut comme le sentiment d'un choc en éprouvant la grâce vivante de la danse de Renny, elle était comme emportée dans un songe, sa volonté annihilée. *La*

Chanson indienne, n'était-ce pas le battement même de son cœur ? Et près de ce cœur, elle sentait battre le rythme du sien. Il était semblable à un de ces pur-sang de course qui, ayant appris à marcher à une allure artificielle comme le pas ou le trot, goûtait un plaisir conscient à l'exercer. Ils terminèrent la danse tout au bout de la salle.

« C'était merveilleux ! haleta-t-elle, les yeux brillants. J'ai été si heureuse que vous m'invitiez à danser ! »

Il répondit avec quelque raideur :

« Je ne vous ai pas demandé de danser avec la moindre idée de plaisir pour l'un ou l'autre de nous. »

Elle restait accrochée à son bras, à peine découragée par sa rebuffade. Elle était encore dans l'extase de leur danse. Eden passa avec Mrs. Denovan vers laquelle il abaissait un regard admiratif. Il eût aussi bien pu être un étranger quant à l'effet que sa vue fit sur Amy Stroud. Elle se souvint comment le jour où Renny était allé chez elle sa présence avait aussitôt effacé le souvenir de tous ceux qui étaient venus dans son salon avant lui. Ça, c'était un homme qu'elle eût pu aimer de toute son âme, pensait-elle. Cependant, combien souvent elle éprouvait de la haine pour lui ! « C'est sans doute ma nature passionnée qui s'emporte ! pensa-t-elle. Oh ! si seulement il m'invitait une seconde fois ! »

Il lui dit :

« Je désire vous parler au sujet d'Eden. Quand pourrais-je vous voir ? »

Son coeur battait. Une autre entrevue avec lui ! Valait-il mieux le voir chez elle ou à l'hôtel ? Sa pensée hésita entre les deux, enjolivant les deux décors imaginaires d'embellissements provocants.

« Quand puis-je vous voir ? » répéta-t-il.

Mieux valait le recevoir à l'hôtel ! Il y aurait encore un peu de l'atmosphère de cette nuit !

« Serez-vous en ville demain ? demanda-t-elle.

— Oui. Restez-vous ici ?

— Oui. Voulez-vous déjeuner avec moi ?

— Merci, je crains que ce ne me soit pas possible. Puis-je venir dans la matinée ? »

Elle ne désirait point recevoir sa visite le matin.

« Il faut que je sois sortie toute la journée. Pourriez-vous venir le soir ? »

Il lui lança un regard pénétrant. Elle se sentait devinée, elle composa :

« Je pense que je pourrais m'arranger pour vous voir dans l'après-midi.

— Très bien. Je viendrai vers trois heures. »

Ça lui ressemblait ! Quelle heure déplaisante entre toutes !

« Ne pourriez-vous venir à quatre heures ?

— Parfait, quatre heures. »

Ils rejoignirent leur table. Mr. Denovan, comme s'il se sentait soudain privé de la société de son invité, se tourna vers lui d'un mouvement décidé et se mit à parler chevaux :

« Est-ce que nous nous en allons ? demanda Mrs. Stroud à mi-voix en s'adressant à Eden.

— Non, non, je veux danser ! »

Il avait évidemment envie de danser, mais apparemment pas avec elle. Une fois encore, il conduisit Mrs. Denovan vers la salle de danse. Amy Stroud resta assise entre les deux hommes qui semblaient presque ignorer sa présence. Mais elle ne se sentait point seule. Elle était toute frémissante de vie intérieure.

Cependant, lorsque Eden l'invita à nouveau à danser, elle refusa. Elle venait d'entendre Mr. Denovan demander à Renny de le suivre dans le fumoir où ils pourraient causer tranquillement. Renny avait acquiescé. Mrs. Denovan était fatiguée par son voyage et montait se coucher. Amy Stroud se leva et leur dit bonsoir. Elle quitta la salle à manger, accompagnée d'Eden. Dans le corridor, il dit :

« Dieu merci, la vieille tête rouge m'a fichu la paix ! J'étais dans mes petits souliers durant cette dernière demi-heure, m'attendant à une scène de sa part.

— Il l'aura avec moi.

— Avec vous ? Quand ?

— Demain dans l'après-midi. Ici.

— Je me demande ce qu'il dira.

— Je me le demande. »

Eden eut un étrange regard oblique.

« Je pense que vous attendez ce moment avec impatience.

— Oui... dans un sens.

— Il produit cet effet à la plupart des femmes. Je vous croyais différente.

— Je ne sais ce que vous voulez dire, dit-elle irritée. Je suis impatiente de lui prouver que je ne suis pas une aventurière. »

Ils avaient atteint la porte de sa chambre ; il s'y appuya en riant.

« *Vous* une aventurière ! Oh ! Aimée ! »

Sa voix lui parvint, glaciale.

« Pourquoi pas ?

— C'est simplement impossible.

— Votre famille pense différemment.

— Non, sûrement pas !

— Que pensent-ils donc alors ? »

Il tenta de lui dire quelque chose qui l'adoucirait.

« Eh bien, ils pensent que vous êtes dangereusement bonne !

— Alors, il convient que je les déçoive ?

— Par quelle qualité ?

— Je discuterai de cela avec votre frère.

— Aimée, vous êtes fâchée contre moi... Après une si merveilleuse soirée ? »

Tous deux tentèrent de retrouver leur heureuse humeur du début de la soirée mais ils se séparèrent froidement.

Était-ce l'ambiance différente ou bien quelque changement survenu en elle-même ? Mrs. Stroud n'eût pu le dire. Quoi qu'il en fût, elle dormit d'un sommeil long, paisible et sans rêves cette nuit-là. Elle s'éveilla, les nerfs reposés, l'œil vif. Elle fut satisfaite de son image entrevue dans un miroir. Qu'il était merveilleux de pouvoir prendre son breakfast au lit ! Sa maison lui semblait bien loin. Elle avait l'impression que cette vie durerait toujours. Elle alla chercher un roman au cabinet de lecture, mais ne lut guère. C'était un plaisir pour elle de rester assise dans le hall à regarder les gens passer. Elle aperçut les Denovan, mais s'empressa de se rejeter en arrière dans son fauteuil. Elle redoutait d'avoir à engager une conversation avec eux. Dans la bibliothèque, elle trouva des cartes postales de l'hôtel et en envoya à chacune des quelques relations qui lui restaient de son passé et qu'elle jugeait dignes d'un effort aussi fastidieux.

A quatre heures moins un quart, elle choisit un coin paisible et s'y établit pour attendre la venue de Renny Whiteoak. Il ne tarda point à paraître. Après les premières phrases de politesse conventionnelle, ils demeurèrent assis en silence pendant un instant, elle en attendant qu'il donnât la note de la conversation prévue, lui occupé à mater son désir de lui parler de la manière que lui eût conseillée sa grand-mère.

Finalement, il dit :

« Mrs. Stroud, voyez-vous un inconvénient à me dire jusqu'à quel point votre liaison avec Eden est sérieuse ?

— C'est son amitié qui m'a été très chère. »

Il répondit avec impatience :

« Je n'ai pas dit qu'elle *ait été* mais qu'elle est !

— Elle m'est toujours chère.

— J'imagine que vous savez que je l'ai envoyé vivre à l'Université dans le dessein de l'éloigner de vous ?

— Oui, ce n'était pas nécessaire.

— Est-ce que vous vous rendez compte qu'il n'a que dix-huit ans ?

— Il en aura dix-neuf dans quelques mois.

— Qu'est-ce que cela veut dire ?

— On a déjà vu des hommes se marier à dix-neuf ans. »

Les sourcils de Renny remontèrent :

« Si c'est le mariage que vous avez en tête...

— Non.

— Consentiriez-vous, cependant, à me dire ce qu'il en est ? »

Elle répondit d'une voix à peine perceptible :

« Je désire faire ce que vous voudrez. »

Il la considéra comme s'il en croyait à peine ses oreilles.

Elle poursuivit :

« J'ai demandé à Eden de dîner avec moi ici parce que je voulais savoir s'il tenait toujours à moi. Vous savez, j'ai été terriblement blessée... J'ai eu la preuve qu'il tenait à moi autant qu'avant et il a été très heureux de me voir... Puis, la nuit dernière, il s'est passé quelque chose. J'ai soudain compris ce que vous deviez éprouver à l'égard de tout cela. J'ai pensé que, comme protecteur d'Eden, vous aviez le droit de lui défendre de voir des gens dont vous estimez la fréquentation comme dangereuse pour lui.

— Oui », dit-il en la considérant d'un regard intense.

Les yeux d'Amy se remplirent de larmes.

« Je suis une femme très seule, vous savez. Vous ne

sauriez comprendre ma situation, vous qui faites partie d'une nombreuse famille !

— Vous devriez vivre en ville !

— Mais j'aime la campagne !

— Vous avez eu des voisins, Mrs. Stroud, et vous les avez chassés. Si vous vous sentiez tellement seule, j'imagine que vous auriez hésité à agir comme vous l'avez fait, un simple sentiment d'humanité eût dû vous en empêcher. »

A la seule pensée de Dayborn, son cœur se mit à battre rapidement contre son côté gauche. Cependant, elle dit avec assurance :

« J'ai un caractère violent. Jim Dayborn a réussi à en extraire le pire. Depuis, j'ai souvent regretté mon acte. Sont-ils toujours à Jalna ?

— Ils sont installés dans leur logement, à présent... »

Une pensée absorba soudain Renny et parut lui faire oublier jusqu'à sa présence. Il fallait ramener son attention vers elle. Amy demanda :

« Comment va Launceton ? »

Les yeux de Renny étincelèrent :

« Oh ! il va parfaitement ; le problème qui nous inquiète, c'est celui de son entraînement, l'hiver venu. C'est un gars magnifique ! »

Elle craignit que leur entrevue ne finisse par une conversation sur le cheval. Elle sentait que ses soucis à l'égard d'Eden pâlissaient auprès de ses inquiétudes au sujet de Launceton. Pendant un instant, elle ne sut quel parti prendre. Cependant le charme physique qu'il exerçait sur elle s'était intensifié. Tout ce qui avait traversé sa vie auparavant n'était qu'un vague avant-goût de ce qu'elle éprouvait à présent. Que lui avait donc donné Eden ? Rien de comparable à ce qu'elle lui avait donné. Elle se sentait toute ardente d'une flamme intérieure, d'un désir de vivre grâce auquel toute défaite serait impossible.

« Je suis décidée à vous promettre, dit-elle, de ne jamais plus revoir Eden sans votre consentement, mais cela à une condition.

— Oui ?

— Que vous deviendrez mon ami au lieu d'être mon ennemi ! »

Il pensa : « Que diable veut-elle dire par là ? » et dit à haute voix :

« C'est infiniment aimable de votre part, mais je ne sais pas vraiment comment vous témoigner mon amitié. Que voulez-vous que je fasse ? »

Il posa sur elle un regard circonspect.

Jamais sa voix ne s'était élevée aussi musicale, émouvante.

« Simplement n'oubliez pas que j'existe ! Venez me voir quelquefois, par exemple. Vous m'avez promis de me mener au concours hippique : ne l'oubliez pas ! »

Il avait toujours l'air méfiant et un peu embarrassé. Il finit par dire :

« Tout cela est facile à promettre.

— Et puis autre chose : je désire que vous me permettiez d'offrir le canoë à Eden. Je ne saurais qu'en faire maintenant !

— Mais je ne saurais vous permettre ce sacrifice ! Certainement, vous pourrez vous en servir l'an prochain.

— Je suis trop nerveuse pour me promener seule avec et je ne puis continuer à payer une location pour un bateau qui ne m'est d'aucune utilité.

— Alors, je vous l'achète. »

Elle dit presque gaiement :

« Oublions le canoë pour le moment, il me suffit que les termes soient changés entre nous ! »

Ses grands yeux pénétraient de leur regard ceux de

Renny et elle posa une main sur son bras. Le regard de Renny se tourna vers une silhouette qui s'avançait vers eux. C'était l'Américaine, Mrs. Denovan, suivie de son mari. Soulagé par sa conversation amicale avec Amy Stroud et le succès qu'il avait remporté sur elle, soulagé aussi d'être délivré de ses avances, il se leva et s'avança à la rencontre des nouveaux venus. Il proposa des cocktails.

Ils furent rejoints par un certain nombre de personnes venues en ville pour assister au concours hippique. Amy Stroud se trouva soudain environnée d'un monde nouveau.

22

NOUVELLES D'ANGLETERRE

C'ÉTAIT un après-midi du début de décembre. Des nuages blancs et mauves se hâtaient sans arrêt vers le sud mais, durant toute la journée, le soleil était arrivé à se glisser entre eux et à envoyer sa clarté sur les labours bruns, les écuries, la girouette qui virait du sud au sud-est sous la poussée d'une bise glacée qui sifflait contre les flancs de son coq. Nicolas Whiteoak revenait tout juste d'une chevauchée solitaire le long des rives du lac. Il avait passé un bon moment et ses joues longues et plates gardaient une belle coloration. L'habit de cavalier lui allait bien. Le sien était irréprochable comparé à la culotte et à la veste usées de son neveu qui venait à sa rencontre d'un pas rapide. Un garçon d'écurie tint sa monture tandis que Nicolas mettait pied à terre. Le cheval leva une patte antérieure nerveuse à la pensée de sa ration du soir.

« Hullo ! dit Renny. Bonne promenade ?

— Superbe ! la route était paisible, c'est à peine si j'ai rencontré une âme. J'ai un peu bavardé avec les demoiselles Lacey qui revenaient d'une réunion de l'Institut féminin.

— Oh ! oui, Meg y était. Voulez-vous voir les poneys ? Nous venons de terminer leur entraînement. »

Ils se dirigèrent vers le paddock. Le soleil s'abaissait à l'horizon. Sa lumière safranée nappait la campagne, les sabots des poneys frappaient le gazon d'un roulement étouffé. Trois d'entre eux montés par Chris, Dayborn et Piers évoluaient au galop entre les barils rangés en ligne.

Nicolas s'appuya contre la palissade et admira, enchanté, la jeunesse et l'habileté des cavaliers, l'endurance, la souplesse et la grâce des poneys.

« Dieux ! s'exclama-t-il. Cette jeune femme sait monter ! »

Renny acquiesça par un monosyllabe.

« Piers monte une petite bête quinteuse et la manie adroitement ! »

Encore un monosyllabe d'approbation, puis il rugit :

« Assez pour aujourd'hui ! »

Les poneys s'immobilisèrent, haletant et se flairant réciproquement.

« Admirable ! lança Nicolas. C'est bien, Piers !

— On en a plein les mains de ce gars-là, je vous le promets », dit Piers en allant vers eux.

Dayborn avait emmené le poney de Piers aux écuries en même temps que le sien. Chris était penchée en avant, examinant un des boulets de sa monture.

« Quelque chose qui ne va pas ? demanda Renny.

— Une écorchure seulement, je vais le panser. »

Sa voix montait légère, enfantine, dans l'air glacé.

« Voilà Matthews, dit Piers, il revient de la poste, je vais voir ce qu'il apporte. » Et il courut vers lui, intéressé, quoiqu'il ne reçût guère plus d'une demi-douzaine de lettres dans l'année.

« Bien, dit Nicolas, je vais rentrer. Comment est Launceton ?

— Magnifique. Venez le voir demain, vous en aurez la respiration coupée ! »

Nicolas fronça les sourcils :

« J'estime que c'est un projet déraisonnable que de lui faire courir le Grand National ; j'ai trop souvent assisté à cette course pour en ignorer les embûches. Il n'a aucune chance et tu auras gaspillé beaucoup d'argent. Pour commencer, tu l'as payé un prix exorbitant. S'il est en bon état, je te conseille de récupérer ton argent en le vendant dès à présent, si tu peux.

— Oh ! vous croyez ? » dit Renny en se détournant.

Il éprouvait de l'amertume à constater l'opposition tenace de sa famille à son projet le plus cher. De temps à autre, ils avaient une preuve absolue des qualités remarquables de Launceton ; cependant, parce que son père et son grand-père avaient élevé des chevaux de concours hippique et non point des chevaux de course, ils lui en voulaient de risquer cette entreprise. Pourtant quant à l'extravagance, bon Dieu, ses oncles avaient effrité rapidement leur patrimoine ! Son père n'avait rien ajouté à la fortune de la famille dont chacun de ses membres participait à la dispersion de ce qu'il en restait.

Un grand lac de safran s'était formé dans le ciel à l'ouest. Il éclairait son visage tandis qu'il se dirigeait lentement vers les écuries. Toute activité avait cessé soudain où, quelques instants auparavant, le sol même semblait vibrer sous les sabots des chevaux. A présent, l'obscurité et le silence régnaient. A un tournant du mur des écuries, il tomba sur Dayborn et Chris qui, debout l'un près de l'autre, l'attendaient. Elle tenait toujours par la bride le poney qui la regardait de ses vastes prunelles liquides d'un air interrogateur et tuait le temps en creusant un trou d'un sabot impatient.

« J'espère qu'il ne va pas geler trop fort », dit Renny en s'approchant d'eux.

Ni l'un ni l'autre ne lui répondit. Il remarqua que le visage de Dayborn avait une expression tragique et que

Chris semblait abattue. Elle roulait une mèche de la crinière du poney autour de ses doigts. Finalement, elle dit :

« Jim vient de recevoir de détestables nouvelles de son amie d'Angleterre. Au lieu de lui envoyer son chèque trimestriel, elle lui a adressé une lettre dans laquelle elle lui dit qu'elle sait tout sur notre compte. J'ai dit à Jim que vous étiez au courant. D'ailleurs, ça n'a plus d'importance maintenant ! »

Renny était effaré :

« Va-t-elle cesser d'envoyer son chèque ?

— Oui, répondit Dayborn, c'est la fin de tout.

— Comment l'a-t-elle appris ?

— Oh ! ne le remettez pas là-dessus, dit Chris d'un ton pitoyable.

— C'est cette abominable Stroud ! » La voix de Dayborn tremblait de rage : « Cette sorcière ! Ce démon incarné ! Je lui réglerai son compte... vous verrez ! Je la tuerais si je ne savais pas qu'on me pendrait pour la peine !

— Ne parlez pas si violemment, dit Renny d'un ton apaisant. Venez dans mon bureau boire un verre. Votre amie vous cite-t-elle le nom de Mrs. Stroud ?

— Voilà qui serait bien simple. Elle dit qu'elle a reçu une lettre de quelqu'un qui nous connaît bien, elle a même lancé un homme de loi et un détective sur mes traces... comme si j'étais un assassin ! Bon Dieu, je m'en sens les dispositions !

— Sait-elle l'existence de Tod ?

— Elle sait tout. Quel imbécile j'ai été ! »

Chris, les lèvres tremblantes, s'occupait à natter la crinière du poney. Elle s'adressa à Renny :

« Je lui dis que nous saurons parer à cela, vous ne croyez pas ?

— Mais certainement, je le crois. Nous allons voir ce qu'on peut faire. Venez, Jim. »

Renny le prit par le bras et le tira à l'intérieur de l'écurie.

Chris suivit avec le poney. Celui-ci eut un léger hennissement de joie et lui effleura la joue de ses naseaux. Elle l'introduisit dans sa stalle et suivit les deux hommes dans le bureau. Dayborn tenant un verre de whisky d'une main tremblante disait justement :

« Ce n'est pas seulement l'argent. C'est le sentiment qu'elle a travaillé contre nous pendant tous ces mois où elle s'est efforcée de nous nuire, de nous épier, d'écrire des lettres à notre sujet. J'ai compris dès le début que c'était une vipère, mais Chris ne voulait pas me croire. C'est la faute de Chris si elle a deviné que nous sommes mariés.

— Tu te trompes ! répliqua Chris. C'est ta propre faute, elle t'a entendu dire une parole imprudente un jour que tu étais fâché.

— Eh bien, c'était ta faute, pourquoi m'avoir fâché ? Tu ne me laisses jamais tranquille !

— Taisez-vous ! ordonna Renny. Je ne veux pas vous entendre lui parler sur ce ton. »

Dayborn le regarda, l'œil étincelant :

« Oh ! et que me ferez-vous pour la peine ? Vous allez m'abattre sans doute ?

— Calmez-vous, Jim, dit Renny, vous n'arrangez rien en continuant ainsi. Aucun homme jamais n'eut une meilleure femme que Chris et vous le savez.

— Il existe plusieurs sortes de bonté, marmonna Dayborn, et je ne suis pas sûr de la sienne ! »

Renny emplit à nouveau le verre de Dayborn qui commençait à se calmer, mais qui reprit :

« Voilà ce que je vais faire : je m'en vais la trouver de ce pas pour en finir avec elle !

— Vous ne ferez rien de tel, dit Renny, car vous n'êtes pas certain qu'elle soit la coupable. Je ne crois pas que ce soit Mrs. Stroud, ni qu'elle soit capable d'une telle action.

— Oh ! elle vous a aussi eu ! Elle est un serpent s'il en fut ! D'abord votre frère, puis votre oncle, vous à présent ! Vous l'avez emmenée au concours hippique ! Vous allez la voir ! Elle vous envoie de petits billets parfumés ! Oh ! j'ai tout deviné ! Elle s'est fait la main sur tous les autres, puis elle vous a capturé ! Elle vous a pris exactement selon son désir ! Chris, ne va pas croire que tu pourrais te mesurer avec elle ! »

Renny bondit de sa chaise, saisit Dayborn par sa veste et le poussa hors du bureau.

« Allez au diable ! » rugit-il.

Chris les suivit dehors. Elle songea soudain à Tod et se mit à courir vers le garage. Tandis qu'elle se retournait, elle vit les deux hommes marchant côte à côte le long de l'allée. Elle monta en courant l'escalier menant à son logis. Il y faisait presque nuit. Pendant un instant, elle ne vit pas trace de Tod, puis elle le découvrit assis sur le parquet en compagnie de son jeu de constructions. Il avait échafaudé sept cubes les uns sur les autres. C'était le plus haut édifice qu'il eût réussi à élever jusqu'alors. Il se tourna vers elle avec un sourire ; il commençait à parler.

« Zoli, zoli », dit-il.

Elle l'éleva dans ses bras et appuya sa joue contre la sienne. Il renifla : « Poney ! » puis il soupira : « Zoli ! »

Cependant Dayborn disait à Renny :

« Vous êtes toujours prêt à excuser les femmes. Et la raison en est claire : vous ne les comprenez pas. Moi, je les connais et je les hais !

— Cependant, dit Renny, vous consentez à accepter des cadeaux de leur part !

— J'y ai été entraîné », marmonna Dayborn. Il allongea le pas et ajouta : « Lorsque j'aurai dit à

Mrs. Stroud ce que je pense d'elle, elle ne sera plus si contente de sa personne. Les attentions que vous avez eues pour elle lui ont tourné la tête. Je pense que c'est ce qui l'a décidée à écrire cette lettre, elle désire nous faire quitter Jalna. Elle est jalouse de ce que nous sommes vos amis. Je parie qu'elle a décidé de vous épouser !

— Vous savez que vous dites des bêtises. Mrs. Stroud est une femme solitaire. Elle m'a promis de ne plus revoir le jeune Eden et a tenu parole. Il convient que je me montre convenable envers elle.

— Je pense que vous continuerez à vous montrer « décent » même après ce qu'elle nous a fait !

— Je ne la reverrai de ma vie !

— Je le lui dirai ! Je lui dirai qu'elle ne pourra plus...

— Oui, allez-y. Rendez-vous plus ridicule encore si c'est possible ! Elle a essayé de vous nuire...

— Essayé ! N'y aurait-elle pas réussi ?

— Pour le moment, oui, et rien ne pourra lui faire plus de plaisir que de vous entendre le lui dire. »

Dayborn grinçait des dents.

« La seule chose à faire, c'est de vous comporter comme si elle n'existait pas. Je ne désire jamais lui parler mais si j'y suis forcé...

— Allez chez elle maintenant ! Dites-lui ce que vous pensez !

— J'aurais l'air intelligent, n'est-ce pas ? Non, l'important est de lui démontrer qu'elle s'est trompée. Il faut reconnaître devant tout le monde que vous et Chris êtes mariés. Dites que vous avez gardé votre union secrète par crainte de la désapprobation familiale. Écoutez, j'ai une idée ! Je vais dire à ma sœur d'écrire à votre amie pour lui dire ce que nous pensons de Chris et du bébé. Nous lui enverrons une lettre qui la convaincra que ce mariage a été le plus grand bonheur au monde pour vous !

— Elle ne me pardonnera jamais ! gémit Dayborn.

— Est-elle amoureuse de vous ?

— Pas le moins du monde. Mais c'est un de ces caractères inflexibles qui ne reviennent jamais !

— En ce cas, elle pourrait être encore votre amie.

— Elle ne le pourrait pas ! Mrs. Stroud lui a écrit que j'avais dit une fois en recevant un de ses chèques : « Dieu merci, la brave fille a craché une fois de plus ! »

— L'avez-vous dit ?

— Oui !

— Alors, niez-le, un mensonge de plus ne nous fera pas damner !

— Oui, oui, je le nierai ! Une lettre de votre sœur, quelle bonne idée ! Ah ! Whiteoak, quel bon ami vous êtes ! » Il serra le bras de Renny de ses doigts minces et durs, tout en os : « Mais je vous le revaudrai ! Je gagnerai le Grand National pour vous ou je mourrai à la tâche ! »

Ils étaient arrivés en face de la demeure de Mrs. Stroud. La fumée blanche qui s'échappait de sa cheminée dessinait une spirale paisible dans le ciel vert de cette journée de gel. Les fenêtres de son salon luisaient, réconfortantes derrière les rideaux tirés. L'autre partie de la maison semblait hagarde, déserte. Une pancarte neuve portant les mots « A louer » avait été fixée sur la grille. Ils la contemplèrent un moment en silence et reprirent le chemin de Jalna.

S'étant séparé de Dayborn devant son logement, Renny rentra à la maison. Il faisait nuit maintenant. Dans le hall, ses narines accueillirent l'odeur pénétrante d'une sauce aux tomates et aux champignons qui montait de la cuisine. Il la renifla et accrocha son chapeau. Trois chiens entouraient la cheminée. Fan, l'épagneule de son père, avait apporté un gros os qu'elle tenait entre ses pattes. Elle avait un regard lointain, mais son esprit était sur ses gardes. Ben, le grand chien de berger à la queue coupée que Renny avait acheté depuis son retour, était étendu en face de Fan et la regardait, jetant des clins d'yeux à l'os à travers les longs poils entourant son museau. Installé sur sa chaise à haut dossier, le terrier nain du Yorkshire appartenant à Nicolas frémissait de surexcitation. Ayant fait la leçon aux deux grands chiens pour les empêcher de se battre, Renny prit Nip sous le bras et pénétra dans le salon.

La vieille Adeline sommeillait dans son fauteuil devant le feu. C'était son habitude de se reposer après un bon thé. Nicolas et Ernest jouaient au trictrac. Ernest fit comprendre sa victoire à Renny par un geste de triomphe. Nicolas bâilla et chercha sa blague à tabac. Meg se cousait une blouse agrémentée d'un jabot mousseux. Elle était si absorbée qu'elle s'aperçut à peine de la venue de Renny. Il fourra le terrier sur les genoux de Nicolas et introduisit ses doigts glacés à l'intérieur du col de Meg. Elle remonta les épaules et dit :

« Ce que tu as froid ! Non, je t'en prie, va donc te chauffer. Il y a des muffins gardés au chaud pour toi et Rags t'apportera une théière pleine. Qu'est-ce qui t'a retenu ?

— Je te dirai cela. »

Il baissa la tête pour considérer le visage de sa grand-mère. Ses lèvres faisaient la moue et elle soufflait bruyamment. Il y avait des miettes accrochées à son corsage, mais ses mains croisées sur son estomac étaient si nobles, si somptueusement ornées de bagues, que son maintien ne manquait pas de dignité.

La vieille sonnette que l'on actionnait par un galon

jetait un son criard lorsqu'on l'agitait. Cela aurait pu l'éveiller. Renny sortit et descendit au sous-sol.

« Rags ! du thé ! »

En revenant, il remarqua que le chien de berger s'était installé dans le fauteuil occupé précédemment par le terrier nain. L'épagneule avait posé son museau sur l'os. Ses yeux étaient clos.

Renny était tellement affamé qu'il avait pris un muffin au passage avant de traverser le hall. Il en avala la dernière bouchée avant d'entrer dans le salon où il alla s'asseoir auprès de Meg. Tout en buvant son thé, il la mit au courant de ce qui s'était passé ce même après-midi. Quelque déçue que fût Meg par le mensonge de Dayborn, elle fut aussitôt débordante de pitié au récit de leur nouvelle infortune. Elle avoua n'éprouver depuis longtemps que de la méfiance envers Mrs. Stroud et déplora qu'une telle femme eût fait son chemin dans le voisinage. Elle blâma assez vivement Miss Pink de lui avoir vendu sa maison.

Nicolas eut tendance à plaisanter au sujet de toute cette affaire d'autant plus qu'Ernest s'y était trouvé mêlé. Il prit une mine allongée et demanda à son frère d'une voix basse et enrouée s'il avait donné à Mrs. Stroud quelque raison de l'attaquer en rupture de fiançailles ? Quoiqu'il s'en défendît avec véhémence, Ernest s'agita, marcha de long en large dans la pièce et se mit à se remémorer chaque billet qu'il avait pu lui écrire. Oh ! s'il avait pu les ravoir ! La moindre phrase amicale dont il se souvenait lui semblait accusatrice !

« Quelle femme dangereuse ! s'écria-t-il.

— Mais pourquoi a-t-elle agi de la sorte ? demanda Meg, déroutée. Elle les avait déjà chassés de chez elle ! Certainement Dayborn lui aura donné quelque nouvelle raison de lui en vouloir !

— Je pense, dit Renny, qu'elle s'est vengée sur lui,

croyant qu'il m'avait révélé ce qui se passait avec Eden. Mais c'est Rags qui me l'a dit.

— Quel homme précieux ! dit Meg, et si dévoué à nous tous ! »

Rags entra, portant la théière. Il penchait la tête de côté comme si cette posture accentuait le respect qu'il témoignait à la famille. Il y eut un silence jusqu'à ce qu'il eût quitté le salon.

« Ce que je désirerais que tu fasses, Meg, dit Renny, c'est d'écrire une gentille lettre à cette amie de Dayborn pour lui expliquer la conduite abominable de Mrs. Stroud dans cette affaire. Il faut que tu lui dises ce que tu penses de Chris et du bébé et les dures conséquences qui résulteront pour tous trois de la suppression de son aide financière. Veux-tu te charger de cela, Meggie chérie ? »

Il posa une main sur la sienne.

« Mais certainement ! Je lui dirai que Chris le maintient dans le droit chemin et que sans elle il aurait sans doute déjà sombré !

— C'est bien, Meggie ! »

Il lui serra les doigts.

« Et puis j'écrirai à tante Augusta à ce sujet et je lui demanderai d'user de son influence.

— C'est admirable ! Cette dame habite Exeter, à moins de quarante milles de tante ! »

Dans sa surexcitation, il avait oublié de baisser le ton. La vieille Adeline s'éveilla dans un ronflement sonore. Elle leur jeta un regard farouche.

« Qu'est-ce que ça signifie ? A vous entendre, on se croirait au milieu de la journée !

— Il n'est que six heures, Granny.

— Dieu me préserve ! Je croyais qu'il était minuit ! Quelle longue journée !

— Cependant, Granny, vous disiez tout juste avant

de vous endormir que cette journée avait été particulièrement courte !

— Longue ou courte, c'est tout un pour moi », répliqua Adeline hargneuse.

Renny vint s'asseoir auprès d'elle. Brièvement, il lui conta ce qui venait d'arriver ; peut-être même son récit fut-il trop bref, dépourvu de ces détails dont elle était friande. Peut-être devinait-elle quelque chose en lui, ce jour-là, qui ne lui plaisait pas ainsi que cela arrivait parfois. Quoi qu'il en fût, elle l'écouta avec l'expression de quelqu'un qui n'y comprend goutte. Elle se tourna vers Meg.

« Raconte-moi ça convenablement ! dit-elle. Il parle drôlement, je pense qu'il est ivre ! »

Renny, déjà haut en couleur, se colora davantage encore, mais il se domina et demeura assis en silence tandis que sa sœur répétait avec plus d'explications ce qu'il avait dit. Lorsqu'elle eut terminé, Adeline laissa tomber :

« Drôle de panier de crabes ! Cette femme mériterait d'être plongée dans la mare aux chevaux ! »

Le fait que la mare à laquelle elle faisait allusion se trouvait bien loin, en Irlande, lui semblait un détail sans importance.

« Et ne croyez-vous pas, dit Meg en terminant, que c'est une bonne idée de charger tante Augusta de parler à cette Mrs. Gardiner afin qu'elle lui dise ce qu'elle pense de Mrs. Cummins ?

— De Mrs. Dayborn, corrigea Ernest.

— Il serait encore préférable que le jeune homme lui parlât personnellement, dit Adeline.

— Mais tante Augusta saura si bien la convaincre !

— Mrs. Je-ne-sais-quoi n'aime pas votre tante et apparemment elle a un tendre attachement pour le jeune Dayborn. C'est lui qui doit aller la trouver. Écris à ta tante si elle peut arranger une entrevue entre eux, il faut qu'il fasse la traversée.

— Je suppose que vous paierez les frais du voyage, dit Renny d'un ton sarcastique.

— Non ! ce sera toi ! » répliqua-t-elle.

Ils se regardèrent avec des yeux flamboyants.

« J'ai pensé, poursuivit-elle, à ce projet d'envoyer Launceton courir le Grand National. Je savais déjà bien des choses au sujet des courses de chevaux avant même que toi ou ton père eussiez rien appris là-dessus. Je t'assure que tu ne peux pas l'entraîner convenablement dans ce climat. Si tu es décidé à tenter la chose, pourquoi ne l'envoies-tu pas là-bas maintenant ? Attends... ne m'interromps pas... qu'étais-je en train de dire ? Dieu me pardonne, ça m'est sorti de la tête !

— Vous m'expliquiez, répondit Renny, combien il serait facile pour moi d'envoyer le cheval et Dayborn en Angleterre pour y passer l'hiver !

— Je n'ai pas parlé de l'Angleterre. J'ai dit « en Irlande » ! Mon cousin Dermott a quatre-vingts ans. Sa maison tombe en ruine, mais je parie que ses écuries sont toujours debout. Tu en as entendu parler ?

— Comment, Gran, je les ai visitées lorsque j'étais en permission ! C'est un chic vieux gars. Par Judas, quelle idée ! Le cousin Dermott sera ravi de garder Launceton. Je le suivrai en février. C'est ce qu'il faut faire ! »

Il se leva et la souleva hors de son fauteuil :

« Quel phénomène vous faites ! Si je gagne le Grand National, je vous offre ce que vous voudrez ! Venez, Gran, venez, dansons ensemble ! »

Ayant solidement entouré sa taille de son bras, il la fit valser à travers la pièce.

« Ne vous laissez pas aller, maman, dit Nicolas.

— Elle aime ça, n'est-ce pas, Gran ? »

Adeline, cramponnée à l'épaule de Renny, riait,

haletait, mais ses jambes devinrent agiles soudain et ses pieds s'assouplirent. Deux fois de suite, elle fit le tour du salon, lui donnant une idée de la belle danseuse qu'elle avait été

23

LAUNCETON

Il y eut une forte chute de neige au milieu de décembre. Même Adeline ne se rappelait pas avoir assisté à rien de tel à cette époque de l'année! Cela survint presque sans qu'on pût s'y attendre. Les nuages blancs qui, pendant une semaine, s'étaient déplacés majestueusement à travers le ciel s'arrêtèrent. Ils formèrent une masse opaque qui ravit la vue du soleil et plongea le pays dans un silence mauve et glacial. Mais par d'étroites crevasses dans le ciel bas, le soleil pâli pouvait être suivi dans sa descente vers l'ouest. Lorsque les hommes verrouillèrent les écuries avant d'aller dîner, quelques gros flocons tombaient. Le matin suivant, ils découvrirent un monde transformé. Sans accompagnement de vent ni de tempête, la neige était tombée, silencieuse. Elle avait effacé les sentiers et rendu les routes impraticables. Les arbres ressemblaient à des décorations pour gâteaux de Nouvel An. Les maisons avaient pris l'aspect qu'on leur donne sur les cartes de Noël. Mais il n'y avait point de beau ciel de Noël. Les nuages mauves pesaient de tout le poids de la neige qu'ils contenaient encore. C'était surtout ce silence, cette pause interminable qui était le plus pénible à Amy Stroud. Elle s'était pourtant sentie abandonnée avant la venue de la neige. Pas un seul voisin n'avait franchi son seuil depuis le jour où elle avait chassé les Dayborn. Même le garçon livreur qui apportait l'épicerie n'était plus le même. Personne n'avait un sourire à son adresse. Elle ne recevait aucune lettre quoique, avec une douloureuse anxiété, elle en eût espéré une de Renny. Elle lui avait écrit pour lui demander de venir la voir, au sujet d'une question de première importance. La vérité, c'était que le désir de le voir la tourmentait au-delà de ce qu'elle pouvait souffrir. Elle se disait qu'il était tout ce qui lui restait. Elle magnifiait dans son souvenir leurs quelques rencontres qu'elle transformait en épisodes passionnés. Le plaisir qu'elle avait goûté dans les visites d'Eden et d'Ernest pâlissait au point de s'effacer, comparé à celui qu'elle avait éprouvé cette nuit à l'hôtel où elle avait dansé avec Renny. Et puis il y avait eu cet après-midi du concours hippique où elle avait applaudi ses parcours avec tant de ferveur que les gens assis à côté d'elle s'étaient tournés de son côté en lui souriant avec sympathie. Il y avait aussi eu ce jour où, venue en se promenant sur ses terres et l'ayant rencontré, elle avait demandé à voir ses chevaux ; il les lui avait montrés tous, attirant son attention sur leurs qualités les plus remarquables tandis qu'elle faisait effort pour les regarder au lieu de le considérer, lui ! Maintenant, elle venait de lui écrire, pour la seconde fois, l'implorant, le suppliant de venir la voir. Il n'avait pas répondu. Elle écrirait encore, lui disant qu'elle était dans le plus profond désarroi. Il lui faudrait inventer une raison quelconque, perte de sa fortune ou autre chose dans ce genre. Mais pourquoi n'avait-il pas répondu à ses missives ?

Soudain, avec un choc au cœur, elle se souvint de sa lettre à Mrs. Gardiner. Elle l'avait oubliée ! Que lui était-il arrivé pour qu'elle pût commettre une telle action et l'oublier ensuite ? Elle se rappela que son mari prétendait qu'elle avait la tête vissée à l'endroit ! Que dirait-il s'il savait comment elle se comportait à présent ! Cela lui était indifférent. Mais elle verrait Renny ! Rien ne s'interposerait entre elle et lui ! Il était impossible que ce fût à cause de sa lettre à Mrs. Gardiner qu'il la traitait ainsi. Si Dayborn avait eu des soucis de ce côté, elle aurait entendu parler de lui ! La pensée de la scène qu'il pouvait lui faire l'effraya soudain. Elle n'avait jamais eu peur de Dayborn si peu que ce fût ; mais une vague glacée l'envahissait intérieurement et elle éprouva simultanément une sensation de picotements au visage. Elle répondrait à Renny en niant avoir jamais écrit cette lettre. Mais si l'on révélait son nom ? Il fallait le voir le jour même. A nouveau, elle s'approcha de la fenêtre et regarda la neige. L'après-midi touchait à sa fin. Quelle journée elle venait de passer !

Elle mit son chapeau et son manteau et, sans jeter un regard au miroir, elle sortit. Heureusement pour elle, un chasse-neige venait de passer sur la route mais, même dans ces conditions, la marche était difficile. Elle le devint plus encore en approchant de Jalna. Pourtant elle ne renonça point et, morose, traînant les pieds sur le sentier troué par des pieds d'hommes, se dirigea vers les écuries.

Elle tourna le lourd bouton de cuivre de la porte et entra. Le premier individu qu'elle aperçut fut Scotchmere ; il avait chargé sur ses épaules un sac dont le poids le pliait presque en deux.

« Hé, m'ame, dit-il grognon, désirez-vous quelque chose ?

— Je désire voir Mr. Whiteoak. »

Scotchmere fut sur le point de répondre qu'il était en ville, mais au même instant la porte du bureau fut ouverte et deux hommes de haute taille et d'assez mauvaise mine parurent sur le seuil.

« A bientôt, capitaine, on se reverra ! dit l'un d'eux.
— Vous pouvez compter sur nous », ajouta l'autre.

La voix de Renny vint de l'intérieur du bureau :

« Au revoir et bonne chance ! »

Mrs. Stroud se glissa entre les deux hommes et pénétra dans le bureau.

L'expression de Renny passa de la bonne humeur à la surprise hostile.

« Vous ! dit-il. Je ne m'attendais pas à vous voir ici, Mrs. Stroud. »

Amy ferma la porte derrière elle.

« Il fallait que je vienne ! dit-elle.

— Bien, répondit Renny d'un ton précis, dites-moi pourquoi vous êtes venue et comment vous avez pu vous y décider ?

— Vous le savez sans que je vous le dise ! »

Elle parlait d'une voix tendue, haletante.

Il se détourna.

« Dites-moi, poursuivit-elle, pourquoi vous n'avez pas répondu à mes lettres ?

— Vous n'avez nul besoin de me demander cela.

— Mais je ne le sais pas ! »

Il se retourna pour la regarder en face.

« Et que dites-vous de la lettre que vous avez écrite à Mrs. Gardiner ? »

Le visage de Mrs. Stroud se couvrit d'une rougeur traîtresse. Elle répondit :

« C'était horrible, mais je n'y pouvais rien.

— Vous vous êtes trompée en croyant que c'était Dayborn qui m'avait révélé les visites que vous faisait Eden. C'est mon domestique, Wragge, qui me les avait révélées. »

Elle rejeta la tête en arrière d'un mouvement désespéré :

« Ça n'a pas d'importance. C'eût été la même chose, c'est la jalousie qui m'a fait agir.

— La jalousie?

— Oui. » Elle essaya de se ressaisir, de penser clairement. Si elle réussissait à lui faire croire que son amour pour lui l'avait poussée jusqu'à cet acte né du désespoir, il lui pardonnerait peut-être. « Je voulais faire s'en aller d'ici cette fille... je vous aime tant!

— C'est un mensonge, dit-il farouchement.

— C'est la vérité! Je vous adorais déjà avant cette soirée où je dansais avec vous.

— Autre mensonge! La lettre était déjà écrite alors! »

Elle le regarda fixement pendant un instant, puis se mit à pleurer.

« Ainsi sachez la vérité, sanglota-t-elle, forcez-moi à vous la dire! Je vous ai aimé dès le premier instant où je vous vis. »

Il eut un geste exaspéré :

« Vous êtes aussi trop émotive, Mrs. Stroud. Demain vous viendrez me dire que vous me détestez.

— Jamais! jamais! sanglota-t-elle, même si vous preniez cette cravache pour me battre! Je ne vous en aimerais que davantage!

— Je n'en doute pas, mais je n'ai nulle intention de faire rien de semblable. Ce que je vais faire, c'est vous mettre à la porte d'ici! »

Il l'empoigna par l'épaule, la fit virer sur elle-même et la poussa vers la porte.

Elle parvint à tourner la tête de telle façon que son visage se trouvait tout contre celui de Renny. Ses yeux ruisselants semblaient comme distendus, sa bouche était enflée.

« Embrassez-moi! haleta-t-elle.

— Je ne vous embrasserais pas, fussiez-vous la dernière femme demeurée en ce monde! Vous avez tenté de séduire mon jeune frère, vous essayez à présent les mêmes comédies avec moi. Mais c'est sans espoir ; il faut vous découvrir un autre champ d'action ! »

Détachant une main de ses épaules, il ouvrit la porte et la poussa sur le seuil, puis il referma et verrouilla la porte.

Elle demeura désemparée un instant, puis la voix de Scotchmere lui parvint, toute proche :

« Voici la sortie, m'ame. »

Il lui adressait un sourire grimaçant. Elle lui lança un regard vindicatif.

Amy s'éloigna en titubant à travers la neige. Il faisait presque nuit ; elle marchait aussi rapidement que possible le long du sentier parsemé de blocs de neige bleutés. Un chien sortit en courant des écuries et la suivit en aboyant de plus en plus furieusement. Elle sentit qu'il happait sa jupe et jeta un cri perçant : c'était un soulagement de pouvoir crier.

Scotchmere siffla le chien qui revint vers lui en agitant sa queue joyeusement. Le cerveau d'Amy était en ébullition. Tantôt c'était une pensée qui émergeait, tantôt une autre. Ce groom grimaçant raconterait son humiliation à Dayborn et tous deux riraient ! Jamais elle ne pourrait revoir aucun de ces gens ! Comme elle les détestait ! Ils lui avaient tous été hostiles dès le premier jour ! Et elle si seule, si seule ! Eden était un enfant décevant, un fruit sec. Il ne donnerait rien de bon. Sa poésie — bah ! Ernest, ce vieux dandy, cet insipide et opiniâtre vieillard, ce qu'il avait pu la fatiguer ! — oui, la fatiguer ! La grand-mère parée comme une idole et cet affreux petit Finch qui avait fui devant elle. Ce groom grimaçant qui avait dû coller son oreille au trou de la serrure... cette brute de chien ! La main de Renny était d'acier... impossible de lui résister, si seulement il l'avait embrassée... Elle entendait ses paroles, voyant son expression d'horreur. Si seulement elle avait un autre souvenir de lui qu'elle eût pu chérir... Sa tête lui semblait près d'éclater. Malgré le froid, elle brûlait.

A nouveau, elle sentit quelque chose qui tiraillait sa jupe. C'était ce chien ! Elle se retourna pour lui faire face ; mais non, il n'y avait rien. Elle se rendit compte qu'elle était sortie du chemin et se trouvait au milieu d'un champ qu'elle avait traversé avec de la neige atteignant presque ses genoux. Le tiraillement qu'elle avait senti était dû au poids de la neige s'écroulant à chacun de ses pas. Elle pouvait voir ses propres traces profondes ; d'un bleu d'acier dans la blancheur immaculée, qui traçaient des cercles comme les pas d'une personne égarée ; elle pensa : « Si je continuais à marcher en rond jusqu'à ce que je tombe morte, personne ne s'en inquiéterait ! »

Mais elle ne s'était pas même égarée. Sur sa droite, c'était le verger, dans son dos les écuries. Elle n'avait qu'à reprendre le sentier pour retourner tout droit à la maison. Mais elle reculait à la pensée de ce qui se passerait chez elle lorsqu'elle se laisserait aller vraiment, dans la solitude avec ce logement vide à côté d'elle. Amy se demanda combien de temps elle avait erré dans la campagne, et se retourna pour regarder vers les écuries. Celles-ci étaient éclairées lorsqu'elle s'y trouvait, à présent elles étaient noyées d'ombre, à l'exception d'une seule petite fenêtre d'où s'échappait une vive clarté.

Il était seul, là-bas, passant en revue dans sa pensée, ainsi qu'elle l'avait fait à l'instant, toute la scène qui venait d'avoir lieu. Il était seul. Si elle retournait le voir maintenant, personne ne le saurait. Elle se dominerait, lui parlerait avec calme, posément, lui ferait oublier peu à peu les folies qu'elle lui avait dites. Elle lui raconterait sa vie à partir du commencement. S'il savait tout, il aurait pitié et cesserait de l'accabler. Son mari disait qu'elle avait la tête vissée solidement, elle justifierait finalement ces paroles ! Elle réparerait tout le mal qu'elle avait fait, proposerait de reprendre les Dayborn chez elle. Elle souhaitait leur retour, oh ! oui, elle le souhaitait ! Mieux valait leur présence mille fois qu'avoir cette caverne vide auprès d'elle ! Elle n'abandonnerait pas la lutte, ne se reconnaîtrait pas vaincue. Non, elle frapperait calmement à la porte de Renny et lorsqu'il l'ouvrirait elle serait là parfaitement calme...

Elle commença à marcher vers les écuries en ayant soin de mettre les pieds sur les empreintes de ses pas. Elle tremblait de peur que le chien ne surgît à nouveau, mais tout était silence. Elle tourna le coin de l'écurie et regarda à travers la fenêtre du bureau. Il n'y était pas, mais elle vit son chapeau sur la table. Il devait être quelque part avec les chevaux.

Précautionneusement, elle tourna le loquet et la porte s'ouvrit devant elle. Elle la referma. Une petite lumière brillait faiblement tout au bout de l'écurie éclairant juste assez pour qu'elle pût voir les rangées de stalles, les box, et, par-ci par-là, le profil sombre d'une tête de cheval ou le panache d'une queue. L'air était plein des légers crépitements dus à ces grands corps. Un profond soupir, un broiement satisfait, le bruit d'un sabot glissant sur le sol. Alors elle entendit des voix. Elles venaient du box de Launceton. Amy avança doucement dans le passage qui longeait les stalles et écouta. Les voix étaient celles de Renny et de Chris qui parlaient des chevaux, mais il était difficile de comprendre ce qu'ils disaient, leurs voix étaient basses, comme étouffées.

Elle vit une fente dans la porte du box et en approcha ses yeux. Elle les voyait parfaitement. Renny lui tournait le dos, il tenait une lanterne à la main dont le rayonnement illuminait la mince silhouette de Chris tandis qu'elle se tenait debout devant lui appuyée contre Launceton. Son visage parut à Amy Stroud plus étroit et pâle qu'elle ne se le rappelait, mais ses yeux étaient magnifiques et ses lèvres fines souriaient doucement ; elle disait :

« C'est presque trop beau pour être vrai ! Surtout après tout ce que nous avons traversé !

— Tout ira bien maintenant, répondit-il, vous verrez ! Launceton fera notre fortune, n'est-ce pas, mon vieux ? » Et il caressa le cou du cheval.

« Et dire que Jim, Tod et moi nous allons avec lui en Irlande où nous habiterons chez vos parents ! Et puis vous viendrez nous rejoindre en février ! Chéri, ce sera merveilleux ! »

Renny eut un petit rire et caressa la tête brillante de la jeune femme du même geste dont il avait caressé le cheval un instant auparavant.

« Je voudrais avoir une photographie de vous debout contre Launceton. Je vous aime, Kit ! »

Tout ce qui suivit fut couvert par le bourdonnement qui éclata dans les oreilles d'Amy Stroud. Elle s'appuya contre le mur, les genoux tremblants et les entendit sortir du box. Juste à temps, elle fit un pas en arrière dans la stalle voisine. Le cheval qui s'y trouvait pointa les oreilles, se demandant ce qu'elle lui voulait. Elle se serra contre la cloison de la stalle. La clarté de la lanterne s'éloignait vers l'autre extrémité du passage. Elle entendit Renny demander à Chris si elle se sentait fatiguée, sur un ton affectueux et protecteur.

La haine et la jalousie bouillaient en elle. A présent, elle se savait vaincue, mais sa volonté, se disait-elle, n'était pas brisée, elle saurait le prouver.

Sa tête était vissée solidement ! Quiconque la blessait la trouverait prête au combat...

La porte de l'écurie fut claquée. Le cheval à côté d'elle ignorait sa présence et broyait tranquillement son fourrage. Elle entendait Launceton qui tournait dans son box. Qu'allait-elle faire ?

Comme un film que l'on eût sans cesse déroulé devant elle pour la torturer, elle revoyait la scène dont elle avait été témoin un instant plus tôt. Chaque inflexion de voix lui revenait, chaque geste ; la jalousie, la haine la dévoraient.

Le cheval se rapprocha d'elle, son flanc la pressa contre la cloison de la stalle. Avec un cri de terreur, elle s'élança dans le passage. Le cheval tourna la tête pour la suivre du regard, un long pinceau de foin pendait hors de sa bouche. Du poulailler lui parvenait le faible chant d'un jeune coq.

Si seulement elle pouvait faire du mal à Launceton, cela l'empêcherait de courir le Grand National. Si seulement elle pouvait lui injecter quelque poison paralysant ! Ce serait une sérieuse revanche ! Elle avait entendu parler de chevaux dont on avait tranché les jarrets. Mais cela n'était pas en son pouvoir : elle n'osait pénétrer dans le box auprès de cet animal puissant. A nouveau l'image de la jeune femme appuyée contre lui vint la hanter ; elle revit Renny les contemplant tous deux amoureusement. Elle allait et venait dans le passage qui séparait les deux rangées de stalles.

Puis la pensée lui vint de chasser Launceton dehors dans la neige. Il était entouré d'autant de surveillance qu'un enfant, elle le savait. Peut-être prendrait-il un refroidissement qui l'immobiliserait pendant des semaines, l'empêchant de participer à la course ? De toute façon, ils éprouveraient un terrible choc en s'apercevant que l'objet de leurs soins, leur espoir, errait dehors par un froid cruel, car le froid était terrible. Elle frissonnait des pieds à la tête.

Amy alla au bout du passage et ouvrit la grande porte à deux battants qu'elle eut soin de caler. Sa tête était vissée solidement ! Peu de femmes auraient pensé à caler les battants de la porte ! Puis elle retourna vers le box de Launceton. Lorsqu'elle ouvrit la porte, il ne pensa pas à sortir. Elle attendit, puis elle frappa les mains l'une contre l'autre en soufflant : « Ch ! » comme si elle avait affaire à un poulet. Il demeurait immobile, la regardant avec une sorte de pointe d'amusement dans ses grands yeux liquides. Elle tapa à nouveau des mains de toutes ses forces, mais il ne bougea pas.

Furieuse, elle s'empara d'une brosse à long manche qui était appuyée contre le mur, en cogna son flanc et bondit de côté. Il lui lança seulement un regard de reproche et s'engagea lentement dans le passage. « Va-t'en, brute ! cria-t-elle. Ch ! Ch ! » Elle le chassa dans le passage jusqu'à la porte. Il la franchit avec noblesse. Son ombre se dessina sur la neige. Elle jeta la branche et, le regardant, s'immobilisa sur le seuil. Launceton la regarda également puis d'un trot nonchalant, il gagna l'air libre avec un hennissement de joie : il n'était pas sorti de l'écurie de la journée.

Soudain comme galvanisé, il s'élança sur le sentier au galop, comme s'il avait en vue le but suprême d'une course. Sa crinière et sa queue flottaient dans le vent, pas de mors dans la bouche, pas de rêne pour le retenir. Mrs. Stroud courut après lui avec le désir de savoir de quel côté il se dirigeait. Elle en oublia sa crainte. Son triomphe engloutissait ses autres sentiments.

Il dépassa le verger. Elle pensa à ouvrir la barrière à l'extrémité du pâturage afin qu'il pût s'en aller sur la route mais, en ce même instant, il s'effondra en arrière, ayant culbuté dans un monceau de neige ; il s'y roula joyeusement, les sabots battant l'air dans un étincellement d'acier poli. Elle peinait sur le sentier à sa suite.

Le cheval parut vouloir se relever, mais il retomba sur le dos, il se débattit, les sabots en l'air, puis retomba encore et demeura immobile. Elle courut à lui comme si elle était inquiète.

Il leva vers les siens des yeux pleins d'une muette interrogation.

Quoi... qu'y avait-il ? Qu'est-ce qui pouvait l'avoir atteint ? Car elle le savait gravement atteint. Pourquoi ne pouvait-il plus se remettre debout ? Un frisson parcourut son corps. Avec un profond soupir qui semblait venir du tréfonds de son être, il se laissa aller sur le monceau de neige ; elle avança péniblement tout contre lui à travers la neige épaisse. Il restait étendu là, les yeux fixés sur elle. Il mourait... en un moment il fut mort...

Scotchmere le trouva au matin.

Il courut comme il n'avait pas couru depuis des années sur le sentier enneigé menant à la maison. Il faisait à peine jour. Il frappa rudement à la porte de la cuisine. Rags lui ouvrit en chemise et pantalon.

« Il faut que je voie le patron ! haleta Scotchmere.

— Que se passe-t-il ?

— Le cheval est mort ! Launceton !

— *Mort !* Que lui a-t-on donné ? »

Scotchmere le poussa de côté et pénétra dans la cuisine.

« Vous pouvez monter, maintenant. Qu'est-ce qui l'a tué ?

— Je ne sais pas, mais il est mort là dehors, dans la neige. Il faut que j'apprenne ça au patron. »

Il monta à la hâte l'escalier du sous-sol.

Rags le suivit. Dans le hall il réussit à passer devant. Ce fut lui qui frappa à la porte de Renny et l'ouvrit.

Renny était étendu sur le dos, un bras en travers du front comme un homme qui pare un coup. Ils s'arrêtèrent chacun d'un côté du lit.

« Qu'est-ce qu'il y a ? demanda-t-il.

— C'est Launceton, monsieur, il est mort. »

Renny ouvrit les yeux, puis demeura comme pétrifié. Il lutta pour s'éveiller, tendit les bras en avant, tourna brusquement la tête de droite à gauche sur l'oreiller. Mais les deux hommes ne disparaissaient pas et ils étaient toujours présents, penchés vers lui. Rags parlait.

« J'ai eu la plus grande peur de ma vie, monsieur. Scotchmere est venu frapper à la porte, ça m'a réveillé en sursaut, ma femme a dit... »

Scotchmere l'interrompit :

« Il est sorti de l'écurie, monsieur, et maintenant le voilà couché dans la neige, il s'est rompu l'épine dorsale ! »

Les lèvres de Renny pâlirent ; il bondit hors de son lit et regarda autour de lui, toujours hagard. Rags se mit à lui présenter ses vêtements. Il les enfila l'un après l'autre. Brusquement il demanda :

« Etes-vous sûr qu'il soit mort ?

— Je sais ce que c'est qu'un cheval mort », répondit Scotchmere amèrement.

Nicolas parut sur le seuil.

« Launceton est mort, lui dit Renny. Scotchmere l'a trouvé couché dans la neige. Comment disiez-vous qu'il était sorti ?

— Dieu seul le sait. Les portes de l'écurie étaient fermées. C'est quelque ennemi qui nous aura fait cela, monsieur ! »

Il se mit à pleurer.

« Mais c'est affreux, dit Nicolas, comment ? je ne puis y croire.

— C'est la plus grande peur de ma vie, monsieur, dit Rags, ma femme... »

Ernest, Meg et les garçons sortaient de leurs chambres. Renny passa devant eux et descendit l'escalier en courant.

Tout était enveloppé de tonalités estompées du gris

au blanc. Launceton était étendu, masse sombre sur la neige. Elle avait continué à tomber pendant la nuit. D'abord, les flocons avaient fondu au contact de son corps tiède puis, peu à peu, ils s'étaient amassés. Sa sombre crinière était poudrée de blanc ; il y avait de la neige dans ses yeux encore ouverts. Renny s'agenouilla et l'embrassa sur le front entre les yeux.

« Cher vieux gars », dit-il.

Ils relevèrent les traces de pas à l'intérieur de l'écurie. Elles étaient accompagnées d'un peu de neige apportée du dehors. C'étaient les empreintes d'une femme portant des socques à hauts talons. Ils trouvèrent les mêmes traces auprès de Launceton mort. Ce fut Dayborn qui rugit :

« C'est Mrs. Stroud, il n'y a pas le moindre doute !

— Elle m'a lancé un regard meurtrier lorsque je lui ai montré la sortie hier soir, dit Scotchmere.

— Est-elle venue ici hier soir ? demanda Dayborn.

— Oui, répondit Renny, elle est venue ici, mais elle n'aurait pas pu faire cela. Jim ! Personne ayant un cœur n'eût pu commettre cet acte. »

Ils étaient rassemblés dans le bureau de Renny. Chris arriva en courant.

« C'est Mrs. Stroud ! cria-t-elle, il y a deux rangées de pas, on peut voir clairement où elle a été. Rien ne pouvait fondre dans l'écurie cette nuit ; il faut appeler le vétérinaire, trois des chevaux et un des poneys sont tout frissonnants !

— Alors, faites-le. »

Les trois hommes l'écoutèrent téléphoner, d'une voix assurée. Puis elle raccrocha le récepteur et dit :

« Il vient tout de suite. Les hommes sont déjà en train de confectionner une tisane. Les chevaux sont enveloppés de couvertures. Dieux ! quelle ennemie !

— Cette fois, dit Dayborn, personne ne m'arrêtera :

si j'avais pu en faire à ma tête, elle n'eût pas été en état de réussir cela ! »

Il sortit presque en courant du bureau.

« Je vous suis », dit Renny.

Unc traînée rouge barrait l'horizon à l'est lorsqu'ils se mirent à cheminer à travers la neige. Un petit groupe d'hommes s'étaient rassemblés autour du corps de Launceton. Renny détourna les yeux. Dayborn ne cessait de répéter :

« Tous nos espoirs... tout... tout... »

Les larmes roulaient sur ses joues.

« Tenez-vous, Jim, laissez-moi parler ! »

Ils arrivèrent devant la maison de Mrs. Stroud.

Tandis qu'ils se trouvaient devant le seuil, Dayborn tremblait de surexcitation. Il s'accrocha au bras de Renny pour se ressaisir. Leurs yeux étaient rivés sur le point où ils s'attendaient à voir apparaître le visage coupable de Mrs. Stroud. Mais elle ne répondit pas aux coups frappés à la porte.

« Elle s'est sauvée, conclut Dayborn.

— Non, voici la trace de ses pas qui rentrent chez elle, il n'y en a pas d'autres. »

Ils frappèrent à nouveau.

« Je vous dis qu'elle est partie ! »

Ils écoutèrent, l'oreille aux aguets. Pas le moindre son à l'intérieur de la maison.

Dayborn tourna le bouton de la porte et l'ouvrit violemment. Il n'y avait pas de traces de pas dans le hall. Ils pénétrèrent dans le salon. Il était glacial et à première vue semblait désert.

Puis ils aperçurent Mrs. Stroud assise sur une chaise basse dans un coin obscur. Elle avait encore son chapeau et son manteau et s'était assise, les mains croisées sur les genoux, comme si elle les attendait. Ses grands yeux fixèrent le visage de Renny avec une expression de profonde tristesse. Dayborn hurla :

« Savez-vous que vous irez en prison pour cela ? Vous êtes une criminelle. Voilà ce que vous êtes ! Je savais dès le début... que vous... »

Elle l'interrompit :

« Mr. Whiteoak, voulez-vous lui dire de s'en aller, je désire vous voir seul.

— Je ne m'en irai pas. Cela me touche autant que lui... »

Les yeux toujours fixés sur Renny, elle répéta :

« Dites-lui de s'en aller !

— Si vous croyez, ricana Dayborn, que vous arriverez à vous arranger avec lui, vous vous trompez. Vous savez ce qu'on devrait faire de vous ? Vous devriez être pendue à l'une des poutres de la stalle de Launceton... et on vous laisserait vous y balancer. Bon Dieu ! j'aimerais voir ça ! »

Elle sourit tristement :

« Je ne vous en veux pas... mais allez-vous-en. Je veux parler seule à Mr. Whiteoak... Pendant quelques minutes seulement... il faut que je lui parle...

— Sortez, Jim », dit Renny.

Son ton était si autoritaire que Dayborn sortit de la pièce sans dire un mot de plus et claqua la porte d'entrée derrière lui. Mais il n'alla pas loin ; il se posta devant la partie de la maison qu'il avait occupée jadis et considéra fixement les fenêtres de la pièce où il avait laissé Renny et Mrs. Stroud.

Celle-ci eut un profond soupir, puis elle se leva et regarda Renny bien en face ; elle dit d'une voix enrouée :

« J'ai tué Launceton. »

Il recula d'un pas, comme s'il craignait d'être touché par elle.

« Oui, vous l'avez tué.

— Aimeriez-vous qu'on me fît ce qu'a dit Dayborn ?

— Vous le méritez.

— Savez-vous pourquoi je suis allée aux écuries cette nuit ?

— Pour me revoir.

— Oui, et je vous y ai trouvé avec cette fille et le cheval... alors j'ai voulu faire une chose qui vous désespérerait tous deux... et j'ai fait sortir Launceton, je pensais qu'il prendrait froid et ne serait plus en état de courir. Je ne vous cache rien ! Il m'eût été indifférent qu'il en mourût.

— Je pourrais vous pardonner, dit-il, si vous m'aviez envoyé une balle à travers le corps, mais ce cheval... qui n'a jamais fait de mal à personne...

— Je le ressusciterais si je le pouvais ! Je n'ai plus de haine ni de jalousie en moi, je suis morte — ici elle crispa ses mains sur sa poitrine — à part mon... mon amour... ah ! je vous aime toujours ! »

Elle se mit à sangloter.

« Quelle menteuse vous êtes ! dit-il avec amertume, vous n'aimez que vous-même ! Vous ignorez les sentiments honnêtes. »

Elle croisa les mains sur sa poitrine.

« Je sais que je mérite tout ce que vous pourrez dire. Mais je voudrais vous raconter ma vie... à partir du commencement... Je pense que je réussirais à vous faire comprendre... et je n'étais pas une femme ordinaire... toutes ces années... elles ne m'ont pas changée... quelque chose en moi brûlait, attendait une occasion, elle arriva et... c'est vous qui avez souffert. »

Oui, il baissa les yeux, ne pouvant prendre sur lui de regarder son visage.

« Qu'allez-vous me faire ? murmura-t-elle. Vous me ferez arrêter ? »

Il se tenait, une main comprimant sa bouche, le regard au loin. Un carillon de clochettes de traîneau parvint de la route. Il resta silencieux si longtemps qu'elle le crut frappé de surdité. Finalement, il se décida à parler.

« Non, dit-il, pas cela, mais il faudra que vous quittiez le pays et que jamais plus on ne vous y revoie ! Voulez-vous me le promettre ? »

Elle répondit d'une voix ferme :

« Je vous le promets. Je m'en irai très loin. Vous êtes bon... très, très bon... » Sa voix devint chantante tandis qu'elle répétait comme une litanie : « Vous êtes bon... bon... »

Il la regarda surpris ; elle l'effrayait.

« Fort bien, dit-elle, alors, c'est fini. »

Amy avait fermé les yeux. Une de ses mains se tendit vers lui :

« Ne partez pas », dit-elle d'une voix rauque.

Elle rouvrit les yeux. Il était parti.

Un soleil rouge montait dans le ciel clair. La neige était rosée partout où le soleil l'effleurait et d'un bleu intense à l'ombre. Dayborn marchait à côté de Renny, il ne s'arrêtait pas de parler. Renny avançait dans la neige sans l'écouter. Lorsqu'il essayait de penser à Mrs. Stroud ou à son acte, il n'arrivait pas à sortir de la confusion qui régnait dans son cerveau. La seule réalité précise pour lui, c'était que Launceton si plein de feu, si noble dans sa naïveté, était mort.

Lorsqu'ils atteignirent les écuries, le vétérinaire était arrivé. On soignait les chevaux qui avaient pris froid ; aucun n'était dans un état grave. Rags l'y attendait et le supplia de revenir à la maison pour le breakfast. Il refusa et Rags apporta une théière pleine de thé aux écuries. Il était midi lorsqu'il se rendit dans son bureau où il s'installa à sa table de travail, la tête dans les mains.

Il ne bougea pas lorsque Chris et Dayborn entrèrent. Ils demeurèrent immobiles à le regarder en silence. Puis Dayborn dit :

« Si vous m'aviez écouté, cela ne serait jamais arrivé. Je vous avais dit, il y a longtemps, ce qu'elle valait. Mais vous n'en faites qu'à votre tête. Je ne veux pas envenimer les choses, mais vous êtes très coupable !

— Ferme ça, Jim, dit Chris.

— Tu es coupable aussi, poursuivit Dayborn de sa voix fanfaronne. Tu ne cessais de me rappeler combien elle s'était montrée bonne pour nous. C'est sacrément injuste que moi, qui ai vu clair, je sois obligé de souffrir avec les autres... cette nuit lorsqu'elle...

— Ferme ça !

— Ferme ça toi-même ! »

La porte s'ouvrit. Scotchmere passa sa tête grisonnante dans l'entrebâillement :

« Mr. Dayborn veut-il venir parler au vétérinaire ? »

Les yeux du vieux groom accusaient Dayborn de nonchalance.

Dayborn s'éloigna avec un balancement d'épaules excédé. Un pan de sa chemise sortait drôlement de sa culotte de cheval.

Chris vint à Renny et attira sa tête contre sa poitrine.

« Pauvre chéri, murmura-t-elle, si seulement je pouvais faire quelque chose. »

Il appuya les mains de Chris à ses tempes enfiévrées.

Ce ne fut que le soir que Dayborn et Chris réussirent à le convaincre de retourner chez lui. Il n'avait rien mangé, mais beaucoup bu. Sous les rayons d'une jeune lune étincelante, ils le soutinrent chacun d'un côté, tout le long du large sentier tracé par les domestiques de la ferme. La neige amoncelée de chaque côté formait comme deux murailles continues. Ils étaient tous deux si minces ? si semblables de silhouette qu'on n'eût pas pu avec certitude les distinguer l'un de l'autre. Il leur tapotait le dos tour à tour.

La vieille Adeline, qui allait se coucher, l'entendit

revenir. Il chantait à tue-tête d'une voix assez peu musicale :

Connaissez-vous John Peel à la veste grise ?
Le reconnaissez-vous au lever du jour ?
Le cri de Peel ferait sortir de leurs retraites
Les morts comme le renard au lever du jour.

Elle alla lui ouvrir la porte.

24

NOËL

MEG et sa grand-mère étaient dans le salon occupées à fouiller dans une boîte de décorations pour l'arbre de Noël. C'était une grande boîte et une partie de son contenu datait du temps où Meg et Renny étaient enfants. L'une d'elles, un chérubin de cire, était à présent plutôt noirâtre et n'avait plus de nez, mais toute la famille le chérissait. Il y avait aussi des papillotes aux vives couleurs, des friandises de Noël. Il y avait des guirlandes de clinquant, certaines assez ternies quoique à la lueur des bougies elles fussent aussi brillantes que les plus neuves. Aucun membre de la famille ne pouvait voir cette boîte sans éprouver une certaine surexcitation. Cela signifiait que Noël approchait et que l'on allait procéder aux derniers rites.

Adeline séparait un poisson d'argent d'une guirlande de clinquant. Meg, à l'aide d'un coin de son mouchoir mouillé du bout de la langue, lavait le visage du chérubin. L'air était chargé du parfum de l'arbre et des rameaux odoriférants qui avaient été posés autour des portraits suspendus aux murs. Un panier, près de la fenêtre, était bourré de cartes de Noël non encore décachetées.

« Dieu merci ! dit Meg, Renny a surmonté le pire de sa déception avant Noël. Je pense que, tout bien considéré, il a fort bien supporté cela, n'est-ce pas, Gran ?

— Oui, il a souffert comme un soldat.

— Mais il s'était terriblement enivré ! Cela m'a donné un vrai choc ! »

Adeline éleva les mains :

« Et à moi aussi. Dieu me pardonne, lorsque j'ai ouvert la porte et que je l'ai vu tituber à travers le hall, il m'a tellement rappelé mon père que j'ai failli me trouver mal ! Avant d'avoir pu m'en empêcher, je l'ai appelé du nom de mon père et lui ai dit : « Vous devriez avoir honte, Renny Court ! »

— Et qu'a-t-il répondu ?

— Il m'a répondu : « Je regrette de n'avoir pas été Renny Court, car je serais mort depuis quarante ans ! Mieux valait mourir que vivre cette journée ! » Puis il est venu poser sa tête sur mon épaule et il a pleuré et moi je lui répétais : « Pleure, mon cher, cela te fera du bien » et que crois-tu qu'il m'ait dit alors : « Oh ! Gran, la guerre était terrible ! » Son pauvre cerveau était complètement dérangé par toutes les épreuves qui l'accablaient, ainsi qu'eût dit ma vieille nourrice.

— Pauvre chéri ! Vous avez merveilleusement réussi à le consoler et les oncles l'ont mené se coucher si gentiment. C'est étrange comme il évite de parler de Launceton à présent et si quelqu'un prononce seulement le nom de Mrs. Stroud, il lui lance un regard noir et met fin à la conversation ! Mais je trouve que cela fait du bien de parler de ses soucis, n'est-ce pas, Gran ?

— Eh ! Meg, mais tu n'as jamais aimé parler de Maurice Vaughan, n'est-ce pas ? »

Meg rougit très fort et pencha la tête par-dessus la boîte de décorations.

Sa grand-mère lui jeta un regard pénétrant :

« Je crois que tu l'aimes toujours, Meg. »

Meg ne répondit pas ; il y eut un silence troublé

seulement par le pétillement du feu et le froissement des guirlandes qu'elles maniaient.

Finalement, Adeline reprit :

« Je me demande quelle sorte de Noël aura cette Mrs. Stroud !

— Sans doute sera-t-il d'une sorte assez triste avec la conscience chargée d'un tel méfait !

— Elle peut remercier son étoile de n'avoir pas été arrêtée !

— Renny a été trop généreux en la laissant s'en aller sans punition. Mais, ainsi qu'il le disait, aucune punition n'aurait pu ressusciter Launceton ! Enfin, elle a disparu complètement, personne ne semble savoir où elle est allée. Je me demande qui achètera sa maison. Comme je me rappelle bien du temps où elle fut bâtie ! Le vieux Mr. Pink ne se doutait guère qu'une si étrange créature viendrait y vivre. Mais aussi mauvaise qu'elle fût, elle n'était pas de la véritable étoffe des pécheurs. »

Des pas résonnèrent dans le hall. Meg secoua la tête.

« Chut ! Gran, voici Renny, ne parlons pas d'elle... Je pense que la neige a cessé de tomber, n'est-ce pas ? »

Renny entra, elle se tourna vers lui en souriant et lui tendit le chérubin.

« J'étais en train de le débarbouiller, Renny. Le trouves-tu assez propre ? »

Il regarda le petit visage de cire d'un air critique :

« Il est un peu grisâtre, mais il aura l'air frais à la lueur des bougies.

— J'espère que Wakefield ne hurlera pas à la vue de l'oncle Nick en saint Nicolas, comme il l'a fait l'an passé !

— Il ne criera pas, je le mettrai sur mes épaules.

— Que penses-tu de Finch qui apporte toujours son bas ? Piers prétend qu'il est trop grand et que l'arbre lui suffit, mais je vois bien qu'il n'est pas de cet avis. Je pense qu'il y croit encore.

— Laisse donc ce pauvre petit diable préparer son bas ! »

Il hésita et sortit un papier de sa poche en disant :

« Ceci vient d'arriver. C'est un câble de tante Augusta. Elle a vu Mrs. Gardiner et conseille à Dayborn d'aller la rejoindre aussitôt que possible. Elle prétend qu'elle est sûre de pouvoir arranger les choses. » Il eut un rire bref. « Je ne vois guère de chances maintenant pour un voyage en Angleterre.

— Quand je pense, dit Meg, au mal que cette femme a fait à ces deux pauvres êtres !

— La petite savait-elle, avant de se marier, qu'il fallait qu'elle fût admise par cette femme en Angleterre ? demanda Adeline.

— Non, répondit Renny. Dayborn ne lui en a parlé qu'après leur mariage. C'est un méprisable chien, mais je l'aime. »

Adeline, d'une voix tremblante, jeta :

« Je le paierai !

— Quoi ?

— Leur voyage, les frais pour tous les trois ! »

Renny la considéra d'un air incrédule :

« Gran, Gran, vous n'y pensez pas !

— Si. Va, Renny, et dis-leur que ta grand-mère est toute pleine de bonne volonté ce Noël-ci et qu'elle désire le prouver en leur venant en aide. Mais, bon Dieu, ça coûtera un tas d'argent ! »

Renny la prit dans ses bras et appuya sa joue contre la sienne :

« Gran, vous n'avez jamais rien fait de meilleur ! Ils vous seront reconnaissants jusqu'à la fin de leurs jours ! Et moi aussi ! Je ne puis vous dire à quel point je me suis tourmenté pour eux, depuis cette affaire... »

Elle lui lança un regard aigu :

« Jusqu'à quel point tiens-tu à cette jeune Chris ? Dis-moi ça.

— J'y tiens tellement que je souffrirai les tourments de l'enfer en renonçant à elle. »

Puis, avec un regard défensif à sa grand-mère et à sa sœur, il s'en fut vers la porte.

Lorsqu'il l'eut refermée derrière lui, Meg dit :

« Je me demande si c'est bien sincère. Certainement, je sais qu'il est sincère, mais les hommes se trompent eux-mêmes encore plus facilement qu'ils ne trompent les femmes. »

Adeline ferma les yeux. Ses lèvres remuaient. Elle dit :

« Je m'embrouille lorsque j'essaie de calculer ce que cela coûtera. Mais je sais que ce sera chaud ! Bien, bien, je n'ai qu'à faire la grimace et à le supporter. Je me demande ce que diront tes oncles ! »

Meg lui caressa la main :

« Je ne vois pas comment ils feraient pour ne pas en être satisfaits. Tous deux admirent Chris et la plaignent et ils savent que l'avenir du bébé peut dépendre de ce voyage. Pour ma part, je pense que vous nous donnez l'exemple des sentiments dignes du jour de Noël ! »

Adeline contempla sa petite-fille d'un air rusé :

« Ce n'est pas seulement pour leur bonheur, dit-elle, il convient de protéger le jeune homme, d'éloigner la tête rouge ! »

Meg la regarda finement, puis s'exclama :

« Oh ! Gran, que vous êtes sage ! Je dis toujours que si peu que je puisse posséder de cervelle, je l'ai héritée de vous ! »

Chris attendait près de la grille lorsque Renny parut conduisant un des traîneaux de la ferme tiré par un hongre vivace. Ayant vu la grille ouverte, il était décidé à la passer sans s'arrêter.

« Oh ! » cria-t-il en appuyant sur les rênes.

Le hongre s'arrêta en piétinant pesamment la neige, son col épais s'arquait, il feignit d'avoir peur de l'arbre que Chris tenait droit : c'était un arbre de Noël un peu plus grand qu'elle, les racines étaient enveloppées d'un sac, ses branches touffues formaient une pyramide parfaite. Elle était tête nue et avec la coupe médiévale de ses cheveux plats et blonds, sa culotte et sa chemise de jersey noir, elle offrait une saisissante image se détachant sur la campagne enneigée. Son visage aussi était saisissant avec son expression qui disait sa fragilité et son endurance, sa pureté, son expérience. Renny la considéra ainsi que l'arbre sans dire un mot.

« Est-ce qu'il fera l'affaire ?

— C'est une merveille. »

Cependant, ses yeux ne regardaient qu'elle. Il était déchiré entre le désir de lui annoncer la bonne nouvelle et la douleur de lui dire qu'ils devraient se séparer.

« Je l'ai choisi moi-même. Pourtant la pensée de le voir abattre m'a fait mal ; j'ai demandé aux hommes de l'arracher avec ses racines ; aussi, si Pheasant le veut, elle pourra le replanter et il vivra !

— Quelle bonne idée ! L'enfant sera enchantée.

— Depuis la mort de Launceton, je ne puis souffrir la pensée d'un être jeune et beau que l'on tue !

— Je sais. »

Ses yeux restaient attachés à elle. Il dit soudain :

« Vous savez ce que je fais en ce moment, Kit ? j'imprime votre image dans mon souvenir, afin de vous voir toujours, exactement comme vous êtes en ce moment. Vous ne pouvez vous imaginer comme vous êtes belle ! Vous êtes la fille la moins consciente de sa beauté que j'aie jamais rencontrée. Votre image ne me quittera jamais. Ce sera comme une sorte de symbole. »

Elle sourit, les yeux levés vers lui :

« Renny, vous avez été merveilleux pour moi ! Si seulement j'avais pu vous aider à gagner cette course !

— C'eût été grandiose ! »

Ils restèrent rêveurs un moment, comme sous le charme de ce rêve de victoire. Puis, avec un soupir, il sauta du traîneau et lui prit l'arbre des mains, mais elle bondit juste à temps sur le siège pour saisir les rênes et arrêter le hongre.

« Arrête, démon ! » dit-elle sans émotion.

Renny souleva l'arbre et le mit dans le traîneau en disant :

« Il n'est qu'une seule chose qui me déplaise en vous, Kit, c'est quand vous injuriez les chevaux.

— Je n'y puis rien, mais ils comprennent, sachant bien que je les aime !

— Voici Jim et Tod ! s'écria Renny.

— Il prétend que Tod peut rester avec lui aux écuries. » Elle cria aux nouveaux venus : « Pourquoi venez-vous ici ? »

Dayborn répondit :

« Il faudra que tu le gardes, car je dois aller me choisir une paire de bottes, mes pieds se voient à travers celles-ci. »

Tod sourit à sa mère comme pour s'excuser ; il désirait être avec elle, cependant il craignait de n'en être pas mieux accueilli que par Dayborn. Elle lui tapota la joue de sa petite main. Dayborn le mit dans la paille derrière l'arbre.

« Choisissez une bonne paire de bottes, Jim, dit Renny, vous avez un long voyage en perspective. »

Dayborn le regardait sans comprendre.

« Ma grand-mère a décidé de vous offrir le voyage jusqu'en Angleterre ; elle me l'a annoncé ce matin.

— Mais pourquoi... pourquoi... », balbutia Dayborn incapable de parler.

Chris dit :

« Mais il ne faut pas qu'elle fasse cette dépense, c'est trop !

— Elle le désire, dit Renny, c'est son cadeau de Noël.

— Est-ce que Chris et l'enfant s'en vont aussi ?

— Certainement, je pense qu'ils représenteront vos meilleurs atouts lorsque vous rencontrerez Mrs. Gardiner. J'ai reçu un câble de ma tante, elle a vu votre amie et elle est sûre que vous pourrez vous raccommoder avec elle. Ma tante dit que c'est une personne très maternelle.

— Ça oui ! s'écria Dayborn avec ferveur. Elle a été un ange pour moi. Mais, Dieu, que je vais être heureux de la revoir et de tout arranger !

— Tod s'en chargera... Et regardez-le donc ! »

Il avait saisi le tronc de l'arbre de ses deux petites mains couvertes de mitaines ; un peu de neige tombée d'un rameau était resté suspendu à la frange de cheveux qui luisait de dessous son bonnet de laine :

« Beau, beau, dit-il aimablement, très beau !

— Il faut que j'aille tout de suite remercier Mrs. Whiteoak, dit Dayborn, ou bien vaut-il mieux attendre que j'aie mes bottes neuves ?

— Va chercher tes bottes neuves, dit Chris, et puis mets ton autre manteau et ta cravate bleue. Dis-lui ma reconnaissance et aussi que j'irai la remercier.

— Tu ferais mieux de venir maintenant !

— Je préfère y aller seule.

— Bien. Oh ! quelle femme ! Je l'adore ! Chris, n'est-ce pas qu'elle est merveilleuse ? »

Il entoura Chris de ses bras et l'étreignant puis, regardant par-dessus sa tête, il eut une expression possessive. Un sourire malicieux éclaira son visage mince et régulier.

« Je n'étais pas aveugle, vous savez ! » dit-il.

Chris donna les rênes. Jake bondit en avant. Dayborn les suivit du regard toujours souriant puis il se dirigea vers le village. Ce changement était presque trop pour lui. Il voyait à peine le chemin. Le soleil parut éblouissant. Il y avait des clochettes sur le harnais de Jake, il les entendait tinter sur la neige.

Renny s'accroupit entre l'arbre et l'enfant, soutenant d'une main l'un et l'autre. Des paquets de neige envoyés par les sabots de Jake était lancés dans le traîneau. De la belle neige qui faisait penser à de l'écume. Les clochettes avaient un son grave et mélodieux. Couvrant leur tintement, la voix de Renny parvint à Chris :

« Êtes-vous réellement heureuse, Kit ? »

Elle ne répondit pas, puis elle tourna son visage vers lui et le regarda par-dessus son épaule. Les larmes ruisselaient le long de ses joues, elle se détourna à nouveau. Aucun d'eux ne dit un mot. Tod continuait à admirer l'arbre :

« Beau, beau », disait-il.

Ils le laissèrent dans le traîneau et franchirent le porche. Avant de rentrer, Renny sortit son mouchoir et tamponna les joues de Chris.

« Pourquoi pleurez-vous, mon cher petit cœur ?

— Vous le savez fort bien... nous ne nous reverrons plus... Je sens cela ici ! »

Elle se toucha la poitrine.

Pheasant les attendait. Elle ouvrit la porte.

« Oh ! vous l'avez apporté ! s'écria-t-elle enchantée. Maurice m'avait dit que vous m'apporteriez un arbre ! Il a été en ville acheter des décorations pour lui et puis quelque chose qui est dans une boîte et que je ne dois pas ouvrir avant demain matin !

— Ça vaut mieux », dit Renny sombre. Il lui mit un paquet dans les mains : « Voici autre chose qu'il ne faut pas ouvrir avant le matin venu !

— Oh ! que c'est merveilleux ! Et j'en ai vu aussi de

Miss Pink ! Et puis Mrs. Clinch m'a acheté des pantoufles ! Quel Noël ! Maurice revenu et un arbre couvert de cadeaux !...

Elle était seule avec l'arbre. Le soir était venu, Pheasant était restée debout plus tard que de coutume, mais il lui fallait le contempler une fois encore avant d'aller au lit.

L'arbre se dressait rond et touffu et plein de mystère, comme s'il se trouvait encore dans les bois. Il avait ses racines et on pourrait le replanter ; il lui semblait merveilleux de savoir qu'il n'était pas destiné à mourir. Elle le garderait toute sa vie et lorsqu'elle aurait des enfants, elle le leur désignerait, là-bas, si grand et majestueux et elle leur dirait : « Ce fut mon premier arbre de Noël au temps où j'étais petite fille. » Ce serait sans doute aussi le dernier. Elle ne pensait pas pouvoir en désirer jamais un autre. La joie qu'il lui donnait était trop émouvante, elle lui faisait mal.

Maurice avait acheté de si jolies décorations, mais il avait oublié les bougies. Ça n'avait pas d'importance, car Mrs. Clinch avait horreur du feu. Pourtant, Pheasant avait été à la cuisine chercher la paire de vieux chandeliers de cuivre sur le manteau de la cheminée. Elle y mit des chandelles et les alluma. Comme les petites flammes brillaient d'un éclat surnaturel ! Leur doux rayonnement atteignait le moindre recoin de l'arbre. Les rameaux dispensaient leurs parfums, on eût dit le souffle même de Noël ! Les paquets pas encore ouverts étaient rassemblés sous les branches basses, il y en avait cinq ! La petite fille pensa qu'elle allait chanter un cantique et se tint très droite, ses cheveux bruns massés de chaque côté de son visage tandis que la lueur des bougies se reflétait dans ses yeux et elle chanta de sa grêle et douce voix :

Dans la cité royale de David
Il y avait une modeste étable
Une mère y coucha son enfant
Dans une mangeoire comme berceau
Marie fut cette douce mère
Jésus-Christ le petit enfant.

Le parfum de l'arbre montait comme un encens. De la route, lui parvenaient les sonneries des traîneaux.

LEXIQUE ÉLÉMENTAIRE

à l'usage des amis de

JALNA

ADA (Leigh), sœur d'Arthur Leigh, amie de Finch I.

ADELINE Ire (Court), la célèbre « Gran » (1825-1927), animatrice principale du roman, épouse de Philippe Ier Whiteoak. De ce mariage descend toute la famille de Jalna.

ADELINE II (Whiteoak), fille de Renny et d'Alayne. Cf. le volume à elle consacré : *La Fille de Renny*. Elle épousera Mooey.

ALAYNE (Archer), née en 1896, d'abord femme d'Eden, divorcée en 1928, épouse la même année Renny, dont elle a Adeline II et Archer.

AMY (Stroud), inquiétante voisine.

ARCHER (Whiteoak), fils de Renny et d'Alayne, né en 1935.

ARTHUR (Leigh), premier époux de Sarah Court, qui épousera ensuite Finch I.

AUGUSTA (Whiteoak), 1851-1939, fille de Philippe et d'Adeline Ire, épouse Sir Edwin Buckley.

BONEY, l'éloquent perroquet de « Gran », à qui il survivra.

CHALK, maréchal-ferrant.

CHRIS (Dayborn), amie de Renny, mère de Molly.

CLAPPERTON (Eugène), voisin et adversaire de Renny.

CLINCH (Miss), gouvernante de Pheasant.

DAYBORN, famille de voisins : Garda, Althea, Gemmel.

DENIS-ARTHUR (Whiteoak), né en 1939, fils de Finch I et de Sarah.

DERMOT (Court), cousin irlandais d'Adeline Ire, fait de Mooey l'héritier de ses biens.

EDEN (1901-1932),

poète, épouse Alayne Archer, divorce en 1928. De sa liaison avec Minny Ware il a eu une fille : Roma.

EDWIN (Sir Edwin Buckley), épouse Augusta, meurt en 1917.

ELISA, femme de chambre d'Adeline Ire.

ERNEST (1854-1949), fils cadet d'Adeline Ire, veuf d'Harriet Archer.

FENNEL (Mr.), pasteur de Jalna.

FINCH I, né en 1908, troisième fils de Philippe II et Mary Wakefield, frère de Renny, pianiste, héritier de sa grand-mère. Cf. *L'Héritage des Whiteoaks*. Épouse Sarah Court, dont il a Denis-Arthur.

FINCH II (Whiteoak), dit Nooky, fils de Piers et de Pheasant.

GEORGES (Fennel), fils du pasteur, ami de Finch I.

HARRIET (Archer), femme d'Ernest, meurt en 1940.

HODGE, le vieux cocher de Jalna.

JOHNNY THE BIRD, le cheval vainqueur du Grand National.

LACEY (famille), voisins de Jalna.

LAUNCETON, fameux cheval de course, sa fin tragique.

LEBRAUX (Clara), éleveuse de renards, amie de Renny.

LEBRAUX (Pauline), un moment fiancée à Wakefield.

MALAHIDE, cousin irlandais d'Adeline Ire. Cf. *Jeunesse de Renny*.

MARGARET (Ramsay), fille du docteur Ramsay, épouse Philippe II, dont elle a Meg et Renny, meurt d'une maladie de langueur.

MARY (Wakefield), de Londres, institutrice des enfants du premier lit de Philippe II. Elle devient sa femme. De ce mariage, naissent plusieurs enfants morts en bas âge, puis Eden, Piers Finch et Wakefield. Mary meurt en 1915. Cf. le volume : *Mary Wakefield*.

MAURICE (Vaughan),

né en 1884, fils de Robert Vaughan, fiancé en 1906 à Meg. Après la longue interruption de ces fiançailles, il l'épouse en 1926. Père naturel de Pheasant.

MAURICE II, dit Mooey, né en 1926, fils de Piers et de Pheasant. Épousera-t-il Adeline II ?

MEG, née en 1884, fille du premier lit de Philippe II et de Margaret Ramsay. De son mariage avec Maurice Vaughan, naît en 1926 une fille : Patience.

MERLIN, l'épagneul.

MILLICENT (Hume), femme, depuis divorcée, de Nicolas.

MINNY (Ware), mère de Roma, dont Eden est le père.

MOLLY (Griffith), amie de Wakefield, fille naturelle de Renny et de Chrys Dayborn.

NICOLAS, né en 1852, fils aîné d'Adeline Ire, époux divorcé de Millicent Hume.

NOAH BINNS, fossoyeur et sonneur de cloches.

PARIS (Court), fils de Malahide.

PATIENCE, née en 1926, fille de Maurice Vaughan et de Meg.

PHEASANT, née en 1906, fille naturelle de Maurice I et d'Elvira, épouse de Piers, mère de Mooey, de Finch II et de Philippe III.

PHILIPPE Ier, né en 1815, officier des Hussards de la Reine, époux de la grande Adeline. Fondateur de Jalna. Cf. *La Naissance de Jalna.*

PHILIPPE II, né en 1862, troisième fils des précédents. Héritier de Jalna. De ses deux mariages avec Margaret, puis avec Mary, il a une fille et cinq fils.

PHILIPPE III, né en 1933, troisième fils de Piers et de Pheasant.

PIERS (Whiteoak), fils de Philippe II et de Mary, époux de Pheasant, agriculteur.

RENNY (Court), dit Renny le Rouge, père

irlandais de la grande Adeline.

RENNY (Whiteoak), « le Maître de Jalna », personnage central du roman, né en 1886, épouse en 1928 Alayne, femme divorcée d'Eden.

ROMA, fille naturelle d'Eden et de Minny Ware.

SARAH (Court), cousine éloignée et femme de Finch. De ce mariage naît en 1939 Denis-Arthur.

WAKEFIELD (Whiteoak), né en 1915, dernier fils de Philippe II et de Mary. Entre au couvent avant de devenir homme de théâtre, se couvre de gloire pendant la guerre de 1939-1944. Cf. *Le Destin de Wakefield.*

WRAGGE, dit Rags, ancienne ordonnance de Renny, factotum de Jalna.

WRAGGE (Mrs.), épouse du précédent, cuisinière de Jalna.

LA FAMILLE WHITEOAK

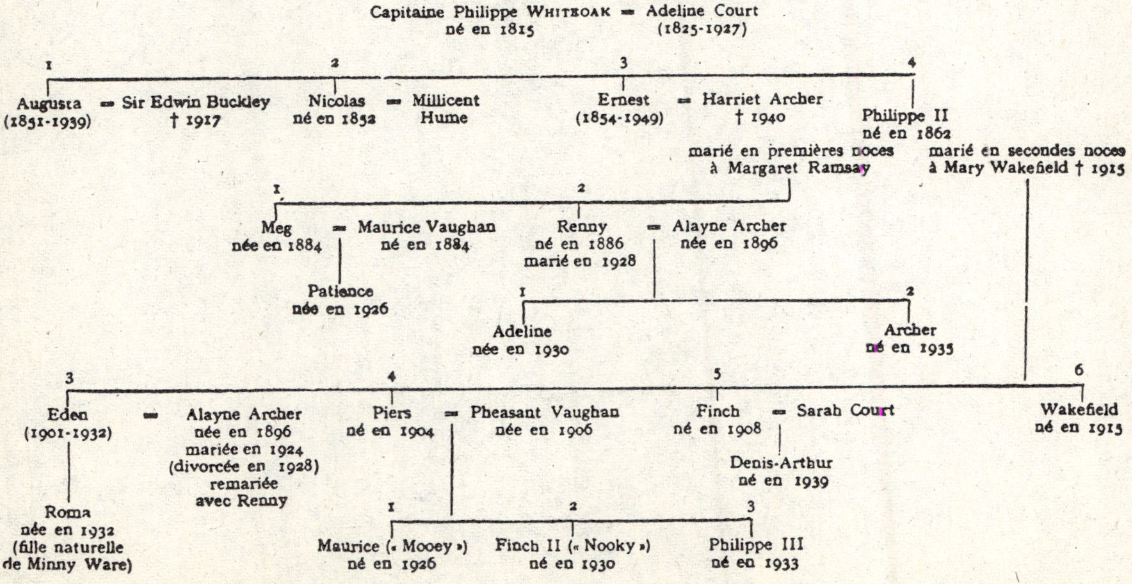

TABLE

Achevé d'imprimer en mai 1994
sur les presses de l'Imprimerie Bussière
à Saint-Amand (Cher)

POCKET - 12, avenue d'Italie - 75627 Paris Cedex 13
Tél. : 44-16-05-00

— N° d'imp. 1356. —
Dépôt légal : juin 1994.

Imprimé en France